HEYNE BÜCHER



SCIENCE FICTION

Herausgegeben
von Wolfgang Jeschke

Von Frank Herbert erschienen in der Reihe
HEYNE SCIENCE FICTION & FANTASY:

*Atom-U-Boot 1881* · 06/3091
*Die Leute von Santaroga* · 06/3156
*Gefangen in der Ewigkeit* · 06/3298; auch als Sonderausgabe im Sammelband 06/3930
*Die Riten der Götter* · 06/3460
*Hellstrøms Brut* · 06/3536
*Revolte gegen die Unsterblichen* · 06/3125; auch als Sonderausgabe unter dem Titel: *Die Augen Heisenbergs* · 06/3926
*Die weiße Pest* · 06/4120
*Auge* · 06/4441

»DUNE«-Zyklus:

*Der Wüstenplanet* · 06/3108
*Der Herr des Wüstenplaneten* · 06/3266
*Die Kinder des Wüstenplaneten* · 06/3615
*Der Gott-Kaiser des Wüstenplaneten* · 06/3916
*Die Ketzer des Wüstenplaneten* · 06/4141
*Die Ordensburg des Wüstenplaneten* · 06/4234
*Die Enzyklopädie des Wüstenplaneten* ·
Band 1 · 06/4142
Band 2 · 06/4143

»SCHIFF«-Zyklus (mit Bill Ransom):

*Ein Cyborg fällt aus* · 06/3384; auch ↗ 06/4403
*Der Jesus-Zwischenfall* · 06/3834
*Der Lazarus-Effekt* · 06/4320
*Der Himmelfahrts-Faktor* · (in Vorb.)

»CALEBAN«-Zyklus:

*Der letzte Caleban* · 06/3317
*Das Dosadi-Experiment* · 06/3699

Außerdem erschien in der
BIBLIOTHEK DER SCIENCE FICTION LITERATUR:
*Hellstrøms Brut* · 06/14

# FRANK HERBERT
# AUGE

*Science Fiction Erzählungen*

Illustriert von Jim Burns

Deutsche Erstausgabe

WILHELM HEYNE VERLAG
MÜNCHEN

HEYNE SCIENCE FICTION & FANTASY
Band 06/4441

Titel der amerikanischen Originalausgabe
EYE
Deutsche Übersetzung von Ronald M. Hahn
Das Cover und die Schwarzweiß-Illustrationen
schuf Jim Burns

Redaktion: Wolfgang Jeschke

Printed in Germany 1987
Umschlaggestaltung: Atelier Ingrid Schütz, München
Satz: Schaber, Wels
Druck und Bindung: Ebner Ulm

ISBN 3-453-00959-2

INHALT

INHALT

## EINFÜHRUNG

Es war eine schöne Zeit, in der ich allerhand lernte, und ich war durch und durch begeistert, daß aus meinem Roman DUNE (dt. WÜSTENPLANET) ein Film gemacht wurde.

Ganz am Anfang dieser Erfahrung fiel mir wieder ein, daß ich früher als recherchierender Reporter gearbeitet hatte. Was Sie jetzt lesen, ist ein (subjektiver) Begleitkommentar und eine (so objektiv wie möglich gehaltene) Reportage.

Als Sterling Lanier mein Buch 1963 für den Verlag Chilton ankaufte, hatte keiner von uns an einen Film gedacht. Es reichte mir schon, daß der Roman veröffentlicht wurde und ich über Chilton, wo massenweise »How to . . .«-Bücher (praktische Ratgeber) herauskamen, Witze reißen konnte: Sie werden meinem Buch garantiert den Titel »Wie man Ornithopter repariert« verpassen.

Mein erster Besuch in den Churubusco-Studios von Mexico City zeigte mir, was es bedeutet, einen Roman für die Leinwand zu adaptieren.

Die überall wie Schlangen herumliegenden Stromkabel, die großen gelben Busse, auf deren Kühlerhauben DUNE stand, die Menschenmassen in den Aufnahmehallen und drumherum, die Baracken, die sich als Requisitenlager entpuppten, die Kostüme und Spezialeffekte, die pulsierenden Klänge der Maschinerie, die grelle Beleuchtung, die lauten Anweisungen — all das sagte »Industrie«.

Es war poetische Gerechtigkeit, daß wir in Mexico waren, denn das Land hatte mich, als ich mit dem Schreiben anfing, mit einem billigen Platz zum Leben versorgt. Jetzt versorgte DER WÜSTENPLANET über tausend Mexikaner mit gut bezahlten Arbeitsplätzen.

Ich freute mich, wieder in Mexico zu sein, doch ich machte mir auch Sorgen — Sorgen, die aus den Problemen erwuchsen, daß der Film hier aufgenommen wurde: der Notwendigkeit, mexikanische Beamte zu bestechen, bevor man anfangen oder

Filmmaterial versenden kann; mangelhafte Ausrüstung; etwas von der schlechtesten Atmosphäre der Welt; und noch etwas, das offenbar niemand bedacht hatte, als über den Aufnahmeort entschieden wurde: in wenigstens einer Großstadt besteht das Verbrechersyndikat aus der Polizei, und in die Korruption sind selbst höchste Regierungskreise verwickelt.

Die durch die Korruption hervorgerufenen Probleme waren keine Überraschung, aber die Filmindustrie! Sie war voller Überraschungen.

Viele hatten mich vor Dino De Laurentiis gewarnt, doch ich lernte ihn als ehrenwert und vertrauenswürdig kennen. Er war voll schöpferischer Kraft, die er aber bezähmen konnte, um den anderen Raum für ihre Arbeit zuzugestehen. Seine Tochter Raffaella entpuppte sich als beinharte Geschäftsfrau und organisatorisches Kraftwerk, und sie sorgte so für ihre Leute, wie eine Mutter für jene sorgt, die von ihr abhängig sind.

David Lynch, der Regisseur, und ich stimmten überein, als ich meinte, der Film verwende eine andere Sprache als die englische. Er sprach sie, und ich war ein blutiger Anfänger.

Wenn man einen Film macht, muß man ihn übersetzen, wie etwa einen Text vom Englischen ins Deutsche. Alle Sprachen der Welt enthalten linguistische Erfahrungen, die nur in ihrer eigenen Geschichte gegeben sind. Man kann in einer Sprache Dinge sagen, die man in einer anderen nicht ausdrücken kann. Die Vorgehensweise, dem WÜSTENPLANETEN einzelne Seiten zu entnehmen und sie in schnelle, visuelle Effekte umzusetzen, machte mich fortwährend stutzig.

Ein Beispiel: DER WÜSTENPLANET läßt eine Feudalgesellschaft wiedererstehen. Um dies dem Zuschauer klarzumachen, wartet die Filmkulisse mit einem Renaissance-Dekor aus dem (höfischen) Italien auf — ein Geniestreich, und visuell anregend.

Doch die Verfilmung des Buches ergab noch etwas anderes. Ich muß David danken, daß er mir beibrachte, wie man Drehbücher schreibt. Während dieser »Weiterbildung« konnte ich zwar einige den Film betreffende Entscheidungen beeinflussen, doch ich war nicht in der Lage, Einfluß auf das Ende oder darauf zu nehmen, wieviel schließlich im Kino zu sehen sein würde. Von den ungefähr fünf Stunden der Originalfassung blieben fast drei Fünftel im Schneideraum.

Was wurde geschnitten?

Hier ist eine Teilliste für die Datensammler:

Die Konfrontation zwischen Stilgar (Everett McGill) und Herzog Leto (Jürgen Prochnow), bei der Stilgar auf den Tisch spuckt — sein Wasser zum Geschenk macht.

Die Entwicklung der Beziehung zwischen Shadout Mapes (Linda Hunt) und Jessica (Francesca Annis).

Der größte Teil der Liebesgeschichte zwischen Paul Muad'Dib (Kyle McLachlan) und Chani (Sean Young).

Der Kampf, bei dem Paul einen Fremen tötet und weint — den Toten sein Wasser gibt.

Kynes' (Max von Sydow) Entwicklung als Kaiserlicher Planetologe und (am wichtigsten) der Stellenwert der Melange in einer raumfahrenden Gesellschaft.

Die Beziehung zwischen Paul und seinen Mentoren Duncan Idaho (Richard Jordan), Thufir Hawat (Freddie Jones), Gurney Halleck (Patrick Stewart) und Dr. Yueh (Dean Stockwell).

Thufir Hawats Tod.

Die Beziehung zwischen Paul und der fremenitischen Witwe Harah (Molly Wryn).

Szenen mit Jessica und der Ehrenwürdigen Mutter Mohiam (Sian Phillips), die die Bene Gesserit-Schwesternschaft verständlicher gemacht hätten.*

Dies ist nur eine Teilliste.

Dino und Raffaella haben verlauten lassen, man könne die herausgeschnittenen Teile wieder einfügen und aus dem Ganzen eine TV-Mini-Serie (wie »Der Pate«) machen. Dazu wird es möglicherweise kommen, da Dino ohnehin einen längeren Film haben wollte.

Die Verfilmung des WÜSTENPLANETEN ist das Ergebnis eines Paradoxons — das Produkt einer Industrie, die Kreativi-

---

* Dank dieser radikalen Abmagerungskur wurde der Film so unverständlich, daß viele ratlose Kinobesucher zum Buch greifen mußten. Das führte dazu, daß allein in Deutschland mehr als eine halbe Million Exemplare des Romans verkauft wurden. — *Anm. d. Hrsg.*

tät vortäuscht und vor Risiken zurückscheut. Doch die Kreativität geht Risiken ein, und das ist das Dilemma der Filmindustrie. Deswegen liegt ein Großteil der schöpferischen Kontrolle in den Händen nicht-kreativer Menschen. Die Gedankengänge, die ihren Entscheidungen zugrundeliegen, sind aufschlußreich.

Filme werden deswegen so oft primär auf jugendliche Kinogänger zugeschnitten, weil man Angehörige dieser Altersgruppe viel leichter mit flotten Sprüchen anmachen kann. Sie stellen außerdem Zuschauer mit Zeit, Geld und dem Hang dar, sich im örtlichen Großkino zu einer Verabredung zu treffen. Sie sind mächtige Kräfte im Unterhaltungsgeschäft.

Warum nur ein Zweistundenfilm?

Weil Filme dieser Länge häufiger auf Tagesbasis abgespielt werden können, und Investitionen schneller wieder hereinbringen.

Verurteilen Sie es nicht allzu schnell. Hätte man keine Investoren gefunden, um die fünfzig Millionen Dollar aufzubringen, wäre DER WÜSTENPLANET nie verfilmt worden. Sämtliches Grundlagenmaterial des Romans ist im Film, auch wenn nicht alles davon auf der Leinwand zu sehen ist.

Vergessen Sie nie, es ist eine Industrie.

Doch dahinter steckt mehr, als man auf den ersten Blick sieht. Einer der wichtigsten Faktoren ist die Konzernpolitik. Große Konzerne sind Bürokratien, die oft Leute die Karriereleiter hinaufschubsen, die vor allem darin am besten sind, sich den Rücken freizuhalten. Menschen dieser Art geraten schnell in Panik und kriegen Angst, sobald man andeutet, daß auch sie Fehler machen könnten. Und sie umgeben sich mit Leuten, die ebenso reagieren:

Geh keinerlei Risiken ein.

Krieg raus, was erfolgreich ist, und kopiere es.

Manche der erfolgreichsten Praktiker plagiieren hemmungslos und stehlen ohne die geringsten Skrupel, weil sie wissen, daß sie ihre Opfer mit kostenintensiven juristischen Schachzügen jahrelang am Boden halten können. Kreativität hat selten etwas mit Filmemachen zu tun — es sei denn, man verfaßt Pressetexte.

Was also geschah mit dem Film DER WÜSTENPLANET, dem sechstgrößten Kinohit des Jahres 1984? Was geschah mit diesem Film, der zur Zeit der Niederschrift dieser Zeilen immer noch die Nummer 2 an den Kinokassen Deutschlands, Japans und Frankreichs ist? Ich kann Ihnen nur erzählen, was ich gesehen habe.

Es gab vor der Uraufführung des Films einige Balgereien und diverse Fehlstarts — für das Publikum und die Kritik ein klares Anzeichen für Nervosität. So wurden etwa einige Kritiker, von denen man annehmen konnte, sie hätten dem Film Sympathie entgegengebracht, nicht zur Pressevorführung eingeladen.

Die Propagandamaschine feuerte aus allen Rohren und erzählte dem Publikum, es könne den kompletten WÜSTENPLANETEN erwarten. Meine Bemühungen wurden zitiert. Ich stimmte von ganzem Herzen mit ein, weil mir der Film sogar beschnitten gefiel, und ich berichtete von dem, was ich gesehen hatte: Was im Endeffekt auf die Leinwand kam, war ein visueller Genuß, der wie der Roman anfängt und auch meine gesamten Dialoge bringt.

In Übersee gab es keine dieser negativen Anzeichen: DER WÜSTENPLANET erzielte Kassenrekorde. Nach drei Wochen spielte er 29 Prozent in Großbritannien ein. Allein in Paris wurde er während der ersten drei Tage täglich von ungefähr 40 000 Menschen gesehen, und um einen französischen Kommentator zu zitieren: »Vom visuellen her großartig und ergiebig genug für viele Wiederholungen.«

In Europa gab es keine Kritiker, die, wie ein Aristokrat unter den NBC-Dramatikern, sagten: »Ich mag keine Filme, bei denen ich nachdenken muß.« (Leute dieser Art speisen einen gern mit dem Spruch über »Brot und Spiele« ab und halten das Publikum grundsätzlich für unmündig.)

War der Film ein Erfolg oder ein Reinfall? Ich bin nicht der Richtige, um diese Frage zu beantworten. Wie ich, wollten auch die WÜSTENPLANET-Zuschauer, -Fans und Newcomer mehr. Sie wären oft zurückgekommen, um dieses »Mehr« zu sehen. Was sie zu sehen bekamen, entspricht meinem Buch, auch wenn das meiste auf dem Boden des Schneideraums endete. WÜSTENPLANET-Fans könnten sich die fehlenden Szenen zwar leicht in der Phantasie ausmalen, aber sie hätten sie dennoch gern gesehen.

Die Investoren werden ihr Geld zurückbekommen. Doch es wird keine schnellen und großen Gewinne jener Art geben, wie sie vielleicht erzielt worden wären, wäre man das Risiko eines längeren Films eingegangen und hätte man die Erwartungen erfüllt, die man geweckt hatte.

Wenn man sich auf den kleinstmöglichen Nenner einigt, spielt man ein risikoloses Spiel, und David, mit Erlaubnis von Dino und Raffaella, ging gegen diese Direktive an.

Natürlich habe auch ich meine Vorbehalte gegen den Film.

Paul war ein Mensch, der Gott spielte; aber er war kein Gott, der Regen machen konnte.

DER WÜSTENPLANET ging von der absoluten Vorstellung des nicht allmächtigen Führers aus, weil mir mein Geschichtsverständnis sagt, daß die Fehler, die ein Führer macht (oder in seinem Namen machen läßt), von denen vervielfacht werden, die ihm bedingungslos nachfolgen.

Deswegen haben sich in Guayana neunhundert Menschen einer Sekte mit vergiftetem Kool-Aid umgebracht.

Deswegen haben die Vereinigten Staaten gesagt »Aber klar doch, Mr. Charismatischer John Kennedy!« und sich dann in Vietnam eingewickelt wiedergefunden.

Deswegen hat Deutschland »Führer befiehl! Wir folgen dir!« geschrien und über sechs Millionen unserer Mitmenschen in Konzentrationslagern ermordet.

Die Führerschaft und unsere Abhängigkeit von ihr (wie und warum wir spezielle Führer auswählen) ist ein oft mißverstandenes historisches Phänomen.

Wir kriegen nämlich meist phantasielose, unkreative Menschen als Führer, Menschen, die hauptsächlich daran interessiert sind, ihre Position auszubauen. Sie gedeihen in den Zentren der Macht. Zentren dieser Art ziehen Menschen an, die korrumpierbar sind. Das ist eine anschaulichere Beobachtung, als die einfache Aussage, daß Macht korrumpiert, und absolute Macht absolut korrumpiert.

Ist man korrumpierbar und macht sich Gedanken über den

Verlust seiner Macht, lebt man in einem selbstzerstörerischen System. Irgendwann nämlich steht jeder einer Sache gegenüber, die er nicht vorausgesehen hat, und hat man seine schöpferischen Mittel dann nicht gekräftigt, gibt es auch keine Möglichkeit mehr, sich der Veränderung anzupassen. Anpassung oder Tod, so lautet die erste Überlebensregel.

Die begrenzte Sichtweise nicht-schöpferischer Menschen ist leicht verständlich: Kreativität versetzt den Phantasielosen in Angst. Er weiß nicht, was passiert. Die Kreativität setzt neue und unvorhergesehene Dinge frei. Und diese Dinge bedrohen »die Dinge, wie sie sind«. Und sie (schrecklicher Gedanke) unterminieren die Illusionen der Allmächtigen. Deshalb sind unkreative Menschen konservativ; ängstlich auf Erhalt des Gewohnten bedacht, neigen sie eher zur Wiederholung des »Gängigen« als zur Erneuerung.

Doch zumindest in der Filmindustrie »weiß man«, daß man das Publikum mit der richtigen Werbemethode in die Kinos locken kann. Es ist alles nur eine Frage der richtigen Verkaufstaktik. Das Publikum wird »gekauft«.

Wenn Sie den nächsten Wahlkampf beobachten, fragen Sie sich mal, ob er Ihnen bekannt vorkommt.

Doch das ist noch nicht alles.

David hatte Schwierigkeiten mit der Tatsache, daß »Star Wars« sich eine Menge vom Roman DER WÜSTENPLANET »ausgeliehen« hatte. Wir fanden sechzehn Punkte in meinem Roman, die auch in »Star Wars« vorkamen. Ich will damit nicht unbedingt sagen, daß hier mehr als der Zufall im Spiel war, auch wenn wir die Unterschiede gegen die Übereinstimmungen aufrechneten und eine Zahl herauskam, die größer war als die der Sterne im Universum.

Die Tatsache, daß David es schaffte, die geschriebenen Worte in die Sprache des Films zu übersetzen, zeugt von seinem visuellen Genius. Wenn Sie enttäuscht waren oder gern mehr gesehen hätten, schieben Sie's dem »Show Biz« in die Schuhe — und beten Sie für die Mini-Serie.

Soviel über die wunderbare Welt des Films und die Konzernbeschlüsse. Ich empfehle Ihnen, Ed Nahas Buch THE MAKING OF DUNE und Harlan Ellisons zweiteiligen Essay im *Magazine of Fantasy & Science Fiction* zu lesen. Vergleichen Sie beides mit meinem Kommentar.

Und kommen Sie nicht auf die Idee, ich sei undankbar. Die Produktion dieses Films war eine außerordentliche Bereicherung meines Wissens. Und halten Sie meine Worte auch nicht für einen Abgesang. Mir geht's gut, und ich habe vor, es mir weiterhin gutgehen zu lassen, weil ich so lange schreiben möchte, wie ich kann.*

Ich bin der Meinung, daß Davids Film auch dann noch seine begeisterten Zuschauer finden wird, wenn die Leute längst vergessen haben, welche Schundfetzer sonst in den Konzern-Konferenzräumen ausgetüftelt werden. Meine Annahme basiert teilweise auf den Reaktionen derjenigen, die den Film gemacht haben: Als wir uns trennten, waren sie traurig (weil alles fertig war) und glücklich (weil sie es geschafft hatten). Die Abschlußparty war eine seltene Szene glücklicher Nostalgie.

Francesca nannte es eine »harte, aber tolle Arbeit«.

DER WÜSTENPLANET ist ein Film, der Ihre audiovisuellen Sinne auf einmalige Weise anspricht; er zwingt einen zur Teilnahme, nicht dazu, bloß rumzusitzen und sich »etwas antun zu lassen«. Eine Mini-Serie, die auch die geschnittenen Teile zeigt, würde dies noch offensichtlicher machen.

Ich habe den Roman deswegen geschrieben, weil ich wollte, daß Sie am Besten Ihrer eigenen Vorstellungskraft teilhaben. Ich war nicht auf den geringsten Nenner aus, ich habe auch nicht irgend etwas »heruntergeschrieben«. Sie und ich haben einen Vertrag geschlossen: Es ist meine Pflicht, Sie so reichhaltig wie möglich zu unterhalten und Ihnen stets soviel Überschuß zu geben, wie ich kann. Ich setze Ihre Intelligenz voraus und nehme an, Sie werden Ihre eigene Vorstellungskraft heranziehen. Sie werden es erkennen, wenn Sie das WÜSTENPLANET-Exzerpt und die anderen Geschichten dieser Sammlung lesen.

Fragen Sie sich nicht, ob ich oder der Film erfolgreich waren.

---

* Kurz darauf, am 11. Februar 1986, starb Frank Herbert an den Folgen einer Krebsoperation, zu der er sich vorsorglich entschlossen hatte. — *Anm. d. Hrsg.*

Der einzige maßgebliche Kritiker ist die Zeit. Wird das Werk Bestand haben? Wir können nur raten und unsere Meinung kundtun. Keiner unserer Zeitgenossen weiß es wirklich, doch die Menschen des kommenden Jahrhunderts werden es ganz sicher wissen.


*Aus dem Amerikanischen übersetzt von Ronald M. Hahn*

# RATTEN-
# RENNEN

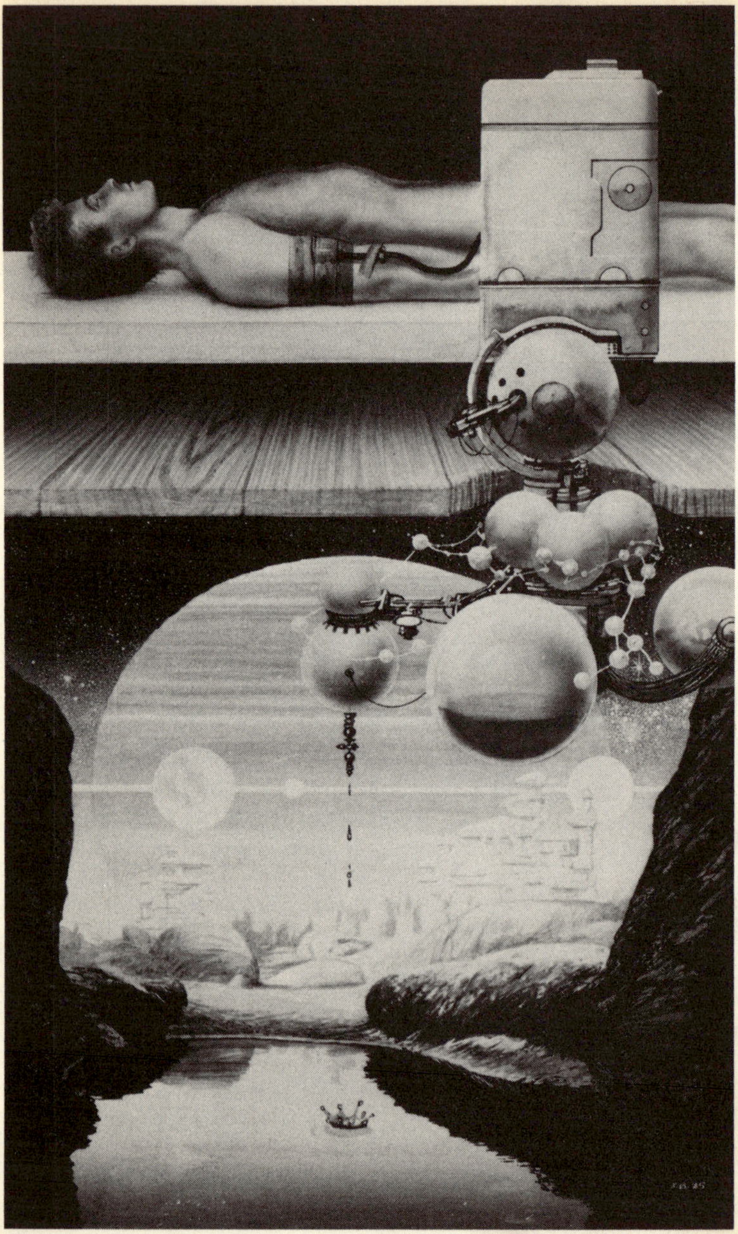

Während der neun Jahre, die Welby Lewis gebraucht hatte, um unter Sheriff John Czernak zum Chef der Kripo aufzusteigen, kam ihm die Polizeiarbeit immer mehr wie das Lösen von Puzzlespielen vor. Sie bestand in der Routine, einzelne Stückchen zusammenzufügen, bis sie ein Bild ergaben. Er war nicht darauf vorbereitet, seine zynische, von Polizisten bevölkerte Welt in einer Situation wiederzufinden, die geradewegs einem Buch von H. G. Wells oder Charles Fort zu entstammen schien.

Wenn Lewis das Wort »Alien« verwendete, meinte er damit einen Nicht-Amerikaner, keinen Außerirdischen. Oh, natürlich wußte er, daß ein BEM* ein glotzäugiges Ungeheuer ist; er hatte ein bißchen Science Fiction gelesen. Aber darum ging es gar nicht — derlei Situationen waren Fiktion, und Fiktionen begegneten einem in der beruflichen Routine nicht. Ganz gewiß erwartete man sie nicht in Beerdigungsinstituten. Im Johnson-Tule-Institut, um genau zu sein.

Lewis trug sich am Dienstagmorgen um fünf Minuten nach acht an seinem Schreibtisch im Sheriffbüro als dienstbereit ein. Er war ein Mann mit niedriger Stirn, einem schmalen, abgehärmten, walisischen Gesicht und schwarzem Haar. Seine Augen glichen zwei unruhigen grünen Jadestückchen, die unter buschigen Augenbrauen glänzten.

Das Büro, ein Raum mit hoher Decke und fleckigen Kalkwänden, befand sich in einer Ecke im ersten Stock des Rathauses von Banbury. Unter einem hohen Fenster stand ein gußeiserner Heizofen. Neben dem Fenster hing ein Kalender, auf dem ein Mädchen abgebildet war, das nur eine Perlenkette trug. Zwei Schreibtische lagen einander gegenüber — dazwischen befand sich ein Gang, der vom Korridor zum Heizofen führte. Der Schreibtisch zur Linken gehörte Joe Welch, dem

* Bug Eyed Monster

Mann von der Nachtschicht. Lewis benutzte den rechten, einen von Zigaretten vernarbten Veteran, der schon seit über dreißig Jahren in diesem Raum stand.

Lewis blieb vor seinem Schreibtisch stehen, blätterte die Protokolle im Eingangskörbchen durch und schaute auf, als Sheriff Czernak eintrat. Der Sheriff, ein dicker Mann mit breiten, slawischen Gesichtszügen und dunkler Haut, grunzte, als er sich unter dem Kalender in den Sessel fallen ließ. Er schob den braunen Filzhut, der auf seinem Kopf saß, nach hinten und entblößte eine kahle Platte.

»Hallo, John«, sagte Lewis. »Wie geht's der Gattin?« Er legte die Protokolle ins Körbchen zurück.

»Ihrem Ischias geht's diese Woche besser«, sagte der Sheriff. »Ich bin hier, um dir zu sagen, daß du das Einbruchsprotokoll vergessen kannst. Eine Streife hat heute morgen zwei Tunichtgute mit dem Zeug erwischt. Wir haben sie dem Jugendgericht überstellt.«

»Die werden es nie lernen«, sagte Lewis.

»Ich hab'n kleinen Job für dich«, sagte der Sheriff. »Sonst ist alles ruhig. Vielleicht kriegen wir wirklich 'ne Chance, endlich mal unseren Papierkram aufzuarbeiten.« Er erhob sich aus dem Sessel. »Doc Bellarmine hat die Cerino autopsiert und dabei die Flasche mit dem Mageninhalt im Johnson-Tule-Beerdigungsinstitut vergessen. Könntest du sie abholen und zum Bezirkskrankenhaus rausbringen?«

»Klar«, sagte Lewis. »Aber ich wette, sie ist eines natürlichen Todes gestorben. Sie war eine bekannte Alkoholikerin. Wenn ich an all die Flaschen in ihrer Bude denke ...«

»Kann schon sein«, sagte der Sheriff. Er blieb vor Lewis' Schreibtisch stehen und warf einen Blick auf den Kunstkalender. »Sieht lecker aus.«

Lewis grinste. »Wenn ich so ein Mädel finde, heirate ich sofort«, sagte er.

»Das glaub ich dir«, sagte der Sheriff und schlenderte aus dem Büro.

Es war acht Uhr dreißig, als Lewis in seinem Dienstwagen an dem Beerdigungsinstitut vorbeifuhr, ohne in diesem Block einen Parkplatz zu finden. An der nächsten Ecke — Cove

Street — bog er rechts ab und fuhr die Gasse hinauf, um auf dem betonierten Platz vor der Garage des Beerdigungsinstituts zu parken.

Der Südwestwind, der die ganze Nacht über einen Sturm angekündigt hatte, wirbelte die Feuchtigkeit auf, als er aus dem Wagen stieg. Lewis warf zwar einen Blick auf den grauen Himmel, ließ den Regenmantel jedoch auf dem Rücksitz liegen. Er nahm den schmalen Weg, der an der Garage vorbeiführte und fand die Hintertür des Beerdigungsinstituts angelehnt. Hinter der Tür lag ein Korridor, in dem drei große Metallflaschen jener Art nebeneinander standen, wie sie Schweißer für Sauerstoff und Acetylen verwendeten. Lewis musterte sie kurz, fragte sich, was ein Beerdigungsinstitut wohl mit solchen Geräten tat, und vergaß sie wieder. Die Tür am anderen Ende des Korridors führte in ein mit Teppichen ausgelegtes Foyer, in dem es nach würzigen Blumen duftete. Auf einer Tür zu seiner Linken war ein Blechschild zu sehen, auf dem BÜRO stand. Lewis durchquerte zuerst das Foyer und betrat den Raum.

Hinter dem Glasplattenschreibtisch in der Ecke saß ein hochgewachsener blonder Mann mit eindeutig nordischen Zügen. Ein Eichenrahmen hinter ihm an der Wand zeigte eine kolorierte Fotografie des Mount Lassen, und auf dem geprägten Titelschild stand FRIEDEN. Vor dem Mann lag ein teilweise ausgefülltes offizielles Bestattungsformular. Auf der linken Ecke des Schreibtisches befand sich eine Blechtasse, in der eine Eisenkugel lag. Die Kugel stieß einen zischenden Laut aus, als Lewis näherkam, und er atmete den schweren Blumenduft des Foyers ein.

Der Mann hinter dem Schreibtisch stand auf und legte seinen Bleistift auf das Formular. Lewis erkannte ihn: Es war Johnson, dem das Beerdigungsinstitut zur Hälfte gehörte.

»Kann ich Ihnen helfen?« fragte er.

Lewis erklärte den Grund seines Botengangs.

Johnson entnahm einer Schreibtischschublade eine kleine Flasche, reichte sie ihm und sah Lewis mit einem verwirrten Stirnrunzeln an. »Wie sind Sie reingekommen?« fragte er. »Ich hab die Klingel am Haupteingang gar nicht gehört.«

Der Hilfssheriff schob die Flasche in eine Seitentasche seiner Jacke. »Ich habe in der Gasse geparkt und bin durch den Hintereingang gekommen«, sagte er. »Vor dem Haus stehen massenhaft Odd Fellow-Wagen.«

»Odd Fellow-Wagen?« Johnsohn umrundete den Schreibtisch.

»In der Zeitung stand, sie hätten heute sowas wie'n Ramschverkauf«, sagte Lewis. Er zog den Kopf ein, damit er unter der Markise des vorderen Fensters durchblicken konnte. »Ich nehme an, daß es Odd Fellow-Wagen sind. Ihr Tagungsraum ist jedenfalls auf der anderen Straßenseite.«

Ein Zierstrauch auf dem vorderen Rasen des Instituts beugte sich unter dem Wind, und plätschernder Regen trommelte gegen das Fenster. Lewis richtete sich auf. »Ich habe meinen Mantel im Wagen gelassen«, sagte er. »Ich nehme wohl besser den Weg, den ich gekommen bin.«

Johnson ging zur Bürotür. »Zwei unserer Angestellten müssen gleich hinten reinkommen«, sagte er. »Sie wurden zu einem Toten gerufen, und ...«

»Ich habe schon mehr als eine Leiche gesehen«, sagte Lewis. Er ging an Johnson vorbei und eilte auf die Tür zu, die zum rückwärtigen Korridor führte.

Johnsons Hand packte die Schulter des Hilfssheriffs. »Ich muß darauf bestehen, daß Sie vorn rausgehen«, sagte er.

Lewis blieb stehen; in seinem Geist sammelte sich eine ganze Latte von Fragen. »Es regnet draußen«, sagte er. »Ich werde patschnaß.«

»Tut mir leid«, sagte Johnson.

Ein anderer Mann hätte vielleicht die Achseln gezuckt und sich seiner Bitte gebeugt, doch Welby Lewis war der Sohn des verstorbenen Proctor Lewis, der dreimal Präsident der Banbury-Ortsgruppe der Sherlock Holmes-Gesellschaft gewesen war. Welby hatte sich zwar die Zähne an logischer Deduktion geschärft, doch die Logik dieser Situation entging ihm. Ihm fiel ein, was er hinten im Korridor gesehen hatte. Er war leer gewesen — wenn man von den Gasflaschen in der Nähe der Hintertür absah.

»Was haben Sie in diesen Gasflaschen?« fragte er.

Die auf seiner Schulter ruhende Hand des Leichenbestatters spannte sich, und Lewis spürte, wie er in Richtung Hauptausgang gedrückt wurde.

»Balsamierflüssigkeit«, sagte Johnson. »Sie wird in dieser Form geliefert.«

»Ach.« Lewis blickte in Johnsons verzerrte Züge, löste sich von der ihn behindernden Hand und nahm die Haupttür. Es regnete Bindfäden, deswegen rannte er um die Ecke des Bestattungsinstituts zu seinem Wagen, sprang hinein, knallte die Tür zu und blieb abwartend sitzen. Um neun Uhr achtundzwanzig — laut seiner Armbanduhr — kam ein Angestellter des Unternehmens heraus und öffnete das Garagentor. Lewis beugte sich über den Vordersitz und drehte das rechte Wagenfenster herunter.

»Sie müssen den Wagen hier wegfahren«, sagte der Angestellte. »Wir sind gerade angerufen worden.«

»Wann kommen die anderen zurück?« fragte Lewis.

Der Mann stoppte auf dem halben Weg zur Garage. »Welche anderen?« fragte er.

»Die, die heute morgen ausgerückt sind.«

»Das war vielleicht eine andere Firma«, sagte der Mann. »Dies war unser erster Anruf heute.«

»Danke«, sagte Lewis. Er drehte das Wagenfenster hoch, ließ den Motor an und fuhr zum Bezirkskrankenhaus. Die Latte der unbeantworteten Fragen in seinem Geist wurde größer. Erstens: Warum hat Johnson gelogen, um mich abzuhalten, den Hinterausgang zu benutzen?

Im Krankenhaus lieferte er die Flasche im Labor der Pathologie ab. Dann fand er einen Münzfernsprecher und rief das Banbury-Beerdigungsinstitut an. Ein Angestellter meldete sich, und Lewis sagte: »Es geht um eine Wette. Könnten Sie mir sagen, in welcher Form Balsamierungsflüssigkeit an Beerdigungsinstitute geliefert wird?«

»Wir beziehen es in konzentrierter Form«, sagte der Angestellte. »In Behältern, die vierundzwanzig Glasflaschen enthalten, zu sechzehn Unzen pro Flasche. Die Flüssigkeit enthält rote oder orangefarbene Schminke, um den Eindruck von Lebendigkeit zu erwecken. Unsere Marke riecht fast so wie Erdbeerlimonade. Aber sie ist völlig unschädlich. Wir garantieren höchste Lebensähnlichkeit ...«

»Ich wollte nur wissen, wie sie geliefert wird«, sagte Lewis. »Wissen Sie genau, daß sie nie in Gasflaschen verschickt wird?«

»Gütiger Himmel, nein!« sagte der Mann. »Dann würde sie doch korrodieren!«

»Danke«, sagte Lewis und legte zögernd auf. Sein Geist zog einen Schluß von Holmesschen Dimensionen: Wenn jemand in einer scheinbar irrelevanten Sache lügt, ist sie nicht irrelevant.

Er verließ die Zelle und prallte mit Dr. Bellarmine zusammen, dem Autopsie-Chirurgen. Der Arzt war ein hochgewachsener, knorriger Bursche mit grauem Haar, Höhensonnenbräune und blauen Augen, die so schneidend waren wie Skalpelle.

»Ah, da sind Sie ja, Lewis«, sagte er. »Ich habe gehört, Sie wären hier runtergegangen. Wir haben in der Cerino genug Alkohol gefunden, um drei Menschen umzubringen. Wir überprüfen auch ihren Mageninhalt, aber ich bezweifle, daß es noch was ergeben wird.«

»Die Cerino?« fragte Lewis.

»Die alte Alkoholikerin, die ihr in der Bude am Lok-Schuppen gefunden habt«, sagte Bellarmine. »Leiden Sie an Gedächtnisschwund?«

»Oh ... o ja«, sagte Lewis. »Ich habe gerade an was anderes gedacht, Doc.« Er fegte an dem Chirurgen vorbei und murmelte: »Muß jetzt gehen.«

Als er wieder in seinem Büro war, setzte Lewis sich auf eine Schreibtischecke, zog das Telefon heran und wählte die Nummer des Johnson-Tule-Beerdigungsinstituts. Eine unvertraute männliche Stimme meldete sich, und Lewis sagte: »Führt Ihre Firma auch Feuerbestattungen durch?«

»Nicht selbst«, sagte die männliche Stimme. »Aber wir haben ein Abkommen mit dem Rose Lawn-Gedächtnis-Krematorium getroffen. Würde es Ihnen etwas ausmachen, vorbeizukommen, damit wir Ihr Problem besprechen können?«

»Im Moment nicht, danke«, sagte Lewis und legte den Hörer wieder auf die Gabel. Er überprüfte eine andere Frage, die ihn nicht losließ — die Möglichkeit, daß sich in den Flaschen ein Gas befand, das man für Feuerbestattungen brauchte. Was, zum Teufel, ist in diesen Flaschen? fragte er sich.

»Jemand gestorben?« Die Stimme, die von der Tür herkam, unterbrach Lewis' Träumerei. Er wandte sich um und gewahrte Sheriff Czernak.

»Nein«, sagte Lewis. »Es geht nur um ein Puzzle.« Er umrundete den Schreibtisch, ging zu seinem Stuhl und setzte sich hin.

»Hat Doc Bellarmine was über die Cerino gesagt?« fragte der Sheriff. Er kam herein und ließ sich in dem Sessel unter dem Kunstkalender nieder.

»Alkoholismus«, sagte Lewis. »Wie ich's gesagt habe.« Er lehnte sich in seinem Stuhl zurück, legte die Füße auf den Tisch und musterte einen Fleck an der Decke.

»Was ist los mit dir?« fragte der Sheriff. »Du siehst aus wie jemand, der versucht, ein Rätsel zu lösen.«

»Tu ich auch«, sagte Lewis und erzählte ihm von dem Zwischenfall im Beerdigungsinstitut.

Czernak nahm den Hut ab und kratzte seinen kahlen Schädel.

»Mich macht das aber nicht sonderlich mißtrauisch, Welby«, sagte er. »Wahrscheinlich gibt's dafür 'ne ganz einfache Erklärung.«

»Glaub ich nicht«, sagte Lewis.

»Und warum nicht?«

Lewis schüttelte den Kopf. »Ich weiß nicht. Ich glaub es einfach nicht. Irgendwas stimmt nicht mit diesem Laden.«

»Was, glaubst du, ist in den Gasflaschen drin?« fragte der Sheriff.

»Ich hab keine Ahnung», sagte Lewis.

Der Sheriff setzte seinen Hut wieder auf. »Jedem anderen würd ich sagen, er soll es vergessen«, sagte er. »Aber bei dir ... Ich weiß nicht. Ich hab dich schon 'ne Riesenmenge Karnickel aus'm Hut ziehen sehen. Manchmal glaub ich, du bist 'ne Art Mißgeburt; jemand, der in die Leute reinsehn kann.«

»Ich bin wirklich 'ne Mißgeburt«, sagte Lewis. Er ließ die Beine auf den Boden sinken, nahm einen Federhalter und fing an zu kritzeln.

»Jetzt sehe ich's auch«, sagte der Sheriff. »Du hast sechs Köpfe.«

»Das wohl weniger«, sagte Lewis, »aber ich hab das Herz auf der rechten Seite.«

»Ist mir noch gar nicht aufgefallen«, sagte der Sheriff. «Aber jetzt, wo du's sagst ...«

»Mißgeburt«, sagte Lewis. »Das Gefühl hatte ich, als ich mir diesen Bestattungsunternehmer ansah. Als wäre er irgendeine unheimliche Mißgeburt.«

Er warf den Schmierzettel beiseite, auf dem sich ein Viereck befand, das durch Zickzacksegmente in zahlreiche kleine Fragmente zerteilt war. Wie ein Puzzlespiel.

»Und? Ist er eine?«

Lewis schüttelte den Kopf. »Äußerlich jedenfalls nicht.«

Czernak hievte sich aus dem Sessel. »Ich sag dir was«, sagte er. »Heute ist wenig los. Warum schnüffelste nich 'n bißchen rum?«

»Krieg ich jemand, der mir helfen kann?« fragte Lewis.

»Barney Keeler ist in 'ner halben Stunde wieder da«, sagte Czernak. »Er legt Richter Gordon gerade eine Vorladung vor.«

»Okay«, sagte Lewis. »Wenn er da ist, sag ihm, er soll in den Tagungsraum der Odd Fellows rein- und zur Hintertür rausgehen, ohne daß ihn jemand sieht. Ich möchte, daß er in das Turmzimmer geht und von dort aus die Vorderseite des Instituts überwacht. Er soll jeden notieren, der rein- oder rausgeht, und auf die Gasflaschen achten. Wenn sie das Haus verlassen, soll er sich an sie ranhängen und rausfinden, wohin sie gebracht werden.«

»Und was machst du?« fragte der Sheriff.

»Ich such mir einen Platz, von dem aus ich den Hintereingang im Auge behalten kann. Ich ruf an, wenn sich was tut.« Lewis deutete mit dem Daumen auf den zweiten Schreibtisch. »Wenn Joe Welch kommt, schick ihn rüber, damit er mich ablöst!«

»Gemacht«, sagte Czernak. »Aber ich glaub immer noch, daß du hinter 'nem Phantom herrennst.«

»Vielleicht tu ich das«, sagte Lewis. »Aber 'n zwielichtiges Beerdigungsinstitut verleiht meiner Phantasie eben Flügel. Ich muß immer daran denken, wie leicht es für einen Bestatter wäre, eine unbequeme Leiche zu beseitigen.«

»Vielleicht, indem er sie in Gasflaschen stopft, was?« fragte der Sheriff.

»Nein, dazu sind sie nicht groß genug.« Lewis schüttelte den Kopf. »Ich mag es einfach nicht, wenn mich so ein Typ anlügt.«

Es war kurz nach zehn Uhr dreißig, als Lewis das fand, was er brauchte — eine Arztpraxis auf der Rückseite eines Gebäudes, das der Gasse gegenüberlag und nur zwei Türen von der Garage des Beerdigungsinstituts entfernt war. Der Arzt hatte drei Behandlungszimmer im dritten Stock, und das letzte überblickte genau den Hinterhof des Unternehmens. Lewis vergatterte den Arzt und seine Sprechstundenhilfe zum Schweigen und nahm mit einem Feldstecher im hinteren Zimmer Platz.

Gegen Mittag ließ er sich von der Arzthelferin einen Hamburger und ein Glas Milch holen, und als er sein Büro anrief, um dem Tages-Einsatzleiter zu sagen, wo er steckte, ließ er sie den Hof überwachen.

Um siebzehn Uhr betrat der Arzt das hintere Zimmer, gab Lewis einen zweiten Schlüsselbund für die Praxis und bat ihn, darauf zu achten, daß die Tür abgeschlossen sei, wenn er ginge. Lewis ermahnte den Arzt erneut, nichts über die Observation des Beerdigungsinstituts auszuplaudern, und brachte ihn mit einem finsteren Blick zum Schweigen, als es so aussah, als wolle er Fragen stellen. Der Arzt wandte sich um und ging hinaus. Dann wurde eine Tür fest ins Schloß geworfen. Die Praxis war still.

Gegen neunzehn Uhr dreißig wurde es zu dunkel, um einwandfrei zu unterscheiden, was sich auf dem Hof des Beerdigungsinstituts tat. Lewis zog in Erwägung, sich einen neuen Platz in der Gasse zu suchen, doch plötzlich flammten über dem Hof zwei Scheinwerfer auf, und der bernsteinfarbene

Schein nächtlicher Beleuchtung drang durch das Fenster der Hintertür.

Um zwanzig Uhr zwanzig klopfte Joe Welch an die Praxistür. Lewis ließ ihn herein und kehrte mit ihm im Schlepptau ans Fenster zurück. Der zweite Hilfssheriff war ein großer, nervöser Kettenraucher mit argwöhnischem Blick und einer Fagottstimme. Er baute sich neben Lewis am Fenster auf und sagte: »Was ist eigentlich hier los? Sheriff John hat nur was von irgendwelchen Gasflaschen gesagt.«

»Vielleicht steckt gar nichts dahinter«, sagte Lewis. »Aber ich hab das Gefühl, wir sind einer großen Sache auf der Spur.« Mit ein paar knappen Sätzen erzählte er Welch von seiner morgendlichen Begegnung mit dem Bestattungsunternehmer.

»Hört sich aber nicht besonders aufregend an«, sagte Welch. »Was ist deiner Meinung nach in den Flaschen drin?«

»Genau das wüßte ich selbst gern«, sagte Lewis.

Welch ging in eine Ecke des dunklen Zimmers, zündete sich eine Zigarette an und kam zurück. »Warum fragst du diesen Johnson nicht einfach?«

»Das ist es ja«, sagte Lewis. »Ich hab ihn gefragt, und er hat mich belogen. Deswegen bin ich auch mißtrauisch. Ich habe damit gerechnet, sie würden die Flaschen rausbringen, damit wir sie verfolgen und rauskriegen könnten, wo sie hingebracht werden. Dann hätten wir unsere Antwort gehabt.«

»Was macht dich so sicher, daß es die Flaschen waren, die du nicht sehen solltest?« fragte Welch.

»Da war dieser komische Korridor«, sagte Lewis. »Er hatte an jedem Ende eine Tür, aber dazwischen war keine. Außer den Flaschen war nichts in ihm drin.«

»Tja, aber vielleicht sind die Flaschen schon lange weg«, sagte Welch. »Du bist doch, wie du gesagt hast, erst um zehn Uhr dreißig hiergewesen. Keeler war erst gegen elf am Haupteingang. Wenn sie tatsächlich so verdammt wichtig sind, hätte man sie inzwischen längst weggebracht haben können.«

»Das gleiche habe ich auch gedacht«, sagte Lewis. »Aber ich glaube nicht daran. Ich gehe mal raus und greif mir irgendwo was zu essen. Dann gehe ich in die Gasse und sehe mir alles aus der Nähe an.«

»Sehr weit wirst du bei den Lichtern im Hof aber nicht kommen«, sagte Welch.

Lewis deutete auf die Garage. »Wenn du genau hinsiehst, kannst du einen Spalt sehen, der an der anderen Seite entlangführt; da, wo die Schatten sind. Das Licht im rückwärtigen Korridor ist an. Ich werde versuchen, so nahe ranzukommen, daß ich einen Blick durch das Hintertürfenster werfen kann. Die Flaschen sind groß. Ich müßte sie sehen können.«

»Und wenn man sie im Haus sonstwohin gebracht hat?« fragte Welch.

»Dann geh ich rein und werde Johnson zum Showdown bitten müssen«, sagte Lewis. »Vielleicht hätte ich es sofort tun sollen, aber es ist 'ne heikle Situation. Ich mag es einfach nicht, wenn mir ein Beerdigungsinstitut Rätsel aufgibt.«

»Klingt fast wie der Titel einer Detektivgeschichte«, sagte Welch. »Das Geheimnis der Leichenhalle.« Er zog die Nase hoch. »Der Tod ist schon da«, sagte er. »Die Sache könnte ganz schön unerfreulich werden.«

Er zündete sich an der ersten eine zweite Zigarette an und drückte den Stummel in dem Tellerchen aus, das Lewis statt eines Aschers verwendet hatte. »Vielleicht hast du recht«, sagte Welch. »Das einzige, was mich an diesem ganzen Kram beeindruckt, Welby, ist das, was Sheriff John sagte: Ich hab dich doch schon massenhaft Karnickel aus dem Hut ziehen sehen.«

»Hat er das gesagt?« fragte Lewis

»Yeah, aber er glaubt, daß du diesmal vielleicht den kürzeren ziehst.« Welch warf einen Blick auf das Beerdigungsinstitut. »Falls du reingehst ... Soll ich ein paar Männer zusammentrommeln und den Laden hochnehmen, wenn du innerhalb einer bestimmten Zeit nicht wieder draußen bist?«

»Ich glaub, das wird nicht nötig sein«, sagte Lewis. »Unternimm nichts, ehe du nicht irgendwas Verdächtiges siehst.«

Welch nickte. »Na schön«, sagte er. Er musterte die glühende Spitze seiner Zigarette und warf einen eingehenden Blick auf den observierten Hof. »Bei Beerdigungsinstituten läuft's mir jedenfalls immer kalt den Rücken runter.«

Lewis ergatterte zwei Blocks vom Institut entfernt ein scharfes Beef-Sandwich und kehrte dann durch eine Nebenstraße zurück. Es war kalt und feucht in der Gasse. Ein ekliger Wind zerrte pausenlos am Saum seines Mantels. Er huschte durch die Dunkelheit in der Nähe der Firmengarage und fand die Reihe der Bretter, die man über die Fläche genagelt hatte, die er sich zunutze machen wollte. Lewis kletterte über die Bretter hinweg und rutschte auf weiche Erde, die zwar vom Wind geschützt war, sich aber unter ständig tröpfelnden Dachrinnen befand. Er schlich leise zum Ende der dunklen Zone, dann konnte er, wie erwartet, durch das Hintertürfenster des Beerdigungsinstituts sehen. Die Flaschen waren nicht zu erblicken. Lewis fluchte leise, zuckte die Achseln, verließ den Schatten und überquerte den erhellten Hinterhof. Die Tür war verschlossen, doch durch das Fenster konnte er erkennen, daß der Korridor leer war. Er ging zum Haupteingang und betätigte die Nachtklingel.

Ein Mann in einem zerknitterten schwarzen Anzug, der so aussah, als hätte er darin geschlafen, kam zur Tür. Lewis marschierte an ihm vorbei in den warmen Blumenduft des Foyers hinein. »Ist Johnson da?« fragte er.

»Mr. Johnson schläft«, sagte der Mann. »Vielleicht kann ich Ihnen helfen?«

»Bitten Sie Mr. Johnson herunter«, sagte Lewis. »Ich bin dienstlich hier.« Er zeigte seine Marke.

»Natürlich«, sagte der Mann. »Gehen Sie doch solange ins Büro und nehmen Sie Platz. Ich werde Mr. Johnson sagen, daß Sie hier sind. Er schläft im ersten Stock.«

»Danke«, sagte Lewis. Er ging ins Büro und musterte das kolorierte Foto des Mount Lassen, bis der Nachtwächter am anderen Ende des Foyers eine Treppe hinaufgegangen und verschwunden war. Dann verließ er das Büro und ging zu der Tür, die in den Korridor führte. Sie war verschlossen. Lewis versuchte sie aufzudrücken, doch sie bewegte sich nicht. Er untersuchte die Scharniere und fand einen kleinen Spalt, durch den er bis zum anderen Ende des Korridors sehen konnte. Was er sah, ließ ihn hastig Luft holen. Die drei Metallflaschen standen dort, wo er sie erwartet hatte. Er kehrte ins Büro zurück, fand ein Adreßbuch, suchte die Nummer der Arztpraxis heraus, in der Welch auf Posten stand, und wählte sie an. Nach langer Zeit hatte er Welch an der Strippe.

»Ja?«

»Hier ist Welby«, sagte Lewis. »Ist jemand hinten reingegangen?«

»Nein«, sagte Welch. »Sonst alles klar?«

»Ich werde immer nachdenklicher«, sagte Lewis. »Halt die Augen auf!« Er legte auf und wandte sich um. Johnsons hochgewachsene Gestalt erfüllte den Büroeingang.

»Mr. Lewis«, sagte Johnson. »Ist irgend etwas nicht in Ordnung?«

»Ich möchte gern einen Blick auf die Metallflaschen werfen«, sagte Lewis.

Johnson blieb stehen. »Welche Metallflaschen?«

»Die in dem Korridor da hinten«, sagte Lewis.

»Oh, die Balsamierungsflüssigkeit«, sagte Johnson. »Was interessiert Sie denn daran?«

»Ich möchte sie mir einfach mal ansehen«, sagte Lewis.

»Haben Sie einen Durchsuchungsbefehl?« fragte Johnson.

Lewis hob den Kopf und musterte den Mann eingehend. »Es wäre kein Problem, einen zu kriegen«, sagte er.

»Mit welcher Begründung?«

»Ich könnte mir schon eine ausdenken«, sagte Lewis. »Wollen wir's nun auf die einfache oder auf die harte Tour machen?«

Johnson zuckte die Achseln. »Wie Sie wollen.« Er geleitete Lewis aus dem Büro, schloß die Korridortür auf und führte ihn auf die drei Gasflaschen zu.

»Ich dachte, Balsamierungsflüssigkeit würde in Sechzehn-Unzen-Glasflaschen angeliefert«, sagte Lewis.

»Dies hier ist was Neues«, sagte Johnson. »Diese Flaschen bestehen innen aus Glas. Die Flüssigkeit steht unter Druck.« Er drehte ein Ventil auf, und eine ätzende Flüssigkeit quoll aus der oberen Düse.

Lewis feuerte einen Schuß ins Blaue ab und sagte: »Es riecht aber gar nicht wie Balsamierungsflüssigkeit.«

Johnson sagte: »Es ist ein neuer Typ. Wir fügen das Aroma später hinzu.«

»Haben Sie die hier gerade erst füllen lassen?« fragte Lewis.

»Nein, sie wurden vor einer Woche geliefert«, sagte Johnson. »Wir haben sie hier stehen lassen, weil wir keinen besseren Lagerplatz für sie haben.« Er lächelte Lewis an, doch seine Augen blieben kalt und wachsam. »Was interessiert Sie so daran?«

»Nennen Sie's berufsmäßige Neugier«, sagte Lewis. Er ging an die Hintertür, entriegelte sie, ließ das Schloß in der Offen-Stellung, ging hinaus und machte die Tür zu. Er konnte die Flaschen durch das Fenster sehen. Er kam in den Korridor zurück.

Er belügt mich noch immer, dachte Lewis. Und dabei ist alles so plausibel. »Ich werde Ihren Laden gründlich durchsuchen«, sagte er.

»Aber warum denn?« sagte Johnson protestierend.

»Aus keinem besonderen Grund«, sagte Lewis. »Aber wenn Sie wollen, gehe ich und hole mir einen Durchsuchungsbefehl.« Er tat so, als wolle er an Johnson vorbeigehen, doch dann hielt ihn eine starke Hand an der Schulter fest, und etwas Hartes drückte sich in seine Seite. Er sah hinunter und entdeckte eine flache Automatik, die auf ihn gerichtet war.

»Ich bedauere es wirklich«, sagte Johnson. »Das können Sie ruhig glauben.«

»Sie werden noch viel mehr bedauern«, sagte Lewis. »Ihr Laden wird von beiden Seiten beobachtet, und im Büro weiß man, wo ich gerade bin.«

Zum ersten Mal sah er Unentschlossenheit auf Johnsons Gesicht. »Sie lügen«, sagte der Bestattungsunternehmer.

»Kommen Sie!« sagte Lewis. Er ging zur Hintertür und schaute zu dem dunklen Fenster hinauf, hinter dem Welch stand. Das Glühen seiner Zigarette war deutlich zu sehen, ein roter Punkt vor dem schwarzen Hintergrund. Johnson sah es. »Und jetzt gehen wir mal nach vorn«, sagte Lewis.

»Nicht nötig«, sagte Johnson. »Ich dachte, Sie wollten mich bluffen.« Er hielt inne. »Sie sind mal wieder über den Hinterhof gekommen und haben einen Blick durchs Fenster geworfen, stimmt's?«

»Was glauben Sie?« fragte Lewis.

»Ich hätte damit rechnen müssen«, sagte Johnson. »Vielleicht war ich zu sehr darauf bedacht, die Dinge so scheinen zu lassen wie sie sind. Es hat mich überrascht, daß Sie in einer Nacht wie dieser hier reingeschneit sind.«

»Sie haben mich vorn reinkommen sehen?« fragte Lewis.

»Sagen wir's so: Ich war mir bewußt, daß Sie unten waren — bevor der Nachtwächter es mir erzählte«, erwiderte Johnson. Er machte eine Geste mit seiner Waffe. »Gehen wir zum Büro zurück!«

Lewis ging durch den Korridor voran. An der Foyertür warf er einen Blick zurück.

»Rumdrehen!« bellte Johnson.

Doch ein Blick hatte ihm schon gereicht. Die Flaschen waren verschwunden.

»Was war das für ein Summen?« fragte Lewis.

»Weitergehen!« sagte Johnson.

Im vorderen Büro bedeutete der Bestattungsunternehmer Lewis, er solle in einem Sessel Platz nehmen. »Wonach haben Sie gesucht?« fragte er. Er nahm auf dem Stuhl hinter dem Schreibtisch Platz und legte die Hand mitsamt der Waffe auf die Schreibfläche.

»Ich habe gefunden, wonach ich suchte«, sagte Lewis.

»Und was soll das sein?«

»Der Beweis, der meinen Glauben bestätigt, daß man dieses Haus Stein für Stein auseinandernehmen sollte.«

Johnson lächelte, zog mit der linken Hand das Telefon heran, nahm den Hörer ab und legte ihn auf den Tisch. »Wie ist die Nummer Ihres Büros?«

Lewis sagte es ihm.

Johnson wählte, nahm den Hörer in die Hand und sagte: »Hallo, hier ist Lewis.«

Lewis erhob sich halb aus dem Sessel. Es war seine eigene Stimme, die aus Johnsons Mund kam. Das Schießeisen in der Hand des Bestattungsunternehmers winkte ihn auf seinen Platz zurück.

»Ihr wißt doch, was ich tue?« fragte Johnson. Er wartete. »Nein. Nichts Wichtiges. Ich sehe mich nur um.« Er machte erneut eine Pause. »Ich sag Bescheid, sobald ich was finde«, sagte er und legte den Hörer wieder auf die Gabel.

»Nun?« fragte Lewis.

Johnsons Lippen wurden dünner. »Es ist unglaublich«, sagte er. »Ein ganz gewöhnlicher Mensch ...« Er brach ab, starrte Lewis an und fügte hinzu: »Es war mein Fehler, Ihnen eine plausible Lüge aufzutischen, als die Tür offenstand. Ich hätte lieber ...« Er zuckte die Achseln.

»Sie glauben doch wohl nicht, Sie hätten uns ewig zum Narren halten können«, sagte Lewis.

»Hätte ich wahrscheinlich nicht«, sagte Johnson. »Doch die Vernunft sagt mir, daß es immer noch eine Chance gibt.« Seine Waffe fuhr plötzlich hoch, ihre Mündung deutete auf Lewis. »Und die muß ich wahrnehmen.« Das Schießeisen spuckte eine Flamme aus, und Lewis wurde in seinen Sessel zurückgeworfen. Durch einen matten Nebel sah er, wie Johnson sich die Waffe an die Schläfe hielt, den Stecher durchzog und vornüber auf den Schreibtisch fiel. Dann wurde der Lewis umgebende Nebel immer dichter, bis zum Schwarz der Besinnungslosigkeit.

In einem unidentifizierbaren Irgendwo wurde Lewis sich seines Ichs wieder bewußt. Er rannte, verfolgt von einem Ungeheuer mit funkensprühenden Augen und Tintenfischarmen, durch eine finstere Grotte, und das Ungeheuer schrie unaufhörlich: »Ein gewöhnlicher Mensch! Ein gewöhnlicher Mensch! Ein gewöhnlicher Mensch!« Seine Stimme hallte, als käme sie aus einer Regentonne. Dann wurde sie von tröpfelndem Wasser überlagert, das in einer schnellen, gleichmäßigen Kadenz fiel. Gleichzeitig sah er den Eingang der Grotte, eine runde, helle Zone. Die helle Zone wurde größer und größer. Sie wurde zur weißen Wand eines Krankenhauszimmers, und zu einem Fenster, vor dem die Sonne schien. Lewis drehte den Kopf und sah eine Metallflasche, die so aussah wie die im Beerdigungsinstitut.

Eine Stimme sagte: »Er hat's geschafft.«

Ein Schwindelanfall überfiel Lewis, und er kämpfte für einen Moment dagegen an. In seinem Gesichtsfeld schwamm eine weißgekleidete Gestalt, die sich auflöste und zu einem Internisten des Bezirkskrankenhauses wurde, den er kannte. Der Internist hielt eine schwarze Sauerstoffmaske in der Hand.

Das Geräusch des tropfenden Wassers wurde lauter, dann erkannte er, daß es sich um das Ticken einer Armbanduhr handelte. Er wandte sich dem Geräusch zu und sah, wie Sheriff Czernak, der sich nahe an seinem Kopf befand, aufrichtete. Seine slawischen Gesichtszüge verzogen sich zu einem Grinsen. »Junge, du hast uns vielleicht Angst gemacht«, sagte er.

Lewis schluckte. Dann fand er seine Stimme wieder. »Was ...«

»Du alte Mißgeburt, du hast vielleicht Glück gehabt«, sagte Czernak. »Du bist nur davongekommen, weil dein Herz auf der rechten Seite liegt. Und weil Joe die Schüsse gehört hat.«

Der Internist stellte sich neben den Sheriff. »Die Kugel hat ein Eckchen Ihrer Lunge angeritzt und ein Stück der hinteren Rippe erwischt«, sagte er. »Sie sind ein geborener Glückspilz.«

»Johnson?« fragte Lewis

»Toter als tot«, sagte Czernak. »Fühlst du dich kräftig genug, um uns zu erzählen, was passiert ist? Joes Geschichte ergibt keinen richtigen Sinn. Was ist mit den Flaschen und der Balsamierungsflüssigkeit los?«

Lewis dachte an seine Begegnung mit dem Bestatter. Nichts davon ergab einen Sinn. Er sagte: »Balsamierungsflüssigkeit wird in Sechzehn-Unzen-Flaschen angeliefert.«

»Wir haben die drei Flaschen aus dem Korridor«, sagte Czernak. »Aber ich weiß nicht, was wir damit machen sollen.«

»Aus dem Korridor?« Lewis erinnerte sich an seinen letzten Blick in den leeren Korridor, bevor Johnson befohlen hatte, er solle sich umdrehen. Er wollte sich erheben, doch der Schmerz schnitt wie mit einem Messer durch seine Brust. Der Internist drückte ihn sanft auf das Kissen zurück. »Nicht so hastig«, sagte er. »Sie bleiben jetzt hübsch liegen.«

»Was ist in den Flaschen?« flüsterte Lewis.

»Das Krankenhauslabor sagt, es sei Balsamierungsflüssigkeit«, sagte der Sheriff. »Was ist so Besonderes daran?«

Lewis fiel der ätzende Geruch der Sprühflüssigkeit ein, die Johnson aus dem Flaschenventil entlassen hatte. »Hat das Labor noch etwas davon?« fragte er. »Ich möchte es gern riechen.«

»Ich besorg etwas«, sagte der Internist. »Aber er darf sich

nicht hinsetzen. Es könnte einen Blutsturz hervorrufen.« Er ging hinaus.

»Wo waren die Flaschen, als ihr sie gefunden habt?« fragte Lewis.

»Unten, bei der Hintertür«, sagte Czernak. »Wo du gesagt hast. Warum?«

»Ich weiß es wirklich noch nicht«, sagte Lewis. »Aber da ist etwas, das ihr tun müßt. Nehmt ein ...«

Die Tür ging auf, der Internist trat ein. Er hielt ein Reagenzglas in der Hand. »Hier ist das Zeug«, sagte er und hielt Lewis das Röhrchen unter die Nase. Die Flüssigkeit roch leicht nach Moschus. Es war nicht das Aroma, das er gerochen hatte. Das erklärt das Verschwinden der Flaschen, dachte er. Jemand hat sie ausgetauscht. Aber was war in den anderen? Er sah den Internisten an und sagte: »Danke.«

»Du wolltest etwas sagen«, sagte der Sheriff.

»Ja«, sagte Lewis. »Nimm dir einen Trupp Männer und zerleg das Beerdigungsinstitut in seine Einzelteile, John. Klopft die Wand ab, vor der ihr die Flaschen gefunden habt, und reißt den Boden davor auf.«

»Was, glaubst du, werden wir da finden?« fragte Czernak.

»Ich will verdammt sein, wenn ich es weiß«, sagte Lewis, »aber es ist bestimmt was von Interesse. Jedesmal, wenn ich mich rumdrehte, waren die Flaschen weg, und tauchten dann wieder auf. Ich möchte wissen, warum.«

»Hör mal, Welby! Wir brauchen aber was Handfestes, bevor wir weitermachen«, sagte der Sheriff. »Die Leute rennen jetzt schon wie verrückt um das Institut herum und sagen, es wäre pietätlos, was wir da machen.«

»Ich würde sagen, wir haben einen guten Grund dazu«, sagte Lewis, und ein kurzes Lächeln formte sich auf seinen Lippen. Sein Gesicht nahm ein ernüchtertes Aussehen an. »Meinst du nicht auch, es reicht, daß jemand versucht hat, einen deiner Männer umzubringen, um dann Selbstmord zu begehen?«

Der Sheriff kratzte sich am Kopf. »Ich glaub schon, Welby. Aber du hast bestimmt nicht mehr für mich als 'ne bloße Vermutung?«

»Ich weiß nicht mehr über den Fall als du«, sagte Lewis. »Wo ist übrigens Johnsons Leiche?«

»Sie wird für die Beerdigung vorbereitet«, sagte Czernak. »Welby, ich brauche wirklich 'n bißchen mehr als das, was du sagst. Der Staatsanwalt macht mich zur Schnecke, wenn ich nicht mehr beibringen kann.«

»Du bist immer noch der Sheriff«, sagte Lewis.

»Na ja ... Kannst du mir nicht wenigstens sagen, warum Johnson sich umgebracht hat?«

»Nimm an, er hat das geistige Gleichgewicht verloren«, sagte Lewis. »Und — John, da ist noch etwas. Sorg dafür, daß Doc Bellarmine ihn autopsiert! Sag ihm, er soll sich die Leiche mit der Lupe anschauen!«

»Warum?«

»Johnson sagte was über — gewöhnliche Menschen«, sagte Lewis.

»Es wird mich Kopf und Kragen kosten«, sagte Czernak.

»Machst du's?«

»Natürlich mach ich's!« explodierte Czernak. »Auch wenn es mir nicht gefällt!« Er drückte sich den Hut auf den Kopf und stapfte hinaus.

Der Internist wandte sich um und folgte ihm.

Lewis sagte: »Wie spät ist es?«

Der Internist blieb stehen und warf einen Blick auf seine Armbanduhr. »Kurz vor fünf.«

»Morgens oder abends?«

»Abends«, sagte der Internist.

»War ich 'n hartes Stück Arbeit?« fragte Lewis.

»Es war eine saubere Wunde«, sagte der Internist. »Jetzt sind Sie über den Berg. Es ist fast Essenszeit. Ich schaue mal, daß Sie bei der ersten Runde sind; dann wird Ihnen die Schwester ein Beruhigungsmittel bringen. Sie brauchen jetzt Ruhe.«

»Wie lange werde ich ans Bett gefesselt sein?« fragte Lewis.

»Darüber reden wir später«, sagte der Internist. »Sie sollten nicht so viel reden.« Er wandte sich um und ging hinaus.

Lewis drehte den Kopf zur Seite und sah, daß jemand einen Stapel Zeitschriften auf dem Nachtschränkchen hatte liegen

lassen. Die oberste war verrutscht und enthüllte ihr Titelbild. Lewis erblickte ein in grellen Farben gemaltes glotzäugiges Ungeheuer, das eine lasziv gekleidete Frau verfolgte. Er fühlte sich sofort an seinen Alptraum erinnert.
Ein gewöhnlicher Mensch ... Ein gewöhnlicher Mensch ... Die Worte überschlugen sich in seinem Kopf. Wieso bin ich darauf gekommen, in Johnson eine Mißgeburt zu sehen? fragte er sich.

Eine Lernschwester kam mit einem Tablett, richtete das Kopfteil seines Bettes auf und half ihm beim Essen. Dann kam eine andere Schwester mit einer Injektionsspritze und setzte sie an seinen Arm. Mit dem Kopf voller unbeantworteter Fragen schlief Lewis ein.

»Er ist jetzt wach«, sagte eine weibliche Stimme. Lewis hörte, wie eine Tür geöffnet wurde und schaute auf. Er sah Czernak eintreten, und Joe Welch folgte ihm. Draußen war es hell, doch es regnete. Die beiden Männer waren in feuchte Regenmäntel gekleidet, die sie auszogen und über die Stühle legten.

Lewis lächelte Welch an. »Vielen Dank für deine guten Ohren, Joe«, sagte er.

Welch grinste. »Ich hab das Fenster aufgemacht, als ich dich durch die Hintertür kommen sah«, sagte er. »Ich dachte, du wolltest mir vielleicht was zurufen. Und als du dann wieder reingingst, kam es mir komisch vor. Also ließ ich es einen Spalt offen; sonst hätte ich überhaupt nichts gehört.«

Czernak zog einen Stuhl zu Lewis' Bett heran und setzte sich. Welch angelte mit dem Fuß nach einem anderen.

Lewis wandte sich dem Sheriff zu. »Hat der Staatsanwalt schon Terror gemacht?«

»Nein«, sagte Czernak. »Er ist neulich von einem Wolkenbruch überrascht worden, jetzt liegt er mit Durchfall im Bett. Außerdem bin ich immer noch der Sheriff in diesem Bezirk.« Er tätschelte die Bettdecke. »Wie fühlst du dich, Junge?«

»Ich fürchte, ich werd's überleben«, sagte Lewis.

»Ich hoff's«, sagte Welch. »Wir haben nämlich 'ne neue Aushilfe in der Zentrale. Sie hat dein Bild in den Akten gesehen und möchte dich gern kennenlernen. Sie ist ein echter Wirbelwind!«

»Sag ihr, sie soll auf mich warten«, sagte Lewis. Er sah den Sheriff an. »Was habt ihr gefunden?«

»Ich steig da nicht recht durch, Welby«, sagte Czernak. »Direkt hinter den Flaschen war eine zugegipste Ziegelwand. Wir haben den Gips abgeschlagen und einen Haufen Drähte gefunden.«

»Was denn für Drähte?«

»Das ist es ja. Keelers Alter ist Juwelier, und Keeler sagt, sie wären aus Silber. Es sieht aus wie'n Gitternetz. Die Dinger überschneiden sich an jeder Ecke.«

»Und womit sind sie verbunden?«

»Mit nichts, das wir finden konnten«, sagte Czernak. Er sah Welch an. »Stimmt's?«

»Da waren bloß diese Drähte«, sagte Welch.

»Was habt ihr damit gemacht?« fragte Lewis.

»Nichts«, sagte Czernak. »Wir haben alles so gelassen, wie es war, und ein paar Fotos davon gemacht.«

»Irgendwas unter dem Fußboden?«

Czernaks Gesicht hellte sich auf. »Mann, da haben wir das große Los gezogen!« Er beugte sich vor und sah Lewis aus nächster Nähe an. »Woher wußtest du, daß wir dort was finden würden?«

»Ich wußte bloß, daß die Flaschen ewig aus dem Nichts auftauchten«, sagte Lewis. »Was war also da unten?«

Czernak richtete sich auf. »Na ja, ein Teil des Bodens ist versenkbar, wie ein Aufzug, und darunter ist 'n großer Raum. Er läuft unter dem Korridor her, bis unter den Balsamierungsraum, und da ist wieder 'ne geflieste Bodensektion, die nach oben geht, und 'ne Falltür und 'ne Treppe. Teufel! Es war wie in 'nem Horrorfilm!«

»Was ist sonst da unten?«

»Ein Haufen Maschinen«, sagte Czernak.

»Welcher Art?«

»Keine Ahnung.« Czernak schüttelte den Kopf und sah Welch an.

»So irre Dinger hab ich auch noch nie gesehen«, sagte Welch achselzuckend.

»Doc Bellarmine ist gestern nach der Autopsie runtergekommen und hat sich alles angeguckt«, sagte Czernak. »Er sagt, er würde sich heute morgen auch dich vornehmen.«

»Hat er irgendwas über die Autopsie gesagt?« fragte Lewis.

»Mir nicht«, sagte Czernak.

Welch zog seinen Stuhl näher an das Fußende des Bettes heran und legte einen Arm auf das Gitter. »Er sagt, irgendwas an der Autopsie sei schuld daran, daß er sich das Beerdigungsinstitut ansehen wollte«, sagte er. »Aber was, hat er nicht gesagt.«

»Und was ist mit den Angestellten des Ladens?« fragte Lewis. »Haben sie was über den geheimen Raum gesagt?«

»Sie schwören Stein und Bein, sie hätten nicht mal geahnt, daß er da ist«, sagte Czernak. »Wir haben natürlich alle in Gewahrsam genommen; außer Tule und seiner Frau.«

»Tule?«

»Yeah, Johnsons Teilhaber. Seine Frau ist 'ne lizenzierte Bestatterin. Man hat sie seit der Nacht, in der auf dich geschossen wurde, nicht mehr gesehen. Die Angestellten sagen, Johnson, Tule und seine Frau hätten ewig im ganzen Haus die Türen abgeschlossen, obwohl dafür gar kein Grund vorlag.«

»Wie sehen die Maschinen aus?«

»Ein Teil gehört zum Aufzug für die Bodensektion. Das andere Zeug ist mit 'nem Haufen Schläuchen verbunden, die oben vom Balsamierungstisch runterführen. Dann ist da noch 'ne große ...« Czernak hielt inne, als die Tür geöffnet wurde..

Das zynische Gesicht Dr. Bellarmines lugte ins Zimmer. Sein Blick wanderte über die Anwesenden. Dann trat er ein und schloß die Tür hinter sich. »Wie ich sehe, fühlt sich der Patient schon besser«, sagte er. »Und dabei dachte ich zuerst, ich müßte bald in meiner offiziellen Eigenschaft tätig werden.«

»Der Knabe wird uns noch alle überleben«, sagte Welch.

»Das wird er wahrscheinlich«, sagte der Arzt. Er warf Lewis einen Blick zu. »Lust auf ein kleines Gespräch?«

»Einen Moment noch, Doc«, sagte Lewis. Er wandte sich zu Czernak um und sagte: »John, ich hab noch eine Bitte. Könntest du eine dieser Flaschen mit der Balsamierungsflüssigkeit in eine Schlosserei bringen und mit einem Schweißgerät öffnen lassen? Ich möchte wissen, wie sie von innen aussieht.«

»Kommt gar nicht in die Tüte«, sagte Czernak. »Zuerst will ich 'ne Erklärung haben.«

»Ich hab noch keine Erklärung dafür«, sagte Lewis. »Die Stücke ergeben noch kein Ganzes. Ich bin an dieses Bett gefesselt, aber ich sollte lieber draußen an dieser Sache arbeiten. Ich hab zehntausend Fragen, auf die ich keine Antwort weiß, und keine Möglichkeit, sie beantwortet zu kriegen.«

»Regen Sie sich nicht auf«, sagte Bellarmine.

»Yeah, Welby, immer ruhig bleiben«, sagte Czernak. »Es ist nur so, ich bin so frustriert, daß ich explodieren könnte. Nichts ergibt einen Sinn. Dieser Typ wollte dich umbringen, obwohl er gar kein Motiv hatte, und dann begeht er auch noch Selbstmord. Und zwar deswegen, weil du in die Flaschen reinsehen wolltest, in denen nur Balsamierungsflüssigkeit ist. Ich blick da einfach nicht mehr durch.«

»Läßt du sie nun für mich aufmachen?« fragte Lewis.

»Okay, okay.« Czernak kam langsam auf die Beine. Auch Welch stand auf. »Komm, Joe!« sagte der Sheriff. »Wir sind ja sowieso bloß 'n paar Laufburschen für unseren Sherlock. Nehmen wir die Beine in die Hand ...«

»Tut mir leid, John«, sagte Lewis. »Aber es ist nun mal so, daß ich nicht ...«

»Ich weiß, daß du im Moment nichts selbst tun kannst«, sagte Czernak. »Deswegen tu ich es ja. Du bist mein bester Mann, Welby; also rechne ich damit, daß du dieses Ding zusammenkriegst. Ich hab schon aufgegeben, als ich diese Maschinen sah.« Er verließ murmelnd den Raum. Welch folgte ihm auf dem Fuße, blieb aber an der Tür stehen und zwinkerte Lewis zu.

Bellarmine wartete, bis die Tür geschlossen war, dann nahm er am Fußende des Bettes Platz. »Wie haben Sie sie bloß dazu gekriegt?« fragte er.

Lewis ignorierte die Frage. »Was hat die Autopsie erbracht?« fragte er.

Der Chirurg runzelte die Stirn. »Als der Sheriff mir sagte, was Sie von mir erwarten, dachte ich, Sie seien durchgedreht«, erwiderte er. »Jeder Dummkopf hätte sehen können, daß Johnson an einem Kopfschuß gestorben ist. Aber ich habe angenommen, daß Sie einen guten Grund hatten; also habe ich ihn sorgfältig aufgeschnitten. Und das war wirklich gut.«

»Warum?«

»Tja, es war einer jener Autopsiefälle, die Chirurgen meist mit einem Achselzucken abtun. Eine sichtbare Wunde. Dem Anschein nach ein ganz klarer Fall. Ich hätte es übersehen können. Der Bursche sah ja ganz normal aus.«

»Übersehen? Was?«

»Zum Beispiel sein Herz. Es hat eine zusätzliche Muskelschicht in der Scheidewand. Als ich es untersuchte, fiel mir beinahe das Messer aus der Hand. Die Muskeln funktionieren wie die automatische Versiegelung, die man in Flugzeug-Treibstofftanks verwendet. Durchbohrt man das Herz, versiegelt sich das Loch, bis die Wunde verheilt ist.«

»Verdammt!« sagte Lewis.

»Der Bursche sah überall so aus«, sagte Bellarmine. »Die Ärzte haben den menschlichen Körper seit Unzeiten mit dem Wunsch betrachtet, einige Dinge an ihm neu zu gestalten, damit sie besser funktionieren. Johnson sah so aus, als sei unser Wunsch in Erfüllung gegangen. Er hat weniger Wirbel und bessere Gelenkverbindungen, und in den Pupillen Pigmentvenen, die nur eine Art Filter darstellen können, die ...«

»Das ist es!« Lewis schlug mit der flachen Hand auf das Bett. »Es war etwas Andersartiges an ihm, aber ich hab es nicht richtig in den Griff gekriegt. Seine Pupillen änderten ihre Farbe. Ich weiß noch, wie ich es gesehen habe, und ...«

»Nichts haben Sie gesehen«, sagte Bellarmine. »Sein Bekkenboden war breiter. Sowas verteilt das Gewicht gleichmäßiger auf die Beine. Seine Füße wiesen größere Knochen auf — das verteilte das Gewicht zentraler über den Spann. Er verfügte über eine verflochtene, membranartige Eingeweideverstärkung. Sein Kreislaufsystem hatte an strategisch wichtigen Punkten schließmuskelartige Klappen, um ein Verbluten zu verhindern. Johnson hat vielleicht äußerlich wie ein Mensch ausgesehen, aber innen war er ein Übermensch.«

»Was ist mit den Maschinen im Keller seines Ladens?« fragte Lewis.

Bellarmine stand auf und ging am Fußende des Bettes auf

und ab. Dann blieb er stehen, legte die Hände auf das Gitter und sah Lewis an. »Ich habe die halbe Nacht damit verbracht, mir alles anzusehen«, sagte er. »Es ist eine der am schönsten konstruierten Ausrüstungen, die ich je gesehen habe. Ihr Hauptzweck besteht darin, Leichenblut zu sammeln und das Protein zu fraktionieren.«

»Meinen Sie zur Herstellung von Plasma und so?« fragte Lewis.

»Na ja, sowas in der Art«, sagte Bellarmine.

»Ich hätte nicht gedacht, daß man das Blut von Toten dazu brauchen kann«, sagte Lewis.

»Hätten wir auch nicht«, sagte der Chirurg. »Aber die Russen haben daran gearbeitet. Wir haben erfahren, daß es zu schnell zerfällt. Wir haben versucht ...»

»Glauben Sie, wir haben's mit einer kommunistischen Verschwörung zu tun?«

Bellarmine schüttelte den Kopf. »Fehlanzeige. Dieses Instrumentarium ist nicht nur hier unbekannt. Man kennt es auf der ganzen Erde nicht. Da gibt es eine Zentrifugalpumpe, die sich frei in einem Luftgebläse dreht. Jedesmal, wenn ich an die Kraft denke, die sie erzeugt, läuft es mir kalt den Buckel runter. Wir kennen keine Legierung, die auch nur annähernd diese Merkmale aufweist. Und die Russen haben auch keine.«

»Woher wollen Sie das wissen?«

»Weil es mehrere Forschungsprojekte gibt, die auf diesen Instrumententyp hinarbeiten und die Russen keine anderen Resultate erzielen als wir.«

»Dann wurde also aus dem Leichenblut irgend etwas produziert und in diesen Flaschen gelagert«, sagte Lewis.

Bellarmine nickte. »Hab ich überprüft. Eine der Flaschenmuffen paßt zu einer der Maschinen.«

Lewis setzte sich aufrecht hin und ignorierte den Schmerz in seiner Brust. »Das bedeutet, daß wir einen Außerirdischen in ...« Der Schmerz wurde zu stark, er sackte auf das Kissen zurück.

Dr. Bellarmine war sofort neben ihm. »Sie Narr!« schnauzte er. »Sie sollten es doch ruhig angehen!« Er drückte den Notrufknopf am Kopfende des Bettes und beschäftigte sich mit Lewis' Verbänden.

»Was ist denn?« flüsterte Lewis.

»Blutsturz«, sagte Bellarmine. »Wo ist die verdammte Schwester? Warum hört sie die Klingel nicht?« Er riß einen langen Streifen Klebeband ab.

Die Tür ging auf, und eine Schwester trat ein. Als sie die Szene sah, blieb sie stehen.

»Nottrage«, sagte Bellarmine. »Holen Sie sofort Dr. Edwards her! Und bringen Sie Plasma mit!«

Lewis hörte im Innern seines Kopfes eine Trommel schlagen — lauter, lauter, immer lauter. Dann verstummte sie, und es gab nichts mehr.

Er erwachte von einem raschelnden Geräusch und Schritten. Dann erkannte er es. Das Rascheln eines gestärkten Schwesternkittels, der sich durch den Raum bewegte. Er öffnete die Augen und sah an den Schatten draußen, daß es Nachmittag war.

»Sie sind also wach«, sagte die Schwester.

Lewis wandte sich dem Geräusch zu. »Sie sind neu«, sagte er. »Ich kenne Sie nicht.«

»Sonderschicht«, sagte die Schwester. »Bleiben Sie jetzt ruhig liegen und bewegen Sie sich nicht!« Sie drückte den Rufknopf.

Es schien, als käme Dr. Bellarmine aus dem Nichts. Er beugte sich über Lewis, fühlte seinen Puls und holte tief Luft. »Sie hatten einen Schock«, sagte er. »Sie müssen ruhig bleiben. Bewegen Sie sich bloß nicht!«

Mit leiser, heiserer Stimme sagte Lewis: »Kann ich ein paar Fragen stellen?«

»Ja, aber nur kurze. Sie müssen jede Art von Anstrengung vermeiden.«

»Was hat der Sheriff über die Flaschen in Erfahrung gebracht?«

Bellarmine zog eine Grimasse. »Sie sind nicht aufzukriegen. Das Metall ist nicht zerschneidbar.«

»Das ist der Beweis«, sagte Lewis. »Glauben Sie, es gibt noch mehr solcher Instrumente?«

»Es muß sie geben«, sagte Bellarmine. Er nahm auf einem

Stuhl am Kopfende Platz. »Ich habe mir die Sachen im Keller noch mal angeschaut und einen Maschinenschlosser mitgenommen. Er meint es auch. Alles an diesen Dingern riecht nach Massenproduktion. Man stößt überall auf genormte Teile und ein Minimum an Handarbeit. Es sind einfache, aber wirkungsvolle Bauteile.«

»Wozu? Wozu kann Blut von Toten nützlich sein?«

»Das habe ich mich auch gefragt«, sagte Bellarmine. »Vielleicht als Nährlösung für Pflanzenzüchtungen. Vielleicht für die Antikörper.«

»Hätten sie was davon?«

»Das käme darauf an, wie schnell man das Blut entnimmt. Die Zeitumstände variieren mit der Temperatur, dem körperlichen Zustand und einem Haufen anderer Dinge.«

»Aber zu welchem Zweck?«

Der Chirurg fuhr sich mit der Hand durch das graue Haar. »Mir gefällt meine Antwort auf diese Frage zwar nicht«, sagte er, »aber ich muß ständig daran denken, wie wir das Blut von Versuchskaninchen fraktionieren, Impfstoffe aus Hühnerembryos gewinnen und mit unseren Labortieren umgehen.«

Lewis' Blick fiel auf die Kleiderablage am anderen Ende des Zimmers. Jemand hatte die Zeitschriften vom Nachtschränkchen genommen und dort abgelegt. Er konnte das Umschlagbild mit dem Glotzaugenmonster immer noch sehen.

»Nach allem, was ich aus der Science Fiction weiß«, sagte er, »muß der Silberrost im Korridor eine Art Materietransmitter sein, der die Flaschen dorthin schickt, wo sie verwendet werden. Ich frage mich, warum sie nicht unten bei den Maschinen aufbewahrt wurden.«

»Vielleicht mußten sie zu ebener Erde stehen«, sagte Bellarmine. »Sie denken fast das gleiche wie ich.«

»Sie sind ein sturer Bursche, Doc«, sagte Lewis. »Wieso hat diese Glotzaugenmonster-Theorie für Sie Gewicht?«

»Ich habe eben kombiniert«, sagte Bellarmine. »Der silberne Rost, das Aussehen dieser Maschinen und ihr Zweck, die eigenartigen Metalle, die Andersartigkeit Johnsons. Es klingt nach einem A-L-I-E-N. Aber das gleiche könnte ich auch von Ihnen sagen, Lewis. Wie sind Sie darauf gekommen?«

»Johnson nannte mich einen gewöhnlichen Menschen. Da habe ich mich gefragt, wie fremdartig man sein muß, um sich nicht der menschlichen Rasse zuzurechnen.«

»Stimmt«, sagte Bellarmine.

»Aber warum Versuchskaninchen?« fragte Lewis.

Der Chirurg runzelte die Stirn und schaute zu Boden. Dann blickte er Lewis an. »Das Instrumentarium verfügte über einen zweiten Objekttisch«, sagte er, »der nur eine Funktion haben konnte: lebendige Viren einem Strahlenbombardement auszusetzen, von mir aus Röntgenstrahlen, und die mutierte Rasse dann in kleine Sprühdosen abzufüllen, die so groß sind wie eine Faust. Ich weiß aufgrund persönlicher Forschungsergebnisse, daß manche mutierten Viren tödlich sein können.«

»Bakteriologische Kriegsführung«, flüsterte Lewis.

»Sind Sie sicher, daß nicht die Russen dahinterstecken?«

»Ich bin sicher. Wir haben es hier mit einem perfekten Infizierungszentrum zu tun. Komplett ausgestattet. Banbury könnte längst entvölkert sein, wenn meine Annahme zutrifft.«

»Vielleicht waren sie noch nicht soweit.«

»Wenn das Infektionszentrum steht, kann die bakteriologische Kriegsführung losschlagen. Nein, diese Instrumente wurden, wenn ich nicht danebenhaue, zur Produktion einfacher Varianten gewöhnlicher Bakterien verwendet. Die kleinen Sprühdosen kamen in einen ...«

»... Halter auf Johnsons Schreibtisch«, sagte Lewis.

»Yeah«, sagte Bellarmine.

»Ich habe eine davon gesehen«, sagte Lewis. »Ich hielt sie für ein Deodorant oder sowas.« Er zupfte ein Fädchen von der Bettdecke. »Sie infizieren uns also mit mutierten Viren.«

»Es macht mir angst«, sagte Bellarmine.

Lewis kniff die Augen zusammen und sah den Chirurgen an. »Doc, was täten Sie, wenn Sie entdecken würden, daß eine Ihrer Laborratten nicht nur intelligent ist, sondern sogar weiß, was Sie mit ihr anstellen?«

»Tja ...« Bellarmine schaute aus dem Fenster in die zunehmende Dämmerung hinaus. »Ich bin kein Ungeheuer, Lewis. Ich würde sie vielleicht freilassen. Nein ...« Er kratzte sich am Kinn. »Nein, vielleicht würde ich es nicht tun. Aber ich würde sie nicht mehr infizieren. Ich glaube, ich würde sie einigen Tests unterziehen, um rauszukriegen, wie intelligent sie ist. Jedenfalls wäre sie dann kein einfaches Versuchstier mehr. Ihr Nutzen läge dann in psychischen Gefilden, damit ich etwas über mich selbst erfahre.«

»So ungefähr hab ich es mir auch vorgestellt«, sagte Lewis. »Wie lange muß ich noch in diesem Bett liegen bleiben?«

»Warum?«

»Ich habe mir eine Methode ausgedacht, mit der Versuchskaninchen Wissenschaftlern mitteilen können, daß das Spiel aus ist.«

»Was? — Wir kennen doch nicht mal ihre Sprache. Wir haben nur ein Exemplar gesehen — und das ist tot. Woher sollen wir wissen, daß sie so reagieren würden wie wir?«

»Sie würden's«, sagte Lewis.

»Wie können Sie das sagen? Sie müßten an sich schon längst wissen, daß wir vernunftbegabt sind.«

»Ratten sind auch vernunftbegabt — zu einem gewissen Grad«, sagte Lewis. »Es kommt immer auf den Standpunkt an. Klar — im Vergleich zu uns haben sie nicht viel auf dem Kasten. Und ebenso wäre es mit ...«

»Wir haben kein Recht, für den Rest der Menschheit Risiken einzugehen«, protestierte Bellarmine. »Mensch, Lewis — einer von denen hat versucht, Sie umzubringen!«

»Und alles deutet darauf hin, daß er nicht sonderlich helle war«, sagte Lewis. »Er hat zu viele Fehler gemacht. Nur deswegen sind wir ihm auf die Spur gekommen.«

»Sie könnten uns durchs Klosett spülen — weil wir als Versuchstiere nicht mehr taugen«, sagte Bellarmine. »Sie ...«

Lewis sagte: »Ich glaube, wir haben es mit echten Wissenschaftlern zu tun. Johnson hat vor Ort gearbeitet, als Labortechniker; er war ein gewöhnlicher Arbeiter. Der echte Forscher würde unserer menschlichen Verhaltensweise folgen. Ich bin sicher. Ein echter Wissenschaftler muß in der Lage sein, sich zu beherrschen. Das bedeutet, daß er die Probleme anderer Menschen — anderer Wesen — versteht. Nein, Doc. Ihre erste Antwort war die beste. Man würde die Ratte einer psychologischen Testserie unterziehen.«

Bellarmine starrte seine Hände an. »Wie sieht Ihre Idee aus?«

»Setzen Sie eine Laborratte in einen dieser kleinen Käfige. Infizieren Sie sie mit einem gewöhnlichen Virus, legen Sie die Injektionsspritze in den Käfig und stellen Sie das Ganze — die Ratte und alles andere — vor den silbernen Rost. Verbiegen ...«

»Welch verrückte Idee«, sagte Bellarmine. »Wie könnte man einem hypothetischen Etwas erklären, daß es sich unsere Botschaft ansehen soll, wenn man nicht mal seine hypothetische Sprache kennt — und wie soll man es überhaupt kontaktieren?«

»Verbiegen Sie den Rost, indem Sie die Drähte mit einem Eisenstück berühren«, sagte Lewis. »Binden Sie ihn zur Sicherheit an einen Stock.«

»So etwas Irres hab ich noch nie gehört«, sagte Bellarmine.

»Geben Sie mir 'ne Laborratte, einen Käfig und die Fixe, dann tu ich es selbst«, sagte Lewis.

Bellarmine stand auf und ging zur Tür. »Sie werden für die nächsten paar Wochen gar nichts tun«, sagte er. »Sie sind ein kranker Mann, und ich habe jetzt schon viel zu lange mit Ihnen geredet.« Er öffnete die Tür und ging hinaus.

Lewis starrte an die Decke. Ein Frösteln ließ seinen Körper erzittern. Ein mutierter Virus!

Die Tür öffnete sich. Ein Pfleger und eine Schwester traten ein. »Sie kriegen jetzt ein Tübchen heiße Gelatine«, sagte die Schwester. Sie half ihm beim Essen, obwohl er protestierte; dann gab sie ihm ein Beruhigungsmittel.

»Ärztliche Anweisung«, sagte sie.

Durch den sich herabsenkenden Nebel murmelte Lewis: »Von welchem Arzt?«

»Dr. Bellarmine«, sagte sie

Der Nebel sank tiefer und wurde dunkler. Lewis driftete in einen Alptraum hinein, der von Tausenden von Johnsons bevölkert war, und sie rannten alle mit großen Gasflaschen herum, fragten »Sind Sie ein Mensch?« und sammelten Blut.

Als Lewis erwachte, saß Sheriff Czernak an seinem Bett. Ein Blick aus dem Fenster zeigte ihm, daß der Morgen graute. Er sah den Sheriff an. »Morgen, John«, flüsterte er. Seine Zunge fühlte sich trocken und geschwollen an.

»Wird aber auch Zeit, daß du wach wirst«, sagte Czernak. »Ich warte schon ein paar Stunden. Da geht was vor, das nicht astrein ist.«

»Drehst du mal mein Bett hoch?« fragte Lewis. »Was ist passiert?«

Czernak stand auf, stellte einen Fuß auf den Hebel und kurbelte die Kopfstütze nach oben.

»Der größte Hammer ist, daß Doc Bellarmine verschwunden ist«, sagte er. »Wir haben seine Spur von hier bis zum Beerdigungsinstitut verfolgt. Von da aus hat sie nur noch *Pffft* gemacht.«

Lewis riß die Augen auf. »Stand da ein Rattenkäfig?«

»Schon wieder!« brüllte Czernak. »Du sagst, du wüßtest nichts, aber du weißt alles!« Er beugte sich über ihn. »Klar stand da ein Rattenkäfig! Und jetzt sagst du mir, woher du davon gewußt hast!«

»Erzähl du mir erst, was passiert ist«, sagte Lewis.

Czernak runzelte die Stirn und richtete sich auf. »Na schön, Welby, aber wenn ich fertig bin, dann spuckst du's aus.« Er fuhr sich mit der Zunge über die Lippen. »Ich hab erfahren, daß der Doc gestern abend hier war und mit dir geredet hat. Dann ist er ins Labor runtergegangen und hat sich 'ne Ratte samt Käfig geholt. — Dann ist er zum Beerdigungsinstitut rübergegangen. Er hatte die Ratte bei sich. Unser Posten hat ihn reingelassen. Aber nach 'ner Weile, als er nicht wieder rauskam, kriegte er es mit der Angst zu tun und schaute nach. Im hinteren Korridor fand er die schwarze Arzttasche. Und da, wo das silberne Zeug war, fand er ...«

*»War?«* sagte Lewis anklagend.

»Yeah«, sagte Czernak müde. »Das ist die andere Sache. Letzte Nacht hat jemand das ganze Drahtzeug rausgerissen. Er hat nicht ein Itzelchen zurückgelassen.«

»Was hat der Posten sonst noch gefunden?«

Czernak schob eine Hand unter seinen Kragen und starrte die gegenüberliegende Wand an.

»Nun?«

»Hör mal, Welby, ich ...«

*»Was ist passiert?«*

»Tja, der Posten — es war Rasmussen — rief mich an, und ich bin sofort zu ihm rüber. Rasmussen hat nichts angefaßt. Da lagen nur die Tasche vom Doc und 'n langer Holzknüppel, an dem ein Stemmeisen befestigt war — und der Rattenkäfig. Die Ratte war weg.«

»War sonst noch was in dem Käfig?«

Czernak beugte sich plötzlich vor und stieß hervor: »Hör zu, Welby, der Käfig ... Damit stimmt was nicht. Als ich ankam, war er nicht da, ich schwöre es. Rasmussen erinnert sich auch nicht daran. Beim Reinkommen war mein erster Gedanke, daß der Doc durch die Hintertür rausgegangen ist, aber unser Siegel war immer noch dran. Die Tür war nicht geöffnet worden. Und als ich so darüber nachdachte — ich stand ungefähr in der Korridormitte —, da hörte ich dieses Geräusch ... wie 'n Korken, der aus 'ner Flasche gezogen wird. Ich drehte mich um — und da stand der kleine Käfig auf dem Boden. Wie aus dem Nichts.«

»Und er war leer?«

»Ja, abgesehen von ein paar Glassplittern, von denen ich jetzt weiß, daß sie zu 'ner Spritze gehörten.«

»Einer kaputten Spritze?«

»Total in Stücke gehauen.«

»War die Käfigtür offen?«

Czernak neigte den Kopf ein Stück zur Seite und musterte die Zimmerwand. »Nee, glaub ich nicht.«

»Und wo stand der Käfig genau?« Lewis' Blick bohrte sich in die Augen des Sheriffs.

»Wie ich schon sagte, Welby — genau da, wo vorher die Drähte waren.«

»Und die Drähte waren weg?«

»Tja ...« Der Sheriff schaute erneut sehr unbehaglich drein. »Etwa 'ne Sekunde lang, als ich mich umdrehte und das Geräusch hörte — 'ne Sekunde lang hab ich geglaubt, ich hätte sie gesehen.«

Lewis holte tief Luft.

Czernak sagte: »Jetzt bist du aber dran! Wo steckt der Doc?

Du mußt es doch wissen — nach all den Fragen, die du gestellt hast!«

»Er macht gerade seine Aufnahmeprüfung«, sagte Lewis. »Und wir sollten alle dafür beten, daß er sie besteht.«

*Originaltitel: »Rat Race«*

*erstmals erschienen in*
*»Astounding Science Fiction«*
*Aus dem Amerikanischen übersetzt von*
*Ronald M. Hahn*

# DER DRACHE IN DER SEE

Bellands Sessel kratzte über den Boden. Er stand auf, begab sich an die linke Wand und deutete auf die projizierte Karte der nördlichen Polargebiete. »Fähnrich Ramsey, in diesen Gewässern haben wir während der letzten zwanzig Wochen zwanzig U-Boote verloren«, sagte er. Dann wandte er sich, wie ein Lehrer, der eine Frage stellen will, zu ihm um. »Ist Ihnen bekannt, wie dringend wir Öl brauchen?«

Bekannt? Ramsey unterdrückte ein bitteres Lächeln. Durch seinen Geist raste die fast endlose Liste der Maßnahmen, mit denen Öl gespart werden sollte: Inspektionen, Bezugsscheine, Dringlichkeitsstufen, Erfindungsprämien. Er nickte.

Die Baßstimme des Admirals fuhr fort: »Seit fast zwei Jahren beziehen wir unser Öl teilweise aus den Vorkommen vor den Küsten der Kontinentalschelfe des Ostblocks.« Seine linke Hand deutete vage auf die Karte.

Ramseys Augen weiteten sich. Die Gerüchte stimmten also: Die U-Boote raubten das Öl des Feindes!

»Wir haben eine Unterwasser-Bohrtechnik für umgebaute U-Boote entwickelt«, sagte Belland. »Eine Hochgeschwindigkeitspumpe und ein neuartiger Kunststoffprahm vervollkommnen die Ausrüstung.«

Der Mund des Admirals verzog sich zu etwas, das er für ein entwaffnendes Lächeln zu halten schien, doch die Wirkung bestand darin, daß er noch piratenhafter aussah. »Die Jungs nennen den Prahm ›Schnecke‹ und die Pumpe ›Moskito‹.«

Pflichtschuldiges Gekicher erfüllte den Raum. Auch Ramsey produzierte ein gezwungenes Lächeln. Er bemerkte, daß Dr. Oberhausen seinem Ruf als Pokergesicht absolut treu blieb.

»Eine Schnecke kann etwa hundert Millionen Barrel Öl befördern. Der Ostblock weiß zwar, daß er das Öl verliert und wie, er kann aber nicht in jedem Fall sagen, wann oder wo es verschwindet. Wir sind halt gerissener.« Die Stimme des Admirals wurde lauter. »Unser Ortungssystem ist dem ihren überlegen. Unsere Dämpfplatten ...«

Dr. Oberhausens spröde Stimme unterbrach ihn. »Alles, was wir haben, ist ihnen überlegen — außer ihrem Talent, uns zu versenken.«

Der Admiral setzte eine finstere Miene auf.

Ramsey, der den Wink richtig verstanden hatte, warf sich in die Bresche. »Wie hoch waren die Verluste auf den zwanzig Booten, die wir verloren haben, Sir?«

Ein eulengesichtiger Captain neben Belland sagte trocken: »Von den letzten zwanzig Einsätzen ist niemand zurückgekehrt.«

»Einhundert Prozent«, wiederholte Dr. Oberhausen. Seine blicklosen Augen schienen quer durch den Raum einen rotgesichtigen Korvettenkapitän anzusehen. »Commander Turner, würden Sie Mr. Ramsey das Ding zeigen, das Ihre Leute gefunden haben?«

Der Korvettenkapitän legte einen schwarzen Zylinder von der Größe eines Bleistifts auf den Tisch. Er ging von Hand zu Hand, bis er bei Ramsey landete.

»Mr. Ramsey ist unter anderem Elektronikspezialist«, sagte Dr. Oberhausen. »Er ist Experte für Geräte zur Aufspürung traumatischer Erinnerungen.«

Ramsey verstand auch diesen Wink. Er war also der allwissende Elektronikexperte. *Der Mann Der Deine Geheimsten Gedanken Kennt.* Ergo: *In Der Gegenwart Dieses Mannes Hast Du Besser Keine Geheimen Gedanken.* Mit einer lässigen Geste hievte Ramsey sein schwarzes Kästchen auf den Tisch, legte den Zylinder daneben und erzeugte so den Eindruck, er habe das rätselhafte Ding auf der Stelle durchschaut und halte es für ziemlich primitiv.

Was, zum Teufel, ist das? fragte er sich.

»Sie haben es vermutlich schon als Sender mit niedriger Bandbreite erkannt«, sagte Belland.

Ramsey warf einen Blick auf die neutrale Oberfläche des Zylinders. Was würden sie wohl tun, wenn ich behaupten würde, ich hätte Röntgenaugen? fragte er sich. Obe muß sie hypnotisiert haben.

Belland wandte sich in einem ängstlich-trotzigen Tonfall an Ramsey. »Es ist dem Ostblock gelungen, diese Sender auf unsere U-Boote zu schmuggeln. Wir nehmen an, daß eine Zeitschaltung sie erst in Betrieb nimmt, wenn sie auf See sind. Leider sind wir bisher nicht fähig gewesen, diese Dinger auseinanderzunehmen, weil sie dann explodieren.«

Ramsey schaute Dr. Oberhausen an und wechselte dann zum Admiral über, was soviel heißen sollte wie »Na ja, hätten wir eher davon erfahren ...«

Doch dann präsentierte der Admiral den Stolz seiner Abteilung, als er sagte: »Turner glaubt jedoch, daß er das Problem gelöst hat.«

Ramsey warf dem rotgesichtigen Korvettenkapitän einen Blick zu. Und wenn du versagst, wirst du schnell wieder Gefreiter sein, dachte er. Der Korvettenkapitän versuchte sich so klein wie möglich zu machen.

Der Fregattenkapitän, der rechts neben Dr. Oberhausen saß, sagte: »Feindliche Agenten setzen sie vielleicht an Bord in Betrieb.«

Dr. Oberhausen sagte: »Machen wir's kurz! Diese Geräte haben den Gegner zu unseren geheimen Bohrstellen geführt.«

»Das wirkliche Problem besteht darin«, sagte Belland, »daß man uns mit ›Schläfern‹ infiltriert hat — mit Leuten, die der Feind uns schon vor langer Zeit in den Pelz gesetzt hat. Schon vor dem Krieg. Sie warten nur auf den richtigen Moment.« Er runzelte die Stirn. »Ja, sogar mein Fahrer ...« Er hielt inne und wandte sich stirnrunzelnd Ramsey zu. »Wir wissen einigermaßen sicher, daß Sie kein Schläfer sind.«

»Einigermaßen sicher?« wiederholte Ramsey.

»Ich weiß einigermaßen sicher, daß niemand in diesem Raum ein Schläfer ist«, brummte Belland. »Aber mehr auch nicht.« Er wandte sich wieder der Karte an der Wand zu und deutete auf eine bestimmte Stelle in der Barentssee. »Dies ist die Insel Nowaja Semlja. Vor der Westküste befindet sich ein schmales Schelf, das in ungefähr hundert Faden Tiefe abfällt, und zwar sehr steil. In der Flanke dieses Schelfs haben wir eins der größten Ölvorkommen aller Zeiten entdeckt. Der Ostblock weiß nichts davon — noch nicht.«

Dr. Oberhausen legte eine knochige Hand auf den Tisch und ließ einen Finger tanzen. »Wir müssen sicherstellen, daß Mr. Ramsey der Faktor Kampfmoral klar wird.« Er wandte sich an Ramsey. »Sie verstehen sicher, daß wir unsere Verluste nicht absolut geheimhalten konnten. Das Ergebnis besteht darin, daß die Kampfmoral der Mannschaften praktisch bei Null liegt. Wir brauchen gute Nachrichten.«

»Machen Sie jetzt weiter, Turner!« sagte Belland. Der Admiral kehrte zu seinem Platz zurück und ließ sich hineinsinken wie ein Schlachtschiff in ein Trockendock.

Turner nahm Ramsey mit seinen wasserblauen Augen ins Visier und sagte: »Wir haben unsere Mannschaften wieder und immer wieder gecheckt, und dabei sind wir auf eine gestoßen, die einen guten Eindruck macht. Im Augenblick macht sie gerade Urlaub im Garden Glenn Camp. Sie wird erst in fünf Wochen in See stechen, hat aber keinen Elektronikoffizier.«

Ramsey dachte: Freud, steh mir bei! Wollen die mich etwa als U-Boot-Fahrer ausstaffieren?

Als hätte Dr. Oberhausen seine Gedanken erraten, sagte er: »Und jetzt kommen Sie ins Spiel, Ramsey.« Er nickte Turner zu. »Entschuldigen Sie, Commander, aber das kostet uns alles zuviel Zeit.«

Turner warf Belland einen Blick zu und sank in seinen Sessel zurück. »Selbstverständlich, Doktor.«

Dr. Oberhausen erhob sich. Erneut umgab ihn eine Aura völliger Sicherheit. »Außerdem geht es jetzt ohnehin um mein Fachgebiet. Der Elektronikoffizier hat nämlich nach Beendigung der letzten Mission einen Nervenzusammenbruch erlitten, Ramsey. Es war das gleiche Problem, an dem wir zusammen an der *Dolphin* und ihrer Besatzung gearbeitet haben. Bloß in einem größeren Maß. Die U-Boote sind kleiner und haben nur vier Mann Besatzung. Die sichtbaren Symptome deuten auf eine Art induzierte Paranoia hin.«

»Der Captain?« fragte Ramsey.

»Genau«, antwortete Dr. Oberhausen.

Und jetzt verblüffen wir die Eingeborenen mit unserem geheimen Wissen, dachte Ramsey und sagte: »Mir sind ähnliche Umstände im Kampfmüdigkeits-Syndrom auf der *Dolphin* aufgefallen.« Er tätschelte das vor ihm stehende Kistchen. »Die variierenden emotionalen Zustände des Captains spiegelten sich graduell unterschiedlich in der gesamten Besatzung wider.«

»Dr. Oberhausen hat uns schon über Ihre Tätigkeit auf der *Dolphin* aufgeklärt«, sagte Turner.

Ramsey nickte. »Aber hier ist ein Punkt, der mir Sorgen macht. Sie sagen, die Mannschaft mache einen guten Eindruck. Aber wenn der Captain psychisch labil ist, geht da doch was nicht auf.«

»Auch das ist ein Fall für Sie«, sagte Dr. Oberhausen. »Wir wollten ihn schon ablösen, aber nun sagen die Kampfcomputer, daß er und seine Crew die größten Chancen haben, das Nowaja Semlja-Unternehmen durchzuführen. Allerdings nur unter einigen gewissen Voraussetzungen.« Er machte eine Pause und zupfte an seinem Ohrläppchen.

Ramsey erkannte das Zeichen und dachte: Aha, da haben wir den Köder. Irgend jemand, der eine wichtige Stellung bekleidet, hat dieser Vorgehensweise seine Zustimmung versagt, doch für Obe ist es wichtig, daß ich an Bord gehe. Wem machen wir jetzt was vor? Dem Admiral? Nein, er würde selbst gehen, wenn Obe ihn darum bäte. Dann fing Ramseys Blick den finsteren Gesichtsausdruck des Fregattenkapitäns ein, der links von Dr. Oberhausen saß. Ein Präsidentenberater! Er muß es sein.

»Eine dieser gewissen Voraussetzungen besteht in geheimer psychischer Überwachung«, sagte Ramsey. »Haben Sie schon ausgetüftelt, wie ich einen in einer Schlüsselposition befindlichen Captain an meine Fernsteuerungs-Vampirsonde anschließen kann, ohne daß er es merkt?«

»Admiral Belland hat eine geniale Lösung vorgeschlagen«, sagte Dr. Oberhausen. »Der Geheimdienst hat einen neuen Detektor entwickelt, der vor diesen Spionstrahl-Transmittern warnt. Man verpflanzt eine Sprachkapsel chirurgisch in den Nacken und justiert sie auf Wellenscanner ein, die unter die Achselhöhlen eingepflanzt werden. Ihre minimale Größe würde es erlauben, die Aufzeichnungsgeräte, die Sie brauchen, mit in die Kapsel einzubauen.«

Ramsey nickte dem Admiral zu. »Ausgezeichnet. Wenn Sie den Skipper auf diese Weise verarztet haben, brauchen Sie mich nur noch mitzuschicken, damit ich ihn im Gleichgewicht halten kann.«

»Ja«, sagte Dr. Oberhausen. »Man hat allerdings gewisse Einwände erhoben« Seine blicklosen Augen schienen den Korvettenkapitän links von ihm zu durchbohren. »Mit der Begründung, daß Sie keine U-Boot-Kampferfahrung haben, Ramsey. Und das zählt schon was.«

Der Korvettenkapitän grunzte und sah Ramsey an. »Wir haben jetzt seit sechzehn Jahren Krieg«, sagte er. »Wie kommt es, daß Sie noch nie im Einsatz waren?«

Eine alte Schulregel, dachte Ramsey. Er drehte seine Telemeter-Box, bis eine ihrer flachen Seiten auf den Korvettenkapitän zeigte und sah den Offizier mit argwöhnischen Augen an. Im Zweifelsfall gleich eine Breitseite abfeuern.

»Jeder Mann, den wir fürs Schlachtfeld retten, bringt den Sieg näher«, sagte er.

Das ledrige Gesicht des Korvettenkapitän wurde noch finsterer.

»Mr. Ramsey hat eine Spezialausbildung genossen — Elektronik und Psychologie—, die ihn zu wertvoll macht, um sein Leben aufs Spiel zu setzen«, sagte Dr. Oberhausen. »Er hat nur die absolut notwendigsten Kreuzfahrten mitgemacht — wie die auf der *Dolphin* — und nur dann, wenn es sich nicht vermeiden ließ.«

»Wenn er so wertvoll ist, warum riskieren wir dann jetzt sein Leben?« wollte der Korvettenkapitän wissen. »Das kommt mir doch sehr komisch vor!«

Admiral Belland seufzte und sah ihn an. »Die Wahrheit ist, daß das neue Emotions-Fernmeßgerät, das Mr. Ramsey entwickelt hat, auch von anderen bedient werden kann, Lewis. Allerdings ist seine Erfindungsgabe in diesem speziellen Fall so unerläßlich, daß wir wirklich nicht auf sie verzichten können.«

»Vielleicht halten Sie mich für ungezogen«, sagte der Korvettenkapitän, »aber wenn dieser junge Mann wirklich so talentiert ist, würde ich doch gern wissen, warum er immer noch ...« — er musterte Ramseys Kragenspiegel — »... Fähnrich ist.«

Dr. Oberhausen hob die Hand und sagte: »Sie erlauben doch, Herr Admiral.« Er wandte sich an den Korvettenkapitän. »Es liegt daran, weil gewisse Leute es mir verübeln, daß ich es verstanden habe, die besten meiner Abteilungsleiter vor der Uniform zu bewahren. Es gibt Leute, die die Notwendigkeit dieser grundsätzlichen Trennung nicht einsehen. Deswegen ist es um so bedauerlicher, daß es sich für jene unter meinen Leuten, die wegen ihres niedrigen Dienstgrades Uniform tragen müssen, stets als schwierig erweist, befördert zu werden, so talentiert sie auch sein mögen.«

Der Korvettenkapitän sah so aus, als würde er gleich explodieren.

»Wenn hier alles mit rechten Dingen zuginge«, sagte Dr. Oberhausen, »müßte Mr. Ramsey wenigstens Kapitän sein.«

Rund um den Tisch brach ein simultanes Hüsteln aus.

Ramsey wünschte sich in diesem Augenblick, sonstwo zu sein, bloß nicht unter den Augen dieses Korvettenkapitäns, der jetzt sagte: »Gut, ich ziehe meinen Einwand zurück.« Der Tonfall seiner Stimme verriet jedoch seine Gedanken: Darüber unterhalten wir uns noch.

»Ich habe den Plan«, sagte Dr. Oberhausen, »Mr. Ramsey nach Abschluß dieser Mission aus der Marine ausscheiden und die Leitung einer neuen Abteilung übernehmen zu lassen, die sich mit Problemen von U-Boot-Fahrern befaßt.«

Die Mundwinkel des Korvettenkapitäns verzogen sich zu einem hämischen Lächeln. »Falls er überlebt«, sagte er.

Ramsey schluckte.

Dr. Oberhausen tat so, als hätte er die Bemerkung nicht gehört, und sagte: »Seine Ausbildung wird zwar nicht einfach sein, aber wir haben noch fünf Wochen Zeit, und die volle Unterstützung der Psychologischen Abteilung.«

Belland hievte seinen Wanst aus dem Sessel und trat zur Seite. »Falls es sonst keine Fragen mehr gibt, meine Herren, gehe ich davon aus, daß wir alle mit Mr. Ramsey einverstanden sind.« Er warf einen Blick auf seine Armbanduhr. »Die Ärzte warten schon auf ihn, und in den nächsten fünf Wochen wird er jede Minute brauchen.«

Ramsey stand auf und nahm die Telemeter-Box unter den Arm. In seinen Augen stand eine Frage.

»Auch Sie wird man zu einem wandelnden Detektorsystem machen«, sagte Belland.

Dr. Oberhausen schien neben Ramsey aus dem Nichts zu materialisieren. »Würden Sie bitte mit mir kommen, John?« Er nahm Ramseys Arm. »Ich habe dafür gesorgt, daß das nötige Material über Fregattenkapitän Sparrow — den Kommandanten dieses U-Bootes — und die beiden anderen Besatzungsmitglieder auf ein Minimum reduziert wurde. Sie werden der wichtigste Mann ...«

Ramsey hörte, wie Turner hinter im sagte: »Dr. Oberhausen hat den Fähnrich John genannt. Ist er etwa Long John Ramsey, der ...«

Der Rest war ihm unverständlich, da Dr. Oberhausen jetzt lauter sprach. »Es wird bestimmt eine harte Sache für Sie, John.« Sie kamen in den äußeren Korridor. »Ihre Frau wurde bereits benachrichtigt.« Seine Stimme wurde leiser. »Sie haben sich wirklich ganz ausgezeichnet gehalten.«

Ramsey wurde plötzlich klar, daß er von einem Blinden geführt wurde. Er lachte und stellte fest, daß er sein Gelächter nicht erklären konnte. »Mir fiel gerade ein, wie Sie diesen Etappenhengst fertiggemacht haben«, sagte er.

»Sie lügen überhaupt nicht gut«, sagte Dr. Oberhausen, »aber belassen wir's dabei. Was diesen Mann angeht — er gehört zu denen, die darüber entscheiden, wer in der Psychologie-Abteilung befördert wird.«

Fähnrich Ramsey stellte plötzlich fest, daß er überhaupt keinen Grund mehr zum Lachen hatte.

Später bezeichnete Ramsey die fünf Wochen seiner U-Boot-Ausbildung als »die Zeit, in der ich zwanzig Pfund abnahm.«

Man gab ihm drei Zimmer im schönsten Flügel des Unadilla-Marinehospitals: hellweiße Räume, die mit Mahagoni- und Rattan-Möbeln voller Zigarettenbrandlöcher ausgestattet waren, dazu einen zweckmäßigen Fernseher und ein ebenso zweckmäßiges Krankenhausbett auf hohen Beinen. Ein Zimmer sollte allein seiner Ausbildung dienen. Darin gab es ein Hypnofon, Wanddiagramme, Attrappen, Tonbänder und Filme.

Seine Frau Janet, eine blonde Krankenschwester, durfte ihn laut Plan an den Wochenenden besuchen: an Samstagsabenden und Sonntagen. Ihre Kinder — John junior, zwei, und Peggy, vier Jahre alt — durften das Hospital nicht betreten. Sie wurden zu ihrer Großmutter nach Fort Linton in Mississippi geschickt.

Janet stürmte an ihrem ersten Samstagabend in einem roten Hosenanzug in Ramseys Suite, küßte ihn und sagte: »Ich hab's doch gewußt!«

»Was hast du gewußt?«

»Daß die Marine und dieser gräßliche Obe uns über kurz oder lang unser Sexualleben vorschreiben werden.«

Ramsey, der sich darüber im klaren war, daß alles, was er tat und sagte, beobachtet wurde, versuchte sie zu besänftigen.

»Oh, ich weiß, daß sie uns belauschen«, sagte Janet. Sie warf sich auf die Rattancouch, schlug die Beine übereinander und zündete sich eine Zigarette an, an der sie hektisch herumpaffte. »Wenn ich diesen Obe sehe, läuft's mir eiskalt den Rücken runter«, sagte sie.

»Weil du dich von ihm ins Bockshorn jagen läßt«, sagte Ramsey.

»Ja, aber nur, weil er so auf einen wirken will«, konterte sie.

»Nun ... äh ... ja«, gab Ramsey zu.

Janet sprang auf und stürzte sich in seine Arme. »Ach, was bin ich doch für ein Trottel! Ich sollte dich doch nicht verärgern.«

Er küßte sie und streichelte ihr Haar. »Ich bin gar nicht verärgert.«

»Das habe ich ihnen auch gesagt; daß ich dich nicht verärgern könnte, selbst wenn ich es wollte.« Sie ließ von ihm ab. »Liebling, um was geht es diesmal? Irgendwas Gefährliches? Es geht doch nicht schon wieder um diese abscheulichen Unterseeboote?«

»Ich werde mit ein paar Ölleuten zusammenarbeiten«, sagte er.

Janet lächelte. »Oh, das hört sich gar nicht so übel an. Wollt ihr irgendwo eine Bohrung machen?«

»Die Bohrung ist schon gemacht worden«, sagte er. »Aber wir wollen mal sehen, ob wir die Produktion nicht steigern können.«

Janet küßte ihn aufs Kinn. »Unser Nützlichkeitsexperte.«

»Laß uns was essen gehen!« sagte Ramsey. »Was machen die Kinder?«

Sie gingen Arm in Arm hinaus und unterhielten sich über die Kinder.

Ramseys wochentägliche Routine begann um fünf Uhr früh, wenn die Krankenschwester mit der Weckspritze kam, um ihn aus dem drogeninduzierten Hypnoschlaf zu holen. Hochproteinhaltiges Frühstück. Weitere Spritzen. Bluttest.

»Es tut vielleicht ein bißchen weh.«

»Auuutsch! Was soll das heißen, ein bißchen? Beim nächsten Mal bitte ich um Vorwarnung!«

»Sie stellen sich an wie ein Baby.«

Diagramme. Baupläne von Hell Diver-U-Booten.

Dann wurde er einem großen U-Boot-Experten des Sicherheitsdienstes überstellt. Clint Reed. Kahl wie ein Ei. Kleine Augen, schmale Nase, schmale Lippen, dicke Haut. Sein Pflichtbewußtsein war so bullig wie sein Hals. Er hatte absolut keinen Sinn für Humor.

»Dies hier ist wichtig, Ramsey. Sie müssen in der Lage sein, sich mit verbundenen Augen überall auf dem Boot zurecht- und jeden Knopf zu finden. In ein paar Tagen haben wir eine Attrappe für Sie. Aber zuerst müssen Sie alles im Kopf haben. Schauen Sie sich mal kurz die Pläne hier an, damit wir Ihr Gedächtnis prüfen können!«

»Okay, ich hab sie mir angesehen. Versuchen Sie's!«

»Wo liegt der Reaktorraum?«

»Fragen Sie was Schwieriges.«

»Beantworten Sie die Frage!«

»Na gut, vorn am Bug; die ersten elf Meter.«

»Warum?«

»Weil Boote dieser Klasse tropfenförmig sind, und aus

Gründen des Gleichgewichts. Der Bug hat den meisten Abschirmraum.«

»Wie dick ist die Abschirmung hinter dem Reaktorraum?«

»Das habe ich übersehen.«

»Vier Meter. Merken Sie sich das! Vier Meter!«

»Aber ich kann Ihnen sagen, woraus sie besteht: aus Hafnium, Blei, Graphit und Porözän.«

»Was befindet sich auf der Rückwand der Abschirmung?«

»Direktanzeigen des Reaktors. Das gleiche befindet sich in der Kommandozentrale, auf dem vorderen Backbordschott, und zwar auf dem Gang der ersten Ebene. Dort sind auch die Spinde für die ABG-Anzüge, die Werkzeugschränke und die Türen jener Tunnels, die in den Reaktorraum führen.«

»Sie kriegen's hin! Wie viele Tunnels führen in den Reaktorraum?«

»Vier. Zwei oben, zwei unten. Man darf sie ohne ABG-Anzug nicht länger als zwölf Minuten betreten.«

»Prima. Wieviel PS hat der Antrieb?«

»Zweihundertdreiundsiebzigtausend, die wegen der Schalldämpfer hinter der Schraube auf zweihundertsechzigtausend reduziert werden.«

»Ausgezeichnet! Wie lang ist der Maschinenraum?«

»Äh ... nein. Das weiß ich auch nicht mehr.«

»Hören Sie, Ramsey, es ist wichtig. Sie müssen sich an die Entfernungen gewöhnen. Sie müssen ein Gefühl dafür kriegen. Was tun Sie, wenn die Beleuchtung ausfällt?«

»Okay. Okay. Wie lang ist das verdammte Ding?«

»Sieben Meter. Er füllt den ganzen Mitschiffsbereich aus. Die vier Elektromotoren liegen zu zweit übereinander, aber das Getriebegehäuse ist achtern, unterhalb der Mittellinie.«

»Kapiert. Ich möchte mir die Hecksektion noch einmal ansehen. Okay, fragen Sie mich was!«

»Wie viele Stege sind im Maschinenraum — und wo?«

»Hören Sie, ich hab doch nur einen Blick aufs Heck geworfen.«

»Wie viele Stege sind ...«

»Okaaaaay! Mal sehen: einer Mitte Kontrolltisch Richtung Bug. Einer seitlich Richtung Ersatzteillager Unterdeck. Einer

Richtung Ersatzteillager Oberdeck. Kurzer Verbindungssteg von A- und B-Deck zu den Maschinen und Sauerstofftanks. Ein ganz kurzer mit Verbindung zum eingefahrenen Kommandoturm, der zu einer Leiter ausgezogen werden kann, wenn der Turm ausgefahren ist.«

»Gut. Sehen Sie, es geht alles, wenn man sich ein bißchen Mühe gibt. Und jetzt sagen Sie mir, wie die vier Kabinen verteilt sind.«

»Kabinen? Wollen Sie mich verarschen?«

»Kein Ablenkungsmanöver.«

»Sie haben vielleicht eine Ahnung! Mal sehen ... Der Captain schläft A-Deck steuerbord hinter der Elektronikbude. Der Erste Offizier backbord hinter dem Freizeitraumlazarett. Der Ingenieur steuerbord unter dem Quartier des Captains, hinterm Maschinenraum. Elektronikoffizier backbord unter dem Ersten und hinter der Kombüse. Genau der richtige Platz für mich. Ich werde mir einen Privateingang zum Vorratsraum schneiden.«

»Wo liegt die Kombüse?«

»Wie einfach! Auf dem Oberdeck, Steuerbordseite. Man betritt sie durch den Sanitätsraum. Die Auswahlknöpfe für Fertiggerichte befinden sich an dem Schott zwischen Sanitätsraum und Kombüse. Die Kombüsen-Sanitätseinheit liegt zwischen Kontrolldeck und Freizeitraum.«

»Was ist hinter den Kabinen?«

»Der Induktionsantrieb, Marke Palmer.«

»Weshalb ein Induktionsantrieb?«

»Weil bei der Tauchgrenze für Hell Divers die Schiffshülle keine Schwachstellen haben darf. Deshalb geht auch keine Welle nach außen.«

»Heute nacht hören Sie per Hypnofon mehr über den Antrieb. Jeder an Bord muß ihn mit verbundenen Augen erkennen. Übermorgen haben wir ein Modell, an dem Sie üben können.«

»Wie herrlich!«

»Wie steht's mit der Tauchtiefe für Hell Divers?«

»Dreitausendzehn Pfund pro Quadratzoll — oder etwa zweitausendzweihundert Meter.«

»Bleiben Sie beim ersten Wert. Der Druck variiert mit den

unterschiedlichen Wasserbedingungen. Manchmal kann man sogar bis auf zweidrei runtergehen, anderswo ist man bei zweieins tot. Gewöhnen Sie sich daran, nur dem Druckmesser zu trauen. Und jetzt kommen wir zur atmosphärischen Zusammensetzung. Was ist eine Vampir-Sonde?«

»Ein kleines Gerät, das jedes Besatzungsmitglied während eines Tieftauchmanövers am Handgelenk trägt. Die Nadel geht in die Vene und sagt einem, ob die $CO_2$-Diffusion schnell genug vor sich geht, damit man nicht umkippt. Es mißt auch den Stickstoffgehalt.«

»Wie hoch ist die Minimaldiffusion?«

»Kriegt man weniger als zwei Prozent Kohlendioxid ab, rastet man aus. Enthält das Blut mehr als vier Prozent, ist man in ernsthaften Schwierigkeiten. Mit Stickstoff sieht die Sache anders aus. In U-Booten gibt es ihn normalerweise gar nicht. Man ersetzt ihn durch Helium.«

»Wie erträgt man den hohen Luftdruck?«

»Man fügt der Atmosphäre durch das Belüftungssystem aerobische Kohlenstoffanhydrase hinzu. Dies beschleunigt die $CO_2$-Be- und Entladung des Blutes, damit keine Gasblasen entstehen.«

»Darin sind Sie gut. Haben Sie es schon vorher gewußt?«

»Mein Emotional-Telemeter ist eigentlich nur eine verbesserte Vampir-Sonde.«

»Oh — klar! Warum ist der Elektronikoffizier so wichtig?«

»Der Kontakt mit den Außenbordmotoren wird mit Funksignalen aufrechterhalten. Falls das E-System zusammenbricht, während ein U-Boot taucht, bleibt es unten.«

»Richtig. Und jetzt noch mal die Pläne.«

»Nicht schon wieder!«

»Fangen Sie mit dem Reaktorraum an! In allen Einzelheiten!«

»Sklaventreiber!«

Die nächtlichen Hypnofon-Schulungen überfluteten Ramseys Geist mit neuem Wissen: Druckkörper ... Druckausgleichssystem ... Torpedohülle ... Zielsystem ... Reaktorkontrollen ... Such- und Sonarsysteme ... Tauchkontrollen ... Tiefenlot ... Tiefenruder ... Hauptventile ...Geigerzähler ... Sonar-Automatik-Navigation ... Luftdruckregulation ... Automatik-Fahrtlog ... Mark IV ... Kreisel-Lagekontrollsystem ... Kreiselkompaß ... Schleppvorrichtungen ... Plastikprahm ... Öl und seine Bestandteile ... Torpedoaufhängung ... Suchsystem ... Störsystem ... Systeme ... Systeme ... Systeme ...

Es gab Zeiten, in denen Ramsey glaubte, sein Kopf müsse zerspringen.

Am vierten Ausbildungstag tauchte Dr. Oberhausen in Ramseys Arbeitszimmer auf. Seine ungebügelten Kleider verliehen ihm das Aussehen eines zerzausten Maikäfers. Er kam leise herein und nahm neben Ramsey Platz, der gerade vor der Lernmaschine saß und das Ankern übte.

Ramsey zog die Gesichtsplatte von seinen Augen und wandte sich zu Dr. Oberhausen um. »Ah, der Großinquisitor persönlich.«

»Fühlen Sie sich wohl, Johnny?« Die blicklosen Augen schienen durch ihn hindurchzustarren.

»Nein.«

»Gut. Sie sollen sich auch nicht wohlfühlen.« Oberhausens Stuhl quietschte leise, als er das Gewicht verlagerte. »Ich bin wegen Garcia hier — des Ingenieuroffiziers der Mannschaft.«

»Was ist mit ihm los?«

»Was soll mit ihm los sein? Habe ich gesagt, daß was mit ihm los ist?«

Ramsey schob die Gesichtsplatte ganz beiseite und lehnte sich zurück. »Kommen Sie zur Sache!«

»Ach, diese ungeduldige Jugend«, seufzte Dr. Oberhausen. »Haben Sie Garcias Personalakte?«

»Sie wissen, daß ich sie habe.«

»Holen Sie sie, bitte, und lesen Sie mir vor, was drinsteht!«

Ramsey lehnte sich nach rechts, nahm einen Ordner vom unteren Brett seines Kaffeetisches und schlug ihn auf. Garcias Bild befand sich auf der Umschlaginnenseite: Es zeigte einen kleinen Mann, der etwa einsfünfundsechzig groß und schlank war. Er hatte südamerikanische Züge, dunkles, lockiges Haar und zeigte ein ironisches Lächeln. Das Bild schien auszusagen »Und morgen segeln wir dem Teufel ein Ohr ab«. Unter dem Foto stand in Ramseys Handschrift: ›War Mitglied des Easton-Wasserpolo-Teams. Spielt gern Handball.‹

»Lesen Sie mir vor!« sagte Dr. Oberhausen.

Ramsey blätterte weiter und las: »Neununddreißig Jahre alt. Aus dem einfachen Mannschaftsbereich zum Offizier aufgestiegen. Ex-Maschinist bei der Handelsmarine. Amateurfunker. Geboren in Puerto Madryn, Argentinien. Vater Viehzüchter — Jose Pedro Garcia y Aguinaldo. Mutter starb bei der Geburt einer Tochter, als Garcia drei Jahre alt war. Religion: katholisch. Trägt Rosenkranz um den Hals. Läßt sich vor jeder Mission von einem Priester segnen. Verheiratet; Gattin: Beatrice, einunddreißig Jahre alt.«

»Haben Sie ein Bild von ihr?« fragte Dr. Oberhausen.

»Nein.«

»Schade. Ich habe gehört, sie soll eine Schönheit sein. Machen Sie weiter, bitte!«

»Studium in New Oxford«, las Ramsey vor. »Das erklärt seinen britischen Akzent.«

»Es hat mir schwer zu schaffen gemacht, als die britischen Inseln vernichtet wurden«, sagte Dr. Oberhausen. »Eine solch stabile Kultur, wirklich. Aber dergleichen kann natürlich auch ein Nachteil sein. Weiter, bitte!«

»Spielt Dudelsack«, sagte Ramsey und sah den Doktor an. »Das ist ja mal was: Ein Südamerikaner, der Dudelsack spielt!«

»Ich kann daran nichts Falsches sehen, Johnny. Wenn man in einer bestimmten Stimmung ist, wirkt Musik wirklich beruhigend.«

Ramsey zuckte die Achseln. »Beruhigend!« Er sah seinen Chef an. »Warum lese ich das vor?«

»Ich möchte, daß Sie mit Garcias Persönlichkeit völlig vertraut sind, bevor ich Ihnen den neuesten Heuler auftische, den sich der Geheimdienst ausgedacht hat.«

»Und zwar?«

»Garcia ist wahrscheinlich einer der Schläfer, die dem Sicherheitsdienst so viele schlaflose Nächte bereiten.«

Ramsey schnaubte. »Garcia! Unsinn! Ebenso könnten sie mich verdächtigen!«

»Sie werden immer noch ausgeschnüffelt«, sagte Dr. Oberhausen. »Und was Garcia angeht: Vielleicht irrt man sich, vielleicht auch nicht. Die Abwehr hat die Beschreibung eines

Schläfers erwischt, der auf einem U-Boot Dienst tun soll. Sie paßt auf Garcia. Der Sicherheitsdienst hat das Unternehmen beinahe abgeblasen, aber ich habe ihn überzeugt, daß Sie auf Garcia achten.«

Ramsey wandte sich wieder dem Farbfoto des Mannes mit dem ironischen Lächeln zu. »Sie jagen mal wieder hinter einem Schatten her. Vielleicht ist es das, worauf der Ostblock aus ist. Wenn man bis ins Extrem geht, leiden gewisse Sicherheitsfritzen an einem erstgradigen Vetter der Paranoia — der Dementia praecox.«

Dr. Oberhausen erhob sich aus seinem Rattanstuhl, der ein abscheuliches Knirschen von sich gab. »Sagen Sie es den Sicherheitsleuten lieber nicht, wenn sie hier auftauchen, um Sie über Garcia ins Bild zu setzen«, sagte er. »Oh, und noch etwas — der Korvettenkapitän wetzt schon das Messer, um Ihnen ein paar Piekser zu versetzen, wenn es auf dieser Mission Schwierigkeiten gibt.«

»Dafür muß ich Ihnen danken«, sagte Ramsey.

»Ich sorge für meine Leute«, sagte Dr. Oberhausen. »Deswegen brauchen Sie keine Angst zu haben.« Er deutete auf die Lernmaschine. »Machen Sie weiter, Johnny! Ich habe noch zu tun.«

Ramsey wartete, bis die Tür geschlossen war, dann warf er den Aktenordner wieder auf den Kaffeetisch, und holte zwanzigmal tief Luft, um seine Nerven zu beruhigen. Dann beugte er sich nach rechts, schnappte sich die Akten der beiden anderen Mannschaftsangehörigen und blätterte sie durch.

Fregattenkapitän Harvey Acton Sparrow. Einundvierzig Jahre alt. Das Bild eines hochgewachsenen, hageren Mannes mit schütter werdendem, sandfarbenem Haar und vorgebeugten Schultern.

Er sieht wie ein Kleinstadt-Collegeprofessor aus, dachte Ramsey. Wieviel von seiner Haltung ist darauf zurückzuführen, daß er lieber Mathematiklehrer geworden wäre? Ist er wütend darauf, daß ihn seine Familie aus beinharter militärischer Tradition in die Fußstapfen seines Alten gezwungen hat?

Der Vater: Vizeadmiral Acton Orwell Sparrow, am 16. 10. 2018 mit dem U-Kreuzer *Plunger* während der Schlacht in der

Irischen See verschollen. Die Mutter: Genene Cobe Sparrow. Invalidin (Herz), lebt im Watters Point Regierungsaltersheim. Die Ehefrau: Rita. Alter: Sechsunddreißig. Eine Blondine? Keine Kinder.

Weiß Sparrow, daß seine Frau ihm untreu ist? fragte sich Ramsey. Die meisten ihrer Freunde sind sich dessen bewußt.

Qualifikationen: Navigator — hervorragend; Feuerleitoffizier — hervorragend; Sanitätswesen (Erste Hilfe und Drucksyndrom) ausgezeichnet; Eignung für Dienst auf U-Booten — hervorragend.

Ramsey wandte sich dem anderen Ordner zu.

Kapitän Leslie (ohne zweiten Vornamen) Bonnett. Alter: achtunddreißig. Das Foto eines schwergliedrigen Mannes (beinahe einsachtzig groß) mit braunem, welligem Haar (Dauerwelle?), Adlernase, buschigen Brauen und dem Blick eines brütenden Falken.

Findelkind. Aufgewachsen im Findlingsheim für Ungewollte Kinder in Cape Neston.

Für *Ungewollte Kinder!* dachte Ramsey.

Viermal verheiratet. Zwei Kinder — je eins von den beiden ersten Frauen. Momentane Ehegemeinschaft mit Frau Nummer vier: Helene Davis Bonnett. Alter: neunundzwanzig. Miss Georgia 2021.

Das Findelkind, dachte Ramsey. Er führt einen unbewußten Rachefeldzug gegen die Frauen, um es seiner Mutter heimzuzahlen, die ihn ausgesetzt hat.

Qualifikationen: Navigator — gut; Nachschuboffizier — ausgezeichnet; Feuerleitoffizier — hervorragend (vier Jahre hintereinander bester U-Boot-Torpedooffizier); Eignung für den Dienst auf U-Booten — ausgezeichnet bis hervorragend.

Ramsey las die Bemerkung seiner psychologischen Beurteilung: »Bisher kein eigenes Kommando aufgrund tiefsitzender, ungenügend kompensierter Minderwertigkeitskomplexe.«

*Der Ungewollte,* dachte er. Bonnett will vielleicht gar nicht befördert werden. So hat er einen Vorgesetzten, der ihm die Vaterfigur ersetzt, die er in der Kindheit nicht hatte.

Ramsey warf den Ordner wieder auf den Kaffeetisch und lehnte sich zurück, um nachzudenken.

Eine wilde Ansammlung verdrehter und verflochtener Fäden.

Sparrow und Bonnett waren Protestanten, Garcia Katholik. Kein Beweis religiöser Reibungen.

Diese Männer haben ein vorbildliches Arbeitssystem entwickelt. Dafür spricht schon die Tatsache, daß ihr Boot die beste Marinebeurteilung bekommen hat.

Welche Auswirkungen hat der Verlust Heppners auf sie? Werden sie seinem Ersatzmann gegenüber feindlich eingestellt sein?

Verdammt! Heppner hätte nicht abgelöst werden dürfen! Seine Akte war völlig nichtssagend. Ruhige Kindheit. Ein ordentliches Zuhause. Nur zwei »dunkle« Punkte: eine Liebschaft mit vierundzwanzig, die enttäuschend ausgegangen war, und der Nervenzusammenbruch mit zweiunddreißig. Das letztere hätte eher jemandem wie Bonnett zustoßen müssen. Dem Ungewollten. Oder Captain Sparrow, dem frustrierten Mathematiker.

»Schlafen Sie?«

Es war Reed, der allgegenwärtige Tutor.

»Es ist fünfzehn Uhr«, sagte er. »Ich habe einen genauen Plan der Elektronikbuden der Hell Divers mitgebracht.« Er reichte Ramsey eine Konstruktionszeichnung, deutete auf sie und redete weiter. »Hier ist der Arbeitsplatz. Hier der Schraubstock. Hier der Werkzeugkasten. Minidrehbank. Vakuumpumpen. Prüfschalter.«

»Schön, aber ich kann auch lesen.«

»Sie müssen fähig sein, sich auch in völliger Dunkelheit in die Prüfeinheit einzustöpseln«, sagte Reed. Er ließ sich schwer in den Rattanstuhl fallen, in dem Dr. Oberhausen gesessen hatte. »Morgen fangen wir mit der Ausbildung an der Attrappe an.«

»Morgen ist Samstag, Clint!« Ramsey funkelte ihn an.

»Vor 18 Uhr kommen Sie hier nicht raus.« sagte Reed. Er beugte sich über die Zeichnung. »Konzentrieren Sie sich jetzt auf die Anordnung der Schalter. Hier ist die Notbeleuchtung. Sie müssen Sie sofort finden.«

»Was ist, wenn ich sie erst beim zweitenmal finde?«

Reed lehnte sich zurück und musterte Ramsey mit funkelnden Augen. »Mr. Ramsey, es gibt etwas, über das Sie sich so gründlich im klaren sein müssen, als sei es Ihre zweite Natur.«

»Und was ist das?«

»Auf einem U-Boot gibt es keine kleinen Unfälle.«

Fregattenkapitän Sparrow marschierte die lange Treppe des Rohrschachtes hinab und verlangsamte seinen Schritt, als er den höhlenartigen, unterirdischen, hell erleuchteten U-Boot-Hafen betrat. Das Kondenswasser, das von den hoch über ihm liegenden schwarzen Felswänden herabtropfte, erzeugte einen feinen Dunst, der sich auf seine Gesichtshaut legte. Er bahnte sich einen Weg durch ein Gewirr summender Elektrokarren und geschäftig umhereilender Menschen. Vor ihm ragte der bullige, walartige Leib seines U-Bootes über die Pier — eine über vierzig Meter lange Wagnersche Diva, mitten auf der Bühne, von Scheinwerfern angestrahlt.

Er dachte immer noch an das letzte Gespräch mit den Leuten vom Sicherheitsdienst.

»Ihre Besatzung hat zwar die höchste Zuverlässigkeitsbewertung der Marine, aber Sie müssen trotzdem ständig auf einen Schläfer gefaßt sein.«

»In meiner Crew? Zum Teufel, Mensch, ich kenne sie doch seit Jahren! Bonnett ist schon acht Jahre bei mir. Joe Garcia und ich haben schon vor dem Krieg zusammen gedient. Heppner und …« Sein Gesicht hatte sich verdunkelt. »Was ist mit dem neuen E-Offizier?«

»Über den brauchen Sie sich keine Sorgen zu machen. Die Inspektion hat ergeben, daß sich keine feindlichen Signalgeber auf Ihrem Boot befinden.«

»Was soll dann das Ding in meinem Nacken?«

»Das ist nur eine zusätzliche Vorsichtsmaßnahme.«

»Was ist mit dem Neuen? Wie ist seine Bewertung als E-Offizier?«

»Er gehört zu den besten Leuten in der Marine. Hier, sehen Sie sich seine Akte an!«

»Beschränkte Kampferfahrung — bei der Golfpatrouille! Er ist praktisch eine Landratte!«

»Aber sehen Sie sich seine E-Bewertung an.«

»Beschränkte Kampferfahrung!«

Der Fahrer eines Elektrokarrens rief Sparrow etwas zu und riß ihn aus seinen Träumen. Er warf einen Blick auf seine Armbanduhr: 7.38 Uhr — noch zweiundzwanzig Minuten bis zum Auslaufen. Er beschleunigte seinen Schritt.

Der Teufel hole den Sicherheitsdienst und seine einsamen Entschlüsse!

Hinter der samtenen Schwärze der Anlegestelle sah Sparrow die leuchtenden Röhren, die den Unterwassertunnel markierten. Hinter dem zweihundertsechzig Kilometer weit durch das Gestein führenden Gang, der im De Soto-Graben des Golfs von Mexico endete, lauerte der Feind. Ein Feind, der ganz plötzlich schlimmer denn je geworden war und hundertprozentig wirkungsvoller gegen Boote wie das seine vorging.

Ihm wurde plötzlich bewußt, daß der unterseeische Tunnel auf ihn wie ein grotesker Geburtskanal wirkte. Der Gang, den man unter einem Gebirge in Georgia ins Gestein getrieben hatte, führte durch die Erde wie eine Gebärmutter. Wenn man mit dem U-Boot hinausfuhr, um in den Kampf zu ziehen, wurde man in eine Welt der Schrecken hineingeboren, in der niemand leben wollte.

Sparrow fragte sich, was die Psychologische Abteilung wohl von seinen diesbezüglichen Gedanken halten würde. Wahrscheinlich würde man sie als Schwäche bewerten, dachte er. Doch warum sollte ich mir keine Schwäche leisten? Wenn man zwei Kilometer unter dem Meeresspiegel Krieg führt und ständig von einem unerbittlichen Wasserdruck umgeben ist, zeigt jeder Mensch seine Schwächen. Der Druck ist schuld. Der konstante Druck. Vier Männer, isoliert und dem Druck ausgesetzt, gefangen in einem Gefängnis aus Plastahl und dem Gefängnis ihrer Seele.

Erneut kreuzte ein Elektrokarren Sparrows Weg. Er wich ihm aus und sah zu seinem Boot hinüber. Er war jetzt nahe genug, um das Namensschild auf dem ausgefahrenen Kommandoturm hoch über sich zu erkennen: *Fenian Ram S 1881.* Die Gangway führte vom Turm aus in einer langen, graziösen Kurve nach unten.

Der Hafenmeister, ein mondgesichtiger Fregattenkapitän in einem Drillichanzug, eilte auf Sparrow zu und hielt eine Checkliste in der Hand.

»Captain Sparrow?«

Sparrow drehte sich um, ohne anzuhalten. »Ja? Oh, hallo, Myers. Ist die Wartungsmannschaft von Bord?«

Myers ging neben ihm her. »Die meisten. Sie haben abgenommen. Sparrow.«

»Hatte sowas wie die Ruhr«, sagte Sparrow. »Hab in Garden Glenn verdorbenes Obst gegessen. Hat sich mein neuer Elektronik-Offizier schon gezeigt?«

»Hab ihn noch nicht gesehen. Seine Sachen sind aber schon da. Komisches Zeugs. Bei seinen Klamotten war ein versiegelter schwarzer Kasten. Ungefähr so groß.« Er zeigte es mit den Händen. »Von Admiral Belland freigegeben.«

»Vom KomSich?«

»Von keinem geringeren.«

»Warum versiegelt?«

»Weil er angeblich hochempfindliche Instrumente enthält, mit denen Ihre neue Fernortung geprüft werden soll. Er war versiegelt, damit kein Neugieriger daran rumpfuscht.«

»Ach. Die Fernortung ist schon eingebaut?«

»Ja, sie wird gerade für den Kampf erprobt.«

Sparrow nickte.

Der Trupp am Ende der Gangway nahm Haltung an, als die beiden Offiziere näherkamen. Sparrow und Myers blieben stehen. »Rührt euch!« sagte Sparrow.

Myers sagte: »Noch sechzehn Minuten.« Er schüttelte Sparrow die Hand. »Viel Glück. Machen Sie ihnen die Hölle heiß.«

»Machen wir«, sagte Sparrow.

Myers kehrte aufs Dock zurück.

Sparrow wandte sich einem starkknochigen, falkengesichtigen Mann neben der Gangway zu — Bonnett, seinem Ersten Offizier. »Hallo, Les.«

»Gut, dich zu sehen, Skipper«, sagte Bonnett. Er schob sein Klemmbrett unter den Arm, entließ die drei Matrosen, die bei ihm standen und wandte sich Sparrow erneut zu. »Bist du mit Rita nach der Party noch irgendwo gewesen?«

»Zu Hause«, sagte Sparrow.

»Wir auch«, sagte Bonnett. Er deutete mit dem Daumen auf das hinter ihm befindliche U-Boot. »Die Abschlußsicherheitsüberprüfung ist gelaufen. Ersatzinstrumente geprüft. Aber es gibt eine Verzögerung. Heppners Ersatzmann hat sich noch nicht gemeldet.«

Sparrow fluchte innerlich. Er spürte eine Verärgerung, die seinem Magen sofort zu schaffen machte. »Wo steckt er?«

Bonnett zuckte die Achseln. »Ich weiß nur, daß der Sicherheitsdienst angerufen hat, um mitzuteilen, daß es eine kurze Verzögerung geben könnte. Ich habe gesagt ...«

»Der Sicherheitsdienst?«

»Richtig.«

»Gütiger Gott!« fuhr Sparrow auf. »Müssen sie immer alles auf die letzte Minute legen? Mich haben sie ...« Er hielt inne. Das war geheim.

»Es hieß, sie würden ihr Bestes tun«, sagte Bonnett.

Sparrow stellte sich die komplizierten Verfahren vor, um die *Feniam Ram* durch das eigene Verteidigungssystem zu schleusen.

»Es könnte einen ganzen Tag dauern, einen neuen Auslaufplan zu erstellen.«

Bonnett sah auf seine Armbanduhr und holte tief Luft. »Ich habe ihnen gesagt, daß er spätestens um acht hier sein muß. Aber sie haben nicht eine meiner Fragen beantwortet ...« Er schwieg, als auf der Gangway neben ihnen das Getrappel von Schritten ertönte.

Die beiden schauten auf und sahen drei Gestalten auf sie zukommen: zwei Mannschaftsdienstgrade, die schwer an elektronischen Ausrüstungsinstrumenten schleppten, und einen kleinen, drahtigen Mann mit südländischen Zügen. Er trug einen fleckigen Arbeitsanzug und trug ein kleines elektronisches Suchgerät unter dem Arm.

»Don Jose Garcia«, sagte Sparrow.

Garcia klemmte sich das Suchgerät unter den linken Arm und tat den letzten Schritt zum Anlegeplatz hinunter. »Skipper! Wie ich mich freue, dich zu sehen!«

Sparrow trat beiseite, um die Matrosen mit ihrer Ladung

vorbeizulassen, dann musterte er das Suchgerät unter Garcias Arm mit einem fragenden Blick.

Garcia schüttelte den Kopf. »Für Gott und Vaterland«, sagte er. »Aber ich glaube, daß ich mein Konto bei Gott schon überzogen habe.« Er bekreuzigte sich. »Die Sicherheitstypen haben uns die halbe Nacht durch diesen schwimmenden Abwasserkanal gejagt. Wir haben ihn viermal vom Bug bis zum Heck abgesucht. Ohne Erfolg. Und jetzt sag ich's euch: Sie wollen, daß ich noch eine Überprüfung vornehme, wenn wir im Tunnel sind!« Er hob die Brauen. »Was soll man davon eigentlich halten?«

»Dann müssen wir's eben machen«, sagte Sparrow. »Wir haben Zeit für eine volle Tieftauch-Inspektion, bevor wir den ersten Anlaufpunkt erreichen.«

»Na sowas«, sagte Garcia. Er grinste. »Ich habe nämlich auch schon alles dafür vorbereitet.«

Sparrow grinste ebenfalls. Er spürte, wie sich ein Teil seiner inneren Nervosität allmählich auflöste.

Bonnett warf einen bedeutungsvollen Blick auf seine Uhr. »Noch zwölf ...«

Das Aufheulen eines Elektrokarrenmotors drang auf sie ein. Sie drehten sich alle nach dem Geräusch um. Der Karren fuhr an der dunklen Linie der Ankerrillen vorbei, und sein einziges Licht warf einen Strahl, der wie ein Zyklopenauge auf den feuchten Beton fiel. Er kurvte zur Gangway hoch und hielt an. Neben dem Fahrer saß ein rothaariger Mann mit rundem, naiv wirkendem Gesicht, der seine Kopfbedeckung mit beiden Händen festhielt.

Sparrow sah die Rangabzeichen eines Fähnrichs auf den Kragenspiegeln des Mannes und dachte: Das soll mein neuer E-Offizier sein. Er grinste, als er erkannte, daß der Mann über seine sichere Ankunft offenbar sehr erleichtert war. Der halsbrecherische Fahrstil der hiesigen Fahrer war so etwas wie ein Marine-Standardwitz.

Der Neue setzte sich seine Mütze auf und stieg aus dem Karren. Das Fahrzeug federte, als es leichter wurde. Dann wendete der Fahrer und fegte den gleichen Weg zurück, den er gekommen war.

Der Fähnrich ging auf Sparrow zu, salutierte und sagte: »Ich bin Ramsey.«

Sparrow erwiderte seinen Gruß und antwortete: »Willkommen an Bord.«

Ramsey überreichte Sparrow seine Personalakte und sagte: »Auf dem Dienstweg hätte es zu lange gedauert.«

Sparrow gab die Papiere an Bonnett weiter und sagte: »Das ist Mr. Bonnett, der Erste Offizier.« Er wandte sich zu Garcia um. »Mr. Garcia, der Ingenieur.«

»Freut mich«, sagte Ramsey.

»Das vergeht schon noch«, sagte Garcia.

Sparrow lächelte, streckte Ramsey die Hand entgegen und war überrascht vom kräftigen Händedruck des Neuen. Der Bursche wirkte nur auf den ersten Blick verweichlicht. Bonnett und Garcia schüttelten ihm ebenfalls die Hand.

Ramsey war inzwischen damit beschäftigt, seine visuellen Eindrücke zu verarbeiten. Es war ein komisches Gefühl, Menschen gegenüberzustehen, von denen man glaubte, sie längst zu kennen. Und das, war ihm klar, mußte er geheimhalten. Der Neue durfte keine Einzelheiten aus der Vergangenheit dieser Männer wissen — nicht einmal die Namen ihrer Frauen.

»Der Sicherheitsdienst hat angekündigt, daß Sie eventuell später kämen«, sagte Sparrow.

»Was ist eigentlich mit denen los?« fragte Ramsey. »Ich dachte schon, sie würden mich sezieren.«

»Darüber können wir später reden«, sagte Sparrow. Er rieb über die winzige Nackennarbe, unter der die Chirurgen des Sicherheitsdienstes den Detektor implantiert hatten. »Wir legen um acht Uhr ab. Mr. Garcia wird Sie an Bord geleiten. Ziehen Sie einen Arbeitsanzug an! Sie werden ihm bei der letzten Spionstrahl-Inspektion assistieren, wenn wir unterwegs sind.«

»Jawohl, Sir«, sagte Ramsey.

»Ihre Sachen sind schon hier«, sagte Garcia. Er nahm Ramseys Arm und zog ihn die Gangway hinauf. »Auf geht's!« Sie eilten die Rampe hinauf.

Ramsey fragte sich, wann er sich selbständig machen konnte, um seine Telemeter-Box zu untersuchen. Er war ziemlich aufgeregt und wollte unbedingt die ersten Aufzeichnungen über Sparrow sehen.

Diese Angewohnheit, sich den Nacken zu reiben, dachte Ramsey. Er ist äußerst nervös, doch er verbirgt es gut. Doch die Bewegung verrät ihn.

Sparrow wandte sich auf der Pier um und deutete auf die sich bewegende Lichterkette, die sich hinter dem Anlegebekken bewegte. »Da kommt unser Schlepper, Les.«

»Glaubst du, daß wir's schaffen, Skipper?«

»Wir haben es immer geschafft.«

»Ja, aber ...«

»Denn diesmal ist das Heil uns näher, als da wir gläubig wurden«, sagte Sparrow. »Die Nacht ist vorgerückt, der Tag aber ist genaht. Darum lasset uns ablegen die Werke der Finsternis, anziehen aber die Waffen des Lichtes!« Er sah Bonnett an. »Das hat Paulus vor zweitausend Jahren an die Römer geschrieben.«

»Ein kluger Bursche«, sagte Bonnett.

Der Pfiff einer Bootsmannspfeife schrillte durch das Dock. Ein wendiger Kran trat in Aktion und zog die Gangway hoch. Zwei Seeleute befestigten Seile an den Ösen und sahen die beiden Offiziere fragend an.

An der Pier wimmelte es nun von Männern, deren Bewegungen ausnahmslos zielgerichtet waren. Sparrow warf einen Blick über die gesamte Szenerie. »Man bittet uns um unsere Vorstellung«, sagte er und gab Bonnett mit einer Geste zu verstehen, er solle vorangehen. »Wie sagt doch der Dichter: Wohlan!«

Sie stiegen zum Kommandoturm hinauf. Bonnet bückte sich nach der Kabeltrommel, der Verbindung zu ihrem Schwimmenden TV-Periskop. Er warf einen routinemäßigen Blick auf das Gehäuse und stellte fest, daß es tauchklar war. Dann packte er das Leitergestänge und glitt ins Innere des U-Bootes hinein.

Sparrow blieb oben. Das Becken, das ihn umgab, wirkte wie ein gewaltiger See. Er musterte die Schwärze der Felsendecke.

Man müßte die Sterne sehen, dachte er. Man müßte noch mal die Sterne sehen, bevor man taucht.

An der Pier unter ihm lösten eilige Gestalten die Magnetleinen. Einen Moment lang kam Sparrow sich vor wie ein nutzloser Bauer, der geopfert werden mußte. Es hatte mal eine Zeit gegeben, fiel ihm ein, in der Kapitäne ihre Schiffe fern von den Docks befehligt und ihre Anweisungen durch Megafone gebrüllt hatten. Jetzt funktionierte alles automatisch. Alles wurde von Maschinen und Menschen erledigt, die sich wie Maschinen benahmen.

Ein Schlepper näherte sich dem Bug und warf Schleppleinen aus. An seinem Heck wirbelte weiß das Wasser auf. Die *Feniam Ram* widersetzte sich ihm einen Moment, als zögere sie noch mit dem Auslaufen, dann setzte sie sich ganz langsam in Bewegung und glitt in das Becken hinein. Die Fahrrinne leerte sich, dann näherte sich ein zweiter Schlepper dem Heck. Männer mit Magnetschuhen sprangen auf die Dämpfplatten der *Ram* und hängten das Tau und die Führungskabel der langen Kunststoffprahm ein, die sich durch das dunkle Gewässer erstreckte. Ihre Rufe drangen zu Sparrow in den Turm hinauf; es war wie der Krach spielender Kinder. Er schmeckte plötzlich eine öldurchsetzte Brise und wußte, daß sie den Sog einer Ventilationsröhre gekreuzt hatten.

Keine Fanfaren, keine Blaskapelle, keine Zeremonien für die Verabschiedung der Piraten, dachte er. Wir sind wie das Schilf, das vom Wind bewegt wird. Und was werden wir da draußen in der Wildnis zu sehen kriegen? Johannes der Täufer wird gewiß nicht auf uns warten. Aber eine Art Taufe ist es dennoch.

Irgendwo in der Dunkelheit tutete ein Nebelhorn. Dreh dich um und identifiziere den Mann neben dir. Wieder eine neue Idee des Sicherheitsdienstes: Wenn das Horn ertönt, zeig, wer du bist. Verdammter Sicherheitsdienst! Dort draußen werde ich mich nur vor meinem Gott identifizieren — und vor keinem anderen!

Sparrow blickte nach Osten auf die Schlepptaue hinab. Öl. Der Krieg verlangte nach der reinen Flüssigkeit, die aus der Erde kam. Pflanzliche Öle brachten es nicht. Der Krieg war kein Vegetarier. Der Krieg war ein Raubtier.

Der Schlepper schob sich neben die *Ram,* dann wurde das

U-Boot an den Schlepphaken bugsiert, der es durch den unterirdischen Tunnel zum Golf ziehen würde.

Sparrow sah im Kommandoturm auf das Kontrollpult und das grüne Licht, das ›Alles klar‹ anzeigte. Dann gab er den Schleppern das Zeichen zum Abwarten und betätigte mit einer oft geübten Handbewegung den Knopf zum Einziehen der Turmhydraulik. Der Turm schob sich sanft in das U-Boot hinein.

Neben dem Kontrollpult hing ein Brustmikrofon. Sparrow legte es an und sagte: »Fertig zum Tauchen!«

Dann richtete sich seine Aufmerksamkeit auf die vor ihm liegenden Tauchkontrollen.

Bonnetts Stimme, aufgrund des metallischen Scheppterns sämtlicher Charakteristika entkleidet, sagte durch das Interkom: »Hülle unter Druck.«

Nacheinander erloschen die roten Lämpchen auf Sparrows Kontrollpult und wurden durch grüne ersetzt. »Alles grün«, sagte er. »Abwarten!« Er spürte jetzt nicht nur den Innendruck, sondern auch einen deutlichen Druck in seinem Magen. Er beendete den Signalkreis, indem er den Crews draußen anzeigte, daß das Boot zum Einlaufen in den Tunnel bereit war.

Die *Ram* holte über. Ein dumpfes Dröhnen durchlief das Boot. Über dem Tauchkontrollpult flammten drei gelbe Lichter auf — der Tunnellift hatte sie jetzt im Griff. Zwanzig Stunden freie Fahrt.

Sparrow griff nach einem Halt neben dem Tauchkontrollpult, schwang sich hinunter und betrat den Steg zum Maschinenraum. Seine Füße erzeugten schlitternde Geräusche auf der Bodenbeschichtung, als er sich heckwärts wandte, die Tür der Kommandozentrale passierte und sie hinter sich schloß. Sein Blick fiel auf das handbeschriftete Messingschild, das Heppner neben der Tür angebracht hatte — das Zitat eines Gelehrten aus dem 19. Jahrhundert:

»Nur ein Irrer würde seine Zeit damit vergeuden, ein Unterseeboot zu erfinden, und nur ein Wahnsinniger würde damit tauchen, wenn es je erfunden werden sollte.«

Der De Soto-Graben zieht sich wie eine Eisenbahnlinie durch das weiche Kalkgestein, das vor der Halbinsel Florida liegt: vierzehn Faden tief dort, wo er in der Apalachee Bay beginnt, und mehr als zweihundertsechzig Faden, wo er südlich von Kap San Blas und östlich von Tampa ins Meer übergeht.

Der Ausgang des unterseeischen Tunnels befindet sich in einer Tiefe von fünfzig Faden in der Felswand: einer Welt voller Dämmerlicht und sich wiegender Pflanzen, den roten Fingern medusenhafter Korallen und dem gelegentlichen Aufblitzen riffbewohnender Fische.

Die *Fenian Ram* glitt aus dem finsteren Loch wie ein Seeungeheuer aus seinem Bau, vollführte eine Drehung, vertrieb die Fische und senkte sich in eine Warteposition auf den dunkelbraunen Grabenboden hinab. Ein Sonarimpuls durchdrang das Boot. Die Detektoren der dreifachen Hülle reagierten darauf, gaben ihn an die Meßinstrumente auf dem Navigationsdeck weiter.

Garcias leichter Akzent — der in der sauerstoffreichen Atmosphäre leicht quäkend klang — wiederholte die Punkte der Checkliste, wobei er die Lichterkette auf dem Hauptkontrollpult beobachtete. »... keine Lecks, Trimmgewichte ausgeglichen, Innendruck konstant, Atmosphäre stickstofffrei, TV-Augen klar und in Betrieb, TV-Periskop aufgetaucht und in Betrieb, Periskop-Kreisel ...« Sein Gelächter schallte durch das Interkom. »Eine Möwe! Sie wollte sich aufs Periskop setzen, als ich es einzog. Sie ist mit dem Pürzel im Wasser gelandet!«

Bonnetts kratzende Stimme warf ein: »Wie sieht es oben aus, Joe?«

»Klar. Die Sonne geht gerade auf. Es wird ein guter Tag zum Angeln.«

Sparrows Stimme rasselte aus den Lautsprechern. »Hört auf damit! War jemand in der Nähe, der die Möwe hätte sehen können? Dann hat man vielleicht auch uns gesehen.«

»Negativ, Skipper.«

Sparrow sagte: »Les, gib mir einen vollständigen Atmosphären-Check! Alle Mann an die Vampir-Sonden. Mitprüfen. Sämtliche Abweichungen melden.«

Die Voll-Überprüfung ging weiter.

Ramsey unterbrach. »Ich bin in der Induktionsantriebskammer. Als ich eintrat, war ein lautes Störgeräusch zu hören.«

»Sind Sie durch den unteren Tunnel gegangen?« fragte Garcia.

»Bin ich.«

»Das ist mir auch schon aufgefallen. Wir müssen die Fußmatte erden. Wahrscheinlich geht es dann.«

»Ich habe mich selbst geerdet, bevor ich eintrat.«

»Kümmer dich darum, Joe!« befahl Sparrow. »Les, wo steckst du?«

»Maschinenraum, Steg halbe Höhe.«

»Lös' Joe am Kommandopult ab! Ramsey, gehen Sie in Ihre Bude! Nehmen Sie in elf Minuten Verbindung mit der Basis auf!«

»Aye, Skipper.«

Sparrow durchquerte unterhalb von Garcia den Kontrollraum, bis er einen Punkt am offenen A-Deck-Schott erreichte, von dem aus er die großen Meßinstrumente auf der Reaktorabschirmung sehen konnte. Dieser Bugraum, dachte er. Er macht mir wirklich Sorgen. Wir können zwar mit den TV-Kameras in ihn hineinsehen, und die Meßgeräte sagen uns, was in ihm vor sich geht, aber wir können ihn nicht selbst untersuchen. Wir haben nicht das rechte Gefühl für diesen Ort.

Er wischte sich mit einem großen roten Taschentuch über die Stirn. Irgend etwas stimmt hier nicht. Er war ein Kommandant, der wußte, daß er sich auf seine Gefühle, soweit sie das Boot betrafen, verlassen konnte.

Garcia stieß plötzlich eine endlose Kette spanischer Flüche aus. Sie klangen metallisch durch das Interkom und rissen ihn sofort aus seinen Gedanken.

»Joe!« brüllte Sparrow. »Was ist los?« Er drehte sich in Richtung Heck um, als könne er durch die Schotten sehen.

»Putzlappen im Rotorsystem. Er hat sich bei jeder Umdrehung am Induktionsring gerieben. Das waren Ramseys Störgeräusche.«

»Sieht es nach Absicht aus?«

»Hast du schon mal einen seidenen Putzlappen gesehen?« Durch das Intekom kam ein Grunzen. »Herr im Himmel!«

»Bring den Lappen mit!« sagte Sparrow. Und dann: »Wo sind Sie, Ramsey?«

»In der Bude. Wärme das Funkgerät auf.«

»Haben Sie Joe gehört?«

»Ja.«

»Berichten Sie der Basis davon! Melden Sie ...«

»Skipper!« Wieder Garcias Stimme. »Hier riecht es nach Öl!«

»Ölnebel plus Funkenbildung ist gleich Explosion«, sagte Sparrow. »Wo kommt das Öl her?«

»Momentchen.« Das Klirren von Metall gegen Metall. »Offener Ablaßhan im Hydrauliksystem. Nur eine Kleinigkeit, aber gerade genug zum Versprühen eines kleinen Strahls, bei voller Kraft voraus.«

Sparrow sage: »Ramsey, melden Sie das auch!«

»Aye, Skipper.«

»Joe, ich komm zu dir runter«, sagte Sparrow. »Wir müssen den Antriebsraum mit der Lupe untersuchen.«

»Ich hab schon damit angefangen.«

Bonnett sagte: »Skipper, kannst du Ramsey zu mir schicken, wenn er die Meldung gemacht hat? Ich brauche Hilfe bei der Überprüfung des Hauptkontrollbords.«

»Haben Sie mitgehört, Ramsey?« fragte Sparrow.

»Aye.«

»Ausführung!«

»Wird gemacht.«

Sparrow ging nach achtern, sprang ein Deck tiefer und kroch durch den Wellentunnel in den Antriebsraum. Garcia lehnte sich in die Rollennische und untersuchte den Induktionsring mit einem Vergrößerungsglas.

»Es sind zwar alles nur Kleinigkeiten«, sagte Sparrow, »aber alle zusammen — Bums!«

Garcia drehte sich um, seine Augen glitzerten trotz der schlechten Beleuchtung. »Die Sache gefällt mir gar nicht, Skipper. Das ist ein schlechter Anfang. Es geht los wie ein Selbstmordkommando.«

Sparrow holte tief Luft und atmete langsam aus. Dann betätigte er abrupt den Knopf seines Helmmikrofons. »Ramsey, wenn Sie Verbindung mit der Basis haben, bitten Sie um Rückkehrerlaubnis!«

»Aye, Skipper.«

Ramseys Gedanken überschlugen sich. Welche Auswirkung wird das auf die Moral haben? Der erste Pirat, der seit Monaten ausläuft, kehrt zurück, ohne den Golf verlassen zu haben. Eine schlechte. Er musterte die bebenden Zeiger der Skalen. Der Kontakt-Timer traf auf Rot und summte. Er jagte seine erste codierte Meldung hinaus. »Tüchtiger John an Roter Hut. Kommen!«

Der Lautsprecher über ihm stieß ein Zischen aus, das ihn an eine tosende Brandung erinnerte. Dann ertönte eine Stimme, die den Lärm überlagerte. »Roter Hut an Tüchtiger John. Kommen!«

»Tüchtiger John an Roter Hut: Wir haben Sabotage an Bord entdeckt. Ein seidener Putzlappen wurde in das Rotorsystem des Antriebsraums gesteckt. Hätte er einen Funken erzeugt, wären wir in die Luft geflogen. Kommen!«

»Roter Hut an Tüchtiger John. Bitte, warten Sie! Wir stellen durch an Vogel George.«

Der Sicherheitsdienst!

Erneut meldete sich jemand. »Vogel George an Tüchtiger John. Hier spricht der Lehrer. Wie ist die Lage? Kommen!«

Clint Reed! Ramsey konnte das Gesicht seines humorlosen Ausbilders beinahe vor sich sehen. Lehrer Reed. Ein flotter Code. Er beugte sich über das Mikrofon. »Lehrer, hier ist Schüler.« Er wiederholte die Sabotagegeschichte.

»Lehrer an Schüler. Was schlagen Sie vor? Kommen!«

»Schüler an Lehrer. Bitte um Erlaubnis, hier draußen mit der Inspektion fortzufahren. Hier sind weniger Überraschungsmomente zu erwarten, da nur vier Mann an Bord. Verläuft Inspektion sicher, bitten wir um Erlaubnis, Mission fortzusetzen. Rückkehr wäre schlecht für die Kampfmoral. Kommen!«

»Lehrer an Schüler. So sehen wir es auch. Dennoch: Bitte warten!« Pause. »Erlaubnis erteilt. Wie lange brauchen Sie? Kommen!«

Ramsey wandte sich dem Sprechknopf des Interkoms zu. »Skipper, die Basis schlägt vor, daß wir die Inspektion hier draußen fortsetzen und nicht zurückkehren, wenn wir sicher sind.«

»Haben Sie gemeldet, was wir gefunden haben?«

»Yes, Sir.«

»Und was haben sie gesagt?«

»Hier draußen ist die Möglichkeit, daß etwas schiefgeht, nicht so groß. Weniger Personal. Man schlägt vor, daß wir uns gegenseitig überprüfen und jede ...«

»Herr im Himmel!«

»Sie wollen wissen, wie lange wir brauchen.«

Schweigen.

»Skipper, sie wollen ...«

»Ich habe schon verstanden. Melden Sie, wir brauchen zehn Stunden!«

Ramsey drehte sich wieder vors Funkgerät. »Schüler an Lehrer. Skipper sagt, wir brauchen zehn Stunden. Kommen!«

»Lehrer an Schüler. Weitermachen wie befohlen. Wir geben neue Anlaufstellen durch. Ende.«

Ramsey lehnte sich zurück und dachte: Jetzt habe ich mich wirklich in die Nesseln gesetzt. Aber Obe hat gesagt, der Auftrag muß durchgeführt werden.

Bonnetts Stimme meldete sich rasselnd durch den Lautsprecher. »Ramsey! Wenn Sie fertig sind, setzten Sie Ihren Arsch in Bewegung und helfen mir hier oben!«

»Komme schon.«

Im Antriebsraum wuchtete Sparrow eine Rohrzange hoch und schaute Garcia zu, der unter die Sekundärspulen gekrochen war. »Sie wollen, daß wir es unbedingt schaffen, Joe. Um jeden Preis.«

Garcia richtete ein Kontaktlicht auf zwei Leitungen. Es glühte auf. »Ja, und zwar mit Hilfe eines Anfängers wie diesem Ramsey. Einer Landratte!«

»In seiner Akte steht, er hätte beschränkte Kampferfahrung bei einer Sicherheitspatrouille im Golf gewonnen.«

»Das können sie einem erzählen, der das Licht mit dem Hammer ausmacht.« Garcia wechselte die Position. »Mit dem Burschen stimmt irgendwas nicht.«

Sparrow schraubte eine Kondensatorplatte auf. »Wie meinst du das?«

»Er kommt mir vor wie ein Hochstapler; wie jemand, der vorgibt, etwas zu sein, das er nicht ist.«

»Wie kommst du denn darauf?«

»Weiß ich auch nicht, Skipper.«

Sparrow zuckte die Achseln und arbeitete weiter. »Ich weiß auch nicht, Joe. Reden wir später darüber. Gib mir doch mal den Fünfer da drüben!«

Garcia reichte ihm den Schraubenschlüssel und wandte sich wieder seiner Arbeit zu. Stille legte sich über den kleinen Raum. Sie wurde nur durchbrochen von dem Geräusch, das Metall auf Metall erzeugt, und vom Summen der Meßgeräte.

Sparrow bückte sich, als er in den Kontrollraum kam. Er stand schweigend da und schaute Bonnett und Ramsey beim Festschrauben des Hauptschaltpult-Gehäuses zu.

Bonnett richtete sich auf und rieb sich mit der Hand über den Nacken. Sie hinterließ eine Ölspur. Dann sagte er zu Ramsey: »Sie haben ja echt was drauf, Kleiner. Vielleicht machen wir noch einen richtigen U-Boot-Fahrer aus Ihnen.«

Ramsey verstaute den Schraubenzieher in seinem Werkzeugkasten, klappte ihn zu, drehte sich um und sah Sparrow an. »Alles klar, Skipper?«

Sparrow antwortete nicht sofort. Er sah sich im Kontrollraum um und sog prüfend die Luft ein. Es roch leicht nach Ozon. Das Summen abwartender Geräte. Die runden Augen der Indikatorskalen erschienen ihm wie symbolische Ausläufer seines eigenen Ichs. Doch die nagende Unruhe war immer noch in ihm.

»So klar, wie Sterbliche es hinkriegen können, hoffe ich«, sagte er. »Wir treffen uns in der Messe.« Sparrow wandte sich um, duckte sich und ging den Weg zurück, den er gekommen war.

Ramsey verstaute seinen Werkzeugkasten in einem Wandregal. Metall knirschte auf Metall. Er schüttelte sich und drehte sich um. Bonnett ging durch die Tür hinaus. Ramsey schritt durch die Tür des Kontrollraums und folgte ihm in die Messe.

Sparrow und Garcia waren bereits da. Garcia saß rechts, Sparrow stand ihm am anderen Ende des Tisches gegenüber. Ramsey schaute erstaunt auf. Auf dem Tisch, vor Sparrow, lag eine aufgeschlagene Bibel.

»Wir erflehen die Hilfe des Allmächtigen für unsere bösen Taten«, sagte Sparrow.

Bonnett ließ sich auf einen Stuhl zu seiner Linken nieder.

Sparrow deutete auf den ihm gegenüberliegenden Platz. »Wollen Sie sich bitte hinsetzen, Mr. Ramsey?«

Ramsey ließ sich auf den Stuhl nieder und legte eine Hand auf die grüne Tischbespannung. Sparrow ragte am anderen Ende des Tisches über ihnen auf. Der Gesetzgeber mit der Hand auf der Bibel.

Ein Gottesdienst, dachte Ramsey. Das ist eine der Kräfte, die diese Mannschaft zusammenschweißt. Participation Mystique! Der himmlische Segen für die Kämpfer vor der Schlacht.

»Welcher Glaubensgemeinschaft gehören Sie an, Mr. Ramsey?« fragte Sparrow.

Ramsey räusperte sich. »Ich bin Methodist, Sir.«

»Hier unten ist es nicht so wichtig«, sagte Sparrow. »Ich war nur neugierig. Wir U-Boot-Fahrer sagen, daß der Herr es nie erlauben wird, daß ein lebendiger Atheist tiefer als fünfhundert Meter taucht.«

Ramsey lächelte.

Sparrow beugte sich über die Bibel. Seine Stimme dröhnte, als er vorlas: »Schande über die, die das Böse gut und das Gute böse nennen; die Finsternis als Licht und Licht als Finsternis bezeichnen; die Bitteres als süß und Süßes als bitter bezeichnen! Schande über die, die sich selbst für weise halten und bei ihrem eigenen Anblick Stolz empfinden!«

Er klappte die Bibel zu und hob den Kopf. Seine Bewegung strahlte Energie und Autorität aus. Ramsey sah darin einen Ausdruck großer Stärke.

»Wir erledigen unseren Auftrag mit allen uns zur Verfügung stehenden Mitteln«, sagte Sparrow. »Wir erledigen ihn, weil wir ihn für richtig halten. Auch wenn er uns Kummer bereitet, wir führen ihn aus. Wir führen ihn aus, damit das Böse vom Antlitz der Erde verschwindet. Amen.«

Sparrow drehte sich um und legte die Bibel in ein Fach am Schott. Dann sagte er, ohne sie anzusehen: »Alle Mann auf die Stationen! Mr. Ramsey, nehmen Sie Kontakt mit der Basis auf und melden Sie, daß wir startklar sind! Holen Sie die Zeit für den ersten Anlaufpunkt ein!«

Ramsey stand auf. In seinen Gedanken herrschte momentan nichts anderes vor, als die Überprüfung der ersten — Sparrow betreffenden — Telemetrie-Messungen. »Jawohl, Sir«, sagte er. Er drehte sich um, duckte sich durch die Tür, kehrte in seine Bude zurück und nahm Verbindung mit der Basis auf.

Erster Anlaufpunkt in vier Stunden.

Ramsey übermittelte Sparrow die Meldung.

»Gesamtzeitmesser auf Null«, sagte Sparrow. »Alle Stationen überprüfen und melden.«

»Garcia hier. Antrieb und Schleppvorrichtungen okay.«

»Bonnett hier. Kontrollraum okay.«

Ramsey musterte die Kontrollen in der Elektronikbude. Er verspürte plötzlich das komische Gefühl, hierher zu gehören. Alles kam ihm so vertraut vor, obwohl er nur fünf Wochen Zeit gehabt hatte, sich auf die neue Umgebung einzustimmen. »E-Kontrollen okay«, meldete er. »Zwei Atmosphären in der Hülle.« Er blickte auf die Vampir-Sonde an seinem Handgelenk. »Diffusion normal plus; kein Stickstoff.«

Sparrow sagte durch das Interkom: »Tauchen, Les!«

Ramsey spürte, daß es ihn leicht nach unten zog und hörte das machtvolle, leise Flüstern des Antriebs. Dann schwang alles wieder in die Waagerechte zurück und balancierte sich aus. Dann ging es endgültig nach unten. Jetzt geht es runter, dachte er. Körperlich und geistig. Jetzt hängt alles von mir ab.

»Mr. Ramsey, bitte zum Kontrollraum«, befahl Sparrow.

Ramsey schaltete sein Kontrollpult ab und machte sich auf den Weg. Sparrow stand mit auf dem Rücken gefalteten Händen und mit leicht gespreizten Beinen in der Mitte des Kontrollraums. Er schien in ein Hintergrundlabyrinth aus Röhren, Rädern, Hebeln und Skalen eingerahmt zu sein. Rechts von ihm arbeitete Garcia an der Steuerung der Schleppvorrichtung; links von ihm stand Bonnett am Ruder. Der auf dem Kontrollschott angebrachte Druckmesser zeigte außen 1310 Pfund an, doch der Druck nahm zu; sie hatten neunhundert Meter Tauchtiefe erreicht.

Ohne sich umzudrehen, fragte Sparrow: »Was ist in dem kleinen Kasten, der mit Ihren Sachen an Bord gekommen ist, Mr. Ramsey?«

»Ein Überwachungsgerät für das neue Ortungssystem, Sir.«

Sparrows Kopf beugte sich vor, um die Bewegung einer Schleppkontrollskala abzulesen. Dann drehte er sich um. »Warum war er verschlossen?«

»Weil er hochempfindlich ist und dementsprechend verpackt werden mußte. Man hatte Angst, jemand könnte ...«

»Ich möchte das Ding bei der erstbesten Gelegenheit sehen«, sagte Sparrow. Er ging zu Bonnett hinüber. »Les, ist das ein Leck in Kammer neun?«

»Kein Feuchtigkeits- oder Druckunterschied, Skipper. Es muß Kondenswasser sein.«

»Halt ein Auge drauf!« Sparrow kehrte zu Ramsey zurück.

Ich werde schnell herausfinden, ob die Trickschaltung im Kasten seine Neugier wirklich zufriedenstellt, dachte Ramsey.

»Was für ein Hobby haben Sie?« fragte Sparrow.

Ramsey blinzelte. »Astronomie.«

Bonnett sagte über die Schulter hinweg: »Ein merkwürdiges Hobby für einen U-Boot-Fahrer.«

Bevor Ramsey etwas erwidern konnte, sagte Sparrow: »Für einen Seemann ist es doch nichts Ungewöhnliches, sich mit Astronomie zu beschäftigen.«

»Astronomie ist die Grundlage der Navigation«, sagte Ramsey.

Sparrow warf ihm einen Blick von der Seite zu. Dann schaute er wieder auf die Instrumente. »Als wir das Becken verließen, kam mir der Gedanke, man müßte uns eigentlich einen letzten Blick auf die Sterne erlauben, bevor wir tauchen. Sie verleihen einem das Gefühl, sich orientieren zu können. Bevor wir Garden Glenn verließen, hat mich die Klarheit des Himmels richtig gepackt. Das Sternbild des Herkules war ...« Er hielt inne, als der Bug der *Ram* nach oben zog.

Ein Skalenzeiger bewegte sich auf dem Kontrollpult, um die Deflektion zu korrigieren.

»Herkules«, sagte Ramsey. »Meinen Sie den Knienden?«

»Er wird nicht mehr oft so genannt«, sagte Sparrow. »Aber der Gedanke, daß er seit all diesen Jahrhunderten da oben ist und über die Seeleute wacht, gefällt mir. Die Phönizier haben ihn sogar angebetet.«

Ramsey verspürte plötzlich eine starke persönliche Sympathie für Sparrow. Er kämpfte sie nieder. Ich muß einen klaren Kopf behalten und objektiv bleiben, dachte er.

Sparrow ging nach links, um einen besseren Ausblick auf die Steuerinstrumente zu haben. Er musterte sie einen Moment lang und wandte sich dann wieder Ramsey zu. »Ist Ihnen schon mal der Gedanke gekommen, Mr. Ramsey, daß U-Boote von allen Fortbewegungsmitteln, die die Menschheit je entwickelt hat, den Raumschiffen am ähnlichsten sind? Wir sind völlig uns selbst überlassen.« Er wande sich wieder dem Kontrollpult zu. »Und was fangen wir mit unseren Raumschiffen an? Wir verwenden sie dazu, uns unter der flüssigen Oberfläche unseres Planeten zu verstecken. Wir setzen sie ein, um uns gegenseitig zu töten.«

Ramsey dachte: Da haben wir ein Problem — eine morbide Phantasie, die sich auf die Mannschaft auswirkt. »Wir setzen sie zur Selbstverteidigung ein«, sagte er.

»Die Menschheit kann sich nicht gegen sich selbst verteidigen«, sagte Sparrow.

Ramsey wollte etwas sagen, doch dann hielt er inne und dachte: Das ist eine Jungsche Definition. Niemand ist gegen sich selbst gefeit. Er sah Sparrow mit neuem Respekt an.

»Unsere Untergrund-Basis«, sagte Sparrow, »ist wie eine Gebärmutter. Und der unterseeische Tunnel ... wie ein Geburtskanal ...«

Ramsey steckte die Hände in die Taschen und ballte die Fäuste. Was geht hier vor? fragte er sich. Vorstellungen dieser Art sollten eigentlich nur Psychologen haben. Entweder spaziert Sparrow am Rande des Wahnsinns entlang — oder er ist der gesündeste Mensch, der mir je begegnet ist. Er hat völlig recht, was die Basis und den Tunnel anbetrifft — bloß ist uns diese Analogie bisher entgangen. Es hängt mit unseren Problemen zusammen. Aber wie?

Sparrow sagte: »Prahmsteuerung auf Automatik, Joe! Ich möchte, daß du mit Mr. Ramsey das neue Fernortungsgerät prüfst. Stellt es auf den ersten Anlaufpunkt ein.« Er schaute auf die große Sono-Nav-Karte auf dem Vorderschott und den roten Punkt, der ihre Position anzeigte. »Les, Periskop ausfahren und Position bestimmen.«

»Sofort, Skipper.«

Garcia legte einen Schalter um und wandte sich zu Ramsey um. »Auf geht's, Kleiner!«

Ramsey sah Sparrow an. Der Wunsch, zu seiner Crew zu gehören, beherrschte ihn in diesem Augenblick vollkommen. »Meine Freunde nennen mich Johnny«, sagte er.

Sparrow sagte zu Garcia. »Joe, würdest du Mr. Ramsey auch in die Feinheiten unseres atmosphärischen Regulationssystems einweihen? Vielleicht fängst du mit den Kohleanhydrase-Phasenregulator an.«

Daß niemand ihn duzen wollte, empfand Ramsey wie einen Schlag ins Gesicht. Er duckte sich, verließ den Kontrollraum und begab sich auf den Gang hinaus.

Garcia folgte ihm. Er schloß die Tür hinter ihnen, drehte sich um und sagte: »Da ist noch was, das ich Ihnen über U-Boote sagen muß, Ramsey. Ein Neuer wird immer mit dem Nachnamen angesprochen — oder mit einem Spitznamen, den die Crew sich nach seinem ersten Kampfeinsatz ausdenkt. Es gibt Typen, die darauf hoffen, daß man sie nie mit dem Vornamen anspricht.«

Ramsey fluchte innerlich. Davon hatte ihm der Sicherheitsdienst nichts erzählt. Jetzt stand er natürlich wie ein blutiger Anfänger da. Doch dann dachte er: Es ist eigentlich eine ganz natürliche Sache. Es ist eine einmütige Abwehrreaktion der Besatzung. Eine Art Beschwörung. Sprich nie den geheimen Namen des Neuen aus, damit die Götter ihn — und seine Kameraden — nicht vernichten!

Im Kontrollraum wandte Bonnett sich zu Sparrow um und rümpfte die Nase. »Der ist aber noch grün«, sagte er.

»Aber er erscheint willig«, sagte Sparrow. »Hoffen wir das Beste.«

Bonnett fragte: »Machst du dir keine Gedanken darüber,

daß der Sicherheitsdienst den Burschen noch in letzter Minute überprüft hat?«

»Ein bißchen schon«, sagte Sparrow.

»Ich weiß auch nicht«, sagte Bonnett. »Irgendwas an diesem Burschen ... Ich weiß wirklich nicht. Er kommt mir nicht ganz echt vor.« Er runzelte nachdenklich die Stirn.

»Es könnte eine Routinesache gewesen sein«, sagte Sparrow. »Du weißt doch, wie sie uns durch die Mangel gedreht haben.«

»Trotzdem werde ich ihn im Auge behalten«, versicherte Bonnett.

»Ich muß noch etwas Papierkram erledigen«, sagte Sparrow. »Kurs beibehalten! Ruf mich, wenn wir den ersten Anlaufpunkt erreichen!«

»Wie steht's mit der Wacheinteilung?« fragte Bonnett.

»Ich werde sie gleich festlegen«, sagte Sparrow. »Ich werde sie so einteilen, daß ich mit Ramsey zusammen Wache habe, solange wir noch in relativ sicheren Gewässern sind. Ich möchte nicht, daß er durchdreht, wenn er einen nassen Hintern kriegt.«

Sparrow ging durch die Tür, kletterte den Niedergang hinab und betrat die Messe. Das erste, was ihm beim Eintreten auffiel, war die Farbe der Tischbespannung — obwohl er beides schon tausendmal gesehen hatte.

Woher kommt es eigentlich, daß die Tische in den Messen ewig grün bezogen sind? fragte er sich. Soll es uns an die Farbe fruchtbaren Bodens erinnern? An Wiesen? An die Heimat?

Garcia und Ramsey, die in der Elektronikbude arbeiteten, klappten den Deckel des Kontrollpultes zu, nachdem sie das Ortungsgerät überprüft hatten.

»Was jetzt?« fragte Ramsey.

»Am besten hauen Sie sich ein bißchen hin«, sagte Garcia. »Les schiebt die erste Wache. Wahrscheinlich stellt der Skipper gerade die Wachliste auf. Vielleicht sind Sie als nächster dran. Während der ersten Tage geht's meist noch ein bißchen drunter und drüber.«

Ramsey nickte und sagte: »Ich bin auch müde.« Er wandte sich dem Heck zu. »Also dann bis später.«

»Okay«, erwiderte Garcia.

Ramsey eilte in seine Kabine, schloß die Tür, zog die Telemeter-Box zu sich heran, öffnete sie, nahm die ersten Aufzeichnungsstreifen und lehnte sich zurück, um sie zu untersuchen.

Die Pituitrin- und Adrenalinkurven zeigten sich als erste auf den Papierrollen. Ramsey erkannte, daß eine davon die Zeit vor seiner Ankunft und die andere den Moment anzeigte, als das Boot unter Druck gesetzt worden war.

Die ersten Spannungsmomente, dachte er. Aber das ist normal.

Er rollte den Telemeterstreifen bis zu dem Moment, in dem sie die Sabotage entdeckt hatten und überprüfte zweimal den Zeitpunkt.

Nichts!

Aber das kann doch nicht sein!

Ramsey musterte die Anordnung der Nieten auf dem vor ihm befindlichen Schott. Das weit entfernte Gewinsel des Antriebs schien lauter zu werden. Seine Hand, die neben ihm auf der Decke lag, fühlte jeden Faden. Seine Nasenflügel analysierten die Gerüche seiner Kabine: Farbe, Öl, Seife, Ozon, Schweiß, Kunststoff ...

Kann es einen Menschen geben, dessen Angstgefühle keine erhöhte Drüsentätigkeit hervorrufen? fragte er sich. Ja, unter bestimmten pathologischen Umständen, die auf Sparrow nicht zutreffen.

Ramsey fiel ein, wie die Stimmes des Captains durch das Interkom während dieser Streßperiode geklungen hatte: hoch, knapp, gespannt.

Er untersuchte das Band erneut. Hat der Telemeter versagt?

Er überprüfte ihn. Er funktionierte perfekt. War etwas mit dem Mechanismus in Sparrows Nacken nicht in Ordnung? Dann hätte das Gerät auch seine sonstigen Spannungszustände nicht registrieren dürfen.

Ramsey lehnte sich zurück, schob eine Hand hinter den Kopf und überdachte das Problem. Zwei Möglichkeiten boten sich an: Wenn Sparrow von dem Putzlappen und dem ausfließenden Öl gewußt hatte, hätte er nicht ängstlich zu reagieren brauchen. Was war, wenn er selbst für den Lappen und den undichten Hahn verantwortlich gewesen war? Er hätte es tun können, um die Mission abzubrechen, weil er die Nerven verloren hat — oder ein Spion ist.

Aber selbst dann hätte der Telemeter seine sonstigen psychomotorischen Reaktionen aufzeichnen müssen.

Dies führte zu einer anderen Möglichkeit: In Augenblicken hoher Anspannung wurden Sparrows automatische Drüsenfunktionen vom Gehirn übernommen. Dies paßte zu seiner bekannten paranoiden Anfälligkeit. Unter Streß konnte es zu einem systematischen Zusammenbruch seiner Normalfunktionen kommen: Eine derartige Unterdrückung der Angst resultiert darin, daß das gesamte Wesen an keine Gefahr glauben kann.

Ramsey setzte sich aufrecht hin. Es paßt auch zu Sparrows religiöser Einstellung. Seine tiefe und vorbehaltlose Gläubigkeit erklärte vieles. Es hatte schon vorher religiöse Paranoiker gegeben. Sie hatten sogar Christus dafür verantwortlich gemacht. Ramsey runzelte die Stirn. Aber natürlich war Schweitzer für die verantwortlich, die sich wie Narren geben wollten. Er hatte ihre Argumente in der Luft zerfetzt.

Ein hartes Klopfen an der Tür unterbrach Ramseys Gedanken. Er schob die Streifen in den doppelten Boden der Telemeter-Box, klappte sie zu und schloß sie ab.

Erneut klopfte es. »Ramsey?« Garcias Stimme.

»Ja?«

»Ramsey, Sie nehmen wohl lieber ein paar Aufputschtabletten. Sie sind für die nächste Wache eingeteilt.«

»In Ordnung. Danke.« Ramsey schob den Kasten unter seinen Schreibtisch, ging zur Tür und öffnete sie. Der Niedergang war leer. Er warf einen Blick auf die ihm gegenüberliegende Tür zu Garcias Quartier, blieb einen Moment lang stehen und ertastete das ihn umgebende Schiff. Von der Decke löste sich ein Tropfen Kondenswasser und fiel vor ihm auf den Boden. Abrupt sah er sich in die Situation versetzt, das Gefühl einer tiefen Depression niederkämpfen zu müssen. Er konnte den schrecklichen Druck des ihn umgebenden Wassers beinahe körperlich spüren.

Weiß ich überhaupt, wie es ist, wenn man wirklich Angst hat? fragte er sich.

*Originaltitel: »Dragon in the Sea« (Auszug)*

*(erstmals erschienen als dreiteilige Fortsetzung*
*in »Astounding Science Fiction«)*
*Aus dem Amerikanischen übersetzt von Ronald M. Hahn*
*(Der komplette Roman erschien als Band 06/3091*
*in der Reihe HEYNE SCIENCE FICTION & FANTASY*
*unter dem Titel »Atom-U-Boot S 1881«)*

# FEUER EINSTELLEN!

Schneeböen fegten über das vereiste Marschland und schichteten vor dem hölzernen Beobachtungsposten einen flachen Haufen auf. Die Antenne des Lebensdetektors auf dem BP drehte sich in einem rhythmischen Halbkreis hin und her. Sie war ebenso von Rauhreif überzogen wie die vereisten Zweige.

Der Schnee löschte die Entfernungen aus und machte aus sämtlichen Gegenständen charakterlose, graue Schemen. Im Norden kündete ein heller Schein davon, daß die Sonne auch noch um Mitternacht tief über dem Horizont hing.

Von allen Orten der Erde sah dieser hier am wenigsten so aus, als sei er ein Platz, an dem weltbewegende Erfindungen gemacht wurden.

Eine Gewehrkugel prallte gegen einen Panzer, der nordöstlich vom BP liegengeblieben war, und verlor sich in der Ferne. Die Kugel betonte die Einsamkeit und Isolation des BP noch, der sich weit von der vordersten Front der arktischen Schlachtfelder entfernt befand. Hinter dem Posten, im Süden, breitete sich die kanadische Einöde aus. Ein Ausläufer des Polarmeers, unterhalb von Banks Island, wurde von einem frühen nördlichen Schneesturm verhüllt.

Ein mit Drogen künstlich wachgehaltener Mann hielt in dem BP Wache. Der ihn umgebende Raum war kaum zwei Quadratmeter groß. Er war vollgestopft mit technischen Geräten und Gitternetz-Schirmen, auf denen blaßgrüne Punkte lebende Wesen anzeigten: einen Schneehuhnschwarm oder einen Polarfuchs. Jeder Quadratpunkt auf den Schirmen war mit einem Zielcode für Granatwerfer versehen.

Das Alliierte Kommando hatte den Außenposten mit der Nummer BP 114 versehen. BP 114 war kein Ort für einen empfindsamen Menschen, den man in diese schreckliche Stellung eher getreten als versetzt hatte. Die Tatsache, daß gerade er den BP 114 bemannte, bewies nur die schrecklichen Verhältnisse, die diesen Krieg beherrschten.

Erneut sondierte eine Gewehrkugel den aufgegebenen Panzer. Corporal Larry Hulser stand über die Bildschirme gebeugt und versuchte, die Spur des Geschosses zurückzuverfolgen. Sie schien aus der Richtung zu kommen, in der er den Lichtpunkt ausgemacht hatte, den er für einen Polarfuchs gehalten hatte.

Viel zu klein für einen Menschen, dachte er. Oder nicht?

Der grüne Schein des Bildschirms beleuchtete Hulsers dunkles Gesicht und überschüttete es mit Schatten, die in sein schwarzes Haar übergingen. Er kaute an der Unterlippe, und sein Blick wanderte unentwegt hin und her. Seine Augen zeigten die Angst, die er nicht verbergen konnte; es war die Angst, die ihn auch im Quartier zur Zielscheibe jedes Witzes gemacht hatte.

Hulser wirkte nicht wie ein Mensch, der seine Umwelt umkrempeln kann. Er war nicht mehr als ein armes Würstchen, das eingeschlossen in einem Lebens-Detektor-Schild hockte und von gespenstischen grünen Schatten umgeben war.

In den weit zurückliegenden Tagen seiner Jugend hatte ihn ein Chemielehrer während einer Teeparty als Mystiker bezeichnet, der es in der modernen Welt mit Sicherheit zu nichts bringen würde.

Der Lichtpunkt, den Hulser für einen Fuchs hielt, veränderte seine Position.

Soll ich die Artillerie verständigen? fragte er sich. Nein. Dies ist ein Fall, den sie womöglich mit einem Flugdetektor aufklären würden; und wenn der Pilot den Punkt als Fuchs indentifizierte ... Hulser krümmte sich, wenn er an die Hänseleien dachte, die er wegen des vor zwei Monaten gemeldeten Wolfs hatte einstecken müssen.

»Wölfi Hulser!«

Ich bin zu alt für solche Spielchen, sagte er sich. Mit achtunddreißig ist man zu alt. Gäbe es doch nur eine Möglichkeit, der Sache ein Ende zu ...«

Erneut schlug eine Gewehrkugel gegen den kaputten Panzer. Hulser machte einen Versuch, sich in dem winzigen, hölzernen BP noch kleiner zu machen. Die Kugeln erschienen ihm wie suchende Finger, die sich nach getarntem Metall ausstreckten — um einen BP ausfindig zu machen. Hatten sie ihr Ziel erreicht, folgte ihnen ein 200-mm-Geschoß, das mit Hilfe eines Echofons ins Ziel gelenkt wurde. Es konnte ihm ebenso ergehen wie Breck Wingate, einem anderen Beobachter.

Die Erinnerung daran ließ Hulser frösteln.

Man hatte Wingate über die Instrumente zusammengesunken gefunden, mit einem sauberen Loch, das genau unter der Achselhöhle verlief — von einer Seite der Brust zur anderen. Der Wind hatte durch das Einschußloch neben Wingate durch die BP-Wand gepfiffen. Der Feind hatte ihn erwischt, ohne ihn gesehen zu haben.

Hulser musterte nervös die Sperrholzwände, die ihn von den suchenden Kugeln abschirmten — eine hölzerne Schale, die dazu diente, Metallsucher irrezuführen. Wurde die Schale getroffen, erzeugte sie das Geräusch eines Geschosses, das auf eine Schneewächte trifft. Etwas höher verschloß ein Stöpsel aus zusammengerolltem Zeichenpapier ein Einschußloch, das bei anderer Gelegenheit entstanden war.

Wieder fröstelte Hulser.

Und wieder schlug eine Kugel gegen den zerschossenen Panzer. Dann bebte die Erde, als eine Granate den Panzer in Fetzen riß.

Damit wir ihn nicht als BP verwenden, dachte Hulser.

Er drückte den Spurenleser, damit er der Artillerie die Position des Granatwerfers mitteilen konnte, doch viel Hoffnung hatte er nicht. Der Feind verwendete jetzt immer häufiger die neuen Streugeschosse, die man nicht zurückverfolgen konnte.

Das Telefon neben seinem LD-Schirm leuchtete rot auf. Hulser beugte sich in den Stillekegel vor und erwiderte: »BP hundertvierzehn. Hulser.«

Die Stimme gehörte Sergeant Chamberlain. »Worauf hat der Granatwerfer geschossen, Wölfi?«

Hulser knirschte mit den Zähnen und erklärte die Sache mit dem Panzer.

Chamberlain schnauzte durchs Telefon: »Normalerweise sollte man aufgrund solcher Vorgänge nicht erst anrufen müssen, um eine Erklärung zu verlangen! Wissen Sie genau, daß Sie wach und wachsam sind?«

»Yeah, Sarge.«

»Okay. Halt die Augen offen, Wölfi!«

Das rote Glühen des Telefons erlosch.

Hulser zitterte vor Wut. ›*Wölfi*‹!

Er dachte an Sergeant Mike Chamberlain: Er war hochgewachsen und aufgeblasen und sprach mit einem irritierenden Näseln. Und er stellte sich vor, was er gern mit Chamberlains schmalem Gesicht, den kleinen Schweinsaugen und der großen Nase machen würde. Er erwog den Gedanken, zurückzurufen und ›Großmaul‹ Chamberlain zu verlangen.

Hulser grinste amüsiert. Das würde ihn wirklich treffen! Und er müßte vier Stunden warten, bis er was dagegen unternehmen konnte.

Doch der Gedanke an gewisse Konsequenzen, die sich ergeben würden, wenn er Chamberlains Unwillen erregte, ließ sein Grinsen schlagartig verschwinden.

Auf dem mittleren Schirm bewegte sich etwas. Der Fuchs. Aber war es ein Fuchs? Er bewegte sich über das gefrorene Gelände auf den zerstörten Panzer zu und hielt auf halbem Weg an.

Ein Fuchs, der den seltsamen Geruch von Kordit und verbranntem Benzin untersucht? fragte sich Hulser. Oder ist es der Feind?

Dieser Gedanke ließ ihn beinahe panisch reagieren. Wenn ein Lebewesen von bestimmter Größe — etwa ab fünfzig Kilo — zu nahe an einen BP herankam, ohne die richtige Identifikation zu haben, flog die Hütte mitsamt der Ausrüstung in einem blendenden Thermitstrahl in die Luft, damit der Lebens-Detektor-Schild des Beobachters dem Feind nicht in die Hände fiel.

Hulser beobachtete das Netz des mittleren Schirms. Es erinnerte ihn an ein Spiel, das er als Junge gespielt hatte: Zwei Mann saßen sich in einem Raum gegenüber. Jeder hatte einen Bogen mit kariertem Papier auf dem Schoß — hinter einem Buch versteckt. Jeder Spieler hatte auf seinem Bogen heimlich bestimmte Karos umrandet. Vier Karos nebeneinander waren ein Schlachtschiff; drei waren ein Zerstörer; zwei ...

Wieder bewegte sich der Lichtpunkt auf dem Schirm auf das Panzerwrack zu.

Er starrte auf das Quadrat, in dem sich der Lichtpunkt bewegte, und in seinem Hinterkopf meldete sich ein Gedanke: Ruf an und melde, du hättest ein Schlachtschiff auf dem Schirm, und zwar auf Position Ø-6-C. Damit kriegst du sofort einen Freifahrtschein nach Hause!

Raus aus der Armee!

Seine Gedanken eilten sofort nach New Oakland und zu Carol Jean. Wenn ich daran denke, daß wir unser Kind dort kriegen würden, und ...

Erneut bewegte sich der (Fuchs?) auf den Panzer zu.

Doch jetzt waren seine Gedanken ganz und gar in New Oakland gefangen. Er dachte an die einsamen Jahre, bevor er Carol getroffen hatte: Fünf Tage pro Woche für Planetary Chemicals arbeiten ... die Bibliothek und die endlosen Seiten in den Büchern (eine seiner Gehirnwindungen kommentierte: Du hast deine Interessen zu weit gestreut!) ... das Winzig-Kabuff von einer Wohnung ... die geschmacklosen ...

Jetzt rannte der (Fuchs?) zum Kraterrand, der den Panzer umgab — und umrundete ihn.

Hulsers Geist nahm die Bewegung zwar mit seinem Verstand wahr, doch er hing seinen Träumereien weiter nach: Und dann Carol! Warum sind wir uns nicht schon früher begegnet? Wir waren nur einen Monat beisammen, und...

Ein zweiter Lichtpunkt erschien auf dem Schirm, ungefähr dort, wo der erste aufgetaucht war. Er bewegte sich ebenfalls auf den Panzerkrater zu.

Dann war Hulser wieder in der eisigen Gegenwart. Ein tödlicher Verdacht nagte an ihm: Der Feind hat einen neuen Schild; er ist nicht so gut wie unserer; er verkleinert nur die Größe des Objekts!

Oder sind es doch zwei Füchse?

Die Ungewißheit machte ihn fertig.

Sie könnten einen neuen Schild haben, dachte er. Schließlich haben wir kein Monopol auf wissenschaftlich denkende Gehirne.

Und seine Gedanken schlugen eigene Wege ein — zum

Krieg im Krieg; zum Kampf um überlegene Bewaffnung. Eine neue Waffe — ein neuer Schild — eine bessere Waffe — ein besserer Schild. Es kam ihm wie eine Leiter vor, an deren Sprossen Fleischfetzen herunterhingen.

*Sie könnten einen neuen Schild haben,* wiederholte sein Verstand.

Ein anderer Teil seines Geistes dachte nun ebenfalls über Schilde und das komplizierte Flackergeflecht nach, das organisches Leben sichtbar macht ...

Hulser zuckte abrupt zusammen. In aller Klarheit — jeder Strick an seinem Platz, jede Gleichung und jede Formel gelöst — breitete sich alles vor seinem geistigen Auge aus: Das Gerät, das den Krieg beenden würde. Ein unkontrolliertes Zittern befiel seinen Körper. Seine Kehle war wie ausgedörrt.

Hulsers Blick saugte sich an dem Schirm fest. Die beiden Lichtpunkte trafen sich am Panzerkrater, bewegten sich hinein.

Er beugte sich wieder in den Stillekegel, der das Telefon umgab. »Hier ist BP hundertvierzehn. Ich habe zwei Grüne auf den Koordinaten 0-6-C-Sub-T-R. Ich glaube, sie bauen einen BP auf!«

»Sind Sie sicher?« näselte Chamberlain.

»Natürlich bin ich sicher!«

»Wir werden's ja sehen!«

Das Telefon verstummte.

Hulser richtete sich auf und leckte sich die Lippen. Werden sie ein Flugzeug schicken, um nachzusehen? Sie trauen mir nicht ganz.

Eine gewaltige Explosion aus dem Krater antwortete ihm.

Sofort ratterten die Gewehre aus den gegnerischen Linien los. Ein Kugelhagel wühlte den grauen Schnee auf.

Es war ein feindlicher BP! Jetzt wissen sie, daß wir hier einen Beobachter haben!

Wieder durchschlug etwas den Deckel des BP.

Hulser starrte entsetzt auf das Loch. Was wird, wenn sie mich umbringen? Dann stirbt meine Idee mit mir! Der Krieg wird weitergehen, immer weiter ... Er machte einen Satz auf das Telefon zu und schrie: »Holt mich hier raus! — Holt mich hier raus! — *Holt mich hier raus!*«

Als sie ihn fanden, murmelte er immer noch die gleichen Worte vor sich hin.

Chamberlains schlaksige Gestalt kauerte vor dem BP-Einstieg. Die drei vermummten Gestalten hinter ihm schenkten dem Beobachtungsposten keine Beachtung; sie sahen sich um und musterten mit der Waffe im Anschlag die ausgedehnte Schneelandschaft. Das Gewehrfeuer des Feindes war verstummt.

Schon wieder einer durchgedreht, dachte Chamberlain. Und ich habe gedacht, er würde schon aus Scham länger durchhalten!

Er zog Hulser in den Schnee hinaus und zischte: »Was haben Sie denn, Mann? Warum haben Sie uns hier rausgelotst?«

Hulser schluckte und sagte: »Sergeant — bitte, glauben Sie mir. Ich weiß eine Methode, feindliche Munition fernzuzünden, ohne zu wissen, wo sie lagert. Ich kann ...«

»Munition fernzünden?« Chamberlains Augen verengten sich, bis sie aussahen wie zwei Feuersteine. Wieder einer für die Jungs mit den weißen Kitteln, dachte er. Es sei denn, wir schocken ihn so, daß er wieder normal wird. Laut sagte er: »Sie haben ja nicht mehr alle! Sie flutschen jetzt ganz schnell wieder zu Ihren Instrumenten runter, und ...«

Hulser wurde blaß. »Nein, Sergeant! Ich muß mit Ihnen zurück, damit ich ...«

Furcht, Frustration, Wut — alle Gefühle, die Hulser in sich unterdrückt hatte, zwangen ihn zum weitersprechen: »Sie ungebildeter Arsch! Ich kann diesen Krieg beenden! Verstehen Sie?« Er wurde noch lauter. »Bringen Sie mich zum Leutnant! Typen wie Sie werde ich in ihre Höhlen zurückjagen, Sie ...«

Chamberlains Faust erwischte Hulser an der Schläfe und warf ihn kopfüber in den Schnee. Noch während des Falls sagte Hulsers Verstand: Aber du hast es ihm gezeigt, Mann! Du hast es ihm doch noch *gezeigt!*

Der Sergeant warf einen Blick auf seine Begleiter und dachte: Wenn der Feind ihn gehört hat, ist der Ofen für uns aus! Er winkte einen seiner Männer heran. »Mitch, übernehmen Sie die Wache hier! Wir müssen Hulser zurückbringen.«

Der Soldat nickte und kroch gebückt durch den Einstieg.

Chamberlain beugte sich über Hulser. »Du elender Feigling!« zischte er. »Am liebsten würde ich dich auf der Stelle erledigen! Aber ich bring dich zurück, damit ich das persönliche Vergnügen habe, dich auf allen vieren kriechen zu sehen, wenn sie dir den Arsch aufreißen! Auf die Beine, Mann! Aber 'n bißchen plötzlich!«

Major Tony Lipari — seine Leute nannten ihn »Tony die Lippe« — lehnte an der Leinwandbespannung seines Unterstandes und hatte die Hände hinter dem Kopf verschränkt. Er war ein dürrer, ölig wirkender Mann mit schwarzem Haar, das in der Mitte gescheitelt war und an seinem Kopf klebte wie die Deckflügel eines Käfers. Im Zivilleben hatte er in einem Warenhaus Sportartikel verkauft. Auf einer Büroparty hatte er einst einen Turban getragen, und dieser Turban hatte seine zweite Natur offengelegt. Irgendeiner seiner Vorfahren mußte ein Maure gewesen sein.

Der Major war erschöpft (Verlustberichte! Endlose Verlustberichte!), reizbar und leicht nervös.

Wir haben nicht mal genug Männer, um die BPs zu besetzen! dachte er. Müssen wir etwa schon wieder einen an die Psychofritzen abgeben?

Er sagte: »Der Leutn …« Seine Stimme wurde zu einem nervösen Quäken, so daß er innehielt und sich erst einmal räusperte. »Der Leutnant hat mir die ganze Geschichte vorgetragen, Corporal. Ehrlich gesagt, mir kommt das alles äußerst phantastisch vor.«

Corporal Hulser hatte vor dem Major Haltung angenommen. »Bitte um Erlaubnis, etwas sagen zu dürfen.«

Lipari nickte. »Reden Sie!«

»Sir, ich war Chemiker — ich meine als Zivilist. Ich bin in diesen Truppenteil gekommen, weil ich mich mit Elektronik befaßt habe und man gerade mehr LD-Beobachter als Chemiker brauchte. Was unsere Schilde anbetrifft …« Er brach ab, weil ihm plötzlich klar wurde, wie schwierig es werden würde, Major Lipari zu überzeugen.

Als ob ich nicht wüßte, wie dringend wir LD-Beobachter brauchen! dachte Lipari. Dann sagte er: »Reden Sie weiter, Hulser!«

»Sir, verstehen Sie etwas von Chemie?«

»Ein bißchen.«

»Ich meine, wissen Sie, was Redox-Gleichungen sind, und wie Substitutsreaktionen von ...«

»Ja, ja. Weiter!«

Hulser schluckte und dachte: Er hat keine Ahnung. Warum läßt er mich nicht mit jemandem reden, der etwas davon versteht? Er fuhr fort: »Sie wissen sicher, Sir, daß die Isolierschicht unserer LD-Schilde einen besonderen Schutz ...«

»Gewiß! Sie isoliert den Träger vor der elektrischen Ladung des Anzugs!«

Hulser glotzte den Major an. »Sie isoliert ... O nein, Sir! Ich bitte um Verzeihung, aber ...«

»Ist das notwendig, Corporal?« fragte Lipari und dachte: Wenn er doch nur mit diesem Theater aufhören und wieder auf Posten gehen würde! Ein Blinder sieht doch, daß er nur simuliert! Wenn ...

»Sir, wissen Sie nicht, daß ...«

»Ich habe sämtliche LD-Schild-Kurse mitgemacht, als man mich eingezogen hat«, sagte Lipari. »Natürlich ist die Infanterie mein Spezialgebiet. Vietnam, wissen Sie? Aber ich weiß, wie ein Schild bedient wird. Machen Sie weiter, Corporal!« Er stieß sich mit dem Stuhl von der Wand ab.

»Sir, die Isolierschicht schützt den Benutzer vor einer Art Pseudo-Ersatz-Reaktion der Haut. Das Anzugfeld kann den Körper dazu verleiten, Stickstoff-Bläschen zu produzieren. ...«

»Ja, Hulser, das weiß ich doch! Aber was hat das mit Ihrer tollen Idee zu tun?«

Hulser holte tief Luft. »Sir, ich kann einen Projektor bauen, der auf dem Prinzip des LD-Anzugs basiert. Das heißt, er kann eine künstliche Ersatz-Reaktion in jedem Explosivmaterial erzeugen. Ich bin sicher, daß ich es kann!«

»Tatsächlich?«

»Ja, Sir! Ich könnte beispielsweise eine solche Reaktion bei Trinox bewirken: Sie würde Fluor und ionisierten Wasserstoff erzeugen — natürlich nur in kleinsten Mengen, aber es würde genügen, um jede naheliegende Kraftfeldquelle in die Luft zu jagen ...«

»Aber wie würden Sie herausfinden, ob sich überhaupt ein solches Feld in den feindlichen Depots befindet?«

»Sir! Jeder trägt irgendeine Art LD-Schild. Es handelt sich dabei um Feldgeneratoren. Oder um interne Verbrennungsmotoren ... oder ... oder sowas! Zerfällt eine explosive Mischung aus einem System in ein anderes und kommen Fluor und Wasserstoff hinzu ...« — Hulser zuckte die Achseln —, »es würde explodieren, wenn man es nur schief ansieht.«

Lipari räusperte sich. »Ach so.« Er lehnte sich wieder gegen die Wand. Er spürte, wie sich in seinen Schläfen eine Migräne zusammenbraute. Jetzt heißt es, das Spiel mitspielen oder ihn zum Schweigen verdonnern, dachte er. »Wie bauen wir diesen wundervollen Projektor, Corporal?« fragte er.

»Sir, ich muß mich mit ein paar Maschinenbauern und Elektronikern zusammensetzen, und ...«

»Corporal, ich entscheide, wer sich mit meinen Leuten zusammensetzt. Jetzt werde ich Ihnen mal sagen, was Sie tun werden. Sie zeichnen die Spezifikationen Ihres Projektors auf und lassen sie hier! Ich werde dafür sorgen, daß sie auf dem Dienstweg in die richtigen Hände gelangen.«

»Sir, so einfach ist es nicht. Ich habe zwar alles im Kopf, aber bei solchen Dingen muß man auch Kniffe anwenden, die ...«

»Wir haben eine Menge technische Experten, die das ebenfalls können«, sagte Lipari und dachte: Warum gibt der Kerl nicht auf? Ich habe ihm doch eine goldene Brücke gebaut. Mal mir was auf ein Stück Papier und gib es mir. Damit hat sich die Sache!

»Aber, Sir ...«

»Corporal! Meine Ordonnanz wird Ihnen Papier und Bleistift bringen. Dann werden Sie ...«

»Sir! So geht es nicht!«

Lipari rieb seine Stirn. »Corporal Hulser, ich gebe Ihnen einen Befehl. Sie werden sich hinsetzen und die Pläne und Zeichnungen Ihres Projektors schriftlich niederlegen. Und zwar sofort!«

Hulser hatte einen bitteren Geschmack im Mund. Er schluckte. Und damit hätte Corporal Larry Hulser seinen Zweck erfüllt, dachte er. Tony wird den Ruhm einstreichen.

»Sir«, sagte er, »wenn Sie meine Pläne eingereicht haben und jemand käme, der Sie beispielsweise fragen würde, wie die polaren Moleküle von ...«

»Das werden Sie alles in Ihrer Beschreibung darlegen. Habe ich mich klar genug ausgedrückt, Corporal?«

»Sir, ich brauche wenigstens sechs Monate, um sämtliche Eventualitäten zu berücksichtigen, die in meinen Plänen ...«

»Sie wollen doch nur Zeit schinden, Corporal!« Major Lipari stieß sich von der Wand ab und stand auf. Mit gedämpfter Stimme fuhr er fort: »Geben wir doch mal der Wahrheit die Ehre, Hulser. Sie simulieren! Ich weiß es. Sie wissen es. Sie haben bloß die Schnauze voll vom Krieg. Und da haben Sie beschlossen, auszusteigen.«

Hulser schüttelte den Kopf.

»Aber so einfach geht es nicht, Corporal. Ich habe Ihnen auf jede mögliche Weise zu verstehen gegeben, daß ich Sie verstehe, daß ich bereit bin ...«

»Ich bitte um Entschuldigung, Sir, aber ...«

»Sie haben jetzt zwei Möglichkeiten, Corporal Hulser: Entweder bringen Sie jetzt ihre Zeichnungen und Entwürfe, oder um was es sich auch handelt, zu Papier, und beweisen, daß Sie eine Idee haben, die es wert ist, daß man sich mit ihr beschäftigt, oder Sie gehen zurück zu Ihrer Einheit. Ich bin's leid, mich von Ihnen verarschen zu lassen.«

»Sir, verstehen Sie denn n ...«

»Ich könnte Sie standrechtlich erschießen lassen!«

Und Lipari dachte: Das ist es, was er braucht — einen starken Schock!

Bitterer Frust erfüllte Hulser. Er verspürte die gleiche Wut, die ihn dazu verleitet hatte, Sergeant Chamberlain anzuschnauzen. »Herr Major, es wissen schon so viele Leute von meiner Idee, daß sich zumindest ein paar fragen würden, ob

Sie nicht eine Gans erschossen haben, die goldene Eier legt.«

Liparis Kopfschmerzen waren jetzt voll da. Er schob sich nahe an Hulser heran. »Ich habe auch andere Möglichkeiten als das Erschießungskommando, Corporal!«

Hulser erwiderte Liparis wütenden Blick. »Mir ist gerade eingefallen, Sir, daß das Projekt womöglich ›unser‹ und dann ›Ihr‹ Projekt werden könnte. Und irgendwann bliebe dann ein kleiner Corporal auf der Strecke!«

Liparis Lippen bewegten sich stumm. Dann sagte er: »Jetzt reicht's, Hulser! Ich bringe Sie vors Kriegsgericht! Das zumindest kann ich tun, ohne mir die Hände schmutzig zu machen!«

Und das beendet den Fall, sofern er mich betrifft, dachte Lipari. Ist das ein Tag!

Er wandte sich der Tür des Unterstandes zu. »Sergeant!«

Die Tür ging auf, und Chamberlains Bohnenstangengestalt trat ein. Er durchquerte den Raum und salutierte vor Lipari. »Sir?«

»Dieser Mann steht unter Arrest, Sergeant«, sagte Lipari. »Bringen Sie ihn unter Bewachung ins Bezirkshauptquartier und melden Sie ihn für eine Kriegsgerichtsverhandlung an! Und wenn Sie rausgehen, schicken Sie meine Ordonnanz rein!«

Chamberlain salutierte. »Jawohl, Sir.« Er drehte sich um und packte Hulsers Arm. »Mitkommen, Hulser!«

Lipari wandte sich ab und suchte im Regal nach seinen Kopfschmerztabletten. Er hörte, wie hinter ihm die Tür geöffnet und geschlossen wurde. Erst in diesem Moment fragte er sich, ob es möglich war, daß dieser Trottel wirklich eine brauchbare Idee hatte. Er fand seine Tabletten und warf den Gedanken mit einem Achselzucken ab. Phantastereien!

Hulser saß auf einem eisernen Feldbett und vergrub das Gesicht in den Händen. Die ihn umgebenden Zellenwände bestanden aus glatten, vernieteten Stahlplatten. Der Raum war so lang wie das Feldbett und doppelt so breit. Links von ihm, am Fußende, war eine verriegelte Tür. Rechts von ihm, am anderen Ende der Zelle, stand ein zusammenfaltbares Waschbecken, und darunter ein Trockenklo, das trotz des starken Desinfektionsmittels miefte.

Warum bringen sie es nicht endlich hinter sich? fragte er sich. Jetzt bin ich schon drei Tage in diesem Irrenhaus! Wie lange wollen sie ...

Die Zellentür klapperte.

Hulser schaute auf. Eine schrumpelige Gestalt in der Uniform eines Colonels tauchte hinter den Gitterstäben auf. Er war ziemlich klein, grauhaarig, hatte Augen wie ein neugieriger Vogel und eine trockene Pergamenthaut. In einem passenden Kostüm hätte er wie ein mittelalterlicher Zauberer ausgesehen.

Ein junger MP-Sergeant trat in Hulsers Blickfeld. Er schloß die Tür auf und trat beiseite. Der Colonel betrat die Zelle.

»Na ja«, sagte er

Hulser stand auf und salutierte.

»Brauchen Sie mich, Sir?« fragte der MP-Sergeant.

»Wie?« Der Colonel drehte sich um. »Ach was, Sergeant! Lassen Sie die Tür einfach offen, und ...«

»Sir ...«

»Diesen Zellenblock kann man doch wohl nicht verlassen, oder, Sergeant?«

»Nein, Sir. Aber ...«

»Dann lassen Sie die Tür einfach offen und gehen draußen auf und ab.«

»Jawohl, Sir.« Der Sergeant salutierte stirnrunzelnd und ging hinaus. Seine Schritte waren auf dem Metallboden des Korridors zu hören.

Der Colonel wandte sich Hulser zu. »Sie sind also der junge Mann mit der brillanten Idee.«

Hulser räusperte sich. »Ja, Sir.«

Der Colonel sah sich in der Zelle um. »Ich bin Colonel Page. Ich gehöre zum Stab von General Savage. Chemische Kriegsführung.«

Hulser nickte.

»Der Adjutant des Generals riet mir, ich solle mich mal hier umsehen und mich mit Ihnen unterhalten«, sagte Page. »Er war der Meinung, ein Chemiker könne vielleicht ...«

»Page!« sagte Hulser. »Sind Sie etwa Dr. Edmond Page, der sich mit dem Pseudo-Lithium beschäftigt hat?«

Das Gesicht des Colonels zeigte ein freundliches Lächeln. »Ja, genau der.«

»Ich habe alles über Ihre Forschungen gelesen, was ich in die Hände kriegen konnte«, sagte Hulser. »Und dann kam mir der Gedanke, daß Sie, wenn Sie ...« Er verstummte.

»Reden Sie ruhig weiter!« sagte Page.

Hulser schluckte. »Na ja, wenn Sie von der organischen zur anorganischen Chemie übergewechselt wären ...« Er zuckte die Achseln.

»Dann hätte ich direkte chemische Reaktionen hervorrufen können, statt organischer?« fragte Page.

»Ja, Sir.«

»Der Gedanke ist mir erst gekommen, als ich auf dem Weg zu Ihnen war«, sagte Page. Er deutete auf das Feldbett. »Setzen Sie sich doch!«

Hulser ließ sich wieder aufs Bett fallen.

Page sah sich um, quetschte sich an Hulsers Knien vorbei und nahm auf dem Deckel des Klosetts Platz. »Na, dann wollen wir mal sehen, um was es bei Ihrer Idee überhaupt geht.«

Hulser starrte seine Hände an.

»Ich habe mit dem General darüber gesprochen«, sagte Page. »Wir haben so ein Gefühl, als wüßten sie, wovon Sie reden. Wir wüßten es sehr zu schätzen, wenn Sie uns eine vollständige Erklärung geben könnten.«

»Was habe ich schon zu verlieren?« fragte Hulser.

»Sie haben vielleicht Grund, verbittert zu sein«, sagte Page. »Aber nachdem ich Ihre Anklageschrift gelesen habe, muß ich sagen, daß Sie Ihre gegenwärtige Lage teilweise selbst verschuldet haben.« Er warf einen Blick auf seine Armbanduhr. »Jetzt erzählen Sie mir mal genau, wie Sie Munition fernzünden würden ... und von dem Projektor, von dem Sie gesprochen haben.«

Hulser holte tief Luft. Er ist Chemiker, dachte er. Vielleicht kann ich ihn überzeugen. Er sah zu Page auf und fing mit seinen Erklärungen an.

Sofort unterbrach der Colonel ihn. »Aber es erfordert ungeheure Mengen an Energie, um die atomare …«

»Ich meine nicht die Umwandlung der atomaren Struktur im eigentlichen Sinn, Sir. Sehen Sie es nicht? Ich erzeuge bloß die künstliche Bedingung, als wäre ein Katalysator vorhanden. Ein Pseudo-Katalysator, der den statischen Mischungen vorhandene Substanzen entnimmt — ionisierten Wasserstoff aus Feuchtigkeit, Fluor aus den tatsächlichen Komponenten bei Trinox, weißen Phosphor aus Ditrat, Stickstoffoxide und rhombischen Schwefel aus Schießpulver.«

Page leckte sich die Lippen. »Aber wie kommen Sie darauf, daß — in einem anorganischen System — das Vorhandensein eines Pseudo-Katalysators …« Er schüttelte den Kopf. »Natürlich! Wie dumm von mir! Zuerst kriegt man eine polare Reaktion — so, wie ich es mit Pseudo-Lithium gemacht habe. Und das wäre der erste Schritt zum …« Er sah Hulser mit geweiteten Augen an. »Mein lieber Junge, ich glaube, Sie haben der anorganischen Chemie einen völlig neuen Bereich erschlossen!«

»Sie verstehen es, Sir?«

»Und ob ich es verstehe!« Page sprang auf. »Man erzeugt ein künstliches Radikal mit instabilem Perimeter. Das Vorhandensein der kleinsten Menge Feuchtigkeit dieses Perimeters ergibt ionisierten Wasserstoff, und …« er klatschte vor Freude wie ein kleiner Junge in die Hände. »Rumms!«

Hulser lächelte.

Page sah auf ihn herab. »Corporal, ich glaube, Ihr Projektor könnte funktionieren. Ich muß zwar zugeben, daß ich von Feldgitternetzen und dem sonstigen Elektronikkram nicht viel verstehe, aber in dieser Hinsicht scheinen Sie ja ordentlich beschlagen zu sein.«

»Ja, Sir.«

»Wie sind Sie bloß darauf gekommen?« fragte Page.

»Ich habe über den Gittereffekt im LD-System nachgedacht, und da war mir plötzlich alles klar.«

Page nickte. »Das war einer jener typischen Fälle, wo alles im menschlichen Unterbewußtsein sitzt, bis sämtliche Umstände optimal passen.« Er quetschte sich erneut an Hulsers

Knie vorbei. »Nein, nein, behalten Sie ruhig Platz! Ich werde mich sofort um einen Termin bei Colonel Allenby von der LD-Abteilung bemühen, und jemand mit technischen Kenntnissen hinzuziehen — wahrscheinlich Captain Stevens.« Er nickte. »Und Sie, Corporal, bleiben erst mal hier, bis ...« Er sah sich in der Zelle um und lachte verlegen. »Machen Sie sich keine Sorgen, junger Mann! In ein paar Stunden sind Sie hier raus.«

Wenn Hulser auf die ersten fünf Wochen der Anfangsphase des Projekts »Unternehmen Großer Knall« zurückblickte, erschienen sie ihm wie eine Periode hektischer Unwirklichkeit. Das Korps hatte nach der Prüfung der ersten provisorischen Skizzen angeordnet, das Projekt in General Savages Sperrgebiet anzugehen. Man war der Ansicht, die Möglichkeit eines Sicherheitsrisikos sei in Frontnähe kleiner. Außerdem bot das öde Land des Sperrgebiets bessere Möglichkeiten für ein Testgebiet, da es hier nichts gab, das auf geheimnisvolle Weise detonieren und unnötige Fragen provozieren konnte.

Doch das Korps überließ nichts dem Zufall. Das gesamte Gebiet wurde von MP-Spezialeinheiten abgeriegelt. Man zog Aufzeichnungsexperten hinzu, die alles kopierten, was das Projekt erbrachte, damit es anderswo archiviert wurde.

Für den entscheidenden Test wählte man eine offene Ebene aus, die von den eigenen Munitionsdepots weit genug entfernt war. Es war eine öde, windige Landschaft, in der graue Felsen aus dem gefrorenen Boden hervorragten. Der lange, schwarze Wurm des Kabels lief vom Testbunker in die Ebene hinaus.

Ein Wiesel lieferte Hulser und Page im Testzentrum ab. Die Kiste mit dem Projektor stand auf dem Sitz zwischen ihnen. Es war ein grüner Behälter, siebzig Zentimeter breit und hundertdreißig lang. An einem Ende ragte eine Glasröhre hervor. In der Mitte des anderen Endes befand sich eine versiegelte Steckdose mit einem roten Etikett, auf dem ›NICHTS EINSTECKEN‹ stand. An einer Seite war ein Gewinde für ein Dreibein angebracht.

Der Morgen war kalt und klar, die Luft eiskalt. Der Himmel leuchtete kobaltblau und wie glasiert.

Etwa fünfzig Mann hatten sich zum Test eingefunden. Sie

reihten sich nebeneinander auf. An der Längsseite des Bunkers befand sich ein großer Schlitz. Davor, in der Mitte, stand das leere Dreibein. Auf beiden Seiten saßen Techniker mit Aufzeichnungsgeräten. Dünne schwarze Drähte führten an ihnen vorbei auf eine ebenholzschwarze Erhebung zu, die etwa anderthalb Kilometer vom Bunker entfernt lag.

General Savage war schon eingetroffen und unterhielt sich mit einem Fremden, der am Morgen mit beeindruckendem Geleitschutz eingeflogen war. Der Fremde hatte Zivilkleidung getragen, doch jetzt trug er einen Parka und Schneehosen. Er sah weder wie ein Zivilist aus, noch benahm er sich so. Außerdem fiel auf, daß General Savage ihn »Sir« nannte.

Savage war ein cholerischer, massig gebauter Mann, mit der demonstrativen Zuversicht eines Menschen, der sich seiner Fähigkeiten bewußt ist. Sein Gesicht wies mit der breiten Nase und dem viereckigen Kinn Ähnlichkeit mit einer Bulldogge auf. In seinem schmucklosen Arbeitsanzug hätte man ihn leicht für einen Sergeant halten können. Er sah so aus, wie man es von einem altgedienten, rauhbeinigen Feldwebel erwartete. Savage wurde von seinen Leuten ›Ich Tarzan‹ genannt; hauptsächlich deswegen, weil er bei Minustemperaturen splitternackt im Schnee baden ging.

Sicherheitsdienstler mit weißen Helmen riegelten das Innere des Bunkers ab. Hulser fiel auf, daß sie weder Pistolen noch andere Waffen trugen — sie hielten lediglich Bajonettklingen in der Hand. Er wäre nicht mal überrascht gewesen, wenn sie mit Armbrüsten hier erschienen wären.

General Savage winkte Page zu, als der Colonel mit Hulser den Raum betrat. Page grüßte zurück, dann blieb er in der Nähe des Dreibeins vor einem glattrasierten Leutnant stehen.

»Leutnant«, sagte Page, »sind alle Explosivstoffe mit Ausnahme des Testmaterials aus diesem Gebiet entfernt worden?«

Der Leutnant knallte die Hacken zusammen, salutierte und meldete: »Jawoll, Sir!«

Page nahm eine Zigarette aus der Tasche. »Können Sie mir bitte Ihr Feuerzeug leihen, Leutnant?«

»Yes, Sir.« Der Leutnant griff in die Tasche und holte ein Chromfeuerzeug heraus, das er Page gab.

Colonel Page nahm es in die Hand, musterte es einen Moment lang und warf es samt der Zigarette in den Schnee hinaus. Das Feuerzeug fiel in einer Entfernung von etwa zwanzig Metern zu Boden.

Der Leutnant wurde zuerst blaß, dann errötete er.

Der Colonel sagte: »Jedes Feuerzeug, jedes Streichholz! Und prüfen Sie jeden Mann, ob er die Spezialtabletten vor vier Stunden eingenommen hat! Wir wollen keine innere Verbrennung, die nicht von einem Motor hervorgerufen wird.«

Der Leutnant schaute verlegen drein. »Jawohl, Sir.«

»Und sagen Sie dem Fahrer des letzten Wiesels, er soll warten und das ganze Zeug von hier wegschaffen.«

»Ja, Sir.« Der Leutnant eilte hinaus.

Page wandte sich zu Hulser um, der den Projektor auf das Dreibein montiert hatte und nun danebenstand.

»Alles bereit, Sir«, sagte Hulser. »Soll ich das Kabel anschließen?«

»Was ist Ihre Meinung?« fragte Page.

»Wir sind wirklich mit allem fertig.«

»Okay. Schließen Sie es an und halten Sie sich mit dem Schalter in der Hand bereit!«

Hulser drehte ihm den Rücken zu, um dem Befehl Folge zu leisten. Jetzt, wo der Augenblick der Wahrheit da war, spürte er allmählich, wie seine Knie zitterten. Den anderen fiel seine Nervosität garantiert auch auf.

Gespannte Stille breitete sich im Bunker aus.

General Savage und der Besucher kamen näher. Der General erklärte die Theorie des Projektors. Der Besucher nickte.

Sah man näher hin, strahlte der Mann die gleiche Aura aus wie der General — nur schien er noch kompetenter und stärker zu sein. Seine Wangenknochen ähnelten zwei Bergrücken aus gebräuntem Gestein, seine Augenhöhlen lagen tief. Sein Blick war finster und durchdringend.

General Savage zeigte auf den weit entfernten, dunklen Haufen explosiven Testmaterials, »Wir haben da drüben auch Meßinstrumente aufgestellt, Sir. Sie sind mit unseren Aufzeichnungsgeräten im Bunker verbunden. Wir haben für den Versuch unterschiedliche Explosivstoffe ausgewählt, darunter

Kerosin, Benzin und Maschinenöl. Alles, was wir kriegen konnten, außer spaltbarem Material. Wenn das Zeug hochgeht, wissen wir, daß der Projektor auch bei Atomwaffen funktioniert.«

Der Besucher sagte etwas. Seine Stimme klang wie ein Haufen Kieselsteine, die man mit einem Knüppel umrührt. »Man hat mir erklärt, daß der Projektor — wenn die Theorie stimmt — auch bei jeder Art Petroleumtreibstoff und Kohle wirkt.«

»Ja, Sir«, sagte Savage. »Er müßte auch Kohle entzünden. Wir haben ein bißchen Kohle in einem Sack dazugestellt. Man kann ihn wegen des Schnees jetzt nicht sehen. Aber die Instrumente werden anzeigen, was von alldem beeinflußt wird ...« — er maß Hulser mit einem Blick —, »falls überhaupt.«

Colonel Page kehrte von der Inspektion der Aufzeichnungsgeräte zurück.

Savage wandte sich zu ihm um. »Sind wir soweit, Ed?«

»Ja, Herr General.« Page sah Hulser an und nickte. »Dann mal los Larry! Volle Pulle!«

Hulser betätigte den Schalter, den er in der Hand hielt. Er schloß instinktiv die Augen, dann riß er sie wieder auf und starrte auf den fernen Munitionsberg.

Aus dem Projektor kam ein tiefes Summen.

Page sagte zum General: »Es dauert einen Moment, bis es ...«

Er wollte gerade »losgeht« sagen, da flog die Explosivstoff-Ansammlung mit einem gewaltigen Krachen und Donnern in die Luft. Colonel Page blieb nichts anderes übrig, als mit offenem Mund auf die Explosion zu starren; sein Mund formte gerade das »lo«.

Dampf und Staub verhüllte die Stelle, wo die Munition gelegen hatte.

Hinter Hulser ertönte die Kieselsteinstimme des Besuchers. »Na ja, General, jetzt hatten Sie Ihre kleine Schießübung.«

»Wir haben es befürchtet, Sir«, sagte Savage. »Aber jetzt können wir nichts mehr ändern.« Er klang verbittert.

Die Bitterkeit, die aus ihren Stimmen herauszuhören war, machte Hulser betroffen. Er drehte sich um und sah, daß der Leutnant, den Page wegen des Feuerzeugs angefahren hatte, schreckensblaß seine brennende Brusttasche zu löschen versuchte. Die Männer in seiner Nähe kamen ihm lachend zu Hilfe.

Page lief an den Aufzeichnungsgeräten vorbei und kontrollierte jedes einzelne.

Erst jetzt verstand Hulser, was es mit dem sonderbaren Verhalten des Leutnants auf sich hatte. Streichhölzer! Er hatte vergessen, die Streichhölzer herauszunehmen. Hulser warf einen Blick auf die Stelle, wo das Feuerzeug gelandet war. Er sah nur einen schwarzen Fleck im Schnee.

Page kam von der Gerätekontrolle zurück. »Was die Kohle angeht, sind wir zwar nicht ganz sicher, aber soweit wir feststellen können, ist alles andere gezündet worden.« Er legte einen Arm auf Hulsers Schulter. »Dieses junge Genie hat den Krieg für uns gewonnen.«

Der (Zivilist?) schnaubte.

Hulser starrte auf den Krater hinaus, sein Gesicht zeugte von Euphorie.

Die Techniker gingen nun ins Gelände hinaus und hielten vorsichtig nach nichtexplodierten Teilen Ausschau.

Der General und der Besucher wechselten einen Blick, der alles mögliche bedeuten konnte.

Savage gab seinem Funker zu verstehen, er solle für ihren Abtransport sorgen.

Kurz darauf fuhr eine Abteilung Wiesel auf das Testgelände.

Savage packte Hulsers Arm mit festem Griff. »Sie kommen besser mit uns! Sie sind jetzt ein wertvolles Stück Besitz.«

Hulser dachte erneut an die merkwürdige Unterhaltung, die Savage und der Besucher nach der Explosion geführt hatten, und außerdem machte ihn die eigenartige Trauer in der Stimme des Generals nachdenklich. Ist er vielleicht ein echter Militarist, der sich ärgert, daß nun alles vorbei ist? Wenn er sich den General genau ansah — dies paßte nicht zu ihm.

Sie jagten über die Eiswüste auf die Basis zu, und Hulser fühlte sich zwischen dem General und dem Besucher nicht sonderlich wohl. Es hatte den Anschein, als wolle niemand über das sprechen, was gerade passiert war. Außerdem bedrückte es ihn, daß er nicht das geringste von gelöster Stimmung spürte. Er musterte das Genick des Fahrers; aber auch hier fand er keine Erklärung.

Sie gingen ins Büro des Generals, einen ovalen, fensterlosen Raum. Die Wände waren mit Landkarten bedeckt. Eine niedrige Absperrung trennte zwei leere Tische von einem anderen Raumteil, in dem sich drei Schreibtische befanden. Einer davon stand etwas abgesondert. Zu diesem begaben sie sich.

Savage deutete auf den Besucher. »Das ist Mr. Sladen.« Vor dem ›Mister‹ zögerte er kurz.

Hulser unterdrückte den Impuls zu salutieren. Statt dessen schüttelte er Sladen die Hand. Der Fremde hatte trotz seiner schwielenlosen Hand einen festen Griff.

Sladens dröhnender Bariton klang hart und befehlsbewußt. »Weisen Sie ihn ein, General! Ich werde meine Leute und ihre Sachen zusammenholen. Wir müssen sofort wieder zurück.«

Savage nickte. »Danke, Sir. Ich werde sofort anfangen.«

Sladen warf Hulser einen nachdenklichen Blick zu. »Sorgen Sie dafür, daß er über alles klarsieht, was gerade passiert ist. Ich kann mir nicht vorstellen, daß er darüber nachgedacht hat.«

»Ja, Sir.«

Sladen ging hinaus.

Hulser fühlte, wie sich in seinem Magen etwas zusammenkrampfte.

Savage sagte: »Ich lege keinen Wert auf rangmäßige Formalismen, Hulser; und wir haben nicht viel Zeit. Wir werden also für ein paar Minuten alle militärischen Formalitäten vergessen.«

Hulser nickte stumm.

»Wissen Sie, was soeben geschehen ist?« fragte Savage.

»Ja, Sir. Aber ich verstehe nicht, warum sich niemand von ihnen darüber zu freuen scheint, daß wir die Oberhand haben und den Krieg gewinnen können. Es ist ...«

»Es ist nicht sicher, daß wir die Oberhand haben.« Savage setzte sich an den Schreibtisch und nahm ein in rotes Leder gebundenes Buch in die Hand.

»Sie meinen, der Feind ...«

»Kluge Ideen wie die Ihre scheinen in der Luft zu liegen, Hulser. Es kann sein, daß die anderen sie auch schon gehabt haben — oder daran arbeiten. Wäre es nicht so, hätte ich dafür gesorgt, daß man Ihren Geistesblitz sofort begraben hätte. Es ist fast so, als wären die Menschen erst dann zufrieden, wenn sie etwas, das machbar ist, auch gemacht haben.«

»Gibt es Anzeichen, daß der Feind ...«

»Nein. Aber er weiß auch nichts von unserer neuen Waffe — hoffe ich. Tatsache ist: Wir haben sie, und wir werden sie auch einsetzen. Wahrscheinlich werden wir den Feind überwältigen, bevor er etwas dagegen tun kann. Das wäre das Ende dieses Krieges.«

»Aber wenn Explosivstoffe nichts mehr nützen, bedeutet das doch das Ende aller Kriege«, protestierte Hulser. »Das ist es doch, worum es mir geht.«

Der General lächelte. »Bisher hat nichts einen Krieg verhindern können, mein kluger junger Freund! Wenn dieser Krieg vorbei ist, ist der nächste nur eine Frage der Zeit. Und dann werden beide Seiten Ihren Projektor einsetzen.«

»Aber, Sir ...«

»Dann wird der nächste Krieg eben mit Reitern, Schwertern, Armbrüsten und Lanzen ausgetragen«, sagte Savage. »Und dann wird es wieder ein paar weitere kleine Verbesserungen geben!« Er knallte das rote Buch auf den Schreibtisch und stand auf. »Das Ausschalten von Explosivstoffen macht Spionage, Gift, Gas und Bakterien zur Notwendigkeit.«

»Aber wie kann man ...«

»Verstehen Sie nicht, Hulser? Sie haben die militärische Verwendung von Munition unmöglich gemacht. Das schließt auch Benzin mit ein. Die Zeit des Verbrennungsmotors ist vorbei. Das gleiche gilt für Düsenjäger-Treibstoff. Die Zeit der Flugzeuge ist ebenfalls vorbei. Auch die des Schießpulvers. Von der kleinsten Pistole bis zum größten Geschütz ist nichts mehr verwendbar.«

»Gewiß, aber ...«

»Aber es gibt Alternativen, Hulser. Wir haben immer noch die Waffen, die schon König Arthur verwendet hat. Und wir haben ein paar Verbesserungen: Giftgas, vergiftete Armbrustpfeile und bakteriologische ...«

»Aber die Genfer Konvention ...«

»Man wird auf die Genfer Konvention scheißen! Und zwar dann, wenn sich genug Leute finden, die den Entschluß fassen, sie zu ignorieren!« General Savage schlug mit der Faust auf den Tisch. »Verstehen Sie endlich! Gewalt ist ein Bestandteil des menschlichen Daseins. Machtstreben ebenso. Solange es machtlüsterne Menschen gibt, werden sie alle Mittel einsetzen, um Macht zu erlangen — ob sie nun fair sind oder nicht. Friedlich oder sonstwie!«

»Ich glaube, Sie sind ein Pessimist, Sir.«

»Kann schon sein. Ich hoffe, daß ich einer bin. Ich komme aus einer Familie mit militärischer Tradition. Was wir gesehen haben, hat uns zu Pessimisten gemacht.«

»Aber das Verlangen nach Frieden ...«

»... ist bisher nicht stark genug gewesen, um Kriege zu verhindern, Hulser.« Der General schüttelte den Kopf. »Ich will Ihnen mal was sagen, junger Freund: Als ich den Hinweis auf Ihre Idee in Ihrer Anklageschrift las, hatte ich das dumme Gefühl, das man hat, wenn man zum drittenmal mit Mann und Maus untergeht. Ich habe gehofft, Sie würden sich irren; aber ich konnte es mir nicht leisten, die Sache einfach zu ignorieren. Ich habe gehofft, Major Lipari und Sergeant Chamberlain hätten Sie schon ...«

Der General verstummte und schaute Hulser an. »Ich habe übrigens noch ein Hühnchen mit Ihnen zu rupfen! So wie Sie diese beiden hervorragenden Soldaten behandelt haben ... Es war einfach kindisch! Hätten wir nicht Leute vom Schlage Liparis und Chamberlains, müßten Sie sich jeden Morgen bei Ihrem örtlichen Sklavenschinder dreißig Peitschenhiebe abholen!«

»Aber, Sir ...«

»Hören Sie auf mit dem ›Aber, Sir‹, Hulser! Wenn wir genug Zeit hätten, würde ich dafür sorgen, daß Sie sich bei den beiden persönlich entschuldigen!«

Hulser errötete kopfschüttelnd. »Also, ich weiß nicht. Ich weiß nur eins: Ich wußte genau, daß meine Erfindung funktionieren würde — und daß Lipari und Chamberlain nichts davon verstanden. Ich wußte, daß meine Idee nicht realisiert worden wäre, wenn ich umgekommen wäre. Dann hätte der Feind sie möglicherweise zuerst gehabt.«

Savage lehnte sich zurück und verbarg das Gesicht in den Händen. »Sie hatten natürlich recht. Es ist nur so, daß Sie das System unterlaufen. Typen wie Sie sind nicht die richtigen für solche Taten. Typen wie Sie fallen meist auf die Schnauze.«

Hulser seufzte.

»Sie sind jetzt ein wertvolles Stück Besitz, mein Junge. Also bemitleiden Sie sich nicht. Man wird Sie nach Hause schicken, damit Sie dabei sein können, wenn Ihr Kind zur Welt kommt.«

Hulser sah ihn überrascht an.

»O ja, natürlich wissen wir davon«, sagte Savage. »Anfangs glaubten wir, Sie würden den Ausgeklinkten nur spielen, um möglichst schnell nach Hause zu kommen.« Er zuckte die Achseln. »Sie werden es von nun an ziemlich leicht haben. Man wird Sie bewachen, in Watte packen und einen neuen Geniestreich von Ihnen erwarten. Nur Gott allein weiß, ob Sie wirklich ein Genie sind.«

»Warten Sie ab, Sir. Ich glaube immer noch, daß meine Erfindung das Ende aller Kriege bedeutet.«

Der General schaute plötzlich nachdenklich drein. »Ein in gewissen Kreisen ziemlich unterschätzter und unbeliebter Autor hat einst gesagt: ›Es gibt nichts Schwierigeres, nichts Gefährlicheres und nichts Unsichereres, als erfolgreich die Führerschaft einer neuen Ordnung zu übernehmen.‹ Diese Aussage ist sehr tiefgründig, Hulser. Und da stehen Sie nun, weit vor der Front und allen anderen — mit einer ›neuen Ordnung‹. Um des Kindes willen, das Sie erwarten — um aller Kinder willen — hoffe ich, daß es nie wieder Krieg geben wird.« Er zuckte die Achseln. »Aber ich bin nicht sehr zuversichtlich ...«

Sladen kehrte ins Büro zurück. »Unser Geleitschutz ist bereit, General. Wir müssen ihn so mitnehmen, wie er ist. Schikken Sie ihm seine Sachen nach, okay?«

»Gewiß, Sir.« Savage richtete sich auf, streckte die Rechte aus und schüttelte Hulser die Hand. »Viel Glück, Hulser! Und nehmen Sie sich meine Worte zu Herzen. Es ist die bittere

Wahrheit, mit der wir Soldaten leben müssen. Sie haben den Kern des Problems mit Ihrem Geniestreich nicht getroffen. Sie haben lediglich ein Symptom bekämpft.«

Savage nahm das rote Buch in die linke Hand. »Ich habe ein Geschenk für das Kind, das Sie erwarten.« Er drückte Hulser das Buch in die Hand. »Die nächste Generation sollte dieses Buch unbedingt verstehen lernen.«

Hulser konnte nur noch »Vielen Dank, Sir« sagen, dann schob Sladen ihn auch schon durch die Tür.

Erst als das Flugzeug nach Süden jagte, hatte Hulser die Gelegenheit, das Buch näher zu untersuchen. Schließlich hielt er es mit beiden Händen und starrte auf das Wolkenmeer hinaus. Das Buch war Bestandteil einer unzensierten, limitierten Auflage der Werke Niccolo Macchiavellis, des Meisters der Hinterlist und des Verrats.

## EPILOG

Viele hängen der irrigen Ansicht an, daß die Entwicklung des Hulserschen Detonators in einem geheimen Labor der Regierung realisiert wurde. Tatsächlich wurde das Genie Dr. Lawrence Hulser bereits auf den Schlachtfeldern der Arktis erkannt, wo er seine Idee ersann, deren Wert man augenblicklich erkannte.

BEECHER CARSON
Die Wiedereinführung des Schwertes
— Kriegsführung im Altertum und in der Moderne
Band 6, S. 112

*Originaltitel: »Cease Fire«*

*erstmals erschienen in »Astounding Science Fiction«*

# AUFS GESCHIRR KOMMT ES AN

*Hertag, 18. Domen 7102 (N.K.)*
*Wershteen-Stadt, Aspidiske VII*

Der Sonderuntersuchungsausschuß für Intergalaktische Kultur *(siehe Seite 33)* trat ordnungsgemäß um 16.00 Uhr im Ausschußzimmer 8122 des Senatsgebäudes von Wershteen-Stadt unter dem Vorsitz von Senator Jorj C. Zolam zusammen.

*Weitere Anwesende:* Senator Arden G. Pingle von Proxistu I; Mergis W. Ledder, Berater des Untersuchungsausschusses; Jorj X. McKie, Außerordentlicher Ausschußsaboteur.

*Senator Zolam:* Ich stelle die Beschlußfähigkeit des Ausschusses fest. Unser erster Zeuge wird ... ah ... der Ehrenwerte Fusionsminister Glibbis Hablar sein.

Wir sind erfreut, Sie bei uns zu sehen, Herr Minister. Da wir davon ausgehen, daß in Ihrer Abteilung einige der besten Kulturfusionsexperten des Universums tätig sind, wollen wir uns in jeder Weise, was Unterlagen und Daten betrifft, auf sie verlassen.

Wie Sie wissen, ist unser Untersuchungsausschuß laut Senatsbeschluß 1443 der Ersten Sitzung des 803. Kongresses aktiv geworden, um eine gründliche Klärung jener Beschwerden vorzunehmen, die wirtschaftliche Gruppierungen an uns herangetragen haben. Laut dieser Beschwerden sollen die Historischen Erhaltungsteams des Büros für Kulturelle Angelegenheiten äußerst verschwenderisch mit ihren finanziellen Mitteln umgehen.

Soweit ich weiß, Herr Minister, haben Sie sich darauf vorbereitet, uns anhand eines Beispiels zu zeigen, welcher Tätigkeit Ihre Historischen Erhaltungsteams nachgehen.

*Minister Hablar:* Ja, Herr Senator. Ich habe nicht nur die Drei-D-Aufzeichnung eines Interviews mit einem der frühesten Pioniere von Gomeisa III mitgebracht, sondern auch eine Niederschrift des Interviews, sowie einige erklärende Dinge, die zum völligen Verständnis dieser Klage notwendig sind.

*Senator Zolam:* Wollen Sie die Drei-D-Aufzeichnung jetzt gleich projizieren?

*Minister Hablar:* Leider bin ich dazu nicht in der Lage, Herr Senator. Der Projektor ist offiziell sabotiert worden — wahrscheinlich deswegen, um Zeit für den Untersuchungsausschuß zu schinden. Ich bin peinlich berührt von meiner Unfähigkeit, zu ...

*Senator Zolam:* Ausschußsaboteur McKie wird eine offizielle Erklärung für das Protokoll abgeben.

*Saboteur McKie:* Der Minister könnte vielleicht die offizielle Entschuldigung äußern, daß seine Drei-D-Aufzeichnung fehlerhaft war.

*Minister Hablar:* Vielen Dank, Mr. McKie. Ihr Entgegenkommen verdient tiefste Wertschätzung. Darf ich also meiner offiziellen Entschuldigung hinzufügen, daß die fehlerhafte Aufzeichnung auf die antiquierte Ausrüstung zurückzuführen war, die wir mit unseren finanziellen Mitteln im letzten Biennium weder erneuern noch ersetzen konnten?

*Senator Zolam:* Dieses Problem kann später von der Vollversammlung behandelt werden. Herr Minister, haben Sie die Niederschrift des Interviews mitgebracht?

*Minister Hablar:* Ja, Herr Senator.

*Senator Zolam:* Worin besteht die Bedeutung dieses speziellen Interviews?

*Minister Hablar:* Das Interview wurde in Lauhdorf auf Gomeisa III aufgezeichnet. Wir halten es für eins der besten, die wir je gemacht haben. Es ist besonders hinsichtlich der Mundart, die der interviewte alte Herr spricht, der sich über die kulturellen Eigenarten seiner Zeit äußert, von Interesse.

*Senator Zolam:* Wen haben Ihre Leute interviewt?

*Minister Hablar:* Sein Name ist Hilmot Gustin. Studenten der intergalaktischen Familiengeschichte wissen sofort, daß der Name Gustin — oder Gusten, Gousting, Gaustern — dem kulturellen Milieu des Prokyon entstammt — der vom Mars aus besiedelt wurde.

*Senator Zolam:* Wollen Sie diesen Gustin bitte für das Protokoll identifizieren?

*Minister Hablar:* Seine Eltern brachten ihn, als er neun Jahre alt war, während der Pionierzeit nach Gomeisa III. Das war im Jahr 6873 des Neuen Kalenders; somit ist er jetzt zweihundertachtunddreißig Jahre alt. Gustins Familie kam mit der zweiten Auswandererwelle, drei Standardjahre nach der ersten. Er lebt jetzt im Ruhestand und wohnt bei seiner Nichte.

*Senator Zolam:* Haben Sie ein Bild von ihm?

*Minister Hablar:* Nur auf Band, Herr Senator. Ein Teambericht beschreibt ihn jedoch als ... Entschuldigen Sie einen Moment, ich glaube, ich habe ihn mitgebracht. Ja ... als ›kauzigen alten Mitbürger, der nur halb so alt aussieht wie er ist — und sich auch so benimmt‹. Er ist ungefähr zwei Meter groß, hat ein schmales Gesicht, langes, graues, in der Mitte gescheiteltes Haar, wasserblaue Augen, ein spitzes Kinn, eine große Nase und große Ohren.

*Senator Zolam:* Eine sehr lebendige Beschreibung.

*Minister Hablar:* Vielen Dank, Herr Senator. Einige unserer Mitarbeiter verrichten ihre Arbeit mit beinahe künstlerischem Stolz.

*Senator Zolam:* Das ist unübersehbar, Herr Minister. Wollen Sie uns das transkribierte Interview jetzt zugänglich machen?

*Minister Hablar:* Ja, Herr Senator. Wollen Sie es lesen?

*Senator Zolam:* Das wird nicht nötig sein. Geben Sie es dem anwesenden Robo-Sekretär, dann wird man es von dieser Stelle an ins Protokoll einrücken!

INTERVIEW MIT HILMOT GUSTIN, PIONIER-SIEDLER
AUF GOMEISA III
AUFGENOMMEN VON DER HISTORISCHEN
ERHALTUNG

---

BEWAHRUNG
KULTURELLER UND GESCHICHTLICHER RELIKTE
DER
GOMEISA-PLANETEN
DURCH DAS
BÜRO FÜR KULTURELLE ANGELEGENHEITEN
zur
ANHÖRUNG
vor dem
SONDER-UNTERSUCHUNGSAUSSCHUSS FÜR
INTERGALAKTISCHE KULTUR
des
AUSSCHUSSES FÜR GALAKTISCHE FUSION, DISPER-
SION,
AUSWANDERUNG
UND NIEDERLASSUNG

**INTERGALAKTISCHER SENAT**
803. Kongreß
Erste Sitzung
laut
Senatsbeschluß 1443

Beschlußfassung zur Ermittlung der Aktivitäten
der Historischen Erhaltungsteams
des Ministeriums für Kulturelle Angelegenheiten

---

1. Teil
Intergalaktische Abteilung für Fusion,
Ministerium für Kulturelle Angelegenheiten,
18., 19., 20., 21., 22., 23., 24., 25., 26. Domen 7102
(Neuer Kalender)
Gedruckt zur Verwendung durch das Komitee
für Galaktische Fusion, Dispersion,
Auswanderung und Niederlassung

TEAM 579 DES MINISTERIUMS
FÜR KULTURELLE ANGELEGENHEITEN,
ABTEILUNG FUSION

---

*Interviewer Simsu Yaggata:* Wir befinden uns im Heim von Mr. und Mrs. Presby Kilkau in Lauhdorf auf Gomeisa III. Wir sind hier, um Hilmot Gustin zu interviewen, den Herrn, der mir neben seiner Nichte, Mrs. Kilkau, gegenübersitzt. Mr. Gustin ist einer der wenigen noch lebenden Pioniere von Gomeisa III, und er hat sich freundlicherweise bereit erklärt, uns einige Dinge zu erzählen, die er in den alten Zeiten persönlich erlebt hat. Ihnen, Mrs. Kilkau, möchte ich für die Gastfreundschaft danken, daß ich heute bei Ihnen sein darf.

*Mrs. Kilkau:* Wir sind diejenigen, die sich geehrt fühlen, Mr. Yaggata.

*Gustin:* Ich halt's immer noch für 'ne beschissene Idee, Bessie. An sich wollt ich heut 'n bißchen angeln gehn.

*Mrs. Kilkau:* Aber Onkel Gus!

*Gustin:* Wie sieht's mit Ihnen aus, Mr. Yaggata? Würden Sie nicht auch lieber angeln gehn?

*Yaggata:* Tut mir leid, Sir. Unser Zeitplan erlaubt es leider nicht.

*Gustin:* Wie schade. Die Fische beißen nämlich wie 'n hungriger Reißvogelschwarm.

*Yaggata:* Sollten wir vielleicht damit anfangen, daß Sie uns erzählen, wie Sie nach Gomeisa III gekommen sind?

*Gustin:* Das war '64.

*Yaggata:* Sie meinen 6864?

*Gustin:* Ja. Ich war damals noch 'n kleines Bürschchen. Mein Paps brachte uns mit der zweiten Welle von Prokyon IV rüber.

*Yaggata:* Soviel ich weiß, entstammen Sie einer langen Reihe von Pionieren, Sir.

*Gustin:* Meine Leute blieben nach'm Mars nicht stehn. Wir verbrachten fünf Generationen auf'm Mars — und dann ging's wieder los, wie 'ne Knallschote: Peng! Wir verteilten uns über die ganze Schöpfung!

*Yaggata:* Und mit der Mars-Auswanderung fing alles an?

*Gustin:* Das war mein Großvater, der ging nach Prokyon IV. Mein Paps wurde unterwegs geboren. Ich wurde auf Prokyon geboren.

*Yaggata:* Und was motivierte Ihren Vater, nach Gomeisa III zu gehen?

*Gustin:* Er hatte gehört, daß es hier grün sein sollte. Prokyon ist nichts anderes als 'n einziger Sandsturm.

*Yaggata:* Und was hat er gesagt, als er die purpurne Vegetation entdeckte?

*Gustin:* Er sagte, alles wär besser als gelber Staub.

*Yaggata:* Und Gomeisa III ist ein sehr schöner Planet.

*Gustin:* Der schönste im ganzen Universum!

*Yaggata:* Jetzt Sir, zu den Einzelheiten Ihres Lebens. Wir interessieren uns dafür, wie es in den alten Zeiten war. Wie waren die Umstände, als Sie hier ankamen?

*Gustin:* Sie waren härter als 'n Chigger-Arsch ... Nehmen Sie das jetzt auf, Mr. Yaggata?

*Yaggata:* Ja, das tue ich.

*Gustin:* Also ... es war ganz schön hart hier.

*Yaggata:* Als Sie dann hier waren, wann steckten Sie Ihr Land ab?

*Gustin:* Wir ham zehn oder fünfzehn Tage mit unseren Kumpels in 'nem Auffanglager rumgehangen. Dann sind wir direkt nach Lauh gegangen. 's gab noch zwei weitere Familien hier im Bezirk; die Pijuns und die Kilkaus. Bessies Mann ist 'n Enkel vom alten Effus Kilkau.

*Yaggata:* Wie sah es damals hier aus?

*Gustin:* Es gab nur Kratzgestrüpp und Mumpelkäfer hier, und dann und wann 'ne Tigerschlange. Und 'n paar Duka-Dukas, und natürlich die ekligen Reißvögel.[1]

*Yaggata:* Der größte Teil des Universums ist mit den schrecklichen Reißvögeln vertraut, Sir. Wir können uns freuen, daß sie ausgerottet wurden.

*Gustin:* Sie sind gar nicht ausgerottet! Sie warten nämlich nur in 'nem verborgenen Tal auf den Tag, wo sie ...

*Mrs. Kilkau:* Aber Onkel Gus!

*Gustin:* Aber so isses doch!

*Yaggata:* Die Duka-Dukas — das sind doch die kleinen pelzigen, hundeähnlichen Lebewesen, nicht wahr?

*Gustin:* Stimmt. Aber ihr Pelz ist so steif wie Stacheldraht, und auch so gezackt. Sie kratzen noch schlimmer als Kratzdornen.

*Yaggata:* Was haben Sie als erstes getan, als Sie hier ankamen?

*Gustin:* Wir wurden krank — die Tugis waren dran schuld.

*Yaggata:* Die Tugis?

*Gustin:* Die Mediziner nannten es Fremontbläschen, nach dem alten Doc Fremont, der mit der ersten Welle ankam. Er hat entdeckt, daß sie von den Pollen der Kratzblüten hervorgerufen werden.

*Yaggata:* Ach so. Haben Sie sofort ein Haus gebaut?

*Gustin:* Nun, Sir, wenn wir nicht grad unsere Blasen kratzten, bauten wir an 'nem Unterschlupf mit 'nem Schütteldach und stapelten ringsrum Kratzbüsche auf, für 'ne Umzäunung, um die Duka-Dukas abzuhalten.

*Yaggata:* Das muß aufregend gewesen sein — dem unheimlichen Geschrei der Reißvögel und den pfeifenden Rufen der Duka-Dukas zu lauschen.

*Gustin:* Wir hatten alle 'n Haufen Arbeit am Hals, und keine Zeit, uns aufgeregt zu fühlen.

*Yaggata:* Die meisten frühen Pioniere haben an ihren Namen ein bestimmtes Element dieses Planeten angehängt, Sir. Wurde Ihre Familie ebenfalls so geehrt?

*Gustin:* Hi, hi! Sumpf-Gustin! Den Namen kriegten wir! Ich

---

[1] Siehe Anmerkung am Schluß des Protokolls

will Ihnen mal was sagen, Mr. Yaggata: Bessie wollte, daß ich so tue, als wär unsere Familie 'ne Bande von Helden gewesen, aber Tatsache ist, wir waren nur 'n paar Mistbauern, und zwei Drittel von unserem Mist war noch Sumpf.

*Yaggata:* Aber Sie haben doch zweifellos ein paar spannende Erlebnisse gehabt, als Sie der Wildnis Ihren Hof abrangen.

*Gustin:* Es ist schon 'ne komische Sache, Mister, aber das, was die Leute für spannende Erlebnisse halten, ist für die, die sie erleben, nichts als Plackerei und Elend.

*Yaggata:* Gab es denn nichts, was Ihr Los erleichterte? Gab es denn gar nichts Amüsantes?

*Gustin:* Na ja, Sir, da war die Zeit, als Paps den Rollit[2] mitbrachte, und ...

*Mrs. Kilkau:* Aber wirklich, Onkel Gus! Ich bin mir ziemlich sicher, daß Mr. Yaggata sich überhaupt nicht für diese blöde Transaktion interessiert, die ...

*Gustin:* Jetzt hör mal zu, Bessie! Ich bin hier derjenige, der interviewt wird!

*Mrs. Kilkau:* Natürlich, Onkel Gus, aber ...

*Gustin:* Und ich glaube, aus der Geschichte mit dem Rolliten kann jeder was lernen!

*Yaggata:* Es würde gewiß niemandem zum Nachteil gereichen, diese Geschichte zu hören, Sir.

*Gustin:* Wissen Sie, Mister, wir waren zwar alles andere als Lutscher[3] mit Notgepäck[4], aber unser Generator war den ganzen Tag beschäftigt, unsere Grundbedürfnisse zu sichern. Als der alte Effus Kilkau also annoncierte, er hätte 'n Zugtier abzugeben, war Paps sofort wild drauf, es zu kaufen.

*Yaggata:* Annoncierte? Wie wurde das gemacht?

*Gustin:* Durchs Checker-Netz[5]. Der alte Effus annoncierte, er hätte 'n zum Pflügen ausgebildeten Rollit billig abzugeben; Gewicht 2500 Kilo.

*Yaggata:* Manche Leute, die mit dieser Aufzeichnung arbeiten werden, wissen vielleicht nicht, was es mit dem Rollitus Sphaericus auf sich hat, Mr. Gustin. Würde es Ihnen etwas ausmachen, diesen Mangel zu beheben?

*Gustin:* Das kommt noch, mein Sohn. Nur keine Eile! Es war jedenfalls so, daß Paps einen Rollit nicht von 'ner Bowlingkugel unterscheiden konnte, und daß er zu verdammt stolz war, es zuzugeben.

*Yaggata:* Ha, ha, ha! Und es gab niemanden, der ihn aufklären konnte?

*Gustin:* Tja, der alte Effus hat wohl geahnt, daß Paps keine Ahnung davon hatte, deswegen hielt er es für'n guten Witz, ihn ordentlich reinzulegen.

*Yaggata:* Ach so. Und wie wurde das Geschäft abgewickelt?

*Gustin:* Alles lief über das Checker-Netz, und man einigte sich auf der Basis, daß Effus siebzig Galars gutgeschrieben wurden.

*Yaggata:* Ihr Vater hat den Rollit unbesehen erworben?

*Gustin:* Aber klar! Damals hat man noch keinen Heckmeck veranstaltet. Man mußte sich gegenseitig helfen ... die Leute mußten ehrlich sein, weil ihr Leben davon abhing. Erst seit wir 'ne Zivilisation haben, werden all die krummen Dinger gedreht. Außerdem wohnten wir damals so weit vom Schuß, daß es teurer gewesen wäre, hinzufahren und sich das Biest anzugucken, als es einfach rüberschicken zu lassen.

*Yaggata:* Es hat gewiß einen Sinn, Sir. Aber hatte Ihr Vater nicht das Verlangen, herauszufinden, was er da kaufte?

*Gustin:* Er hat's ja irgendwie auch versucht. Doch Paps hatte Angst, er würde wie 'n Doofi[6] dastehen. Ich weiß noch, daß er fragte, wie man einen Rollit füttert. Der alte Effus sagte, der Rollit wär auf 'n bestimmten Pfiff dressiert, und dann zöge er los, um das Land abzugrasen. Zu der Zeit meldete sich jemand übers Netz und sagte, siebzig Galars wären verdammt wenig für 'n 2500-Kilo-Rollit, und wenn Paps das Biest nicht nehmen würde, würde er's tun. Also machte Paps das Geschäft auf der Stelle.

*Yaggata:* Wie lieferte man den Rollit an?

*Gustin:* Tja, die Kilkaus waren 'n bißchen besser dran als wir. Sie hatten 'ne Frachtplattform, die sechstausend Kilo schleppen konnte. Sie packten den Rollit einfach auf das Ding drauf und flogen ihn zu uns rüber.

*Yaggata:* Was hat Ihr Vater gesagt, als er ihn sah?

*Gustin:* Sie meinen wegen des Geschirrs?

*Yaggata:* Ja.

*Gustin:* Tja, Sir, ich glaube, Paps hat nicht mal über das Geschirrproblem nachgedacht. Auf Prokyon hatten wir 'n Ziget, dem Paps 'n Geschirr mit so langen Zügeln verpaßt hat, daß man von dem grausigen Ziget-Mief nichts mitbekam. Er hat wohl gedacht, er bräuchte sich nur 'n neuen Zaumzeug-Satz zu basteln.

*Yaggata:* Hat er denn kein Wort übers Geschirr verloren?

*Gustin:* Nein. Er hatte gar keine Chance, was zu sagen. Der Rollit war nämlich wegen der Fliegerei 'n bißchen nervös. Man hatte ihn kaum runtergelassen, als er auch schon durch die Gegend rollte, und dann machte er 'ne Wendung und rollte genau über mich weg.

*Yaggata:* Oje! Für jemand, der noch keinen Rollit gesehen hat, muß das aber ganz schön beängstigend gewesen sein, könnte ich mir vorstellen!

*Gustin:* Es war ganz gut, daß Mama nichts davon gesehen hat. Sie wär auf der Stelle tot umgefallen. Ein 2500-Kilo-Rollit entwickelt nämlich aus'm Stand fuffzehnhundert Kilo Fliehkraft, und wenn er mal in Bewegung ist, rollt er wirklich! Rollits wirken aber auch ziemlich trügerisch. Sie sehen ungefähr so aus wie Riesenamöben, die über den Boden fließen. Und dann sind sie plötzlich über einem — im wahrsten Sinne des Wortes!

*Yaggata:* Hatten Sie keine Angst, als er Sie überrannte?

*Gustin:* Na ja, er haute mich um, dann war's 'ne Sekunde dunkel und 'n bißchen eng — dann war's wieder vorbei. Rollits verletzen nämlich keinen. Sie sind nämlich sehr freundlich. Es gab da mal 'n Fall drüben in Mirmon Country, da wurde so 'n Typ von seinem Rollit vor 'nem Reißvogel gerettet. Der Rollit setzte sich einfach auf ihn drauf, bis der Reißvogel dann aufgab.

*Yaggata:* Na, wenn das kein Erlebnis war!

*Gustin:* Und was für eins! Rollits bestehen nämlich zu neunzig Prozent aus beweglicher Flüssigkeit und Pumpmuskeln, und der Rest ist 'ne Haut wie 'ne flexible Panzerplatte. Ein erwachsener Rollit ist gegen jeden körperlichen Angriff immun — auch wenn's um 'n Reißvogel geht —, und wer unzerstörbar ist, ist jedermanns Freund.

*Yaggata:* Wie war Ihre Reaktion, als Sie von dem riesigen lebendigen Fleischball überrannt wurden?

*Gustin:* Nach dem ersten Schreck wollte ich es noch mal probieren. Ich fand's ganz lustig. Aber Paps schlotterte ganz schön und schickte mich rein. Es kostete den alten Effus 'ne halbe Stunde, Paps zu überzeugen, daß 'n Rollit niemand was zuleide tut, weil er sein Gewicht über 'ne so große Fläche bewegt, daß es so ist wie 'ne ordentliche Massage.

*Yaggata:* Ha, ha, ha. Dann stand Ihr Vater also jetzt mit einem Rollit da, ohne zu wissen, wie er ihn anschirren sollte.

*Gustin:* Stimmt! Er dachte sogar erst nach dem Mittagessen dran. Da war der alte Effus schon weg. Der Rollit rollte draußen rum, riß die Kratzbüsche aus und säuberte 'ne ziemlich große Fläche von ihnen. Rollits sind verdammt gute Kratzbuschausreißer.

*Yaggata:* Und wie ging Ihr Vater an das Problem heran?

*Gustin:* Er ging einfach zu dem Rollit raus, schnalzte 'n paarmal mit der Zunge und pfiff, wie's der alte Effus gesagt hatte. Dann führte er ihn zum alten Schuppen rüber, wo unser nutzloser Pflug stand. Es war ein Dreischarpflug mit 'ner Achtzig-Zentimeter-Schneide.

*Yaggata:* Aber wie sollte er gezogen werden?

*Gustin:* Mit 'nem Netzteil-Rotor. Aber wir hatten nur ein Netzteil und wollten es nicht aufs Spiel setzen.

*Yaggata:* Was hat Ihr Vater gesagt?

*Gustin:* Er sagte: »Na ja, woll'n doch mal sehn, wie wir das Viech vorne drankriegen ...« Dann hat er's erst geschnallt. Wie schirrt man ein Tier an, das den ganzen Balg rollt und sich bewegt, indem es sein Schwerkraftzentrum verlagert? Es war 'n echt großes Scheißproblem.

*Yaggata:* Ich habe die Zeichnungen gesehen. Sie erschienen mir ziemlich offensichtlich. Ist Ihr Vater nicht sofort darauf gekommen, wie er vorgehen mußte?

*Gustin:* Manchmal ist das Offensichtliche erst dann offensichtlich, nachdem jemand es einem gezeigt hat, Mister. Vergessen Sie nicht, daß Paps noch nie im Leben was gesehen hatte, das 'nem Rollit auch nur entfernt ähnlich sah. All seine Vorstellungen von Zugtieren gründeten sich auf Zigets — Wesen mit 'ner gewissen Anzahl von Beinen und 'nem Körper, der schon in irgend 'n Geschirr paßt. Der Rollit war was ganz anderes.

*Yaggata:* Gewiß, aber ...

*Gustin:* Wenn man visuell an was gewöhnt ist, kann's einem das Hirn so verknoten, bis man gar nichts mehr sieht.

*Yaggata:* Warum hat Ihr Vater nicht einfach einen Nachbarn gerufen und ihn gefragt, wie man einen Rollit vor einen Pflug spannt?

*Gustin:* Paps war zu stolz dazu. Er wollte keine Fragen stellen und wie 'n Depp dastehen, aber er wollte auch nich klein beigeben. Etwa 'ne Woche gab's regelmäßig 'n Zehn-Runden-Kampf auf dem Gelände. Später kriegten wir raus, daß der alte Effus sich mit seiner halben Sippe in den Hügeln versteckt hielt und sich kaputtlachte. Man schloß Wetten ab, was wir wohl als nächstes ausprobieren würden.

*Yaggata:* Was haben Sie zuerst versucht?

*Gustin:* 'n ganz einfaches Schlingengeschirr. Paps machte es groß genug, damit es um den Rollit rumpaßte. Er lockte das Biest in die Schlinge, warf die Einbuchtung um sein oberes Vorderteil — das heißt, um das Ende, das vom Pflug wegsteht, denn Rollits haben eigentlich gar kein Vorderteil. Dann wies er das Tier an, zu ziehen. Der Rollit warf sich die Leinen, als wüßte er, was er täte. Der Pflug rutschte etwa 'n Meter nach vorn, dann war die Leine wieder ab, weil sie unter das Biest rutschte. Paps lockte es ins Geschirr zurück und befahl ihm noch mal, sich zu bewegen. Auf diese Art ging's etwa dreimal hin und her, dann war uns klar, daß er mit dem Pflügen nie fertig werden würde, wenn er den Rollit nach jedem Meter wieder anschirren mußte.

*Yaggata:* Und Ihre Nachbarn haben sich das alles angesehen?

*Gustin:* Ja. Am zweiten Tag beteiligte sich der ganze Bezirk an dem Streich. Auf unserem Hof war echt die Kacke am dampfen.

*Yaggata:* Was versuchten Sie als nächstes?

*Gustin:* 'ne Art Netzgeschirr mit Rollen. Wir brauchten drei Tage, um es fertigzukriegen. Wir probierten es auch noch mit 'nem Vertikalgeschirr, das über und unter dem Rollit herlief.

Wir schmierten den Boden ein, über den der Rollit rollen würde, aber die Schmiere verflog. Kaum war sie verflogen, rieb das Geschirr übern Boden. Der Rollit zerrieb das zäheste Geschirr in zehn Umdrehungen.

*Yaggata:* Und wie funktionierte das Netzgeschirr?

*Gustin:* Es war wirklich keine schlechte Idee. Besser als das, was unsere Nachbarn damals verwendeten, hätte er's perfektioniert.

*Yaggata:* Was verwendeten Ihre Nachbarn?

*Gustin:* So 'ne Art Gehege auf Rädern, mit Rollen vorn dran, die über die Vorderseite des Rollit liefen. Hinten waren Zaumzeugringe dran. Man öffnete das Gehege an einer Seite, um den Rollit reinzulassen, dann hakte man die Ausrüstung an, und der Rollit zog das ganze Ding.

*Yaggata:* Jetzt bin ich aber neugierig. Warum ist Ihr Vater nicht mal rübergeschlichen und hat zugeschaut, wie die Nachbarn ihre Rollits einsetzten?

*Gustin:* Hat er ja versucht. Aber sie ließen ihn auflaufen. Die Nachbarn setzten nie 'n Rollit ein, wenn Paps in der Nähe war. Es war wie 'ne absurde Komödie. Man lud ihn auf 'n Gläschen Süffi ein, und wenn Paps dann darauf zu sprechen kam, wie's bei ihnen so beim Pflügen zuging, und sie bat, ihm mal ihre Geräte zu zeigen, war nie was dabei, das 'nem Rollit-Geschirr auch nur entfernt ähnlich sah.

*Yaggata:* Ähm ... Was ging mit dem Netzgeschirr schief, das er ausprobierte?

*Gustin:* Es war nicht groß genug, um ganz um die Front des Rollit zu passen. Und die Rollen blieben ewig stecken, weil das Schlingensystem nicht perfekt war.

*Yaggata:* Wie hat er das Problem schließlich gelöst?

*Gustin:* Er beruhigte sich und fing an, geradeaus zu denken. Zuerst stellte er den Pflug in die Mitte unseres Ackers. Dann stationierte er den Rollit um den Pflug herum, erst eine Seite, dann die andere. Und dann — hatte er es.

*Yaggata:* Ich bin wohl ein bißchen schwer von Begriff, wenn es um das Erfassen offen ersichtlicher Verbindungen geht: Dann war Ihr Vater also der Erfinder des Standard-Rollitors?

*Gustin:* Er hat ihn sich ausgedacht.

*Mrs. Kilkau:* Onkel Gus! Du hast uns ja nie erzählt, daß dein Vater ein Erfinder war! Ich habe nie geahnt ...

*Gustin:* Er war kein Erfinder. Er war nur ein verdammt guter, praktisch veranlagter Pionier. Was die Idee des Ur-Rollitors angeht, wäre jeder drauf gekommen, wenn er nur zweimal darüber nachgedacht hätte. Was glaubst du, was der Geschichtsverein von Gomeisa alles versucht hat, um ...

*Mrs. Kilkau:* Meinst du das verstaubte alte Schrottding draußen in Lagerhaus Nummer zwei?

*Gustin:* In diesem verstaubten alten Schrott befindet sich der erste Sumpfkremketscher[7] deiner Mutter! Und mittenmang in diesem verstaubten alten Schrott steht der erste Rollitor!

*Yaggata:* Soll das heißen, Sie haben den ersten Rollitor noch?

*Gustin:* Na klar doch, da draußen im Lagerhaus.

*Yaggata:* Ja ... aber das Ding ist unbezahlbar! Könnten wir mal rausgehen und es uns ansehen?

*Gustin:* Wüßte keinen Grund, der dagegen spricht.

*Mrs. Kilkau:* Ach, Onkel Gus! Es ist doch so dreckig da draußen, und ...

*Gustin:* Ein bißchen Schmutz hat noch keinem geschadet, Bessie! *Arghh!* Das Knie, an dem mich der Reißvogel gepackt hat, plagt mich diese Woche wieder wahnsinnig. Schade, daß man heutzutage keine Rollits mehr sieht. Es gibt nichts Schöneres als 'ne Rollit-Massage, um den Blutkreislauf aufzupeppen.

*Yaggata:* Sind Sie mit einem Reißvogel zusammengestoßen?

*Gustin:* Na klar, mehrmals.

*Yaggata:* Können Sie uns davon erzählen?

*Gustin:* Später, mein Sohn. Sehen wir uns erst den Rollitor an.

(Das Band enthält an dieser Stelle einen Bruch, der geflickt werden sollte. — *Anm. des Bearbeiters).*

*Yaggata:* Wir befinden uns jetzt in einer Ecke des Lagerhauses Nummer zwei. Die im Hintergrund aufgestapelten Kisten, die Sie sehen, sind Sumpfkrem-Behälter. Sie sind nicht nur wichtig für die Kosmetikindustrie, sondern stellen auch das Hauptprodukt des Gustin-Kilkau-Hofes dar.

*Gustin:* Das hier ist ein Klettereisen zur Förderung des Rohkupfers, das wir im Nebelgebiet entdeckt haben.

*Yaggata:* Und das muß der Ur-Rollitor sein, der an diesem Pflug befestigt wurde.

*Gustin:* Stimmt! Es ist ein ganz einfaches Ding: Es besteht aus vier Holzrollen, die in zwei V-Formationen stehen, ein Satz über dem anderen, und das ganze Ding ist hinten direkt mit dem Pflug verbunden.

*Yaggata:* Die Rollen sind ziemlich groß.

*Gustin:* Wir hatten einen großen Rollit. Sehen Sie die Sperrstange hier?

*Yaggata:* Ja.

*Gustin:* Sie bestimmt die Höhe der Rollen und die Entfernung zwischen den beiden Sätzen, die an die Frontkrümmung unseres Rollits paßten. Der Rollit bewegt sich einfach gegen diese Rollen nach oben. Ein Rollenansatz fährt oben über seine Frontalkrümmung, der andere unten. Der Rollit klemmt sich irgendwie dazwischen und schiebt.

*Yaggata:* Wozu dienen die Räder des Pflugrahmens?

*Gustin:* Sie hielten die Pflugtiefe ein.

*Yaggata:* Es ist wirklich ein einfaches Instrument.

*Gustin:* Einfach! Wir haben unseren Rollit so dressiert, daß er alles allein pflügte!

*Yaggata:* Was hielten Ihre Nachbarn davon?

*Gustin:* Ich sag Ihnen, plötzlich lachte keiner mehr über Paps! Nach 'nem Monat hatten sie ihre Zuggehege klammheimlich weggeschmissen. Das neue Ding wurde 'ne Weile ›Gustin-Rollitor‹ genannt, doch dann kürzte man den Namen ab.

*Mrs. Kilkau:* Das habe ich ja gar nicht gewußt! Das muß man sich mal vorstellen! Und mitten in unserem Lagerhaus! Ja ... Der Geschichtsverein ...

*Gustin:* Der kann warten, bis ich nicht mehr lebe! Es gibt mir 'n befriedigenden Schub, hin und wieder hier reinzuschauen und den verstaubten alten Schrott anzufassen. Es tut gut, wenn man sich daran erinnert, woher man kommt.

*Mrs. Kilkau:* Aber Onkel Gus ...

*Gustin:* Auch du stammst von Kleinbauern ab, Bessie! Es

waren feine Menschen! Das herrliche Leben, das ihr heute führt, wär nicht drin, wenn sie und ihr verstaubter alter Schrott nicht gewesen wären!

*Mrs. Kilkau:* Aber ich halte es für selbstsüchtig, dieses unbezahlbare Ding hier einfach so ...

*Gustin:* Klar ist es selbstsüchtig! Aber Selbstsucht ist das Vorrecht derer, die ordentlich ihrer Arbeit nachgegangen sind und lange genug gelebt haben, um auch mal zurückzuschauen. Wenn du mal darüber nachdenkst, Mädchen, war ich derjenige, der erkannt hat, was die Sumpfkrem für 'ne tolle Sache ist! Ich hab ein Recht darauf, selbstsüchtig zu sein!

*Mrs. Kilkau:* Ja, Onkel Gus. Ich kenne die Geschichte.

*Yaggata:* Aber wir kennen sie nicht, Mr. Gustin. Würde es Ihnen etwas ausmachen, uns ...

*Gustin:* Ja, würd es ... Vielleicht ein andermal, mein Sohn. Jetzt bin ich 'n bißchen müde; ich leg mich besser was hin.

*Yaggata:* Natürlich, Sir! Sollten wir einen Termin ausmachen, um ...

*Gustin:* Ich werd Sie rufen lassen, mein Sohn. Rufen Sie nicht an. *Uuuaaaahh!* Verdammte Reißvogelwunde! Aber eins erzähl ich Ihnen noch, mein Sohn: Ich seh Ihren Job jetzt anders. Es ist nützlich für uns alle, wenn wir uns bewußt machen, woher wir kommen. Wenn die Leute, die ihre Aufzeichnungen zu sehen kriegen, Grips haben, werden sie auch darüber nachdenken, woher sie gekommen sind. Es kann ihnen nur gut tun!

(Das Band endet hier. Zusätzliche Notiz besagt, daß Hilmot Gustin in den folgenden Tagen erkrankte. Das zweite Interview wurde auf unbestimmte Zeit verschoben. — *Anm. des Bearbeiters).*

*Senator Zolam:* Haben Sie sonst noch Aufzeichnungen, die Sie uns zeigen wollen, Herr Minister?

*Minister Hablar:* Ich habe gehofft, mein Staatssekretär für Kulturelle Angelegenheiten würde es schaffen, heute hier zu erscheinen, aber leider wurde er zu einer multilateralen Tagung mit Vertretern der Ringplaneten gerufen.

*Saboteur McKie:* Dafür war ich verantwortlich, Herr Minister.

Die Ausschuß-Mitglieder sind heute ein bißchen knapp mit Zeit.

*Minister Hablar:* Ach so.

*Senator Zolam:* Da momentan nichts weiter vorliegt, vertagt sich der Sonder-Untersuchungsausschuß in Sachen Intergalaktische Kultur bis morgen um 16.00 Uhr.

## ANMERKUNGEN

[1] Reißvögel oder Pseudo-Pterodaktylus, einheimische Lebensform auf Gomeisa III. Ein fliegendes Reptil (jetzt ausgestorben) das eine Spannweite von zehn Metern erreichte. Ein Geschöpf mit giftigen (Säure verspritzenden) Fängen, die aus den Nasenflügeln wuchsen.

[2] Rollit, genus *Rollitus Sphaericus,* ausgerottet auf Gomeisa III während der mutierten Mastitis-Epidemie von 6990. Eine kleine Herde existiert noch im Galaktischen Zoo von Aspidiske III, obwohl dies die schwere planetenangepaßte Spezies ist. Das Original war eine eiförmige, eierlegende Kreatur, die einen ungefähren Durchmesser von zwanzig Metern erreichte und sich durch Gewichtsverlagerung fortbewegte.

[3] Lutscher: arme Leute

[4] Notgepäck: die minimale Pionierausrüstung, die von der Siedlungskommission vorgeschrieben wurde: dem örtlichen Klima angepaßte Kleidung (zwei Garnituren); ein Hellerit-Generator; Handwerkzeug zur Erschließung örtlicher Ressourcen, für den Bau von Unterkünften und zur Bearbeitung des Landes.

[5] Checker-Netz: Das täglich ausgestrahlte Rundfunkprogramm, das während der Pionierzeit auf allen Planeten unerläßlich war.

[6] Doofi: Narr, Tölpel; jemand, den man leicht reinlegen kann.

[7] Sumpfkremketscher: die plumpe und unverständliche Abdachung, die man ursprünglich dazu verwendete, den fliegenden Quark abzulagern, die vom Calophyllum Gomeisum, dem gewöhnlichen Sumpfgebüsch von Gomeisa III, ausgeschieden wird.

*Originaltitel: »A Matter of Traces«*

*Aus dem Amerikanischen übersetzt*
*von Ronald M. Hahn*

# ERINNERT EUCH!

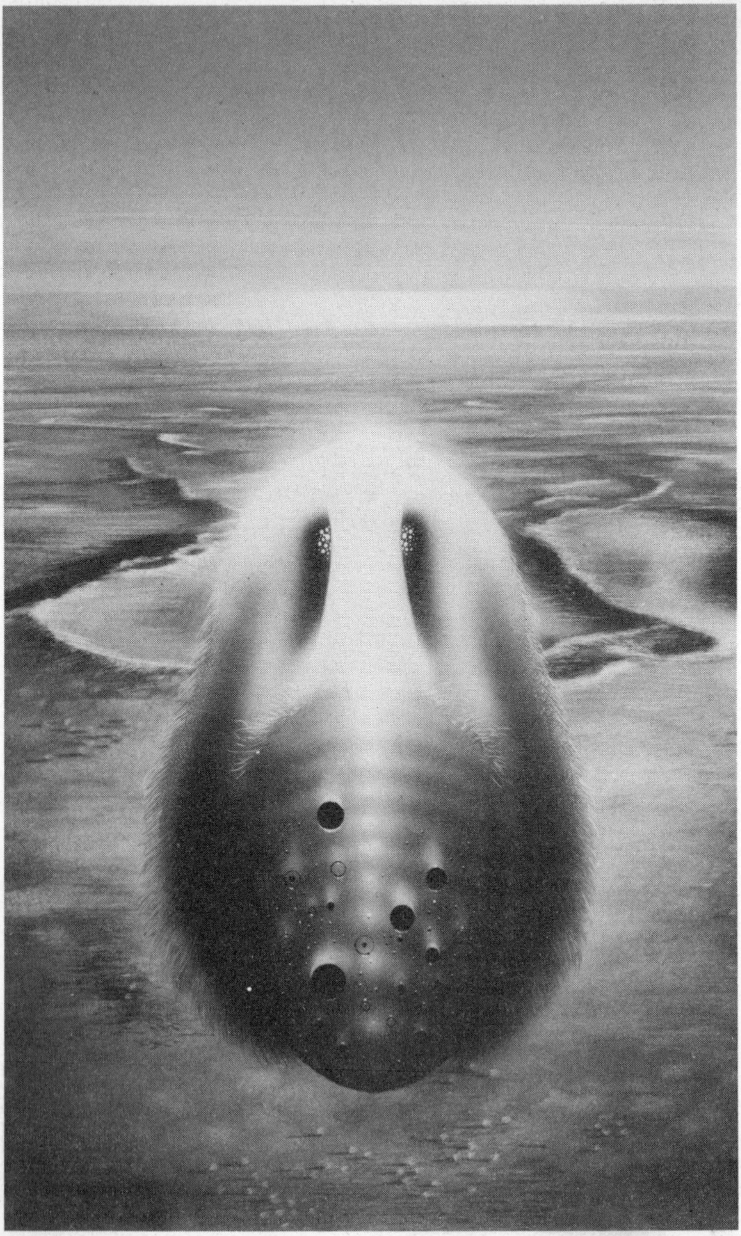

Jeder Verstand auf Erden, der fähig war, das Problem zu begreifen, beschäftigte sich mit dem Raumschiff und dem Ultimatum, das seine Insassen mitgebracht hatten. *Redet oder sterbt!* schrien die Schlagzeilen.

Die Anzahl der Selbstmorde war gestiegen und stieg immer noch. Religiöse Kulte hatten ihren großen Tag. Ein von einem Science Fiction-Autor verfaßtes Buch mit dem Titel *Was das tödliche intergalaktische Raumschiff für uns bedeutet* hatte alle bisherigen Bestseller-Rekorde in den Schatten gestellt. Und das ging jetzt schon seit sieben hektischen Monaten so.

Das Schiff war über Oregon aus dem kanonengrauen Himmel geflappt. Es wies die Form einer überdimensionalen Zigarre auf, und seine Außenhülle, die mit wabernden Fasern bedeckt war, wirkte wie der legendäre Fliegende Teppich. Die fünf grünhäutigen, froschähnlichen Insassen hatten das Ultimatum überbracht: ein Exemplar, auf samtigem Papier gedruckt, war an alle Regierungen der größeren Länder gegangen, jedes hatte fehlerlos in der jeweiligen Landessprache besagt:

»Sie werden gebeten, Ihre talentiertesten Experten in Sachen menschlicher Verständigung zusammenzurufen. Wir sind hier, um Ihnen ein Problem zu unterbreiten. Wir werden fünf identische Räume unseres Schiffes für Sie öffnen. Jeder von uns wird sich in einem anderen Raum aufhalten.

Ihr Problem: Sich mit uns zu verständigen:

Wenn Sie erfolgreich sind, wird Ihre Belohnung groß sein.

Wenn Sie versagen, besteht das Ergebnis in der Vernichtung allen Lebens auf Ihrem Planeten.

Wir geben bekannt, daß wir diese Drohung mit dem tiefsten Bedauern aussprechen. Wir fordern Sie auf, das Eniwetok-Atoll für eine Demonstration unserer Macht zu beobachten. Ihre künstlichen Satelliten sind vom Himmel entfernt worden.

Sie müssen sich von Ihrer beengten Kommunikation frei machen!«

Eniwetok war bald darauf noch in dreihundert Metern Tiefe

auszumachen, so flach wie eine Tischplatte — ohne die Spur einer Explosion! Sämtliche Satelliten der Vereinigten Staaten und der UdSSR waren vom Himmel gefegt worden.

Den ganzen Tag über drückte naßkalter Wind vom Meer aus die Columbia-Ebene hinauf. Er fegte über die östlichen Alkali-Ebenen Oregons, als sei Regen in Anmarsch. Dürre Wüstenpflanzen knickten unter den Böen und jagten die schlappohrigen Karnickel in ihren Bau. An den Gattern fingen sich haufenweise entwurzelte Büsche, und die Luft war von trockenen Staubpartikeln erfüllt, die mit der Allgegenwart filterbarer Viren in alles und jedes eindrangen.

Auf der Ebene südlich des Hermiston-Arilleriedepots wirbelte der unheimliche Körper des Raumschiffes den Sand in Massen auf. Es sah aus wie ein monströses Oval aus mausgrauer Leinwand, die man über aufrecht stehende Stöcke gespannt hatte. Eine Ansammlung von Nissenhütten und die neuen Wüsten-Fertighäuser der Armee umstanden seinen nördlichen Rand in einem groben Halbkreis. Sie sahen aus wie zwergenhafte Nebenhäuschen für das gigantischste Zirkuszelt, das die Erde je gesehen hatte. Armee-Ingenieure sagten, das Schiff sei zweihundert Meter lang und vierzig Meter breit.

Etwa acht Kilometer östlich des Landeplatzes fegte der Sandsturm über die eintönigen Gebäude des Lagers, in dem etwa dreißigtausend Menschen aus aller Herren Länder untergebracht waren: Linguisten, Anthropologen, Psychologen; Akademiker jeglicher Art und Couleur; Beobachter und Gegenbeobachter, Gegen-Gegenbeobachter; Spione, Spionageabwehrleute und Anti-Spionageabwehrleute.

Seit sieben Monaten hielt sie das, was mit Eniwetok geschehen war — und die darauf fußende Bedrohung — in Atem.

Am Abend dieses Tages legte sich der Wind. Der Treibsand löste sich von der Schiffshülle und nahm neue Formen an; er rieselte herunter wie der allseits bekannte ›Sand der Zeit‹, der jetzt immer knapper wurde.

Mrs. Francine Millar, eine klinische Psychologin im Indo-Europäisch-Germanischen-Sprachteam, eilte über den kahlen Fleck aus festgetretenem Sand, der sich vor dem Raumschiffseingang ausbreitete. Sie neigte den Kopf vor den letzten Resten des Sturms. Sie trug das Köfferchen unter dem linken Arm wie einen Fußball. In der anderen Hand hielt sie eine zusammengerollte Ausgabe des *Oregon Journal* vom heutigen Tag. Die Titelgeschichte besagte, daß Air Force-Düsenjäger ein kleines Privatflugzeug abgeschossen hatten. Es hatte versucht, in das Sperrgebiet vorzudringen. Drei noch nicht identifizierte Männer waren dabei umgekommen. Das Flugzeug war gestohlen gewesen.

Der Gedanke an die abgeschossene Maschine erinnerte sie wieder an die Umstände ihrer Witwenschaft. Dr. Robert Millar war zehn Tage vor der Ankunft des Raumschiffes beim Absturz einer Transatlantik-Passagiermaschine umgekommen. Sie ließ die Zeitung los. Sie flatterte im Wind davon.

Francine drehte den Kopf, um dem plötzlichen Zubeißen des sanderfüllten Windes zu entgehen. Sie war von drahtig-schlanker Gestalt, einssiebzig groß, und trotz ihrer einundvierzig Jahre immer noch athletisch und in bester körperlicher Verfassung. Ihr kastanienbraunes Haar, jetzt vom Wind zerzaust, ließ sie immer noch jugendlich erscheinen. Schwere Lider schirmten ihre blauen Augen ab und verliehen ihr einen stets etwas schläfrig wirkenden Blick, auch dann, wenn sie hellwach und alarmbereit war — ein Umstand, der ihr in ihrem Beruf hilfreich war.

Hikonojo Ohashi, ihr Gegenspieler im Japanisch-Koreanisch-Sino-Tibetanischem Team, saß bereits auf seinem Platz am anderen Ende des Tisches. Der japanische Psychologe griff nach einem dünnen, spitzen Pinsel und machte sich in ideografischer Kurzschrift Notizen.

Francine schloß die Tür.

Ohne aufzuschauen, sagte Ohashi: »Wir sind früh dran.«

Er war ein drahtiger, netter kleiner Mann mit flachen Gesichtszügen, weichen Wangen, einem ebenmäßig gerundeten Kinn und verträumten Augen hinter dicken Brillengläsern.

Francine warf ihr Köfferchen auf den Tisch und zog sich einen Stuhl heran, der Ohashi gegenüber stand. Ehe sie Platz nahm, säuberte sie die Sitzfläche mit einem Taschentuch von Sandkörnern. Der stets gegenwärtige Dreck, die eintönige Landschaft und ihr privater Frust — all das sorgte dafür, daß sie sich stets am Rande eines Wutausbruchs befand. Als sie das Gefühl und den Grund dafür erkannte, lächelte sie matt.

»Nein, Hiko. Ich glaube wir sind zu spät dran. Es ist später, als wir glauben.«

»Wenn Sie's so meinen, ist es noch viel später«, sagte Ohashi. Sein Princeton-Akzent fiel kaum auf. Er war so moduliert, wie ein Musikinstrument unter der Hand eines Meisters.

»Jetzt werden wir aber banal«, sagte sie. Sie bedauerte die Schärfe ihres Tonfalls sofort und rang sich ein Lächeln ab.

»Sie haben uns keinen Termin gesetzt«, sagte Ohashi. »Das ist doch immerhin auch etwas.« Er rieb den Pinsel an einem Farbstein ab.

»Es liegt etwas in der Luft«, sagte sie. »Ich spüre es.«

»Ja. Es ist viel Sand in der Luft«, sagte er.

»Der Wind macht uns alle fertig«, sagte sie. »Er fühlt sich wie Regen an. Eine Wetterveränderung.« Er machte sich noch eine Notiz, dann legte er den Pinsel hin, hob den Kopf und breitete die Unterlagen für die Konferenz vor sich aus. Er lächelte Francine an. Sein Lächeln ließ ihn un-erwachsen erscheinen. Francine blickte plötzlich in die Vergangenheit und sah einen ernsthaften kleinen Jungen namens Hiko Ohashi.

»Es ist jetzt sieben Monate her«, sagte sie. »Es wäre doch vernünftig, wenn wir davon ausgingen, daß sie nicht bis in alle Ewigkeit warten werden.«

»Schwangerschaftsperioden dauern in der Regel zwei Monate länger«, sagte er.

Sie runzelte die Stirn und ignorierte seine Anspielung. »Aber wir sind nicht weiter als am ersten Tag!«

Ohashi beugte sich vor. Seine Augen hinter den dicken Gläsern schienen noch größer zu werden. »Fragen Sie sich eigentlich auch, warum sie mit dieser Beharrlichkeit darauf bestehen, daß wir uns mit ihnen verständigen? Ich meine, statt andersherum?«

»Natürlich frage ich mich das. Wie jeder andere.«

Er setzte sich hin. »Was halten Sie von der Vorgehensweise des islamischen Teams?«

»Sie wissen, was ich davon halte, Hiko. Es ist reine Zeitverschwendung, jeden Ton, den die Galaktiker von sich geben, mit Passagen aus dem Koran zu vergleichen.« Sie zuckte die Achseln. »Doch nach allem, was wir wissen, sind sie einer Lösung vielleicht näher als jeder andere ...«

Hinter ihr flog die Tür auf. Sofort hallte der Raum von der lauten Baßstimme Theodor Zakheims, des Psychologen aus dem Ural-Altai-Team wider.

»Ha-haaaaa!« brüllte er. »Wir sind wieder alle da!«

Leise Schritte hinter Zakheim sagten Francine, daß er von Emil Gore vom Indo-Europäischen-Romanistik-Team begleitet wurde.

Zakheim ließ sich neben Francine auf einen Stuhl plumpsen, der gefährlich unter seinem Gewicht ächzte.

Wie ein großer, ungepflegter Bär, dachte sie.

»Müssen Sie immer solchen Krach machen?« fragte sie.

Gore knallte die Tür hinter ihnen zu.

»Natürlich!« donnerte Zakheim. »Ich bin nun mal laut! Es ist meine Natur, mein kleiner Puschkin!«

Gore ging hinter Francine her zum Kopf des Tisches, hielt den Blick jedoch auf Zakheim gerichtet. Zakheim war dick, ohne fett zu sein. Er wirkte wie ein Ringer. Sein breites Gesicht und die leicht geschlitzten blauen Augen deuteten mongolische Vorfahren an. Sein Haar war rostfarben und sah aus wie eine verstrubbelte Bürste.

Zakheim zog sein Köfferchen hervor, knallte es auf den Tisch und legte die Hände auf das dunkle Leder. Er hatte flache Hände mit dicken Fingern, und blasse Haarbüschel wuchsen ihm fast bis an die Nägel.

Francine wandte sich von Zakheims Händen ab und schaute zum anderen Ende des Tisches hinunter, wo Gore saß. Der Franzose war ein großer, langhalsiger Mann, und völlig kahlköpfig. Mit den düster blickenden Augen hinter der eisenumrandeten Brille sah es aus, als trüge er eine Pappnase und mime den dummen August. Er trug wieder einen seiner schwarzen Begräbnisanzüge; jedes Knopfloch war geschlossen. Aus seinen Ärmeln lugten Manschettenknöpfe hervor. Seine langfingrigen Hände mit den plumpen Gelenken bewegten sich in konstanter Ruhelosigkeit.

»Ich bin nicht ganz Ihrer Ansicht, Zak«, sagte Gore. »Wir

sind keinesfalls alle hier. Dies ist unsere alte Gruppe, und wir hatten vor, weitere für das zu interessieren, was wir tun.«

Ohashi sagte zu Francine: »Haben Sie kein Glück gehabt, die anderen zu unseren Konferenzen einzuladen?«

»Sie sehen doch, daß ich allein gekommen bin«, sagte sie. »Ich habe mir heute fünf Körbe eingehandelt.«

»Von wem?« fragte Zakheim.

»Von den Indianern und Eskimos, von den Arktisbewohnern, den Drawiden, den Malayo-Polynesiern und den Kaukasiern.«

»Diese Feilscher!« polterte Zakheim. »Ich kann uns natürlich mit den Hamito-Semitischen Sprachen aushelfen, aber ...« Er schüttelte den Kopf.

Gore wandte sich an Ohashi. »Und die anderen?«

Ohashi sagte: »Ich muß die freundliche Unentschlossenheit der Munda, Mon-Khmer, Sudanesen, Guineer und Bantu melden.«

»Das reißt große Löcher in unseren Informationsaustausch«, sagte Gore. »Welcher Sache sind sie jetzt gerade auf der Spur?«

»Sie wissen nicht mehr als wir!« knurrte Zakheim. »Darauf können Sie Gift nehmen!«

»Was ist mit den Sprachen, die hier gar nicht vertreten sind?« fragte Francine. »Ich meine die Hottentotten-Buschmänner, die Ainu, die Basken und Austral-Papuas.«

Zakheim bedeckte ihre linke mit seiner rechten Hand. »Sie haben immer noch mich, mein Täubchen.«

»Wir bauen hier einen neuen Turm zu Babel!« erwiderte sie schroff und entriß ihm die Hand.

»Schon wieder ein Korb!« jammerte Zakheim.

Ohashi sagte: »Wohlan, laßt uns hinabfahren und daselbst ihre Sprache verwirren, daß keiner mehr des anderen Sprache verstehe!« Er lächelte. »Genesis elf, sieben«.«

Francine schaute finster drein. »Und wir lassen zwanzig Prozent der zweitausendachthundert irdischen Sprachen aus!«

»Wir haben aber alle wichtigen«, sagte Zakheim.

»Woher wollen Sie denn wissen, was wichtig ist?« fragte sie.

»Bitte!« Gore hob die Hand. »Wir sind hier, um Informationen auszutauschen, nicht um uns zu streiten!«

»Tut mir leid«, sagte Francine. »Es ist halt so, daß mir heute alles so hoffnungslos vorkommt.«

»Also, was haben wir heute erfahren?« fragte Gore.

»Nichts, das uns neu wäre«, sagte Zakheim.

Gore räusperte sich. »Das gilt für mich doppelt.« Er sah Ohashi an.

Der Japaner zuckte die Achseln. »Wir haben keine Reaktion von dem Galaktiker Kobai erfahren.«

»Anthropomorpher Unfug«, murmelte Zakheim.

»Sie meinen, weil ich ihn Kobai nenne?« fragte Ohashi. »Keineswegs, Zak. Das ist der regelmäßigste Ton, den er von sich gibt, und Namen helfen bei der Identifikation. Wir brauchen ihn jetzt nicht ›den Galaktiker‹ oder ›das Wesen im Raumschiff‹ zu nennen.«

Gore wandte sich Francine zu.

»Ich kam mir vor, als würde ich mich mit einer grünen Statue unterhalten«, sagte sie.

»Was war mit seiner Vortragsrede?« fragte Gore.

»Keine Ahnung«, sagte sie. »Er steht da wie ein krummbeiniger Professor in einem schwarzen Trikot. Die Töne flossen aus ihm raus, als würde er nie wieder aufhören. Er windet sich hin und her. Er wogt auf und ab. Er schwingt. Sein Gesicht verzieht sich — falls man es überhaupt ein Gesicht nennen kann. Wir haben es natürlich aufgezeichnet und gefilmt, doch es klingt wie der übliche Mischmasch.«

»Etwas ist in den Gesten«, sagte Ohashi. »Wenn wir bloß fähigere Pasimologen hätten.«

»Wie oft haben Sie die gleiche Geste mit dem gleichen Ton wiederholt gesehen?« fragte Zakheim.

»Sie haben unsere Filme doch sorgfältig studiert«, sagte Ohashi. »Wir hatten nicht genug Zeit, um uns eine solide Vergleichsbasis zu verschaffen. Aber ich verzweifle nicht …«

»Es war nur eine rhetorische Frage«, sagte Zakheim.

»Wir brauchen wirklich mehr Multilinguisten«, sagte Gore. »Wir leben in einer Zeit, in der man den Verlust großer Linguisten wie Mrs. Millars Gatten am schmerzlichsten spürt.«

Francine schloß die Augen und holte kurz und schmerzvoll Luft. »Bob ...« Sie schüttelte den Kopf. Nein. Das ist vorbei. Er ist nicht mehr unter uns. Ich weine nicht mehr.

»Ich hatte die Ehre, ihn in Paris zu treffen, kurz bevor ... vor seinem Ende«, fuhr Gore fort. »Er hielt eine Vorlesung über die Entwicklung ähnlicher Klangschemata in der italienischen und japanischen Sprache ...«

Francine nickte. Sie fühlte sich plötzlich leer.

Ohashi beugte sich vor. »Ich glaube«, sagte er, »das ist alles ziemlich schmerzhaft für Mrs. Millar.«

»Es tut mir wirklich sehr leid«, sagte Gore. »Verzeihen Sie mir.«

»Jemand wollte doch mal nachschauen, ob sich in diesem Raum irgendwelche Wanzen befinden«, sagte Ohashi.

»Mein Neffe gehört zu unserem Aufzeichnungsteam«, sagte Gore. »Er hat mir versichert, daß es hier keine versteckten Mikrofone gibt.«

Zakheims Brauen glitten in einem finsteren Stirnrunzeln nach unten. Er fummelte am Verschluß seines Köfferchens herum. »Es ist sehr gefährlich«, grunzte er.

»Ach, Zak, das sagen Sie doch immer!« sagte Francine. »Hören wir doch mit dem Gefüßel auf!«

»Ich bin nicht auf eine Verratsanklage aus«, murmelte Zakheim.

»Wir wissen doch alle, daß unsere Bosse auf einen Vorsprung aus sind«, sagte Francine. »Ich bin diese Sparringspartien leid, bei denen man immer nur versucht, aus dem anderen was rauszukriegen, ohne was preiszugeben.«

»Wenn Dr. Langsmith oder General Speider herusfänden, was Sie hier tun, würde es auch Ihnen übel ergehen«, sagte Zakheim.

»Ich schlage vor, wir fangen am Anfang an und re-examinieren dann alles«, sagte Francine. »Ganz offen.«

»Warum?« wollte Zakheim wissen.

»Weil ich davon überzeugt bin, daß die Antwort irgendwo genau vor unserer Nase liegt«, sagte sie.

»Im Ultimatum, zweifellos«, sagte Gore. »Was, glauben Sie, ist die wirkliche Bedeutung ihrer Aussage, daß die menschlichen Sprachen eine begrenzte Form der Kommunikation sind? Ob sie telepathisch begabt sind?«

»Glaube ich nicht«, sagte Ohashi.

»Das hat man doch schon ausgeschlossen«, sagte Francine. »Unsere Rhinologen sagen: keine außersinnlichen Wahrnehmungen. Nein. Ich bin auf etwas anderes aus: Allein die Tatsache, daß sie diese Frage ins Spiel gebracht haben, weist darauf hin, daß wir sie mit unseren gegenwärtigen Möglichkeiten beantworten können.«

»Wenn sie ehrlich sind«, sagte Zakheim.

»Ich habe keinen Grund, das Gegenteil anzunehmen«, sagte Francine. »Sie machen uns aus einem guten Grund zu linguistischen Detektiven.«

»Aus einem guten Grund für sie«, sagte Gore.

»Achten Sie auf die Phraseologie ihres Ultimatums!« sagte Ohashi. »Sie unterbreiten ein Problem. Sie öffnen uns ihre Räume. Sie machen sich uns zugänglich. Sie bedauern ihre Drohung. Selbst ihre Machtdemonstration, die — zugegeben — ehrfurchtgebietend war, weist die deutlichen Charakteristika der Gewaltlosigkeit auf. Keine Explosion. Sie setzen eine Belohnung für den Erfolg aus, und das ...«

»Belohnung!« schnaubte Zakheim. »Wir locken das Schwein auch mit Futter zum Metzger!«

»Ich meine, es deutet auf Gewaltlosigkeit hin«, sagte Ohashi. »Entweder ist es so — oder sie haben es geschickt verstanden, sich in die Maske der Gewaltlosigkeit zu hüllen.«

Francine wandte sich um und warf durch das Fenster am Ende der Hütte einen Blick auf den Leib des Raumschiffes. Die niedrig stehende Sonne warf lange Schiffsschatten über den Sand.

Auch Zakheim sah aus dem Fenster. »Warum haben sie sich ausgerechnet diesen Ort ausgesucht? Wenn es schon eine Wüste sein muß, warum dann nicht die Gobi? Das hier ist nicht mal eine gute Wüste. Es ist eine miserable Wüste!«

»Vielleicht lag ihnen an einem günstigen Landeplatz in der Nähe einer großen Stadt«, sagte Gore. »Es ist möglich, daß sie diese Wüste gewählt haben, damit sie kein fruchtbares Land zu zerstören brauchten.«

»Frösche!« höhnte Zakheim. »Ich traue keinen Fröschen mit Kommunikationsproblemen!«

Francine wandte sich wieder dem Tisch zu. Sie entnahm ihrem Köfferchen einen Schreiber und Notizpapier, kritzelte schnell die groben Umrisse eines Galaktikers und schrieb »Frosch?« daneben.

Ohashi sagte: »Zeichnen Sie ein Porträt Ihres Galaktikers?«

»Wir nennen ihn Uru — aus den gleichen Gründen, aus denen Sie den Ihren Kobai nennen«, sagte sie. »Er erzeugt den Laut ›Uru‹ ad nauseam.«

Sie musterte nachdenklich ihre Skizze und versuchte sich dabei an das Bild zu erinnern, das der Galaktiker in ihrem Kopf abgab. Untersetzt, etwa einssechzig groß; mit den kurzen, krummen Beinen eines Schwimmers. Kräuselnde Muskeln zeigten unter dem schwarzen Trikot kordelartige Linien. Die Arme waren wie die eines Menschen angebracht, doch ihre Bewegungen waren graziöser. Die Haut: blaßgrün; der Hals kurz und dick. Der breite Mund war fast lippenlos, die Nase nicht mehr als ein stumpfes Horn. Die Augen waren groß, standen weit auseinander und waren mit Nickhäuten versehen. Der Galaktiker war haarlos. Vom Mittelpunkt der Stirn verlief ein Knochenwulst über den Kopf nach hinten.

»Ich kannte mal einen hawaiianischen Langstreckenschwimmer, der diesen Galaktikern ähnlich sah«, sagte Ohashi. Er leckte sich die Lippen. »Wissen Sie, wir hatten heute einen buddhistischen Mönch aus Java bei unserem Treffen mit Kobai.«

»Der Zusammenhang zwischen dem Langstreckenschwimmer und einem Mönch entgeht mir leider«, sagte Gore.

»Sie sagten doch, Sie hätten heute nichts erreicht«, meinte Zakheim.

»Der Mönch unternahm keinen Versuch, mit ihm zu reden«, sagte Ohashi. »Er lehnte es ab, weil es für einen Buddhisten eine Form irdischen Strebens wäre; für ihn eine unvorstellbare Sache. Er kam bloß mit und schaute zu.«

Francine beugte sich vor. »Ja?« Ohashis Art, beiläufig zu klingen, versetzte sie in eine seltsame Erregung.

»Die Reaktion des Mönchs war kurios«, sagte Ohashi. »Er

weigerte sich noch Stunden später, etwas zu sagen. Dann sagte er, die Galaktiker müßten sehr heilige Leute sein.«

»Heilig!« Zakheims Stimme troff vor bitterer Ironie.

»Wir gehen die Sache mit falschen Methoden an«, sagte Francine. Sie fühlte sich alleingelassen und sprach bewußt laut. »Unser Zugang zu den Galaktikern ist durch den Raum begrenzt, den sie uns im Innern des Schiffes geöffnet haben.«

»Was befindet sich im Rest des Schiffes?« fragte Zakheim.

»Vielleicht die Belohnung«, sagte Gore.

»Oder Waffen, um uns auszulöschen!« knurrte Zakheim.

»Der Studienplan ist auch falsch«, sagte Francine.

Ohashi nickte. »Zwölf Stunden pro Tag reichen nicht aus«, sagte er. »Wir müßten sie unter konstanter Beobachtung halten.«

»Das habe ich nicht gemeint«, sagte Francine. »Sie brauchen wahrscheinlich ebenso Ruhe wie wir. Nein, ich meinte die totale Kontrolle, die unsere Teamchefs — diese phantasielosen Typen wie Langsmith — über die Zeit haben, die wir in diesen Räumen verbringen. Was würde beispielsweise passieren, wenn wir versuchten, die Energiemauer niederzureißen, die uns hindert, diese Wesen wirklich zu berühren? Was würde passieren, wenn wir Hunde zu ihnen reinbringen würden, um zu sehen, wie Tiere auf sie reagieren!« Sie langte in ihr Köfferchen, zog einen kleinen flachen Rekorder hervor und ließ das Band zurücklaufen. »Hören Sie sich das an!«

Ein flüssiger Schwall von Tönen war zu hören: »Pau'timonsh' uego'iklopreprе 'sauta' urusa'a'a ...« Dann eine lange Pause, gefolgt von »Tu'kimoomo 'urulig 'lurulil 'oog 'shuquetoe ... — Pause. — »Sum 'a 'suma 'a 'uru 't 'shoap?«

Francine hielt das Band an.

»Haben Sie das heute aufgenommen?« fragte Ohashi.

»Ja. Er verwendete das komische Zeichenbrett mit den bewegten Bildern — unheimliche Blumen und noch unheimlichere Tiere.«

»Wir haben sie gesehen«, murmelte Zakheim.

»Und diese klatschenden Handbewegungen«, sagte Francine. »Der sich wiegende Körper, die wellenförmigen Bewegungen, das Grimassieren.« Sie schüttelte den Kopf. »Es kommt einem fast wie ein bizarrer Tanz vor.«

»Auf was wollen Sie hinaus?« fragte Ohashi.

»Ich frage mich fortwährend, was wohl passieren würde, wenn wir einen unserer führenden Choreografen hier hätten, der nach diesen Tönen einen Tanz kreieren würden, den wir dann ...«

»Paaah!« machte Zakheim.

»Na schön«, sagte Francine. »Aber wir sollten wirklich systematisch Zufallsstimulationen auf die Galaktiker loslassen. Warum führen wir ihnen nicht eine Nachtclub-Sängerin vor? Oder einen Marktschreier? Oder einen Zauberer? Oder ...«

»Wir haben es mit einem hundertprozentigen Schizo versucht«, sagte Gore.

Zakheim grunzte. »Und dann haben wir genau das gekriegt, was solche Vorgehensweisen verdienen: Der Schizo saß da und spielte eine Stunde lang mit seinen Fingern!«

»Die Idee, es mit Leuten aus der Unterhaltungsbranche zu versuchen, macht mich nachdenklich«, sagte Ohashi. »Vielleicht eine paar Noh-Tänzer.« Er nickte. »Ich habe nie daran gedacht, aber ist Kunst nicht auch eine Form der Kommunikation?«

»Das ist das Quäken eines Frosches in einem Tümpel auch«, sagte Zakheim.

»Haben Sie schon mal etwas vom Paradox-Frosch gehört?« fragte Francine.

»Ist das wieder einer Ihrer komischen Witze?« fragte Zakheim.

»Keinesfalls. Der Paradox-Frosch ist eine ganz reale Kreatur. Er lebt auf der Insel Trinidad. Es ist ein ziemlich kleiner Frosch, doch er hat einen Daumen und eine fünffingrige Hand, und er ...«

»Wie unsere Besucher«, sagte Zakheim.

»Ja. Und er verwendet die Hand wie wir — um nach Dingen zu greifen, Nahrung aufzunehmen, sie ins Mal zu stopfen, um ...«

»Um Bomben zu basteln?« fragte Zakheim.

Francine zuckte die Achseln und wandte sich von ihm ab. Sie fühlte sich verletzt.

»Meine Leute glauben, daß die Galaktiker im Begriff sind,

hier einen gewaltigen Schwindel aufzuziehen«, sagte Zakheim. »Wir glauben, daß sie nur Zeit schinden, und uns insgeheim für eine Invasion studieren!«

Gore sagte: »Ach?« Seine schmalen Schultern bewegten sich in einem galligen Zucken, das ebenso wie Worte sagte: ›Und wenn es stimmt, was wollen wir dann machen?‹

Francine wandte sich zu Ohashi um. »Welche Theorie ist momentan in Ihrem Team tonangebend?« Ihre Stimme klang verbittert, aber sie konnte einfach nicht in einer weicheren Tonlage reden.

»Wir arbeiten an der Theorie, daß wir es mit einer einsilbigen Sprache wie der chinesischen zu tun haben«, sagte Ohashi.

»Aber was ist dann mit der Vokalharmonie?« protestierte Gore. »Das würde doch bedeuten, daß die Harmonie-Vokale alle in denselben Wörtern sind.«

Ohashi rückte seine Brille gerade. »Wer weiß?« fragte er. »Gewiß, die dunklen und hellen Vokale treffen sehr oft aufeinander, aber ...« Er zuckte die Achseln und schüttelte den Kopf.

»Was ist mit der Gruppe, die an der historischen Analogie arbeitet?« fragte Gore. »Darum wollten Sie sich doch kümmern, Ohashi.«

»Sie beschäftigt sich mit der Theorie, daß alle primitiven Klänge Konsonanten mit unregelmäßigen Vokalen sind ... Etwa das Füßestampfen beim Tanzen. Momentan gehen sie davon aus, daß die Galaktiker Missionare sind, und ihre Sprache eine religiöse.«

»Welche Resultate?« fragte Zakheim.

»Keine.«

Zakheim nickte. »Das war zu erwarten.« Er sah Francine an. »Darf ich Frau Dr. Millar um Verzeihung bitten?«

Sie schaute auf, aufgeschreckt von einer tagtraumartigen Spekulation über die Sprache der Galaktiker — und Tanz. »Mich? Gütiger Himmel, warum denn?«

»Ich bin heute ein wenig hitzig«, sagte Zakheim. Er warf einen Blick auf seine Armbanduhr. »Tut mir sehr leid, aber ich habe mir um eine andere Konferenz Sorgen gemacht.«

Er hievte seinen gewaltigen Leib aus dem Stuhl und nahm

sein Köfferchen. »Es ist Zeit für mich, ich muß gehen. Sie verzeihen mir?«

»Natürlich, Zak.«

Sein breites Gesicht verzog sich zu einem Grinsen. »Gut!«

Gore stand ebenfalls auf. »Ich begleite Sie ein Stück, Zak.«

Francine und Ohashi saßen noch einen Augenblick zusammen, als die anderen gegangen waren.

»Was erreichen wir mit diesen Zusammenkünften?« fragte sie.

»Wer weiß schon, wie die wichtigen Teile dieses Puzzles zusammenpassen?« fragte Ohashi. »Tatsache ist: Wir tun etwas auf unterschiedliche Weise.«

Sie seufzte. »Das schätze ich auch.«

Ohashi nahm die Brille ab und sah plötzlich sehr verletzlich aus. »Wußten Sie, daß Zak unsere Zusammenkünfte aufzeichnet?« fragte er, als er die Brille wieder aufsetzte.

Francine starrte ihn an. »Woher wissen Sie das?«

Ohashi tippte auf sein Köfferchen. »Ich habe ein Gerät hier drin, das sowas anzeigt.«

Francine schluckte einen kurzen Anfall von Verärgerung hinunter. »Nun, ist es wirklich wichtig, Hiko?«

»Vielleicht nicht.« Ohashi tat einen tiefen, ebenmäßig kontrollierten Atemzug. »Da war noch etwas mit dem buddhistischen Mönch, das ich nicht erzählt habe.«

»Oh! Was haben Sie ausgelassen?«

»Er hat prophezeit, daß wir versagen werden — daß die menschliche Rasse ausgelöscht wird. Er ist sehr alt, und für einen Mönch sehr zynisch. Er glaubt, es sei eine gute Sache, daß alles menschliche Streben schließlich enden wird.«

Ärger und plötzliche Entschlossenheit flammten in ihr auf. »Das ist mir doch Wurscht! Es ist mir doch absolut schnuppe, was irgend jemand denkt! Ich weiß, daß ...« Sie ließ ihre Stimme leiser werden und verbarg das Gesicht in den Händen.

»Sie waren heute gar nicht richtig da«, sagte Ohashi. »Hat das Gerede über Ihren verstorbenen Gatten Ihnen zu schaffen gemacht?

»Ich weiß nicht. Ich bin ...« Sie schluckte und flüsterte: »Ich habe letzte Nacht von Bob geträumt. Wir tanzten, und er wollte etwas zu diesem Problem sagen, aber ich konnte ihn nicht verstehen. Immer wenn er zum Sprechen ansetzte, wurde die Musik lauter und übertönte ihn.«

Stille senkte sich über den Raum. Dann sagte Ohashi: »Das Unterbewußtsein geht manchmal seltsame Wege, um einem die richtige Antwort zu geben. Vielleicht sollten wir die Idee mit dem Tanzen näher untersuchen.«

»Oh, Hiko! Würden Sie mir helfen?«

»Es wäre mir eine Ehre, Ihnen zu helfen«, sagte er.

Es war still im Halbdunkel des Projektionsraums. Francine lehnte den Kopf gegen die Rückenlehne des Sessels und blickte zum Standlicht hinüber, wo Ohashi gearbeitet hatte. Er hatte sich um die Filme der orientalischen Ritualtänze gekümmert, die mit dem Flugzeug aus Los Angeles eingetroffen waren. Sein Mantel lag noch immer über der Rückenlehne seines Sessels, und seine Pfeife qualmte im Aschenbecher auf dem Arbeitstisch vor sich hin. Überall um die beiden Sessel herum stapelten sich die Überreste ihrer viertägigen, fast pausenlosen Suche: Notizbücher, Filmdosen, Schachteln mit Fotos, Nachschlagewerke.

Sie dachte an Hiko Ohashi: Ein seltsamer Mann. Er war zwar fünfzig, aber er sah nicht einen Tag älter als dreißig aus. Er hatte erwachsene Kinder. Seine Frau war vor acht Jahren an Cholera gestorben. Francine fragte sich, wie es wohl wäre, mit einem Orientalen verheiratet zu sein. Ihr wurde klar, daß sie ihn mit seiner Princeton-Bildung und seinen abendländischen Methoden gar nicht für einen Orientalen hielt. Dann wurde ihr klar, daß ihre Haltung nichts anderes war als weißer Snobismus.

Die Tür in der Ecke öffnete sich leise. Ohashi trat ein und schloß sie. »Sind Sie wach?« flüsterte er.

Sie wandte den Kopf, ohne ihn von der Rückenlehne des Sessels zu heben. »Ja.«

»Ich hoffte, Sie würden ein bißchen schlafen«, sagte er. »Sie sahen so müde aus, als ich ging.«

Francine warf einen Blick auf ihre Armbanduhr. »Es ist erst halb vier. Wie sieht's draußen aus?«

»Heiß und windig.«

Ohashi beschäftigte sich mit dem Einlegen des Films in den am Ende des Raums stehenden Projektor. Dann ging er zu seinem Sessel und schleppte die Fernbedienung an einem Kabel hinter sich her.

»Fertig?« fragte er.

Francine langte nach der niedrigbrennenden Schnittlampe neben sich, schaltete sie ein und richtete den dünnen Strahl auf das Notizbuch in ihrem Schoß. »Ja. Fangen Sie an!«

»Ich habe den Eindruck, wir machen wirklich Fortschritte«, sagte Ohashi. »Mir ist zwar noch nicht alles klar, aber die identischen Punkte ...«

»Sie sind aufregend«, sagte Francine. »Sehen wir doch mal, was uns das hier anzubieten hat!«

Ohashi drückte einen Knopf. Ein in schwere Gewänder gekleidetes arabisches Mädchen erschien auf der Leinwand und schlug ein Tamburin. Ihr Haar wirkte steif, schwarz und ölig. Schwarze Striche überschatteten ihre Augen. Ihr braunes Kleid bewegte sich nur leicht, als sie das Tamburin schüttelte und schlug.

Die ausgebildete Sprechstimme des Kommentators kam aus den neben der Leinwand befindlichen Lautsprechern: »Dies ist ein junges Mädchen der Jebel Toybek. Sie wird einige uralte Schritte tanzen, die die Geschichte einer Schlacht erzählen. Die Kamera ist in einem Lastwagen versteckt; sie weiß nicht, daß der Tanz gefilmt wird.«

Eine Riedflöte gesellte sich zu dem Tamburin, und dann fiel ein Zupfinstrument ein. Das Mädchen wandte sich langsam auf einem Fuß und hob den anderen mit durchgedrücktem Knie.

Francine beobachtete sie in gebanntem Schweigen. Die junge Tänzerin machte kleine, stakkatoartige Hüpfer; das Tamburin vor ihr zuckte auf und nieder.

»Es ähnelt irgendwie dem Material über die Nordischen Sagen«, sagte Ohashi. »Schwerterkampf. Beachten Sie, wie sie ausholt und pariert!«

Francine nickte. »Ja.« Der Tanz ging weiter. Dann: »Halt! Die letzte Szene noch einmal!«

Ohashi gehorchte.

Es fing mit einem symbolischen Ritt auf einem Kamelrücken an: eine weiche, wiegende Bewegung. Die junge Tänzerin drückte ihre Sehnsucht nach ihrem Krieger aus.

Wie suggestiv die Bewegung der Hände auf ihren Hüften ist, dachte Francine. Mit einem abrupten Schockgefühl erinnerte sie sich daran, eine fast identische Geste in einem der Filme der Galaktiker gesehen zu haben. »Das ist es!« rief sie aus.

»Hände auf den Hüften«, sagte Ohashi. »Ich wollte die Rolle gerade anhalten.« Er schaltete den Film ab und durchblätterte die hinter ihm gestapelten Notizbücher, bis er die korrekte Stelle fand.

»Ich glaube, es war einer von Zaks Filmen«, sagte Francine.

»Ja. Hier ist er.« Ohashi hob eine Rolle auf und sah sich die Szenen-Identifikationen an. Er legte den Film hinter sich auf einen großen Stapel und ließ den mit den orientalischen Tänzen weiterlaufen.

Drei Stunden und zehn Minuten später legten sie den Film wieder in die Dose zurück.

»Auf wie viele neue Übereinstimmungen kommen Sie?« fragte Ohashi.

»Fünf«, sagte sie. »Das macht zusammen hundertsechs!« Francine blätterte ihre Notizen durch. »Da war die Bewegung mit der Hand auf den Hüften. Ich bezeichne sie als ›sinnliche Freude‹!«

Ohashi zündete seine Pfeife an und sagte durch eine Rauchwolke: »Haben Sie die anderen auch etikettiert?«

»Ich habe gerade eine Anmerkung über die Bewegung eines Galaktikers gemacht, und dann die Bemerkungen des Kommentators zu diesem Film. Die schlagende Handbewegung paßt zum Ende von Sobayas erstem Traum: ›Jetzt erwache ich!‹ Das Wiegen des Körpers paßt zum Wiegen der Dattelpalmen im Wüstenwind. Das Fußstampfen paßt zu Toral, der von seinem Roß steigt. Erhobene Hände mit den Flächen nach oben — das paßt zu Ali, wie er im Gebet vor der Schlacht Gott seine Seele anbietet.«

»Wollen Sie noch den neuesten Film aus dem Schiff sehen?« fragte Ohashi. Er schaute auf seine Armbanduhr . »Oder sollen wir erst einen Happen essen?«

Francine winkte aufgeregt ab. »Den Film. Ich habe keinen Hunger. Den Film.« Sie schaute auf. »Ich habe fortwährend das Gefühl, ich müßte mich an etwas erinnern ... an irgend etwas ...« Sie schüttelte den Kopf.

»Denken Sie ein paar Minuten darüber nach«, sagte Ohashi. »Ich sorge dafür, daß die Filme geschnitten und nach unseren Anweisungen zusammengeklebt werden. Ich schicke Ihnen ein paar Sandwiches rein, wenn ich schon mal draußen bin.«

Francine rieb sich die Stirn. »In Ordnung.«

Ohashi griff sich einen Stapel Filmdosen und verließ den Raum. Am Ausgang klopfte er seine Pfeife an einem Schild aus, auf dem »Rauchen verboten« stand.

»Konsonanten«, flüsterte Francine. »Die alten Alphabete bestanden fast nur aus Konsonanten. Vokale kamen später. Sie waren die Weichmacher, sie brachten den Schwung.« Sie kaute an ihrer Unterlippe. »Sprache engt die Art des Denkens ein.« Sie rieb sich die Stirn. »Ach, hätte ich doch nur Bobs Sprachfertigkeit!«

Sie trommelte mit den Fingern auf die Sessellehne. »Es hat damit zu tun, daß wir die Dinge mehr betonen als den Menschen und das, was er tut. In dieser Hinsicht sind sich alle indo-europäischen Sprachen gleich ... Wenn ich doch bloß ...«

»Sie führen Selbstgespräche?« Es war eine Männerstimme, die Francine aufschrecken ließ. Sie hatte das Öffnen der Tür nicht gehört.

Sie fuhr hoch und wandte sich um. Dr. Irving Langsmith, der Chef der Amerikanischen Abteilung der Germanischen Sprachgruppe war gerade eingetreten und machte die Tür hinter sich zu.

»Ich hab Sie schon tagelang nicht mehr gesehen«, sagte er. »Aber ich habe die Notiz erhalten, daß Sie indisponiert seien.« Er sah sich um, dann musterte er das Durcheinander auf dem Boden und neben den Sesseln.

Francine errötete.

Dr. Langsmith begab sich zu dem Sessel, den Ohashi benutzt hatte, und nahm Platz. Er war ein grauhaariger Zwerg mit runzligem Gesicht — ein Gnom von Gestalt, aber mit harten Augen. Sein Ruf war der eines Organisators und Politikers, der mehr Mumm hatte als Genie. Er zog eine Stummelpfeife aus der Tasche und zündete sie an.

»Ich hätte es wohl auf dem Dienstweg tun sollen«, sagte Francine, »aber ich empfand Grauen davor, in den Formularen zu versinken; besonders deswegen, weil Hiko ... Ich meine, weil ich an diesem Projekt mit jemandem aus einem anderen Team zusammenarbeite.«

»Geht schon in Ordnung«, sagte Langsmith. »Wir wußten schon nach ein paar Stunden, auf was Sie aus waren. Aber jetzt wüßten wir gern, was Sie entdeckt haben. Dr. Ohashi sah ziemlich aufgeregt aus, als er gerade hier rauskam.«

Francines Blick erhellte sich. »Ich glaube, wir haben was gefunden«, sagte sie. »Wir haben die Bewegungen der Galaktiker mit bekannten Symbolismen aus primitiven Tänzen verglichen.«

Dr. Langsmith kicherte. »Das ist gewiß sehr interessant, meine Liebe, aber bestimmt ...«

»Nein, wirklich!« sagte sie. »Wir haben einhundertundsechs Übereinstimmungen gefunden — fast exakte Wiederholungen von Bewegungen!«

»In Tänzen? Wollen Sie damit etwa sagen, daß ...«

»Ich weiß, daß es komisch klingt«, sagte sie, »aber wir ...«

»Selbst wenn Sie exakt übereinstimmende Punkte gefunden haben, hat es keine Bedeutung«, sagte Langsmith. »Wir haben es hier mit Aliens zu tun, mit Außerirdischen ... von einer anderen Welt. Sie können doch nicht davon ausgehen, daß ihre sprachliche Entwicklung den gleichen Mustern folgt wie die unsere.«

»Aber sie sind humanoid!« sagte Francine. »Glauben Sie nicht, daß die Sprache mit dem unbewußten Formen der Sprechorgane anfing, um körperliche Gesten zu imitieren?«

»Es ist höchst wahrscheinlich«, sagte Langsmith.

»Wir können jetzt ein paar ziemlich sichere Annahmen über sie äußern«, sagte Francine. »Beispielsweise haben sie dem Anschein nach einen ziemlich hohen Zivilisationsstandard erreicht, der sie befähigt ...«

»Streiten wir uns nicht über das Offensichtliche«, unterbrach Langsmith sie leicht ungeduldig.

Francine musterte den Chef des Teams kurz und sagte: »Wissen Sie eigentlich, wie Marschall Foch seine Feldzüge plante?«

Langsmith paffte an seiner Pfeife und nahm sie aus dem Mund. »Ähm ... Wollen Sie damit andeuten, daß ein militärischer ...«

»Er schrieb sämtliche Bestandteile seines Problems auf ein Blatt Papier«, sagte Francine. »Ganz oben stand der kleinstmögliche Nenner. Er schrieb: Das Problem: die Deutschen schlagen. Ganz einfach, ganz offensichtlich. Aber komischerweise haben viele Feldherren, die sich in allzu komplizierte Strategien verstrickten, völlig aus dem Auge verloren, daß ihre Hauptaufgabe darin bestand, den Gegner zu schlagen.«

»Wollen Sie damit andeuten, daß die Galaktiker Gegner sind?«

Francine schüttelte indigniert den Kopf. »Will ich nicht! Ich will damit nur sagen, daß die Sprache in erster Linie ein instinktiver sozialer Reflex ist. Der größtmögliche Nenner eines sozialen Problems ist ein Mensch — ein einzelnes menschliches Lebewesen. Und wir beschäftigen uns damit, diese Angelegenheit auf der Grundlage mathematischer Gleichungen und dem ordentlichen Auszählen geäußerter Laute zu klären!«

»Aber Sie haben doch ein visuelles ...«

»Ja! Aber nur da, wo es Klänge modifiziert.« Sie beugte sich zu Langsmith hinüber. »Dr. Langsmith, ich glaube fest daran, daß diese Sprache eine flektierte Sprache ist — mit flektierten Endungen und Stammwendungen, die gänzlich in körperlichen Bewegungen enthalten sind.«

»Hmmmmmmmm.« Langsmith musterte die Rauchwolke, die von seiner Pfeife zur Decke aufstieg. »Faszinierende Idee!«

»Wir können davon ausgehen, daß es sich um eine hochgradig standardisierte Sprache handelt«, sagte Francine. »Das unterstützt auch die Annahme, daß ihre Zivilisation einen hohen Standard erreicht hat. Beides geht in der Regel Hand in Hand.«

Langsmith nickte.

»Dann würden die Gesten und Töne zum Rituellen neigen«, sagte sie.

»Mmmmmm-hmmmmm.«

»Also ... Kriegen wir die Mittel, die wir brauchen, um uns dieser Idee so anzunehmen, wie sie es verdient?« fragte Francine.

»Ich werde es der nächsten Abteilungsleiterkonferenz vortragen«, sagte Langsmith. Er stand auf. »Aber hoffen Sie nicht zu sehr. Zuerst wird man die Sache den Computern zuleiten. Sie wird wahrscheinlich geprüft und gegengeprüft — und dann aufgrund eines anderen Problems abgelehnt.«

Francine sah ihn bestürzt an. »Aber ... Dr. Langsmith ... Ein Computer ist nicht besser als das, was man ihm eingibt. Ich bin sicher, daß wir uns in eine Region vorwagen, in der wir völlig neue Vorgehensweisen erarbeiten müssen, um uns einer Sprache zu nähern.«

»Machen Sie sich erst mal keine Sorgen«, sagte Langsmith. Er runzelte die Stirn. »Nein ... deswegen brauchen Sie sich keine Sorgen zu machen.«

»Dann können wir also weitermachen?« fragte sie. »Ich meine ... Haben wir die Erlaubnis?«

»Ja, ja ... Natürlich.« Langsmith wischte sich mit dem Handrücken den Mund ab. »General Speidel hat für morgen eine Sonderkonferenz einberufen. Ich möchte, daß Sie dabei sind. Ich schicke jemanden, der Sie mitnimmt.« Er deutete mit der Hand auf das Francine umgebende Tohuwabohu. »Machen Sie jetzt weiter!« In der Art, wie er die Pfeife zwischen die Zähne klemmte und den Raum verließ, war eine klägliche Leere. Francine schaute ihm zu, als er die Tür hinter sich schloß.

Sie spürte, daß sie zitterte, und sie erkannte, daß sie Todesangst hatte. Warum? fragte sie sich. Was habe ich gespürt, das mir Angst einjagt?

Dann kam Ohashi mit einer Papiertüte herein.

»Hab Langsmith rausgehen sehen«, sagte Ohashi. »Was wollte er?«

»Er wollte wissen, was wir machen.«

Ohashi blieb vor seinem Stuhl stehen. »Haben Sie's ihm erzählt?«

»Ja. Ich habe ihn um Hilfe gebeten.« Sie schüttelte den Kopf. »Aber er wollte sich nicht festlegen.«

»Ich hab Schinkensandwiches mitgebracht«, sagte Ohashi.

Francine hob abrupt den Kopf. »Geschlagen!« sagte sie. »Das ist es! Er benahm sich wie ein Geschlagener!«

»Was?«

»Ich habe versucht, mir über die seltsame Art seines Verhaltens klarzuwerden. Er strahlte förmlich Geschlagenheit aus.«

Ohashi reichte ihr ein Sandwich. »Schnallen Sie sich lieber an«, sagte er, »ich habe nämlich noch einen Schock für Sie. Ich habe gerade Tsu Ong getroffen, den Verbindungsoffizier unserer Delegation ... in der Cafeteria.« Ohashi hob den Sandwichbeutel über den Sessel und ließ ihn mit einer eigentümlich präzisen Geste auf die Sitzfläche fallen. »Die Russen drängen auf einen gemeinsamen Angriff auf das Schiff. Sie wollen den Galaktikern ihr Geheimnis mit Gewalt entreißen.«

Francine vergrub das Gesicht in den Händen. »Diese Narren!« flüsterte sie. »Oh, diese Narren!« Sie wurde plötzlich von einem Schluchzen geschüttelt und weinte in der gleichen unbeherrschten Art, die über sie gekommen war, als sie vom Tod ihres Gatten erfahren hatte.

Ohashi wartete schweigend ab.

Ihre Tränen versiegten. Die Beherrschtheit war wieder da. Sie schluckte und sagte: »Tut mir leid.«

»Machen Sie sich keine Sorgen.« Er legte eine Hand auf ihre Schulter. »Sollen wir für heute abend Schluß machen?«

Sie legte eine Hand auf die seine und schüttelte den Kopf. »Nein, wir wollen uns noch die neuesten Filme aus dem Schiff ansehen.«

»Wie Sie wollen.« Ohashi löste sich von ihr und legte eine neue Spule in den Projektor ein.

Die Leinwand wurde lebendig und zeigte eine blaugraue, von blassem Licht erfüllte Nische: einen der »Klassenräume« des Raumschiffes. Eine untersetzte, grünhäutige Gestalt stand im Mittelpunkt des Raums. Neben dem Galaktiker befand sich das sockelbeinige Projektionsbrett, das jeder der fünf verwendete, um seine »Sitzungen« zu illustrieren. Das Brett zeigte die Szenerie eines großen, blauen Sees. Das Uferschilf wiegte sich in einer leichten Brise.

Der Galaktiker wiegte sich ebenfalls. Sein Gesicht bewegte sich wie gekräuseltes Wasser. Er sagte: »Ahon'atu'ukla'shoginai eastruru.« Seine grünen Arme bewegten sich wogend auf und ab. Seine mit Nickhäuten versehenen Augen hoben sich. Er hielt die Handflächen nach oben und führte sie aufeinander zu, bis sie sich fast berührten. Dann machte er eine Handbewegung: auf — nieder — auf — nieder — auf — nieder ...

Die Szene auf dem Projektionsbrett wechselte zu einer Unterwasseraufnahme: Myriaden schwimmender Gestalten kamen näher und näher — großäugige Fischwesen mit gezackten Schwänzen.

»Ich will meine Pfeife verspeisen«, sagte Ohashi, »wenn das nicht ihre Jungen sind. Sehen Sie sich den Kamm an!«

»Kaulquappen«, sagte Francine.

Die schwimmenden Gestalten bewegten sich durch orangefarbene Schatten und in einen Raum aus kaltem Grün — dann eilten sie nach oben, plätscherten an der Oberfläche und kehrten wieder in das kalte Grün zurück. Es war ein choreographisches Schwingen, Heben, Tauchen, Wogen — und in seiner synchronisierten Symmetrie herrlich anzuschauen.

»Chiruru'uklia'a'agudav'iaa«, sagte der Galaktiker. Sein Körper wogte wie die der schwimmenden Geschöpfe. Die grünen Hände berührten seine Taille und glitten aufwärts, bis die Ellbogen eine Waagrechte mit seinen Schultern bildeten.

»Das Mädchen in dem orientalischen Tanz«, sagte Francine.

Jetzt kamen die Hände wieder hoch. Handflächen nach oben. Es war eine Geste, die seltsamerweise so aussah, als wolle er etwas verschenken. Der Galaktiker sagte in einem Ausbruch von Tönen, der wie eine Explosion über ihre Ohren hereinbrach: »Pluainumiuri?«

»Es ist wie eine verzerrte Version der rituellen Tänze, die wir gesehen haben«, sagte Ohashi.

»Ich hab eine Idee«, sagte Francine. »Weibliche Intuition. Die wiederholten Vokale könnten eine adverbiale Betonung sein, wie das Wort sehr. Wenn er 'a-a-a' sagt, werden auch seine Gesten intensiver.«

Sie sah sich eine andere Passage an und nickte, als sie die Gesten sah. »Hiko, könnte es sich um eine konstruierte Sprache handeln? Um eine künstliche?«

»Der Gedanke ist mir auch schon gekommen«, sagte Ohashi.

Das Licht des Projektors erlosch abrupt. Die Handlung auf der Leinwand verlangsamte sich. Alle Lichter gingen aus. Sie hörten ein dumpfes, lautes Knallen in der Ferne, dann ein Stakkato krachender Schüsse. Auf dem Korridor draußen waren eilige Schritte zu hören.

Francine saß in gelähmtem Schweigen da.

Ohashi sagte: »Bleiben Sie bitte hier. Ich werde mal nachsehen, was da ...«

Die Tür flog krachend auf. Der Strahl einer Taschenlampe, der sie einen Moment lang blendete, zuckte durch den Raum.

»Alles klar da drin?« dröhnte eine Männerstimme.

Hinter dem Licht konnten sie einen weißen MP-Helm ausmachen.

»Ja«, sagte Ohashi. »Was ist passiert?«

»Irgend jemand hat einen Turm der Haupttransmissionskette des McNary-Damms in die Luft gejagt. Dann gab es einen Versuch, unseren Sicherheitsring im Süden zu durchbrechen. Gleich wird alles wieder normal verlaufen.« Der Lichtstrahl wanderte weiter.

»Wer?« fragte Francine.

»Ein paar durchgedrehte Zivilisten«, sagte der Militärpolizist. »Gleich laufen die Notgeneratoren an. Bleiben Sie hier, bis wir Entwarnung geben!« Er ging hinaus und schloß die Tür.

Sie hörten das Rattern von Maschinengewehren. Eine neue Explosion ließ das Gebäude erbeben. Stimmen schrien.

»Wir sind Zeugen des Weltuntergangs«, sagte Ohashi.

»Die Welt war schon am Ende, bevor das Schiff hier landete«, sagte Francine.

Abrupt gingen die Lichter wieder an: zuerst matt, dann heller. Der Projektor lief weiter. Ohashi schaltete ihn ab.

Jemand trabte draußen durch den Korridor, hielt inne, klopfte an die Tür und rief: »Entwarnung!« Dann verschwanden die Schritte am Ende des Gangs. Sie hörten ein weiteres Klopfen und ein erneutes, leiseres »Entwarnung!«.

»Zivilisten«, sagte Francine. »Was, glauben Sie, hat sie dazu getrieben, eine solch verzweifelte Tat zu unternehmen?«

»Ein Symptom allgemeiner Krankheit«, sagte Ohashi. »Eine Möglichkeit, sich einer Bedrohung zu entledigen, besteht darin, sie zu vernichten — selbst wenn man im Zuge dieses Prozesses selbst dran glauben muß. Diese Zivilisten waren nur ein kleines Symptom.«

»Dann sind die Russen das große«, sagte sie.

»Im Augenblick ist jede Regierung einer größeren Nation ein großes Symptom«, sagte Ohashi.

»Ich ... ich glaube, ich gehe auf mein Zimmer«, sagte Francine. »Machen wir morgen früh weiter. Acht Uhr, okay?«

»Geht in Ordnung«, sagte Ohashi. »Falls es ein Morgen gibt.«

»Fangen Sie jetzt bloß nicht auch noch an!« sagte Francine. Sie holte bebend Luft. »Ich weigere mich, aufzugeben.«

Ohashi verbeugte sich. Er war plötzlich sehr orientalisch. »Bei den Ainu gibt es ein einfaches Sprichwort«, sagte er. »Die Welt endet an jedem Abend ... und beginnt an jedem Morgen neu.«

Es war ein Raum, den man tief unter dem Artilleriedepot in die Erde gegraben hatte — ursprünglich ein Lagerraum für Atomwaffen. Die Wände waren aus Blei. Es war ein rechteckiger Raum, er maß etwa zehn mal fünf Meter und hatte eine sehr niedrige Decke. In der Mitte des Raumes hatte man zwei Klapptische aneinandergeschoben, damit sie genügend Platz boten. Mehrere grünbeschirmte Lampen, die über den Tischen hingen, verliehen der Szenerie das Aussehen einer Spielhölle. Der Effekt wurde noch verstärkt durch die undurchsichtigen Mienen derer, die auf Klappstühlen um den Tisch saßen. Es war eine bunte Mischung von Uniformen: Luftwaffe, Heer, Marine; dazu hartgesichtige Zivilisten in teuren Anzügen.

Dr. Langsmith saß auf einem mittleren Platz an der Breitseite, direkt der einzigen Tür des Raumes gegenüber. Seine gnomenhaften Züge hatten sich zu einem finsteren, konzentrierten Stirnrunzeln verzogen. Er paffte rhythmisch an der Stummelpfeife, wie ein Hexendoktor, der den Qualm des Orakels erzeugt.

Ein Zivilist auf der gegenüberliegenden Tischseite sagte gerade zu einem Zwei-Sterne-General, der neben Langsmith saß: »Herr General, ich glaube, die Sache ist zu heiß, um sie einer Frau anzuvertrauen.«

General Speidel grunzte. Er war ein hagerer Mann mit hoher Stirn und einem schmalen, aristokratischen Gesicht, das steingewordene Überzeugung und starrsinnigen Stolz ausstrahlte. Er war von einer Aura umgeben, die an ein unter Spannung stehendes, stählernes Uhrwerk erinnerte, dessen Vibrationen den Raum beherrschten.

»Unsere Wahl ist begrenzt«, sagte Langsmith. »Nur wenige Angehörige des Personals haben konsequent einen Räderkarren in das Schiff gerollt und gleichzeitig eine Position eingenommen, die hart an der Energiebarriere liegt — oder was sie sonst sein mag.«

Speidel schaute auf seine Armbanduhr. »Wo bleiben sie denn?«

»Sie ist vielleicht schon zum Frühstück gegangen«, sagte Langsmith.

»Es wäre besser, wir hätten sie hungrig und aufgeregt hier«, sagte der Zivilist.

»Sind Sie sicher, daß Sie mit ihr fertig werden, Smitty?« fragte Speidel.

Langsmith nahm die Pfeife aus dem Mund und warf einen Blick in den Pfeifenkopf, als erwarte er von ihm eine Antwort. »Wir haben sie gründlich analysiert«, sagte er. »Sie ist nämlich erst kürzlich Witwe geworden. Sie müßte an sich immer noch motiviert sein, das Dasein zu hassen.«

An einem Ende des Tisches ertönte das flüsternde Gemurmel einiger Offiziere. Speidel klopfte auf die Lehne seines Stuhls.

Die Tür ging auf, und Francine trat ein. Eine Hand griff von außen herein und schloß die Tür hinter ihr.

»Ah, da sind Sie ja, Dr. Millar«, sagte Langsmith. Er stand auf. Rund um den Tisch ertönten scharrende Geräusche, als sich auch die anderen erhoben. Langsmith deutete auf einen unbesetzten Platz, der ihm schräg gegenüberlag. »Setzen Sie sich doch!«

Francine ging auf das Licht zu. Sie fühlte sich eingeschüchtert und wußte, daß man es ihr ansah. Dies erfüllte sie mit Bitterkeit, in die sich wütender Groll mischte. Die Aufzugfahrt von der Oberfläche war eine Erfahrung gewesen, die sie nicht wiederholen wollte. Sie war ihr viel länger erschienen, als sie wirklich gewesen war — wie ein Abstieg in Dantes Inferno.

Sie nickte Langsmith zu und musterte heimlich die anderen, dann nahm sie den Stuhl, auf den er gedeutet hatte. Es war eine Erleichterung, die zitternden Knie zu entlasten, und sie entspannte sich sofort — doch nur, um sofort wieder Spannung zu verspüren, als die anderen sich hinsetzten. Sie legte die Hände auf den Tisch, zog sie sofort wieder zurück und legte sie — gefaltet — in ihren Schoß.

»Warum hat man mich wie eine Gefangene hierhergebracht?« wollte sie wissen.

Langsmith schien wirklich überrascht zu sein. »Aber ich habe Ihnen doch gestern abend gesagt, daß ich jemanden schikken würde.«

Speidel kicherte amüsiert. »Einige Ihrer Sicherheitskräfte sehen ein bißchen grimmig aus«, sagte er. »Ich hoffe, sie haben Sie nicht verängstigt.«

Francine holte tief Luft. Allmählich entspannte sie sich. »Geht es um den Antrag, den ich gestern abend gestellt habe?« fragte sie. »Ich meine, um die Mittel zur Unterstützung unserer neuen Theorie?«

»Sozusagen«, sagte Langsmith. »Aber zuerst möchte ich, daß Sie mir eine Frage beantworten.« Er schürzte die Lippen. »Ähm ... Ich habe meine Leute zwar noch nie nach ihrer persönlichen Einstellung befragt, aber ich möchte die Regel bei Ihnen mal brechen. Was, glauben Sie, wollen die Galaktiker hier?«

»Was ich glaube?«

»Was schließen Sie aus ihrem Hiersein?« fragte Langsmith.

Francine schaute auf ihre Hände. »Natürlich hat jeder darüber nachgedacht. Es könnte sein, daß sie Wissenschaftler sind, die uns aus bestimmten Gründen erforschen wollen.«

»Verdammt noch mal!« brüllte der Zivilist neben ihr. Dann: »Verzeihung, Ma'am. Aber das ist doch genau der Schmonzes, den wir der Öffentlichkeit erzählen, damit sie keinen Ärger macht.«

»Nicht sehr erfolgreich«, sagte Langsmith. »Die Bande, die

letzte Nacht hier hereinstürmte, nennt sich Söhne der Wahrheit! Die Leute hatten Thermo-Bomben und wollten das Raumschiff angreifen.«

»Wie dumm«, sagte Francine leise. »Wie schändlich.«

»Spekulieren Sie weiter, Dr. Millar!« sagte Speidel.

Sie sah den General an und schaute wieder auf ihre Hände. »Die Militärs nehmen wohl an, daß sie die Erde in irgendeinem Weltraumkrieg als strategische Basis verwenden wollen.«

»Das könnte sein«, sagte Speidel.

»Sie könnten auch auf neuen Lebensraum für ihr Volk aus sein«, sagte Francine.

»Was würde in diesem Fall mit der einheimischen Bevölkerung geschehen?« fragte Langsmith.

»Ich fürchte, man würde sie entweder ausrotten oder versklaven. Aber die Galaktiker könnten auch so etwas wie freie Unternehmer sein, die an unseren Kunstformen, unseren Tieren, an unserer Archäologie und unseren Gewürzen interessiert sind.« Sie brach ab und zuckte die Achseln. »Woher sollen wir wissen, was sie vielleicht im geheimen tun?«

»Genau!« sagte Speidel. Er warf Langsmith von der Seite her einen Blick zu. »Sie sieht die Sache durchaus nüchtern, Smitty.«

»Aber ich glaube nichts davon«, sagte Francine.

»Was glauben Sie dann? fragte Speidel.

»Ich glaube, daß sie nicht mehr als das sind, was sie von sich sagen — Vertreter einer mächtigen galaktischen Kultur, die der unseren haushoch überlegen ist.«

»Mächtig sind sie in der Tat!« Ein Marineoffizier am anderen Ende des Tisches ergriff das Wort. »Das zeigt schon die Art, wie sie Eniwetok abrasiert und unsere Satelliten vom Himmel gefegt haben!«

»Glauben Sie an die Möglichkeit, daß sie ihre wirklichen Motive geheimhalten?« fragte Langsmith.

»Aber gewiß.«

»Haben Sie je einen Schwindler in Aktion gesehen?« fragte Langsmith.

»Ich glaube nicht. Aber Sie meinen doch nicht ernsthaft, daß diese ...« Sie schüttelte den Kopf. »Unmöglich.«

»Ein Hirni wird meist erst weise, wenn es zu spät ist«, sagte Langsmith.

Sie sah ihn verwirrt an. »Ein *Hirni?*«

»Derjenige, den ein Schwindler sich als Opfer aussucht.« Langsmith zündete seine Pfeife erneut an und brachte das Streichholz zum Erlöschen, indem er es schüttelte. »Dr. Millar, wir müssen Sie mit einer schmerzlichen Offenbarung konfrontieren.«

Francine richtete sich auf. Die im Raum herrschende Stille führte dazu, daß sie in ihrem Innern plötzlich eisige Kälte verspürte.

»Der Tod Ihres Gatten war kein Zufall«, sagte Langsmith.

Sie schnappte nach Luft und wurde geisterhaft bleich.

»In den sechs Monaten vor der Landung des Raumschiffes gab es achtundzwanzig mysteriöse Todesfälle«, sagte Langsmith. »Es gab sogar noch mehr, weil nämlich unbeteiligte Zeugen ebenfalls in Mitleidenschaft gezogen wurden. Diese Unfälle hatten eine saltsame Übereinstimmung: In jedem einzelnen Fall war das Opfer der größte Experte in Sachen Sprachwissenschaft, Kryptoanalyse, Semantik ...«

»Die Leute, die das Problem hätten lösen können«, sagte Speidel, »starben, bevor es uns überhaupt präsentiert wurde. Halten Sie das nicht auch für einen eigenartigen Zufall?«

Francine konnte nichts sagen.

»In einem Fall hat es einen Überlebenden gegeben«, sagte Langsmith. »Beim Absturz einer britischen Passagiermaschine vor der Küste von Sri Lanka kam Dr. Ramphit U. ums Leben. Der einzige Überlebende, der Ko-Pilot, sagte aus, ein heller Lichtstrahl sei über der Maschine aus dem Himmel gekommen und hätte die Steuerbordtragfläche abrasiert. Und dann teilte er die Maschine in zwei Hälften.«

Francine griff sich an die Kehle. Langsmiths vorsichtige Handbewegungen faszinierten sie plötzlich.

»Achtundzwanzig Flugzeugabstürze?« flüsterte sie.

»Nein. Es gab auch zwei Autounfälle.« Langsmith stieß paffend eine Rauchwolke aus.

Francines Kehle fühlte sich wund an. Sie schluckte und sagte: »Aber wieso sind Sie sich dessen so sicher?«

»Die Umstände lieferten den Beweis«, sagte Speidel. Er sprach mit dünnlippiger Präzision. »Aber das ist noch nicht alles. In den letzten vier Monaten haben wir sämtliche astronomischen Aktivitäten unseres Landes auf den Himmel und den Mond gerichtet. Eine gewisse Aktivität in der Nähe des Mondkraters Theophilius hat nämlich unsere Aufmerksamkeit erregt. Wir haben dort die Landungsboote von über fünfhundert Raumschiffen ausmachen können!«

»Was halten Sie davon?« fragte Langsmith. Er nickte hinter seiner Rauchwand.

Francine konnte ihn nur anstarren; ihre Lippen waren aschgrau.

»Die Frösche haben auf dem Mond eine Invasionsflotte zusammengezogen«, sagte Speidel. »Es ist ganz offensichtlich!«

Sie belügen mich! dachte Francine. Was soll dieses beredte Täuschmanöver? Sie schüttelte den Kopf, und ohne daß sie etwas dafür konnte, erinnerte sie sich an etwas, das Bob einst gesagt hatte: Die Sprache greift mit unsichtbaren Fingern nach uns. Sie konditioniert uns auf die Methoden, nach denen andere denken. Mit Hilfe der Sprache drängen wir uns gegenseitig unsere Sichtweise auf.

Speidel beugte sich vor. »Wir haben über hundert Atomsprengköpfe auf die Mondbasis gerichtet! Wenn nur einer durchkommt, wird es ausreichen!« Er schlug mit der Faust auf den Tisch. »Doch zuerst müssen wir das Schiff einnehmen!«

Warum erzählen sie mir das alles? fragte sich Francine. Sie holte bebend nach Luft und sagte: »Sie sind also sicher, daß Sie recht haben?«

»Natürlich sind wir sicher!« Speidel lehnte sich zurück; seine Stimme wurde etwas leiser. »Warum würden sie sonst darauf bestehen, daß wir ihre Sprache lernen? Eroberer zwingen ihren neuen Sklaven als erstes ihre Sprache auf!«

»Nein ... nein, warten Sie«, sagte Francine. »Das gilt nur für die jüngere Geschichte. Sie verwechseln unsere eigene imperialistische Vergangenheit bezüglich Sprache mit Patriotismus. Bob hat immer schon gesagt, daß falsche Vorstellungen dieser Art eine ernsthafte Behinderung der Geschichtsforschung sind.«

»Wir wissen, wovon wir reden, Dr. Millar«, sagte Speidel.

»Sie mißtrauen der Sprache, weil unser Imperialismus Hand in Hand mit ihr ging«, sagte sie.

Speidel sah Langsmith an.

»Reden Sie mit ihr!«

»Wenn die Laute, die die Galaktiker erzeugen, wirklich der Kommunikation dienen, wären wir ihnen längst auf die Spur gekommen, das wissen Sie doch selbst«, sagte Langsmith. »Oder?«

Francine sagte, plötzlich ärgerlich: »Ich weiß es! Ich habe in der Tat das Gefühl, daß wir kurz davor stehen, ihre Sprache mit der neuen Methode zu entschlüsseln.«

»Ich bitte Sie!« sagte Speidel. »Meinen Sie das etwa im Ernst — nachdem unsere besten Kryptografen sieben Monate an dieser Sache gearbeitet haben? Verwerfen Sie die Meinung dieser Leute absolut?«

»Nein, nein, sie soll sagen, was sie meint«, warf Langsmith ein.

»Wir haben eine neue Informationsquelle angezapft, mit der wir diesem Problem zu Leibe rücken«, sagte Francine. »Es handelt sich um primitive Tänze.«

»Tänze?« Speidel sah schockiert aus.

»Ja, ich glaube, daß die Gesten der Galaktiker möglicherweise ihre Adjektive und Adverbien sind — der gesamte emotionale Inhalt ihrer Sprache.«

»Emotionen!« warf Speidel heftig ein. »Emotionen sind doch keine Sprache!«

Francine unterdrückte einen Anfall von Verärgerung und sagte: »Wir haben es hier mit etwas zu tun, das völlig außerhalb unserer bisherigen Erfahrungen liegt. Wir müssen unsere alten Vorstellungen über Bord werfen. Wir wissen, daß die Gewohnheiten einer Muttersprache die wörtlichen Reaktionen einer Person bestimmen. Tatsächlich kann man Sprachen als ein System von Gewohnheiten definieren, die man beim Sprechen enthüllt.«

Speidel trommelte mit den Fingern auf den Tisch und starrte auf die hinter ihr liegende Tür.

Francine ignorierte sein nervöses Ablenkungsmanöver und

sagte: »Die Galaktiker setzen fast die ganze Bandbreite der Knacklaute ein, und eine breite Auswahl an Vokalklängen: gesprochene und ungesprochene Reib- und Verschlußlaute. Und wir haben das eindeutige Fehlen der üblichen Verlegenheitslaute festgestellt, die man in der normalen Rede findet.«

»Das ist doch keine normale Sprache!« stieß Speidel hervor. »Es sind unsinnige Geräusche!« Er schüttelte den Kopf. »Emotionen!«

»Na schön«, sagte Francine. »Emotionen! Wir sind uns ziemlich sicher, daß jede Sprachentwicklung mit Emotionen beginnt — mit rein gefühlsmäßigen Handlungen. Ein Baby schiebt den Teller mit der Mahlzeit weg, die es nicht essen will.«

»Sie vergeuden unsere Zeit!« sagte Speidel brüsk.

»Ich habe Sie nicht gebeten, hier anwesend zu sein«, sagte Francine.

»Bitte.« Langsmith legte eine Hand auf Speidels Arm. »Lassen Sie Dr. Millar ausreden!«

»Emotionen«, knurrte Speidel.

»Jede gesprochene Sprache der Erde hat sich von der Emotion entfernt«, sagte Francine.

»Kann man eine Emotion auf Papier schreiben?« wollte Speidel wissen.

»Da haben wir's doch«, sagte Francine. »Das ist doch der Beweis! Sie sind blind! Sie sagen, man müsse eine Sprache schreiben können. Das ist doch gerade ein Teil des Zaubers! Der Muff der akademischen Tradition hat Ihren Verstand verknotet. Sprache ist ganz allgemein in erster Linie etwas Gesprochenes! Es sind Menschen wie Sie, die aus ihr rituellen Lärm machen wollen!«

»Ich bin doch nicht hierhergekommen, um mich mit Eierköpfen zu streiten«, erwiderte Speidel beleidigt.

»Lassen Sie mich das bitte machen«, sagte Langsmith. Er machte eine beschwichtigende Geste in Francines Richtung. »Fahren Sie bitte fort!«

Francine holte tief Luft. »Tut mir leid, daß ich ausgerastet bin«, sagte sie. Sie lächelte. »Aber ich glaube, wir sollten unsere Emotionen ruhig ausspielen.«

Speidel runzelte die Stirn.

»Ich habe gesagt, daß die Sprache sich von der Emotion entfernt hat«, sagte sie. »Nehmen Sie zum Beispiel das Japanische. Statt ›Ich danke dir‹ sagen die Japaner ›Katajinekai‹, das heißt: ›Ich bin gekränkt‹. Oder sie sagen ›Kino doku‹, was ›Welch giftiges Gefühl‹ bedeutet!« Sie hob die Hände. »Dabei haben wir es mit einer rituellen Ausschließung des Zeigens von Emotionen zu tun. Unsere indo-europäischen Sprachen — speziell die angelsächsischen — verfahren ebenso. Wir nehmen scheinbar an, daß Emotionen etwas Unfeines sind, das ...«

»Aber Emotionen sagen einem doch nichts!« fuhr Speidel auf.

Francine zwang sich, die Verärgerung, die sie zu übermannen drohte, niederzukämpfen. »Wer emotionelle Zeichen lesen kann«, sagte sie, »sieht, ob ein Redner die Wahrheit spricht. Das ist alles. Diese Zeichen sagen einem nur, ob man die Wahrheit zu hören kriegt. Jeder gute Psychologe weiß das, Herr General. Freud hat gesagt: ›Versucht man, seine Gefühle zu verheimlichen, signalisiert jede Pore Verrat.‹ Sie scheinen das Gegenteil für richtig zu halten.«

»Emotionen! Tänze!« Speidel schob seinen Stuhl zurück. »Smitty, ich hab genug davon. Das ist mehr als ich ertragen kann!«

»Einen Moment noch«, sagte Langsmith. »Dr. Millar, ich habe mich dafür eingesetzt, daß Sie Ihre Meinung sagen können, weil wir diese Dinge auch schon in Erwägung gezogen haben. Vor langer Zeit. Sie interessieren sich für die Gestik. Sie sagen, sie sei ein emotioneller Tanz. Andere Experten behaupten mit ebensolchem Nachdruck, daß ihre Gesten einen rituellen Nahkampf darstellen! Ja, Freud; ganz genau! Ihre Gesten signalisieren Verrat! Diese hackende Bewegung, die sie mit der rechten Hand machen« — Langsmith hackte durch die Luft, um es zu zeigen —, »ist identisch mit dem Karate- oder Judoschlag, der einem Menschen das Genick bricht!«

Francine schüttelte den Kopf und faßte sich an die Kehle. Urplötzlich überschwemmte sie ein Gefühl der Ungewißheit.

Langsmith sagte: »Der nach außen gerichteten Stoß, den sie mit der Hand machen, ist die Bewegung eines Schwertes, das einen Feind durchbohrt! Ihre Gesten signalisieren Betrug, na eben!«

Francine sah von Langsmith zu Speidel, dann wieder zu Langsmith zurück. Rechts von ihr räusperte sich jemand.

Langsmith sagte: »Ich habe Ihnen nur zwei Beispiele genannt. Wir haben noch hundert weitere. Jede Analyse hat mit dem gleichen Ergebnis aufgewartet: Verrat! Das Muster ist so alt wie die Zeit: Biete eine Belohnung an; täusche Freundschaft vor; richte die Aufmerksamkeit des unschuldigen Lämmchens auf deine leere Hand, während du mit der anderen die Axt hebst!«

Kann ich mich geirrt haben? dachte Francine. Haben die Galaktiker mich an der Nase herumgeführt? Ihr Lippen zitterten. Sie kämpfte um ihre Selbstbeherrschung und flüsterte: »Warum erzählen Sie mir diese Dinge?«

»Sind Sie denn gar nicht daran interessiert, sich an den Kreaturen zu rächen, die Ihren Mann umgebracht haben?« fragte Speidel.

»Ich weiß nicht, ob sie ihn ermordet haben!« Francine hielt ihre Tränen zurück. »Sie wollen mich bloß verwirren!« Dann fiel ihr wieder ein Lieblingsspruch ihres Mannes ein: *Eine Konferenz besteht aus einer Ansammlung von Menschen, die aus dem, was ein Einzelner mit einer Hand erledigen könnte, eine schwierige Aufgabe macht!*

Der Raum erschien ihr plötzlich eng und niederdrückend.

»Warum hat man mich in diese Konferenz geschleift?« fragte sie. »Warum?«

»Wir haben gehofft, Sie würden uns helfen, das Schiff zu erobern«, sagte Langsmith.

»*Ich? — Ich* soll Ihnen helfen ...«

»Jemand muß die Bombe hinter den Energieschirm am Eingang bringen — an den, der verhindert, daß Sand und Staub ins Schiff eindringen. Wir müssen eine Bombe reinbringen.«

»Aber warum gerade ich?«

»Die Fremden sind daran gewöhnt, Sie mit dem Master-Recorder und dem Wägelchen zu sehen«, sagte Langsmith. »Wir dachten, wir könnten eine Bombe in ...«

»Nein!«

»Jetzt reicht's mir aber!« sagte Speidel. Er holte tief Luft und machte Anstalten, sich zu erheben.

»Warten Sie!« sagte Langsmith.

»Es ist doch klar ersichtlich, daß sie nicht die geringsten Vorstellungen von patriotischer Pflichterfüllung hat«, sagte Speidel. »Wir vergeuden nur unsere Zeit.«

Langsmith sagte: »Die Galaktiker sind daran gewöhnt, sie mit diesem Karren zu sehen. Wenn wir jetzt etwas ändern, werden sie mit Sicherheit mißtrauisch.«

»Dann denken wir uns einen anderen Plan aus«, sagte Speidel. »Was mich betrifft, können wir jede weitere Möglichkeit einer Kooperation mit ihr vergessen.«

»Sie benehmen sich wie kleine Kinder beim Spiel«, sagte Francine. »Hier geht es doch nicht ausschließlich um ein amerikanisches Problem. Hier geht es um ein Menschheitsproblem, das jede Nation der Erde einschließt.«

»Das Schiff steht auf dem Boden der Vereinigten Staaten von Amerika«, sagte Speidel mit Nachdruck.

»Die Erde ist zufällig der einzige Planet, den die menschliche Rasse beherrscht«, sagte Francine. »Wir sollten all unser Wissen mit dem der anderen Teams teilen und sämtliche Informationen und Ideen zusammenlegen, damit uns jedes noch so kleine Wissen zugänglich ist.«

»Wir wären ja alle gern Idealisten«, sagte Speidel. »Aber Idealismus ist nun mal fehl am Platze, wenn es ums Überleben geht. Die Frösche beherrschen die Weltraumfahrt perfekt, womöglich gar den Sternenflug — sie haben nicht bloß Mondraketen und Satelliten. Wenn wir ihr Schiff in die Hand kriegen, können wir sie zu unseren Bedingungen zu einem Frieden zwingen.«

»Nationales Überleben«, sagte Francine. »Aber hier steht unser Überleben als Rasse auf dem Spiel!«

Speidel wandte sich zu Langsmith um. »Wir haben einen großen Fehler gemacht, Smitty. Wir müssen sie unter schärfste Bewachung stellen.«

Langsmith paffte aufgeregt an seiner Pfeife. Eine Wolke blaßblauen Rauches umwölkte seinen Kopf. »Ich schäme mich für Sie, Dr. Millar«, sagte er.

Francine sprang auf und ließ ihrer Wut reichlich freien Lauf. »Sie halten mich wohl für eine Psychologin, die nicht richtig tickt!« fauchte sie. »Sie haben mich angelogen, seit ich den ersten Fuß hier reinsetzte!« Sie warf Speidel einen erbitterten Blick zu. »Ihre Gesten haben Sie verraten! Die nichtkommunikativen emotionalen Gesten, Herr General!«

»Wovon redet sie?« fragte Speidel.

»Sie haben mit ihrem Körper andere Dinge gesagt als mit dem Mund«, erklärte Francine. »Und das bedeutet, daß Sie mich angelogen haben — Sie haben etwas Lebenswichtiges unterschlagen, und Sie wollen, daß ich es nicht erfahre!«

»Die ist doch verrückt!« versetzte Speidel.

»Es hat bei dem Flugzeugabsturz vor Sri Lanka keinen Überlebenden gegeben«, sagte sie. »Es hat wahrscheinlich nicht mal den von Ihnen beschriebenen Absturz gegeben!«

Speidel erstarrte in plötzlicher Stille, dann sagte er mit dünnen Lippen: »Hat es etwa ein Sicherheitsleck gegeben? Gütiger Gott!«

»Sehen Sie sich Dr. Langsmith an!« sagte Francine. »Wie er sich hinter seiner Pfeife verschanzt! Sich einnebelt! Und Sie, General: Sie bewegen den Mund nicht mehr, als beim Sprechen absolut nötig ist — damit Sie ihre wahren Gefühle verbergen können! Es *stinkt* nach Betrug!«

»Schmeißt sie raus!« brüllte Speidel.

»Sie sind die reine Logik — ohne Intuition!« schrie Francine. »Sie haben kein Verständnis, keine Gefühle, keine Phantasie, keine Kunst! Na schön, Herr General — zurück an die Computer! Aber vergessen Sie nicht — man kann keine Maschinen bauen, die wie Menschen denken! Man kann einem elektronischen Computer keine Emotionen einspeisen und irgend etwas anderes als Zahlen aus ihm herausholen! Ihre *Logik*, Herr General!«

»Ich habe gesagt, ihr sollt sie rausschmeißen!« schrie Speidel. Er stand halb von seinem Stuhl auf und wandte sich Langsmith zu, der blaß und schweigsam dasaß. »Und ich will, daß sie gründlich überprüft wird! Ich will wissen, wo das Sicherheitsleck war, das sie über unsere Pläne in Kenntnis gesetzt hat!«

»Herr General!« sagte Langsmith erregt.

Sie sind alle irrsinnig, dachte Francine. Irrsinnig und in die Ecke gedrängt. Diese Art Spaltung könnte sie leicht in Katatonie oder Gewalt umkippen lassen. Sie fühlte sich schwach und verängstigt.

Auch andere am Tisch hatten sich erhoben. Zwei Zivilisten bewegten sich auf Francine zu. »Sollen wir sie einsperren, Herr General?« fragte der eine.

Speidel zögerte.

Langsmith ergriff als erster das Wort: »Nein. Haltet sie nur unter schärfster Beobachtung. Wenn wir sie einsperren, würde das Fragen aufwerfen, die wir nicht beantworten möchten.«

Speidel musterte Francine finster. »Wenn Sie uns in die Pfanne hauen, lasse ich Sie erschießen!« Er gab seinen Leuten mit Gesten zu verstehen, daß man sie entfernen sollte.

Als sie das Gebäude des Hauptquartiers verließ, wirbelten in ihrem Geist noch immer die Gedanken. Lügen! dachte sie. Alles Lügen!

Sie fühlte den allgegenwärtigen Sand unter ihren Füßen. Staub machte den Platz zwischen ihrer Position auf den Stufen und dem hundert Meter entfernten Raumschiff dunstig. Die Morgensonne hatte die Kälte der Wüstennacht bereits verbrannt. Hitzeteufel tanzten über der mausgrauen Schiffshülle.

Francine ignorierte den Geheimagenten, der ein paar Schritte hinter ihr herumlungerte und schaute auf ihre Armbanduhr: Zwanzig nach neun. Hiko wird sich fragen, was mit mir geschehen ist, dachte sie. Wir wollten doch um acht Uhr anfangen. Hoffnungslosigkeit griff nach ihrem Geist. Das Raumschiff, das sich am Ende des Platzes auftürmte, erschien ihr wie ein bösartiges Gewächs — ein böses Ding, das sich duckte, um sie einzuhüllen und zu ersticken.

Könnte dieser närrische General recht haben? Der Gedanke kam ihr, ohne daß sie es wollte. Sie schüttelte den Kopf. Nein. Er hat gelogen! Aber weswegen wollte er, daß ich ... Mit einiger Verzögerung wurde es ihr klar. Sie wollten, daß ich eine kleine Bombe ins Schiff bringe — ohne eine Möglichkeit des Entkommens! Ich hätte beim Karren und der Bombe stehenbleiben müssen, um sie nicht mißtrauisch zu machen. Mein Gott! Diese Bestien erwarten von mir, daß ich mich für sie umbringe! Sie wollten mich benutzen, wegen Bobs Tod! Sie haben mich von Anfang an belogen, damit ich auf ihren Plan reinfalle. Es ist schwer genug, für ein Ideal zu sterben, aber sein Leben für eine Lüge herzugeben ...

Ärger machte sich in ihr breit. Sie stand auf den Stufen und zitterte. Ein Gefühl der Nutzlosigkeit ließ ihre Verärgerung vergehen. Tränen trübten ihren Blick. Was kann eine einzelne Frau gegen solch skrupellose Ränkeschmiede tun?

Durch ihre Tränen sah sie eine Bewegung auf dem Platz: ein Mann in Zivilkleidung ging von rechts nach links. Ihr Geist registrierte die Bewegung nur mit teilweiser Erkenntnis: Ein Mann hält an, zeigt auf etwas. Sie fühlte sich plötzlich wie auf dem Sprung. Ihre Tränen versiegten. Ihr Blick folgte dem ausgestreckten Arm des Zivilisten, und dann hörte sie ihn rufen: »He! Seht euch das an!«

Ein nadeldünner Flugkörper fegte in einer Schlangenlinie über den wäßrigen Wüstenhimmel. Er legte sich auf die Seite und jagte wie ein Pfeil auf das Raumschiff zu. Hinter ihm ertönte das Gedröhn eines Air Force-Jägers. Seine Deltaflügel vibrierten, Sonne blitzte auf dem polierten Metall. Seine Bordwaffen richteten sich auf das Objekt.

Jemand greift das Raumschiff an! dachte sie. Eine russische Rakete!

Die Nadel bremste abrupt, es war unmöglich, über dem Raumschiff. Hinter ihr verstummten die Motoren des Air Force-Jägers. Nur noch das gespenstische Pfeifen der von seinen Tragflächen zerschnittenen Luft war zu hören.

Lautlos senkte sich die Nadel auf die Hülle des Raumschiffes hinab.

Sie gehört ihnen — den Galaktikern, wurde ihr klar. Woher kommt es? Vermuten sie einen Angriff? Ist die Nadel eine Art Verstärkung?

Seiner Macht entledigt, fing der Jet an zu taumeln, schwenkte ab, wirbelte eine Staubwolke auf und machte eine Bauchlandung auf der Alkali-Ebene. Sirenen heulten, Rettungsfahrzeuge schwärmten aus.

Die verwirrenden Geräusche erzeugten in Francine ein plötzliches Gefühl der Übelkeit. Sie holte tief Luft und rannte dann auf den Platz hinunter, wo sie sich ohne bestimmtes Ziel weiterbewegte, während ihre Gedanken in Aufruhr waren. Das Knirschen des Sandes unter ihren Füßen war wie eine körnige Reibfläche, die an ihren Nerven kratzte. Doch mit vollem Bewußtsein nahm sie einen ätzenden Brandgeruch wahr, und ihr wurde schlagartig klar, daß der Bewacher immer noch hinter ihr auf der Treppe des Hauptquartiers stand.

Sie hörte leise Stimmen in den Türen des Gebäudes auf beiden Seiten des Platzes — Stimmen von Menschen, die herauskamen, um einen Blick auf das Raumschiff und über die Ebene zu werfen, wo sich jetzt die roten Rettungswagen um das Wrack des Düsenjägers versammelten.

Ein Kiesel war in ihrem rechten Schuh. Zwar registrierte ihr Geist ihn, doch er wies das Verlangen zurück, sich zu bücken und den Störenfried zu entfernen. Ihr Bewußtsein brütete etwas aus. Einen Augenblick lang war sie vom Gesumm einer ihren Weg kreuzenden Biene abgelenkt. Sie verschwendete einen sinnlosen Gedanken daran, daß das Insekt für einen Augenblick wie diesen viel zu gewöhnlich war. Eine mentale Trunkenheit machte sie schwindlig. Sie kam sich vor, als sei sie gleichzeitig in gehobener Stimmung und entsetzt. Gefahr! Ja, eine schreckliche Gefahr! dachte sie. Die Auslöschung der gesamten menschlichen Rasse. Doch irgend etwas muß getan werden. Sie fing an zu rennen …

Eine Explosion ließ den Platz erbeben und warf sie taumelnd auf Hände und Knie. Der Sand brannte auf ihren Handflächen. Ein dummer Instinkt brachte sie wieder auf die Beine. Eine erneute Explosion — weiter entfernt, rechts, hinter den Gebäuden. Beißender Rauch schwebte über dem Platz. Plötzlich sprangen zwischen den Gebäuden rechts von ihr Männer hervor und schleppten sich durch den Sand auf das Raumschiff zu.

Zivilisten! Wahrscheinlich — und doch bewegten sie sich mit der zielgerichteten Übereinstimmung von Soldaten.

Es kam ihr wie eine Traumszene vor. Die Männer trugen Waffen. Sie hielt an, sah das Blitzen von Sonnenlicht auf Metall und vernahm das beständige Knirsch-Knirsch der über den Sand rennenden Männer. Durch einen traumhaften Dunst erkannte sie einen der Läufer: Zakheim. Er trug eine große schwarze Kiste auf den Schultern. Sein rotes Haar unterschied ihn von den anderen wie ein Ziel.

Die Russen! dachte sie. Sie haben zugeschlagen! Wenn unsere Leute sich ihnen anschließen, ist alles aus!

Rechts vor ihr hämmerte irgendwo ein Maschinengewehr. Staubwolken schoben sich über den Platz und wehten zwischen die laufenden Gestalten. Männer brachen zusammen, doch andere stapften noch immer auf das Raumschiff zu. Eine Explosion hob ihre Führer in die Luft und ließ sie flach zu Boden fallen. Erneut ratterte das Maschinengewehr. Dunkle Gestalten lagen wie hingeworfene Dominosteine auf dem Sand. Noch immer setzten einige den irrwitzigen Angriff fort.

Militärpolizisten in US-Uniform kamen jetzt zwischen den Gebäuden zu ihrer Rechten hervor. Ihre Anführer schwenkten Maschinenpistolen.

Wir halten den Angriff auf, dachte Francine. Doch sie wußte, daß der Wechsel der Taktik nicht bedeutet, daß Speidel und die seinen der Gewalt entsagt hatten. Dies war nur ein Schritt, um die Russen davon abzuhalten, die Führung zu übernehmen. Sie ballte die Fäuste und ignorierte die Tatsache, daß sie stehend ein gutes Ziel bot. Sie war eine einsame Gestalt in der Mitte des Platzes. Ihre Sinne registrierten ein gespenstisches Gefühl der Unwirklichkeit.

Jetzt ballerten die MGs erneut — dann herrschte abrupt Stille. Auch der letzte Russe war gefallen. Die ihnen nachsetzenden Militärpolizisten taumelten. Mehrere hielten an, klammerten sich an ihre Waffen.

Francines Schock machte eiskalter Wut Platz. Sie bewegte sich vorwärts, erst langsam, dann immer schneller. Links von ihr schrie jemand: »He, Lady! Hinlegen!«

Vor ihr auf dem Sand lag Zakheims jämmerlich verkrümmte Gestalt. Röte breitete sich auf seiner sandbedeckten Brust aus.

Zwischen den Gebäuden links von ihr tauchte jemand auf, rannte auf sie zu, und gab ihr winkend zu verstehen, sie solle sich zurückziehen. Hiko! Doch Francine setzte ihren Weg fort;

sie dachte nicht im geringsten daran, anzuhalten. Sie musterte die rothaarige Gestalt im Sand wie durch eine Röhre.

Ein Teil ihres Bewußtseins registrierte, daß Hiko stolperte und seinen Lauf verlangsamte, um sie an ihrem Tun zu hindern. Er sah aus wie jemand, der durch tiefes Wasser watete.

Guter Hiko, dachte sie. Ich muß zu Zak gehen. Der arme, närrische Zak. Das war es, was kürzlich auf der Konferenz nicht mit ihm stimmte. Er hatte von dem Angriff gewußt und Angst davor gehabt.

Irgend etwas gerann um ihren Fuß, breitete sich nach oben über die Knöchel aus und wogte rasch über ihre Knie. Sie konnte nichts Ungewöhnliches sehen, doch ihr war, als sei sie in ein Becken voll Zuckersirup geraten. Jeder Schritt kostete sie ungeheure Anstrengung. Der Zuckersirup schob sich über ihre Hüften und ihre Taille.

Deswegen kommen Hiko und die anderen so schwer von der Stelle, dachte sie. Es ist ein Abwehrsystem des Schiffes. Es kann nichts anderes sein.

Zakheims ausgebreitete Gestalt war jetzt nur noch drei Schritte von ihr entfernt. Francine kämpfte sich durch die geronnene Luft und keuchte dabei vor Anstrengung. Ihre Muskeln schmerzten, so strengte sie sich an. Sie kniete neben Zakheim nieder, ignorierte das Blut, das ihren Rock benetzte und griff nach seiner Hand, um ihm den Puls zu fühlen. Nichts. Jetzt erkannte sie die Flecken auf seinem Jackett. Es waren Einschußlöcher. Eine MG-Salve hatte ihn in der Brust erwischt. Er war tot. Sie dachte an den großen wortgewaltigen Rotschopf, der noch Minuten zuvor von blühendem Leben erfüllt gewesen war. Armer Narr, armer Zak, dachte sie. Langsam ließ sie seine Hand wieder sinken und schüttelte sich die Tränen aus den Augen. Eine Riesenwut machte sich in ihr breit.

Sie spürte, daß Ohashi in ihrer Nähe war. Er schlug sich bis zu ihr durch, dann hörte sie ihn sagen: »Ist Zak tot?«

Sie ließ ihren Tränen freien Lauf und nickte. »Ja, ist er.« Und sie dachte: Ich weine nicht um ihn. Ich weine um mich selbst ... um uns alle ... um alle Narren und fest entschlossenen Blinden ...

»ERDBEVÖLKERUNG!« Die Stimme donnerte aus dem

Raumschiff, zerschmetterte sämtliche Gedanken und verwandelte alle Gefühle in pure Angst. »WIR HATTEN GEHOFFT, IHR WÄRT ZUR KOMMUNIKATION FÄHIG!« brüllte die Stimme. »IHR HABT VERSAGT!«

Bebende Stille.

Gedanken, die darum gekämpft hatten, erkannt zu werden, flossen allmählich an die Oberfläche von Francines Verstand. Sie fühlte sich wie in den Wehen eines mentalen Erdbebens gefangen, ihre Seele in eine Krise gebracht, die wie eine Geburt schmerzte. Die donnernden Worte hatten die letzte Barriere ihres Geistes durchbrochen. »KOMMUNIZIERT!« Endlich verstand sie die Bedeutung des Ultimatums.

Aber war es nicht zu spät?

»Nein!« schrie sie. Sie sprang auf und drohte dem Schiff mit der Faust. »Hier ist jemand, der nicht versagt hat! Ich weiß, was ihr meint!« Sie schüttelte beide Fäuste in Richtung auf das Schiff. »Seht meinen Haß!«

Trotz der beinahe greifbaren Luftgerinnung bahnte sie sich einen Weg auf das nun schweigende Schiff zu und deutete auf die Toten, die sie überall im Sand liegend umgaben. »Ihr habt diese armen Narren auf dem Gewissen! Was habt ihr von ihnen erwartet? Ihr habt es getan! Ihr habt sie in eine Ecke gedrängt!«

Die Türen des Raumschiffs öffneten sich. Fünf grünhäutige Gestalten traten heraus. Sie blieben stehen, schauten sie an, und ihre Schultern sackten herunter. Im gleichen Moment spürte Francine, wie die sie umgebende verdickte Luft sie losließ. Sie ging weiter, Tränen liefen ihr übers Gesicht.

»Ihr habt sie verängstigt!« schrie sie. »Was hätten sie denn sonst tun sollen? Wer Angst hat, kann nicht mehr denken!«

Ein Schluchzen überfiel sie. Sie spürte, daß ihre Muskeln haltlos zitterten. In ihr war ein schreckliches Verlangen — sie wollte die Hände nach den grünen Gestalten ausstrecken, sie packen und ihnen weh tun. »Ich hoffe, ihr seid stolz auf das, was ihr getan habt.«

»SCHWEIG!« donnerte die Stimme aus dem Schiff.

»Ich werde nicht schweigen!« schrie sie. Sie schüttelte den Kopf und spürte die Wildheit, die ihre Hemmungen überrannte. »Oh, ich weiß, daß ihr recht hattet, was die Verständigung betraf ... aber ihr wart auch im Unrecht. Ihr hättet nicht zur Gewalt greifen brauchen.«

Die Stimme aus dem Schiff verfiel jetzt in einen leiseren Tonfall, was die Veränderung um so überzeugender machte. *»Bitte?«* In diesem Wort schwang tatsächlich etwas Bittendes mit.

Francine brach ab. Sie hatte das Gefühl, aus einem lebenslangen Traum zu erwachen und hielt die Klarheit ihres Denkens und Handelns für eine heikle Angelegenheit, die ihr im nächsten Augenblick wieder entgleiten könnte.

»Wir haben das getan, was wir tun mußten«, sagte die Stimme. »Sehen Sie unsere fünf Vertreter?«

Francine konzentrierte sich auf die fünf Galaktiker, die mit hängenden Schultern dastanden. Sie wirkten geschlagen und strahlten Trauer aus. Das klaffende Schiffstor, das sich ein paar Schritte hinter ihnen befand, war wie ein Maul, das darauf aus war, sie zu verschlingen.

»Diese fünf gehören zu den achthundert Überlebenden einer Rasse, die einst sechs Milliarden zählte«, sagte die Stimme.

Francine spürte, daß Ohashi jetzt neben ihr war. Sie musterte ihn kurz aus den Augenwinkeln und sah dann wieder die Galaktiker an. Hinter sich hörte sie das leise Murmeln zahlreicher Stimmen. Die allmähliche Erkenntnis ihres emotionellen Ausbruchs ließ sie wanken. Aus ihrer Kehle drang ein Schluchzen.

Die Stimme aus dem Schiff fuhr fort: »Diese einstmals große Rasse war sich der Wichtigkeit einer unmißverständlichen Kommunikation nicht bewußt. Trotz dieses mangelhaften Zustands stieß sie in den Weltraum vor — haßerfüllt, furchtsam, kämpferisch. Es gab ein gräßliches Blutbad auf ihrer und unserer Seite, bevor wir sie unterwerfen konnten.«

Ein schleifendes Geräusch ertönte, als die fünf grünhäutigen Gestalten vorwärtsschlurften. Sie zitterten, und Francine sah unterhalb ihrer Kämme feuchtglänzende Tropfen. Ihre Augen glitzerten. Francine nahm die Aura der Trauer wahr, die sie umgab, und erneut schossen ihr die Tränen in die Augen.

»Um sich das Recht zum Weiterleben zu verdienen und die

Fehler ihrer Rasse wiedergutzumachen, entwickelten die achthundert Überlebenden — eine neue Sprache«, sagte die Stimme aus dem Schiff. »Es ist vielleicht die höchstmögliche Sprache. Sie haben sich zu Meistern aller Sprachen gemacht, um uns als Übersetzer zu dienen.« Eine lange Pause folgte, dann: »Denken Sie sorgfältig darüber nach, Mrs. Millar. Wissen Sie, warum sie unsere Übersetzer sind?«

Über ihnen schwebte der angehaltene Atem des Schweigens. Francine schluckte, trotz des Kloßes, der in ihrer Kehle steckte. Dies war der Augenblick, der die Existenz der menschlichen Rasse besiegeln oder ihr neue Türen öffnen konnte. Und sie wußte es.

»Weil sie nicht lügen können«, sagte sie heiser.

»Dann haben Sie wahrlich hinzugelernt«, sagte die Stimme. »Ich bin ursprünglich mit dem Ziel hierhergekommen, die Sterilisation Ihres Planeten einzuleiten. Wir hielten Ihre Militäraktion für den letzten Beweis Ihres Versagens. Doch jetzt erkennen wir, daß es sich dabei nur um die fehlgeleitete Verzweiflung einer Minderheit gehandelt hat. Wir haben zu schnell gehandelt, wir bitten um Vergebung.«

Die grünhäutigen Galaktiker schlurften vorwärts und blieben zwei Schritte vor Francine stehen. Ihre gezackten Kämme hingen schlaff herab, ihre Schultern sackten noch tiefer nach unten.

»Töten Sie uns!« krächzte einer von ihnen. Sein Blick wanderte über die Toten, die rings um sie im Sand lagen.

Francine holte tief und bebend Luft, dann wischte sie sich über die feuchten Augen. Erneut verspürte sie das bodenlose Gefühl der Nutzlosigkeit. »Mußte es so kommen?« flüsterte sie.

Die Stimme aus dem Schiff erwiderte: »Besser so, als ein steriler Planet — die völlige Vernichtung Ihrer Rasse. Nehmen Sie es unseren Übersetzern nicht übel. Wenn eine Rasse lernt, sich zu verständigen, kann sie auch gerettet werden. Ihre Rasse kann gerettet werden. Zuerst mußten wir die Gewißheit haben, daß Sie über das nötige Potential verfügen. Der neue Weg wird schmerzhaft sein, daran besteht kein Zweifel. Viele werden auch weiterhin versuchen, uns zu bekämpfen, doch Ihr

Volk hat sich noch nicht vollkommen in den Weltraum ergossen, wo es schwieriger wäre, seinen Kurs zu kontrollieren.«

»Warum haben Sie nicht ein paar von uns ausgewählt und geprüft?« fragte sie. »Warum haben Sie diesen schrecklichen Druck auf den ganzen Planeten ausgeübt?«

»Was wäre geschehen, wenn wir die Falschen ausgewählt hätten?« fragte die Stimme. »Wie hätten wir sichergehen können, daß wir bei einer fremden Rasse wie der Ihren eine faire Auswahl des höchsten Potentials gehabt hätten? Nein. Sie alle mußten die Möglichkeit haben, von unserem Problem zu erfahren. Der Druck war notwendig, damit die einzelnen Völker ihre besten Vertreter auswählten.«

Francine dachte an die phantasielosen Bürohengste, die die Teams geleitet hatten. Sie wäre beinahe hysterisch geworden.

Es wäre beinahe schiefgegangen!

Ohashi, neben ihr, sagte leise: »Francine?«

Es war eine beruhigende Stimme, die ihre Hysterie beschwichtigte. Sie nickte. Ein Gefühl der Erleichterung kämpfte in ihrem Innern um Wahrnehmung, doch es hatte noch nicht sämtliche Nervenbahnen durchdrungen. Sie spürte, daß ihre Hände zuckten.

Ohashi sagte: »Sie sprechen Englisch mit Ihnen. Welches Problem sollten wir überhaupt an ihrer Sprache lösen?«

»Wir haben den falschen Schluß gezogen, Hiko«, sagte Francine. »Wir wurden um Verständigung gebeten. Wir sollten uns an unsere eigene Sprache erinnern — an die, die wir in der Kindheit kannten und durch die Zunahme der Vernunft allmählich verloren haben.«

»Ohhh«, stöhnte Ohashi auf.

Aller Ärger wich jetzt aus ihr, und sie sagte mit trauriger Stimme: »Wir haben über alle anderen Fähigkeiten hinaus die Kraft der Vernunft und des Wortemanipulierens gesteigert. Das geschriebene Wort ist zu unserem Abgott geworden. Wir haben vergessen, daß vor den Worten Taten waren — daß es hinter den Worten stets noch andere Dinge gegeben hat. Wir haben vergessen, daß das gesprochene Wort vor dem geschriebenen existiert hat. Wir haben vergessen, daß die geschriebenen Formen unserer Buchstaben von ideografischen Bildern abstammen; daß hinter jedem Buchstaben ein Abbild steht — wie das Abbild eines uralten Gespenstes. Das Bild steht für die natürlichen Bewegungen des Körpers oder andere lebende Dinge.«

»Die Tänze«, flüsterte Ohashi.

»Ja, die Tänze«, sagte Francine. »Die primitiven Tänze haben nichts vergessen. Auch der Körper hat nichts vergessen — jedenfalls nicht alles.« Sie hob die Hände und musterte sie. »Ich bin meine eigene Vergangenheit. Jedes Ereignis, das einem meiner Vorfahren widerfuhr, ist in mir gesammelt.« Sie wandte sich um und sah Ohashi an.

Er runzelte die Stirn. »Die Erinnerung stoppt am Anfang der...«

»Aber der Körper erinnert sich darüber hinaus«, sagte sie. »Es ist eine andere Art der Erinnerung. Eingekapselt in eine Hülle vollausgebildeter Reaktionen, wie die Sache, die wir Sprache nennen. Wir müssen in unsere Kindheit zurückschauen, weil Kinder Primitive sind. Jede Zelle eines Kindes versteht die Sprache der emotionalen Bewegungen — die Greifreflexe, das Wehklagen, das Grimassieren, die sinnliche Zuneigung, die freundliche Beruhigung.«

»Und Sie sagen, daß diese Leute nicht lügen können«, murmelte Ohashi.

Francine verspürte ein Aufwallen von Glück. Es war zwar immer noch befleckt vom sie umgebenden Tod und dem Schmerz, der, wie sie wußte, auf ihr Volk zukommen würde, doch das Leuchten vergrößerte sich. »Der Körper«, sagte sie und schüttelte den Kopf, als sie das verwirrte Stirnrunzeln auf Ohashis Gesicht sah. »Der Intellekt ...« Sie brach ab, als sie erkannte, daß Ohashi die komplette Transition zur neuen Verständigung noch nicht ganz mitvollzogen hatte — daß sie möglicherweise immer noch die einzige Angehörige ihrer Rasse war, die sich der Vision dieser hohen, daseinsmäßigen Aufwärtsentwicklung bewußt war.

Ohashi schüttelte den Kopf. Das Sonnenlicht brach sich auf seinen Brillengläsern.

»Ich versuche, es zu verstehen«, sagte er.

»Das weiß ich«, sagte sie. »Hiko, unsere irdischen Sprachen

haben alle einen Hang zum Wahnsinn, weil sie den Begriff Intellekt vom Begriff Körper trennen. Es ist eine zu große Vereinfachung — doch für den Augenblick muß sie reichen. Auf diese Weise ruft man eine Verzettelung hervor, verstehen Sie? Schizophrenie. Doch diese Leute ...« — sie deutete auf die schweigenden Galaktiker — »haben in ihrer Kommunikation Körper und Intellekt wiedervereinigt. Zu einem Doppelverstand, der die totale Anteilnahme des Lebewesens erfordert. Sie können nicht lügen, weil es so wäre, als würden sie sich selbst betrügen — und das würde ihre Sprache ganz und gar unmöglich machen.« Sie schüttelte den Kopf. »Sprache ist nicht das Wort, auch wenn wir momentan bloß das Wort haben.«

»Ein Paradoxon«, sagte Ohashi.

Francine nickte. »Das Ich, das eine Einheit ist, kann das Ich nicht belügen. Wenn Körper und Geist dasselbe sagen — ist es die Wahrheit. Wenn Worte und Wortlosigkeit übereinstimmen — ist es die Wahrheit. Verstehen Sie!«

Ohashi stand wie eingefroren vor ihr, seine Augen blitzten hinter den dicken Gläsern. Er öffnete den Mund und schloß ihn wieder, dann beugte er den Kopf. In diesem Moment war er wieder der totale Orientale, und Francine hatte das Gefühl, als könne sie durch ihn hindurch auf seine Ahnen blicken, die jede Kultur und jede Person sahen und verstanden, die mit dazu beigetragen hatten, die vor ihr stehende Pyramide zu errichten, die Hiko Ohashi ausmachte.

»Ich verstehe es«, murmelte er. »Sie haben uns ein Beispiel gegeben. Es ging nicht darum, Worte zu dechiffrieren. Es war nur ein Beispiel zur Erkenntnis, das an unsere Erinnerungen rühren und sie wieder zum Vorschein bringen sollte. Welch großartige Lehrer! Welch großartige Meister des Lebens!«

Einer der Galaktiker kam näher und deutete auf die Gegend, die sich hinter Francine ausbreitete. Seine Bewegungen und Absichten waren ihr klar; ihr neues Verständnis übersetzte sie.

Die Lippen des Galaktikers bewegten sich. »Ihr werdet aufgezeichnet«, sagte er. »Es wäre der passende Augenblick, mit der Erziehung und Bildung eures Volkes anzufangen — denn alle neuen Dinge müssen einen Tag ihrer Geburt haben.«

Francine nickte und wappnete sich, bevor sie sich umwandte. Und auch den Schmerz der Geburt, dachte sie. Dies war der Moment, der der Lawine der Veränderung vorausgehen würde. Ohne genau zu wissen, wie man eine Kettenreaktion einleitete, hatte sie keinen Zweifel, daß sie es tun würde. Sie drehte sich langsam um und sah die auf sie gerichteten Film- und Fernsehkameras und Mikrofone. Menschen drängten sich an der unsichtbaren Mauer, die einen Kreis um den Schiffseingang bildete. Sie gehört zur Verteidigung des Schiffes, dachte sie. Ein Kraftfeld, um Eindringlinge abzuhalten.

Ein gedämpftes Murmeln kam aus der Menschenmauer.

Francine trat auf sie zu und sah, wie die Kameras und Mikrofone auf sie gerichtet wurden. Sie konzentrierte sich auf die Gesichter hinter dem Kraftfeld — wütende und ängstliche Gesichter — und solche, die nichts anderes zeigten als schreckliche Ehrfurcht. Im Vordergrund, ein gutes Stück innerhalb des Feldes, lag Zakheims Leiche. Seine ausgestreckte Hand schien beinahe auf sie zu deuten. Schweigend widmete sie ihm einen Moment.

»Hört mir genau zu!« sagte sie. »Aber es ist noch wichtiger, daß ihr über meine Worte hinausseht — auf jenen Ort, den Worte nicht erreichen können.« Sie spürte, wie ihr Leib plötzliche Energie ausströmte. Es kitzelte. Sie stellte sich kurz auf die Zehen. »Wenn ihr die Wahrheit meiner Botschaft seht, wenn ihr den Ort schaut, den ich euch zeige, werdet ihr in ein höheres Stadium der Existenz überwechseln: glücklicher, trauriger. Alles wird mehr Tiefe annehmen. Ihr werdet mehr von allen Dingen spüren, als es in diesem Universum für uns zu spüren gibt.«

Ihr neugefundenes Wissen war wie ein innerer Pfeiler, ein bodenloser Brunnen der Kraft.

»Ich bin alle Alleingelassenen aller einsamen Heime auf Erden«, sagte sie und beugte sich vor. Sie war nicht mehr die Psychologin Dr. Francine Millar, die dort im Sand stand. Mit der Kraft der Nachahmung projizierte sie die Gestalt einer Frau in einem Hauskleid, die an der Fensterbank lehnte und hoffnungslos in eine leere Zukunft blickte.

»Und alle glücklichen Unwissenden, die den Schmerz suchen.«

Erneut bewegte sie sich: die Jahre blätterten von ihr ab. Und jetzt schlug sie einen subtilen Wort- und Bewegungsrhythmus an, der erfahrene Schauspieler vor Neid weinen ließ, nachdem sie den Film gesehen hatten.

»Ich bin die Natur, die den natürlichen Donner erzeugt«, sang sie mit ihrem sich wiegenden Körper.

»Knospend rote Rosen
Die Forelle, die aufs Wasser schlägt
Und der Mond, der die Sterne hämmert
Auf einer Meereswoge —
All dies bin ich!
Ich bin der schnelle Wirbel!
Was ihr glaubt — bin ich nicht!
Träume sagen euren Sinnen all meine Namen:
Nicht barsch und laut oder plötzlich unbedacht, sarkastisch, gedankenverloren oder tadelnd —
Sondern murmelnd.
Ihr habt einen Zwölfstundentag für eine Zwölfstundennacht aufgegeben
Um mit der Ewigkeit zu spielen!
Dann bemerkt ihr das schneidende Zögern
Das einen Stern aufs Wünschen vorbereitet ...
Wenn ihr mein eigentliches Abbild seht —
Bin ich eine flackernde Kerze.
Dann werdet ihr die einsame Zwiesprache der Sterne spüren.
Erinnert euch!
Erinnert euch!
Erinnert euch!«

*Originaltitel: »Try to Remember«*

*(erstmals erschienen in »Amazing«)*
*Aus dem Amerikanischen übersetzt von Ronald M. Hahn*

# DER TAKTVOLLE SABOTEUR

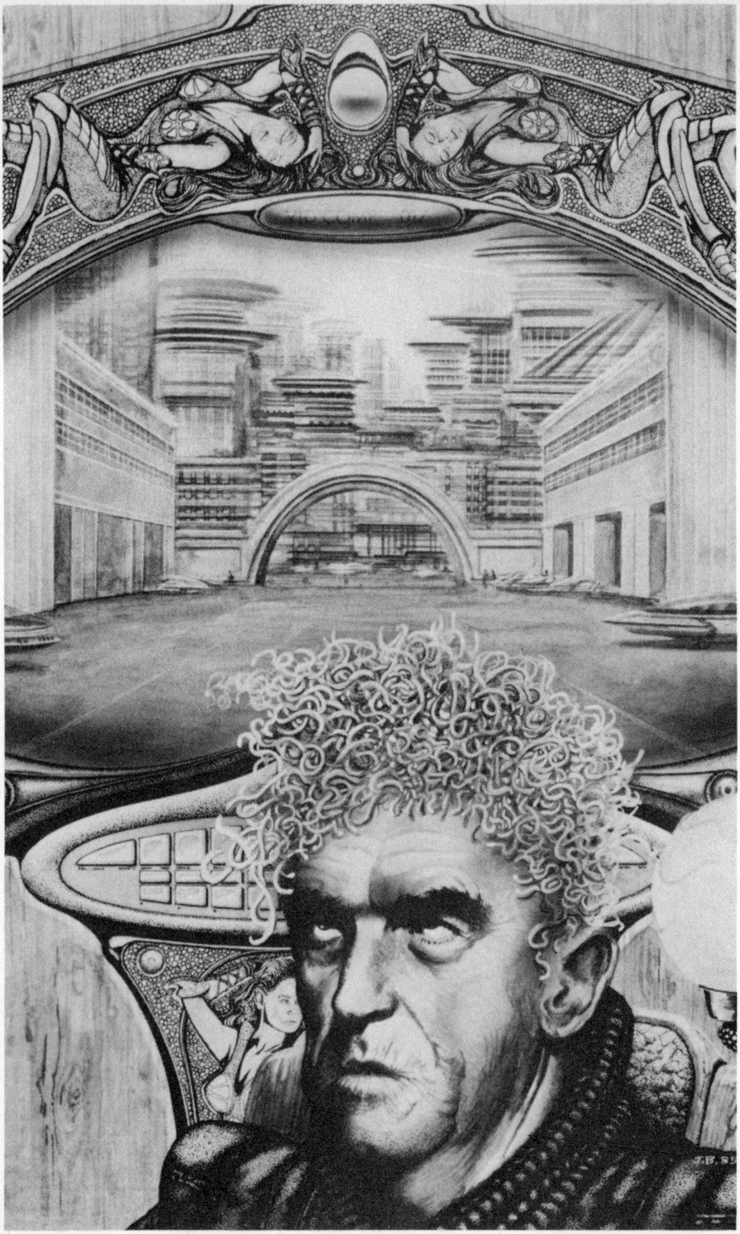

Das haben schon andere Männer als Sie versucht!« höhnte Clinton Watt.

»Ich zitiere Paragraph 4, Absatz 91 des revidierten Verfassungszusatzes«, sagte der Außerordentliche Saboteur Jorj X. McKie. »Da sich das Bedürfnis nach Behinderungsaktionen in Regierungskreisen als wesentlicher Sicherheitsfaktor für die Menschenrechte erwiesen hat, muß die Immunitätsfrage mit äußerster Präzision definiert werden.«

McKie saß Clinton Watt, dem Sabotageminister der Intergalaktischen Regierung, an einem blitzend polierten Schreibtisch gegenüber. Eine gespannte Atmosphäre herrschte zwischen den grüntapezierten Wänden des Büros, die nur von einem Bildschirm unterbrochen wurden, der sich hinter Watt befand. Er zeigte einen Ausschnitt des Viertels der Intergalaktischen Regierung und zahlreiche Menschen, die eilig ihren morgendlichen Geschäften nachgingen.

Watt, ein kleiner Mann, der vor Energie zu knistern schien, fuhr sich mit der Hand über den kahlrasierten Schädel. »Na schön«, sagte er plötzlich mit müder Stimme. »Dies hier ist das einzige Regierungsministerium, das Sabotageversuchen gegenüber nie Immunitätsschutz haben wird. Als Sie das Gesetz zitierten, haben Sie den Vorschriften Genüge getan. Und jetzt schlagen Sie endlich zu!«

McKie, der mit seinen bulligen, feisten Zügen ein wenig wie eine großväterliche Kröte wirkte, setzte die finstere Miene eines Zwergdrachen auf. Seine rote Haarmähne schien von innen heraus zu leuchten.

»Zuschlagen?« stieß er hervor. »Ja, glauben Sie denn, ich wäre hier, um an Ihrem Sessel zu sägen? Glauben Sie es wirklich?«

Und er dachte: Hoffen wir, daß er es glaubt!

»Hören Sie doch mit dem Theater auf«, sagte Watt. »Wir wissen doch beide, daß Sie für diesen Sessel hier in Frage kommen.« Er tätschelte eine Armlehne. »Und ebenso wissen wir, daß die einzige Möglichkeit, mich zu eliminieren und sich zu qualifizieren, darin besteht, mich mit einer Meister-Sabotage zu übertreffen. Na schön, McKie, ich habe über achtzehn Jahre hier gesessen. Wenn ich noch fünf Monate schaffe, bedeutet das einen neuen Rekord. Legen Sie also endlich los! Ich warte.«

»Ich bin nur aus einem Grund hier«, sagte McKie. »Ich möchte meinen Bericht über die Suche nach dem Außerordentlichen Saboteur Napoleon Bildoon abliefern.«

McKie lehnte sich zurück und dachte: Wenn er den wirklichen Grund meines Hierseins ahnt, würde er sich dann so benehmen? Vielleicht. Der Mann hatte sich schon zu Anfang ihres Gesprächs komisch benommen, aber wenn man es mit einem Kollegen aus dem Sabotageministerium zu tun hatte, war es nicht leicht, ein echtes Motiv zu erraten.

In Watts knochigem Gesicht war vorsichtiges Interesse zu lesen. Er fuhr sich mit der Zunge über die Lippen und schien sich zu fragen, ob McKie nicht doch einen guten Trick auf Lager hätte. Doch man hatte ihm tatsächlich die Aufgabe übertragen, nach dem verschollenen Bildoon zu suchen, und deswegen bestand durchaus die Möglichkeit …

»Haben Sie ihn gefunden?« fragte Watt.

»Ich weiß nicht genau«, sagte McKie. Er fuhr sich mit den Fingern durch das rote Haar. »Bildoon ist nämlich ein Pan-Spechi.«

»Heilige Zerrüttung!« explodierte Watt. »Ich weiß doch, wer und was meine Agenten sind! Schließlich unterstehen sie unserer Aufsichtspflicht! Wenn also einer unserer besten Leute von der Bildfläche verschwindet … Was soll das heißen, Sie wissen es nicht genau?«

»Die Pan-Spechi sind ziemlich eigenartige Geschöpfe«, sagte McKie. »Bloß weil sie eine humanoide Form angenommen haben, neigen wir dazu, ihren fünfphasigen Lebenszyklus zu vergessen.«

»Bildoon hat mir selbst gesagt, daß er sein Gruppen-Ego noch mindestens zehn Jahre behalten wird«, sagte Watt. »Ich glaube zwar, daß er ehrlich war, aber …« Er zuckte die Achseln, und die Kraft schien ihn zu verlassen. »Na ja, das Gruppen-Ego ist die einzige Sache, bei der sie Eitelkeit zeigen, deshalb …« Er zuckte erneut die Achseln.

»Bei der Befragung der anderen Pan-Spechi im Ministerium mußte ich natürlich vorsichtig sein«, sagte McKie. »Aber ich habe eine Spur verfolgt, die bis nach Achus führte.«

»Und?«

McKie holte eine weiße Phiole aus der Tasche seines weißen Jacketts und verstreute ein metallisches Pulver auf dem Schreibtisch.

Watt schob sich ein Stück vom Schreibtisch zurück und beäugte es mißtrauisch. Dann schnüffelte er vorsichtig daran. Es roch nach Chalf, dem Anreißpulver. Trotzdem …

»Es ist nur Chalf«, sagte McKie. Und er dachte: Wenn er mir das abkauft, krieg ich auch den Rest hin.

»Reißen Sie es an!« sagte Watt.

Seine Erregung verbergend, hielt McKie den Chalf-Speicherstab über die staubige Schreibtischplatte. Das Chalf zeigte einen Kreis mit Pfeilen, die im Uhrzeigersinn vom Mittelpunkt ausgingen. In jedem Segment des Kreises stand ein Symbol: in einem das Pan-Spechi-Zeichen für das Ego, dann das Delta für das fünfte Geschlecht, und schließlich die drei Linien, die die schlafenden Drillinge im Hort darstellten.

McKie deutete auf das Delta des fünften Geschlechts. »Ich habe einen Pan-Spechi in diesem Stadium gesehen, der Bildoon etwas ähnlich sieht und dem Anschein nach einige seiner Eigenschaften aufweist. Natürlich kann ein solches Wesen seine Identität nicht genau klären. Na ja, Sie wissen doch, wie diese quasi-femininen Wesen des fünften Geschlechts reagieren.«

»Lassen Sie sich nicht von diesen amourösen Verhaltensweisen narren«, warnte Watt. »Trotz ihrer üblen Neigungen möchte ich Sie ungern an einen Pan-Spechi-Hort verlieren.«

»Bildoon würde nie die Identität eines Kollegen rauben«, sagte McKie. Er zupfte an seiner Unterlippe, weil er sich plötzlich unsicher fühlte. Jetzt kam natürlich der gefährlichste Teil seines tückischen Plans. »Sofern er es überhaupt war.«

»Haben Sie den gegenwärtigen Halter des Gruppen-Egos getroffen?« fragte Watt. Seine Stimme verriet echtes Interesse.

»Nein«, sagte McKie, »aber ich glaube, daß das Einzel-Ego dieses Pan-Spechi etwas mit den Steuerfahndern zu tun hat.«

McKie wartete ab, ob Watt den Köder schlucken würde.

»Ich habe noch nie gehört, daß einem Pan-Spechi ein Egowechsel aufgezwungen worden wäre«, sagte Watt in einem nachdenklichen Tonfall, »aber das heißt natürlich nicht, daß es unmöglich wäre. Wenn die Steuerfahnder entdeckt haben, daß Bildoon ihre Bemühungen sabotiert hat ... hm ...«

»Dann war Bildoon wirklich hinter den Steuerfahndern her«, sagte McKie.

Watt runzelte die Stirn. McKies Frage war äußerst geschmacklos. Senior-Agenten schnüffelten nicht in der Arbeit eines Kollegen herum, es sei denn, sie arbeiteten zusammen an einem Projekt, oder die Information wurde freiwillig gegeben. Im Sabotageministerium durfte die Linke aus gutem Grund nicht wissen, was die Rechte tat. Es sei denn ... Watt musterte nachdenklich seinen Außerordentlichen Saboteur.

Als Watt nichts sagte, zuckte McKie die Achseln. »Mit inadäquaten Informationen kann ich nicht arbeiten«, sagte er. »Deswegen sehe ich mich gezwungen, den Auftrag, nach Bildoon zu suchen, abzugeben. Ich werde mich statt dessen um die Steuerfahnder kümmern.«

»Werden Sie nicht!« fuhr Watt ihn an.

McKie zwang sich, nicht auf das Bild zu schauen, das er auf die Tischplatte gemalt hatte. Jetzt kam der kritische Augenblick.

»Besser wäre es, Sie hätten einen rechtlichen Grund für diese Verweigerung«, sagte McKie.

Watt drehte sich halb in seinem Sessel, warf einen Blick auf den Bildschirm und musterte die seitliche Wand. »Die Situation ist extrem heikel geworden, Jorj. Es ist bekannt, daß Sie zu unseren besten Saboteuren gehören.«

»Sparen Sie sich den Honig für jemanden, der ihn brauchen kann!« knurrte McKie.

»Dann lassen Sie es mich so sagen«, sagte Watt und richtete den Blick wieder auf McKie. »Die Steuerfahnder haben sich dem Ministerium gegenüber kürzlich als ernste Bedrohung erwiesen. Sie haben es geschafft, einen Oberrichter davon zu überzeugen, daß sie die gleiche Immunität gegenüber unseren Bemühungen verdienen, wie etwa ... nun, die städtischen Wasserwerke oder ... ah ... die Nahrungsmittelfabriken. Der Magistrat, Richter Edwin Dooley, hat den öffentlichen Sicherheitszusatz in Anwendung gebracht. Uns sind die Hände gebunden. Der geringste Verdacht, wir könnten diese Verfügung mißachten ...«

Watt fuhr sich mit einem Finger über die Kehle.

»Dann kündige ich«, sagte McKie.

»Sie werden nichts dergleichen tun!«

»Dieser SW-Laden will doch offensichtlich unser Ministerium lahmlegen, oder?« fragte McKie. »Ich erinnere mich ebenso wie Sie an den Eid, den ich geschworen habe.«

»Jorj, ein solcher Simpel können Sie doch nicht sein«, sagte Watt. »Sie wollen doch nur kündigen, weil Sie sich einbilden, daß das Ministerium dann von der Verantwortung für Ihre Tätigkeit entbunden ist. Der Trick ist doch so alt wie die Zeitrechnung!«

»Dann werfen Sie mich raus!« sagte McKie.

»Ich habe keinen legalen Grund, Sie zu feuern, Jorj.«

»Deklarieren Sie es als Befehlsverweigerung gegenüber einem Vorgesetzten!« sagte McKie.

»Niemand würde darauf reinfallen, Sie Narr!«

McKie schien zu zögern, dann sagte er: »Die Öffentlichkeit hat doch keine Ahnung, wie es in unserem Ministerium zugeht, und wie die Befehlsgewalt wechselt. Vielleicht sollten wir ein bißchen mehr Öffentlichkeit herstellen.«

»Jorj, bevor ich Sie hinauswerfe, brauchte ich einen so überzeugenden Grund, daß ... Ach, es hat doch wirklich keinen Zweck!«

Die Tränensäcke unter McKies Augen hoben sich, bis seine Augen nur noch Schlitze waren. Jetzt war der kritische Moment da. Er hatte es geschafft, einen Jicuzzi-Stimulator an allen Detektoren vorbei in Watts Büro zu schmuggeln, indem er die Strahlung des Geräts mit einer Imitation der Reversmarke getarnt hatte, die die Agenten des Ministeriums trugen.

Er berührte die Marke mit einem Finger und ertastete die erhabenen Buchstaben, die ihn auswiesen. Die Berührung richteten den Strahlungskern auf den auf der Tischplatte verstreuten Metallstaub.

Watt umklammerte beide Sessellehnen und musterte McKie mit neu erwachter Spannung.

»Wir haben die gesetzliche Auflage, die Hände von den Steuerfahndern zu lassen«, sagte Watt. »Alles, was diesen Leuten passiert oder ihren Intentionen zuwider läuft, uns lahmzulegen — selbst gewöhnliche Unfälle —, wird man uns in die Schuhe schieben. Wir müssen in der Lage sein, uns zu schützen. Auf niemanden, der je mit uns zu tun gehabt hat, darf der leiseste Verdacht fallen.«

»Wie wär's, mit einem so glatt gebohnerten Fußboden, daß ihre Kuriere auf die Schnauze fallen? Wie wär's, wenn wir ihre Türschlösser so manipulieren würden, daß sie sich nur noch mit Verzögerung ...«

»Nichts.«

McKie musterte seinen Chef. Jetzt kam es darauf an, daß der Mann sich still verhielt. Er wußte, daß Watt Detektoren am Körper trug, die ihn vor konzentriertem Strahlungsbeschuß warnten. Aber der Jicuzzi-Stimulator war so eingestellt, daß seine Ladung von der metallischen Staubschicht auf dem Schreibtisch reflektiert wurde, und das erforderte einige Sekunden relative Stille.

Sie saßen beide unbeweglich da und starrten einander an, bis Watt sich allmählich darüber wunderte, wie still McKie dasaß. Der Mann hielt sogar den Atem an!

McKie holte tief Luft und stand auf.

»Ich warne Sie, Jorj«, sagte Watt.

»Sie warnen mich?«

»Ich kann Sie, falls es nötig ist, auch mit körperlicher Gewalt zurückhalten.«

»Clint, mein alter Feind, sparen Sie sich den Atem! Was geschehen ist, ist geschehen.«

Ein Lächeln umspielte McKies breiten Mund. Er drehte sich um und ging zur einzigen Tür des Raums, legte die Hand auf die Klinke und blieb stehen.

»Was haben Sie getan?« explodierte Watt.

McKie sah ihn immer noch an.

Watts Kopfhaut fing nun wie wahnsinnig an zu jucken. Er hob die Hand und fühlte — ein Gewirr von langen, zuckenden Tentakeln! Unter seinen Fingern wurden sie noch länger. Schlängelnd wuchsen sie aus seiner Kopfhaut hervor.

»Ein Jicuzzi-Stimulator«, keuchte Watt.

McKie ging hinaus und schloß die Tür.

Watt sprang aus dem Sessel hoch und raste zur Tür.

Verschlossen!

Er kannte McKie, deswegen unternahm er keinen Versuch, sie zu öffnen. In hektischer Eile klatschte er eine Handvoll Plastiksprengstoff an die Tür und machte einen Satz durch die Öffnung, als die Tür in tausend Fetzen flog. Er landete auf dem Korridor und schaute erst in die eine, dann in die andere Richtung.

Der Gang war leer.

Watt seufzte. Die Tentakel wuchsen zwar jetzt nicht mehr, aber sie waren lang genug, daß er sie mit eigenen Augen sehen konnte; eine regenbogenfarbene Masse zuckender, wurmiger Gebilde, die nun ein Teil seines Ichs waren. Und McKie war mit dem Original-Stimulierer der einzige, der den Prozeß rückgängig machen konnte; es sei denn, Watt war dazu bereit, persönlich auf unbestimmte Zeit bei den Jicuzzi zu leben. Nein. Das kam gar nicht in Frage!

Watt analysierte seine Lage.

Die stimulierten Tentakel konnten nicht operativ entfernt werden. Man konnte sie auch nicht zusammenbinden oder irgendwie bedecken, ohne das Lebens des Menschen zu gefährden, auf dem sie wuchsen. Und ihr Dasein würde ihn gerade jetzt, während der kritischen Phase der Probleme mit den Steuerfahndern, behindern. Wie sollte er mit diesen Dingern, die auf seinem Kopf einen Medusentanz vollführten, auf Konferenzen oder bei Interviews erscheinen? Man würde ihn auslachen! Man würde fortwährend Witze über ihn reißen!

Und wenn McKie verborgen blieb, bis die Vollversammlung über die Neubesetzung seiner Position beriet ... Aber nein! Watt schüttelte den Kopf. Dies war kein Sabotagefall, der einen Wechsel in der Leitung des Ministeriums erforderlich machte. McKies Vorstoß war zu direkt gewesen und wies keinerlei Feingefühl auf. Es war nur ein übler Scherz, eine Clownerie.

Doch McKie war bekannt für seine Clownerien und seinen mangelnden Respekt vor der arroganten Dünkelhaftigkeit der Regierung.

War ich dünkelhaft? fragte sich Watt.

Wenn er ehrlich war, mußte er es zugeben.

Ich werde noch heute um meine Entlassung nachsuchen, dachte er. Direkt nachdem ich McKie gefeuert habe. Man braucht mich bloß anzusehen, dann wird keiner mehr daran zweifeln, warum ich es tat. Dies ist so ziemlich der überzeugendste Grund, den man finden kann.

Watt bog nach rechts ab, zum Labor, um zu sehen, ob man ihm helfen konnte, die zuckende Masse irgendwie unter Kontrolle zu bringen.

Der Präsident wird bestimmt wollen, daß ich an Bord bleibe, bis McKie seine nächsten Schritte unternimmt, dachte Watt. Ich muß weiterhin funktionstüchtig bleiben.

McKie wartete mit mühsam unterdrückter Nervosität im Wohnzimmer des achusianischen Landhauses. Achus war der Regierungsplanet des Vulpecula-Sektors, eines Gebiets von außerordentlichem Reichtum, und der Raum auf diesem Berggipfel erlaubte ihm einen herrlichen Ausblick über die im Südwesten liegenden niedrigeren Gipfel und Vorgebirge. Alles lag im purpurnen Licht einer nach Westen ziehenden Sonne der Klasse G III.

Doch McKie ignorierte die Aussicht und bemühte sich, alle Ecken des Raumes gleichzeitig im Blickfeld zu behalten. Hier hatte er einen Pan-Spechi des fünften Geschlechts zusammen mit dem vierten gesehen: den Halter des Gruppen-Egos. Das konnte nur bedeuten, daß sich auch der Hort mit den drei Schlafenden in der Nähe befand. So oder so, dies war ein gefährlicher Ort für jemanden, der nicht durch die Bande der Freundschaft oder gemeinsame Interessen geschützt wurde.

Der Wert der Pan-Spechi war für die universelle menschliche Gesellschaft, an der sie teilhatten, unschätzbar. Welche andere Rasse hatte ein dermaßen ausgeprägtes Gefühl für die

Entscheidung, wann sie behindern und wann sie helfen sollten? Wer sonst konnte ein wichtiges Mitglied seiner Gruppe einer Situation extremster Gefahr aussetzen, ohne befürchten zu müssen, daß das Wissen des Gefährdeten verlorenging?

Es gab immer einen Schlafenden, der dort übernehmen konnte, wo der Verlorene aufgehört hatte.

Natürlich hatten auch die Pan-Spechi ihre Eigenheiten. Und ihre Gelüste waren manchmal bizarr.

»Oh, McKie.«

Die Stimme, sie war tief und männlich, kam von links. McKie wirbelte herum und nahm die Gestalt wahr, die durch die grünglitzernde, aus einem Smaragden geschnitzte Tür eingetreten war. Sie war humanoid, wies aber die Pan-Spechi-typischen Facettenaugen auf. Er wirkte wie ein terranischer Mann (wenn man von seinen blau-grünen Augen absah) unbestimmbaren Alters. Sein Leib sah in dem gelben Trikot sehr zierlich aus. Sein Schädel mit dem Blondhaar war fast quadratisch, und er hatte eine plumpe Nase und einen breiten Mund.

»Hier ist Panthor Bolin«, sagte der Pan-Spechi. »Willkommen in meinem Heim, Jorj McKie.«

McKie entspannte sich leicht. Die Pan-Spechi waren bekannt, daß sie die Gastfreundschaft in Ehren hielten, wenn sie sie einmal ausgesprochen hatten — vorausgesetzt, der Gast verstieß nicht gegen ihre Sitten.

»Ich fühle mich geehrt, daß Sie einverstanden sind, mich zu empfangen«, sagte McKie.

»Die Ehre ist die meine«, sagte Bolin. »Wir wissen schon lange, daß Sie eine Person sind, deren Verständnis für die Pan-Spechi sehr ausgeprägt ist. Ich habe auf eine Gelegenheit gewartet, mich ungestört mit Ihnen zu unterhalten. Und jetzt sind Sie da.« Er deutete auf den Stuhlhund an der Wand zu seiner Rechten und schnippte mit den Fingern. Das halbintelligente Wesen ging hinter McKie in Stellung. »Bitte setzen Sie sich.«

McKie, dessen Argwohn bei Bolins Hinweis auf eine »ungestörte Unterhaltung« von neuem erwacht war, ließ sich auf den Stuhlhund sinken und tätschelte ihn, bis er die Form annahm, die er wollte.

»Sind unsere Egos einander schon einmal begegnet?« fragte McKie. »Sie scheinen mich zu kennen.«

»Die Erkenntnis geht tiefer als das Ego«, sagte Bolin. »Möchten Sie eine Identitätsvereinigung, um diese Frage zu erforschen?«

McKie fuhr sich mit der Zunge über die Lippen. Bei den Pan-Spechi, deren einziges Ego sich in ihrem Daseinskreis irgendwie von einem Gruppenmitglied zum anderen bewegte, war dies eine heikle Angelegenheit.

»Ich ... ah ... im Moment nicht«, sagte McKie.

»Gut gesprochen«, sagte Bolin. »Sollten Sie Ihre Absicht ändern, würde meine Ego-Gruppe es als Zeichen höchster Ehre ansehen. Ihre Identität ist stark, wir respektieren sie.«

»Ich bin ... Ich fühle mich sehr geehrt«, sagte McKie. Er rieb sich nervös das Kinn und erkannte die Gefahren dieser Unterhaltung. Alle Pan-Spechi-Gruppen zeichneten sich durch eine äußerst argwöhnische Haltung aus, wenn es um ihr wanderndes Ego ging. Das Ego versorgte den gegenwärtigen Halter mit einem höchst empfindlichen Ehrgefühl. Man konnte diesbezügliche Fragen nur in ähnlich verklausulierten Formulierungen äußern, wie sie McKie verwendet hatte.

Dennoch, wenn er einem Mitglied des fünfteiligen Lebenskreises gegenübersaß, dem auch der vermißte Außerordentliche Saboteur Napoleon Bildoon angehörte ... wenn dies der Fall war, war vieles geklärt.

»Sie fragen sich, ob wir wirklich kommunizieren«, sagte Bolin. McKie nickte.

»Der Begriff Humanität«, sagte Bolin, »— wir würden ihn etwa als Gemeinbewußtsein übersetzen —, ist auf zahlreiche unterschiedliche Lebensformen, Systeme und Denkmethoden angewandt worden. Dennoch waren wir uns über diese Frage nie einig. Das ist einer der Hauptgründe, daß sich viele von uns eurer Lebensform und dem größten Teil eures Metabolismus angepaßt haben. Wir wollten eure Stärken und Schwächen erfahren. Es hilft zwar, ist aber natürlich nicht die absolute Lösung.«

»Schwächen?« fragte McKie vorsichtig.

»Ähem ...«, machte Bolin. »Ich verstehe. Um Ihr Mißtrauen

zu zerstreuen, werde ich so schnell wie möglich eines unserer Hauptwerke für Sie übersetzen lassen. Sein Titel lautet ungefähr ›Der entwicklungsmäßige Einfluß der Schwachen‹. Eins der stärksten Bande der Sympathie, die uns mit Ihrer Spezies verbindet, ist beispielsweise die Tatsache, daß wir beide äußerst verletzliche, planetengebundene Geschöpfe sind, deren bestentwickelte Verteidigung die Sozialstruktur ist.«

»Es würde mich sehr interessieren, diese Übersetzung zu sehen«, sagte McKie.

»Wünschen Sie einen weiteren Austausch von Höflichkeiten, oder würde es Ihnen etwas ausmachen, gleich zur Sache zu kommen?« fragte Bolin.

»Ich ... ah ... bin beauftragt, eine verschwundene Person unseres Ministeriums zu suchen«, sagte McKie, »um sicherzustellen, daß dieser ... ah ... Person nichts zugestoßen ist.«

»Wie Sie die Nennung des Geschlechts dieser Person umgehen, ist höchst bewundernswert«, sagte Bolin. »Ich weiß Ihre heikle Lage und Ihr Taktgefühl zu schätzen. Zunächst will ich nur eins sagen: der von Ihnen gesuchte Pan-Spechi benötigt Ihre Hilfe im Augenblick nicht. Doch wir begrüßen Ihre Sorge. Sie wird jenen mitgeteilt werden, auf die sie den größten Einfluß hat.«

»Das erleichtert mich sehr«, sagte McKie. Und er fragte sich: Was hat er wirklich damit gemeint? Dieser Gedanke führte zu einem anderen, und McKie sagte: »Wenn ich dem Problem der Kommunikation zwischen zwei Spezies gegenüberstehe, fällt mir eine alte Anekdote ein.«

»Ja?« Bolin zeigte höfliche Neugier.

»Es geht um zwei Ärzte, die in der Kunst der Heilung von Geisteskrankheiten bewandert sind und sich jeden Morgen auf dem Weg zur ihrer Praxis begegnen. Sie kannten sich zwar, waren aber nicht direkt miteinander befreundet. Eines Morgens, als sie sich erneut begegneten, wandte sich der eine dem anderen zu und sagte ›Guten Morgen‹. Der, der gegrüßt worden war, gab keine Antwort, sondern setzte seinen Weg fort. Doch plötzlich blieb er stehen, drehte sich um, sah dem sich entfernenden Mann hinterher und sagte vor sich hin: ›Was hat er wirklich damit gemeint?‹«

Bolin fing an zu kichern, dann lachte er. Sein Lachen wurde lauter und lauter, bis er sich die Seiten hielt.

Sooo witzig war's nun auch wieder nicht, dachte McKie.

Bolins Gelächter erstarb. »Eine äußerst lehrreiche Anekdote«, sagte er. »Ich stehe tief in Ihrer Schuld. Diese Geschichte zeigt deutlich, daß Ihnen bewußt ist, wie wichtig es bei der Kommunikation ist, sich des Charakters des anderen bewußt zu sein.«

Wirklich? wunderte sich McKie. Wieso denn?

Und McKie fiel plötzlich ein, daß die Pan-Spechi innerhalb eines aus einer Fünfergruppe von Protoplasma-Einheiten bestehenden Lebenskreises ein Einzel-Ego von Individuum zu Individuum weitergaben. Er fragte sich, was es wohl für ein Gefühl war, wenn der Ego-Halter seine Identität aufgab, um zum fünften Geschlecht zu werden und den Ego-Funken an eine neu erwachsen gewordene Einheit des Hortes weitergab. Wurde das fünfte Geschlecht aus freiem Willen zum Hüter des Hortes? Gab es sich selbst auf, wenn es zu der geheimnisvollen Identitätsnahrung der drei Schlafenden wurde?

»Ich habe gehört, was Sie mit dem Sabotageminister Clinton Watt angestellt haben«, sagte Bolin. »Die Nachricht Ihrer Entlassung ist Ihnen vorausgeeilt.«

»Ja«, sagte McKie. »Deswegen bin ich auch hier.«

»Sie haben also herausgefunden, daß die Pan-Spechi-Gruppe hier auf Achus das Herz der Steuerfahnder-Organisation darstellt«, sagte Bolin. »Es war sehr mutig von Ihnen, sich direkt in unsere Hände zu begeben. Ich weiß, daß es von einem Angehörigen Ihrer Spezies viel mehr Courage verlangt, der Auslöschung seiner Identität ins Auge zu sehen, als es bei uns der Fall ist. Bewundernswert! Sie sind wirklich erstaunlich.«

McKie kämpfte ein Gefühl von Panik nieder, indem er sich ins Gedächtnis rief, daß die Unterlagen, die er für den Fall, daß er nicht zurückkam, in seiner Schublade im Hauptquartier hinterlassen hatte, noch rechtzeitig dechiffriert werden konnten.

»Ja«, fuhr Bolin fort. »Sie möchten sich vergewissern, daß die Ernennung eines Pan-Spechi zum Leiter Ihres Ministeriums für andere menschliche Spezies keine Bedrohung darstellt. Das ist verständlich.«

McKie schüttelte den Kopf, um wieder klar denken zu können. »Können Sie Gedanken lesen?« fragte er.

»Telepathie gehört nicht zu unseren Fähigkeiten«, sagte Bolin, und seine Stimme klang schwer und bedrohlich. »Ich nehme an, daß dies eine rhetorische Frage war, die sich nicht auf die Intimsphäre meines Gruppen-Egos bezog.«

»Mir war so, als läsen Sie meine Gedanken«, sagte McKie und richtete sich in einer Abwehrhaltung auf.

»So habe ich die Frage auch interpretiert«, sagte Bolin. »Entschuldigen Sie meine Frage. Ich hätte Ihren Takt und Ihr Feingefühl nicht anzweifeln dürfen.«

»Sie hoffen also, daß Sie ein Gruppenmitglied zum Minister machen können, sagte McKie.

»Es ist bemerkenswert, daß Sie diesen Verdacht gehabt haben«, sagte Bolin. »Woher wollen Sie wissen, daß wir nicht nur vorhaben, das Ministerium zu vernichten?«

»Weiß ich gar nicht.« McKie sah sich um und bedauerte es, allein gekommen zu sein.

»Wie haben wir Ihren Verdacht erregt?« fragte Bolin sinnierend.

»Ich sollte vielleicht darauf hinweisen«, sagte McKie, »daß ich die Gastfreundschaft, die Sie mir angeboten haben, akzeptiert und nicht gegen Ihre Moralvorstellungen verstoßen habe.«

»Was höchst bemerkenswert ist«, sagte Bolin. »Trotz aller Fallen, die ich Ihnen gestellt habe, haben Sie nicht gegen unsere Sitten verstoßen. Es ist wahr. Sie bringen einen tatsächlich in eine heikle Lage. Aber vielleicht haben Sie eine Waffe. Ja?«

McKie nahm ein flackerndes Ding aus einer Innentasche.

»Ah, der Jicuzzi-Stimulator«, sagte Bolin. »Lassen Sie mich doch mal sehen ... Ist es wirklich eine Waffe?«

McKie hielt das Ding auf der Handfläche. Zunächst erschien es flach, wie ein handflächengroßes Stück rosarotes Papier. Dann veränderte es sich schrittweise, wuchs zu einem großen Rohr heran, das darauf lag. Dann zeigte sich eine S-förmige Spirale, die sich um das Rohr wand.

»Unsere Rasse kann bis zu einem gewissen Grad ihre Gestalt verändern«, sagte Brolin. »Unter diesen Voraussetzungen stellt sich demnach die Frage, ob ich dies für eine Waffe halten muß.«

McKies Finger schlossen sich fest um das Ding. Ein dumpfes Ploppen ertönte. Purpurrote Lichtreflexe drangen zwischen seinen Fingern hervor, begleitet von einem Geruch, der an verbrannten Zucker erinnerte.

»Jetzt ist er kaputt«, sagte McKie. »Jetzt bin ich völlig waffenlos und Ihrer Gastfreundschaft ausgeliefert.«

»Ah, sehr clever von Ihnen«, sagte Bolin. »Aber denken Sie denn gar nicht an Ser Clinton Watt? Die Veränderung, die Sie ihm aufgezwungen haben, ist eine Qual für ihn. Sie haben das Instrument vernichtet, mit dem Sie den Prozeß hätten umkehren können.«

»Er kann sich auch an die Jicuzzi wenden«, sagte McKie und fragte sich, warum Bolin sich Sorgen um Watt machte.

»Oh, aber die Jicuzzi müssen dazu Ihre Erlaubnis einholen«, sagte Bolin, »so förmlich, wie sie sind. Und allein die Formulierung dieser Anfrage dürfte drei Standardjahre dauern. Sie werden nicht das geringste Risiko eingehen, Sie zu beleidigen. Und Sie können die Erlaubnis natürlich auch nicht freiwillig erteilen, ohne die Jicuzzi zu beleidigen. Vielleicht werden die Jicuzzi erst noch ein Nervenbild von Ihnen erstellen, um Ihre Reaktion auf die Anfrage zu simulieren. Sie sind kein herzloser Mensch, McKie, trotz Ihres seltsamen Getues. Ich war mir nicht bewußt, wie wichtig Ihnen diese Begegnung war.«

»Da ich nun Ihrer Gnade ausgeliefert bin«, sagte McKie, »würden Sie mich zurückhalten, wenn ich gehen wollte?«

»Eine interessante Frage«, sagte Bolin. »Sie wissen von Dingen, die ich gegenwärtig noch nicht enthüllt sehen möchte. Sie sind sich dessen doch bewußt?«

»Natürlich.«

»Ich halte die Verfassung für ein äußerst wunderbares Dokument«, sagte Bolin. »Dieses scharfsinnige Bewußtsein von der Identität des Individuums und seiner Verbindung zur Gesellschaft als Ganzem. Von besonderem Interesse ist der Teil, der sich mit dem Sabotageministerium beschäftigt, jene Zusätze, die andeuten, daß das Ministerium von Zeit zu Zeit selbst gewisse ... ah ... Korrekturen erfahren könnte.«

Worauf will er hinaus? fragte sich McKie. Und ihm fiel auf, wie Bolin nachdenklich die Augen schloß, bis nur noch eine dünne Linie glitzernder Facetten übrigblieb.

»Ich spreche als Oberster Funktionär der Steuerfahnder zu Ihnen«, sagte Bolin, »wenn ich Sie daran erinnere, daß wir per Gesetz gegen jede Sabotage immun sind.«

Jetzt weiß ich, was ich wissen wollte, dachte McKie. Jetzt muß ich nur noch mit heiler Haut hier rauskommen!

»Fassen wir doch einmal die Ausbildung der Außerordentlichen Saboteure ins Auge«, sagte Bolin. »Was lernen die Auszubildenden über die Aktivitätsgrundlagen des Ministeriums?«

Er wird mich nicht bei einer Lüge ertappen, dachte McKie. »Wir sagen den Auszubildenden wahrheitsgemäß, daß es eine unserer Hauptaufgaben ist, Planstellen zu schaffen, die Politiker einnehmen werden«, sagte er. »Je mehr den Teig kneten, desto langsamer geht es voran.«

»Sie wissen sicher, daß es eins der größten Vergehen gegen die Pan-Spechi-Sitten ist, seinem Gastgeber Unwahrheiten zu erzählen«, sagte Bolin. »Aber sicher wissen Sie auch, daß die Verweigerung einer Antwort auf bestimmte Fragen auch so ausgelegt wird, als hätte man die Unwahrheit gesagt.«

»So wurde mir berichtet«, sagte McKie.

»Wunderbar! Und was wird Ihren Auszubildenden über die Fußangeln und Knüppel erzählt, die Sie der Gesetzgebung zwischen die Beine werfen?«

»Ich zitiere aus der momentan gültigen Ausbildungsbroschüre«, sagte McKie. »Eine der Hauptaufgaben des Ministeriums besteht darin, die Vorlage neuer Gesetze zu verzögern.«

»Großartig! Und wie sieht es mit den Debatten und offenen Schlachten aus, die bekanntermaßen von den Agenten des Ministeriums angezettelt werden?«

»Das sind reine Routinesachen«, sagte McKie. »Wir sind verpflichtet, die Diskussionen innerhalb der Regierung bis zur Weißglut zu provozieren, wo immer wir es können. Damit stellen wir die Hitzköpfe bloß, die sich nicht beherrschen und nicht auf dem Boden bleiben können.«

»Ah«, sagte Bolin. »Wie unterhaltsam.«

»Den Unterhaltungswert haben wir natürlich auch im Auge«, gab McKie zu. »Dramatik und Pathetik lassen wir möglichst häufig wirken, damit auch die Öffentlichkeit etwas davon hat.«

»Theatralische Behinderung«, meinte Bolin sinnierend.

»Behinderung ist Stärkefaktor«, sagte McKie. »Nur den Stärksten gelingt es, alle Behinderungen zu überwinden und in Regierungskreisen Erfolg zu haben. Die Stärksten ... oder die Wendigsten, was mehr oder weniger das gleiche ist, wenn es ums Regieren geht.«

»Sehr einleuchtend«, sagte Bolin. Er rieb seine Handrücken, eine typische Pan-Spechi-Geste, die Zufriedenheit ausdrückte. »Haben Sie spezielle Anweisungen, die die politischen Parteien betreffen?«

»Wir säen Zwietracht, wo immer es möglich ist«, sagte McKie. »Opposition neigt dazu, Realitäten aufzuzeigen. Das ist einer unserer Leitsätze.«

»Würden Sie die Agenten Ihres Ministeriums als Unruhestifter bezeichnen?«

»Natürlich! Meine Eltern waren glücklich wie der Teufel, als ich schon als kleiner Junge die deutlichen Anlagen eines Unruhestifters zeigte. Sie wußten, daß es sich auszahlen würde, wenn ich erwachsen war. Also sorgten sie dafür, daß meine Veranlagung während der Schulzeit in die richtigen Bahnen gelenkt wurde. Ich bekam eine spezielle Ausbildung in angewandter Destruktion, fortgeschrittener Irritation, Erregung von Ärgernis Stufe I und II ... Ich hatte nur die besten Lehrer.«

»Sie sagen also, daß das Ministerium eine Einrichtung für die Unruhestifter der Gesellschaft ist?«

»Sieht man das nicht? Und Unruhestifter verlangen natürlich auch die Dienste der Ausbügler. Das ist eine Einrichtung für die, die etwas Nützliches leisten wollen. Wir erzielen damit ein Gleichgewicht, das der gesamten Gesellschaft dient.«

McKie wartete ab. Er beobachtete den Pan-Spechi und fragte sich, ob seine Antworten ihm genügten.

»Sie sind sich doch darüber im klaren, daß ich als Steuerfahnder zu Ihnen spreche?« fragte Bolin.

»Gewiß.«

»Die Öffentlichkeit finanziert dieses Ministerium. Sie bezahlt Menschen dafür, daß sie Unruhe stiften.«

»Ist es nicht auch so, daß die Öffentlichkeit die Polizei und die Steuerfahnder bezahlt?« fragte McKie.

Auf Bolins Gesicht zeigte sich ein hämisch-befriedigter Ausdruck. »Aber diese Behörden arbeiten zum Wohl der Menschheit!« sagte er.

»Bevor die Ausbildung beginnt«, sagte McKie, und seine Stimme nahm einen ernsten, belehrenden Tonfall an, »macht man den Saboteuranwärter mit sämtlichen unerfreulichen Perioden der Geschichte bekannt. Die Nützlichen hatten auch ihren Erfolg — vor langer Zeit. Sie haben es tatsächlich geschafft, der Regierung auch den letzten Rest von Bürokratie auszutreiben. Die riesige Maschinerie mit ihrer Macht über das Leben der Menschen lief dann immer schneller.« McKies Stimme wurde lauter. »Gesetze wurden in einer Stunde vorgelegt und verabschiedet. Beförderungen wurden innerhalb von zwei Wochen ausgesprochen und konnten ebenso schnell wieder rückgängig gemacht werden. Neue Ministerien schossen aus den unsinnigsten Gründen aus dem Boden.«

McKie holte tief Luft, als ihm klar wurde, welch emotionelles Gewicht er in seine Worte gelegt hatte.

»Faszinierend«, sagte Bolin. »Damals wurde noch etwas geleistet, wie?«

»Geleistet?« sagte McKie hochfahrend. »Es war wie ein gigantisches Rad, das plötzlich sein Gleichgewicht verlor! Die gesamte Regierungsstruktur sah sich der Gefahr ausgesetzt, in ihre Einzelteile zu zerfallen, bevor es einer Handvoll Menschen, die intelligent genug waren, um vorauszusehen, in welcher Gefahr man sich befand, gelang, in ihrer Verzweiflung das aufzubauen, was man das Sabotagekorps nannte.«

»Ohhh, ja. Ich habe von den Gewalttätigkeiten des Korps gehört.«

Er will mich provozieren, dachte McKie. Ihm wurde klar, daß ehrlicher Zorn ihm jetzt von Hilfe sein konnte. »Na schön«, sagte er, »anfangs hat es Blutvergießen und schreckliche Zerstörungen gegeben. Aber das große Rad lief nun langsamer. Die Regierung legte nun ein kontrollierbares Tempo vor.«

»Sabotage«, höhnte Bolin. »Statt Bürokratie.«

Gut, daß er mich daran erinnert, dachte McKie.

»Der Sabotage ist keine Aufgabe zu gering, und keine zu groß«, sagte er. »Wir sorgen dafür, daß sich das Rad langsam und reibungslos dreht. Irgendein anonymer Angehöriger des Korps hat es vor langer Zeit so formuliert: ›*Im Zweifelsfall bremsen wir die Großen und fördern die Kleinen.*‹«

»Gehören die Steuerfahnder Ihrer Meinung nach zu den Großen oder zu den Kleinen?« fragte Bolin mit milder Stimme.

»Zu den Großen«, sagte McKie und wartete darauf, daß Bolin in die Luft ging.

Aber der Pan-Spechi schien nur amüsiert zu sein. »Eine unglückliche Antwort.«

»Wie sagt doch die Verfassung?« sagte McKie. »›*Das Streben nach Unglück ist ein unveräußerliches Recht aller Menschen.*‹«

»Jeder hat ein Recht auf Schwierigkeiten«, sagte Bolin und klatschte in die Hände. Zwei Pan-Spechi in der Uniform der Systempolizei traten durch die Creme-de-menthe-Smaragdtür.

»Haben Sie es gehört?« fragte Bolin.

»Wir haben es gehört«, sagte einer der Polizisten.

»Hat er sein Ministerium verteidigt?«

»Das hat er«, sagte der Polizist.

»Sie haben die gerichtliche Verfügung gesehen«, sagte Bolin. »Es schmerzt mich zwar, weil Ser McKie die Gastfreundschaft meines Hauses akzeptiert hat, aber er muß unter Arrest bleiben, bis er vor Gericht gebraucht wird. Er ist freundlich zu behandeln, verstehen Sie?«

Ist er wirklich darauf aus, das Ministerium auszuschalten? fragte sich McKie plötzlich verwirrt. Habe ich alles falsch eingeschätzt?

»Sie gehen also davon aus, daß meine Worte Sabotage darstellen?« fragte McKie.

»Es war ein eindeutiger Versuch, den Obersten Dienstherrn der Steuerfahnder von seinen Pflichten abzubringen«, sagte Bolin. Er stand auf und verneigte sich.

McKie erhob sich von seinem Stuhlhund und legte eine äußerliche Zuversichtlichkeit an den Tag, die seinen Gefühlen nicht im geringsten entsprach. Er faltete die Hände und verbeugte sich tief. Er wirkte wieder wie eine großväterliche Kröte, die sich ihrer Bestimmung übergab. »Laut den Worten eines alten Sprichworts«, sagte er, »lebt der Gerechte in einer tiefen Gruft, und der Himmel erscheint ihm nur als kleines, rundes Loch.«

McKie gestattete es den Polizisten, ihn würdevoll aus dem Raum zu geleiten.

Hinter sich hörte er Bolin verwirrt murmeln: »Was hat er wirklich damit gemeint?«

»Hört! Hört! Die Sitzung der Ersten Instanz des Hohen Systemgerichts im Zentralsektor, ist jetzt eröffnet!«

Der Robohelfer wetzte geschäftig über die leere Hebebühne der im morgendlichen Sonnenlicht liegenden Gerichtsarena. Seine Stimme, die der räumlichen Ausdehnung des großen, kreisrunden Platzes genau angepaßt war, drang bis an die fernsten Mauern. »Personen, die ein Anliegen an das Gericht haben, treten vor!«

Die silberne Halbkugel, in der sich der Erste Magistrat Edwin Dooley befand, glitt durch eine Öffnung hinter dem erhöhten Podium herein, und die Hebebühne nahm eine passende Höhe an. Dooleys weißes Gerechtigkeitsschwert lag quer auf dem Tisch vor ihm. Dooley selbst saß in würdiger Stille da, bis der Robohelfer seine mit Stentorstimme gebrüllten Bekanntmachungen beendete und direkt neben der Hebebühne Aufstellung nahm.

Richter Dooley, ein großer Mann mit dunklen Augenbrauen, sah recht altertümlich in der ebenholzschwarzen Robe über weißem Leinen aus. Er war für seine klassischen Grundsatzentscheidungen bekannt.

Jetzt saß er mit unbewegtem Gesicht da, um seine Unruhe und seinen Ärger zu verbergen. Warum hatte man ausgerechnet ihm diesen heißen Fall zugeteilt? Weil er Immunität der Steuerfahnder gerichtlich hatte entscheiden lassen? Zu welchem Urteil er jetzt auch kam — das Ergebnis würde in einem Aufschrei bestehen. Sogar Präsident Hindley verfolgte die Verhandlung über einen heißen Sendedraht.

Der Präsident hatte ihn kurz vor der Verhandlung angerufen. Ihr Gespräch war zwar freundschaftlich verlaufen, und sie hatten sich die ganze Zeit über geduzt, aber seine Absicht war eindeutig gewesen: Die Regierung machte sich Sorgen um den Ausgang dieser Verhandlung. Die Wahlen standen vor der Tür; man brauchte Stimmen. Obwohl man weder ein Wort über das Budget noch über das Sabotageministerium verloren hatte, hatte der Präsident eins klargemacht: Kompromittiere das Sabotageministerium nicht — und sorge dafür, daß die Regierung die Unterstützung der Steuerfahnder behält!

»Gerichtsdiener, die Anwesenheitsliste«, sagte Richter Dooley.

Und er dachte: Ich urteile nach den Buchstaben des Gesetzes! Dagegen soll mal einer was sagen!

Die Textspule des Robohelfers summte. Auf dem Wiederholer vor dem Richter erschienen die Worte, als der Robohelfer verkündete: »Das Volk gegen Clinton Watt, Jorj X. McKie und das Sabotageministerium ...«

Dooley schaute in die Gerichtsarena und musterte die Gruppe, die an dem rechteckigen schwarzen Tisch des Verteidigungsrings links von ihm Platz genommen hatte: Den grimmig dreinblickenden Watt mit seinem grausigen Medusenkopf; McKie, der so tat, als bemühe er sich krampfhaft, über den blöden Witz nicht zu lachen — und dazwischen ihr Anwalt Pander Oulson, der oberste Rechtsverdreher der Sabotageministeriums. Oulson war ein ungeschlachter Klotz von einem Mann. Er trug die weiße Robe des Verteidigers. Seine Augen glitzerten listig; er hatte buschige Brauen, und sein Gesicht bestand fast nur aus Narben.

Am Tisch des Anklägers — rechts von Dooley — saß Staatsanwalt Holjance Vohnbrook, eine magere Vogelscheuche in der roten Robe der Staatsmacht. Neben ihm saßen ein schüchtern wirkender Assistent und Panthor Bolin, der Pan-Spechi-Nebenkläger. Seine facettierten Augen waren unter schweren geäderten Lidern verborgen.

»Sind alle Beteiligten anwesend?« fragte Dooley. Oulson und Vohnbrook erhoben sich nickend.

»Mit Erlaubnis des Hohen Gerichts«, polterte Vohnbrook,

»möchte ich die anwesenden Angehörigen des Sabotageministeriums darauf hinweisen, daß das Gericht dem Einfluß ihrer Tätigkeit nicht unterliegt.«

»Sollte der Herr Staatsanwalt also über die eigenen Beine stolpern«, sagte Oulson, »so versichere ich ihm, daß dies an seiner eigenen Tolpatschigkeit liegt und nicht auf meine oder die Schuld meiner Mandanten zurückzuführen ist.«

Vohnbrooks Gesicht lief dunkelrot an. »Es ist bestens bekannt, wie Sie ...«

Ein lautes Trommeln erfüllte die Gerichtsarena, als Richter Dooley den Griff seines Amtsschwertes berührte. Das Geräusch erstickte die Worte des Anklägers. Als wieder Ruhe herrschte, sagte Dooley: »Das Gericht wird keine persönlichen Schmähungen dulden. Ich möchte, daß dies von Anfang an klar ist.«

Oulson lächelte. Sein narbiges Gesicht verzog sich dabei zu einer Grimasse. »Ich bitte um Entschuldigung, Euer Ehren«, sagte er.

Dooley ließ sich in seinen Sessel zurücksinken, doch das Glitzern in Oulsons Augen entging ihm nicht. Dann wurde ihm klar, daß der in Sabotageangelegenheiten bestens versierte Anwalt die Auseinandersetzung mit dem Staatsanwalt bewußt in Szene gesetzt hatte, um sich die Sympathie des Gerichts zu erschleichen.

»Die Anklage lautet auf gesetzeswidrige Sabotage und Verstoß gegen die entsprechenden gerichtlichen Anordnungen«, sagte Dooley. »Ist beiden Parteien die Anklageschrift zugestellt worden, und wurde die Öffentlichkeit durch eine entsprechende Verlautbarung zu diesem Prozeß eingeladen?«

»So lautet die Aufzeichnung«, sagte der Robohelfer.

Oulson beugte sich über den Verteidigertisch und sagte: »Euer Ehren, der Beklagte Jorj X. McKie hat mich als Verteidiger abgelehnt und ersucht um eine Abtrennung seines Verfahrens. Ich vertrete nur das Ministerium und Clinton Watt.«

»Wer erscheint für den Beklagten McKie?« fragte der Richter.

McKie, der sich fühlte wie ein Mann, der Anstalten macht,

über einen tiefen Abgrund zu springen, stand auf und sagte: »Ich möchte mich selbst verteidigen, Euer Ehren.«

»Ich muß Sie davor warnen«, sagte Dooley.

»Ser Oulson hat mir ebenfalls klargemacht, daß ich damit einen ziemlichen Tölpel vertrete«, sagte McKie. »Aber ich bin, wie alle Agenten des Ministeriums, in Rechtsfragen ausgebildet. Ich bin Mitglied der Anwaltskammer dieses Systems und habe bereits unter dem Gowachin-Kodex praktiziert, wo die Doppel-Negativ-Unschuld beizubringen ist, bevor man eine Verbrechensanklage gegen den Staatsanwalt vorbringen und ihn zwingen kann, rückwirkend ...«

»Wir sind hier nicht auf Gowachin«, sagte Richter Dooley.

»Darf ich das Hohe Gericht daran erinnern«, sagte Vohnbrook, »daß der Beklagte McKie ein Außerordentlicher Saboteur ist. Jede Äußerung dieses Mannes ...«

»Das Gesetz, das für Außerordentliche Saboteure gilt, ist identisch mit dem für alle anderen«, sagte Oulson.

»Meine Herren!« sagte der Richter. »Ich muß doch sehr bitten! Ich werde in diesem Gericht das Gesetz verkünden.« Er wartete schweigend einen Moment ab und fuhr dann fort: »Ich werde das Betragen sämtlicher an diesem Fall beteiligter Parteien auf das sorgfältigste beobachten.«

McKie zwang sich, einen gelassenen und zuversichtlichen Eindruck zu machen.

Watt, der aufgrund seines großen Wissens in McKies Haltung ein Zeichen von Gefahr sah, zupfte nervös an Oulsons Ärmel. Oulson winkte ab. Watt funkelte McKie an.

»Wenn das hohe Gericht gestattet«, sagte McKie, »möchte ich bemerken, daß eine gemeinsame Verteidigung und unter den gegebenen Umständen einen Verstoß gegen ...«

»Das Gericht ist sich der Tatsache durchaus bewußt, daß dieser Fall auf der Basis einer Anklageschrift durch ein Robolegium zusammengelegt wurde«, sagte Dooley. »Ich mache jedoch die Anklage und die Verteidigung darauf aufmerksam, daß ich in solchen Fällen eigene Entscheidungen zu treffen pflege. Das Gesetz und das Robolegium sind von Menschen geschaffen und erfordern mithin menschliche Interpretation.

Außerdem möchte ich hinzufügen: ich bin der Meinung, daß in allen Konflikten zwischen menschlichen und maschinellen Einrichtungen die menschlichen Vorrang haben.«

»Ist dies eine Anhörung oder eine Gerichtsverhandlung?« fragte McKie.

»Wir werden auf der Grundlage der vorzulegenden Beweise wie bei einer Gerichtsverhandlung verfahren.«

McKie stützte sich mit den Händen auf die Tischplatte und musterte den Richter. Ein unbehagliches Gefühl stieg in dem Saboteur auf. Mit Dooley war nicht zu spaßen. Und er hatte sich in diesem Fall eine Menge Möglichkeiten offengelassen. Sie stellten nicht nur eine unmittelbare Gefahr für das Ministerium dar, sondern konnten auch weitreichende Folgen haben — unter Umständen sogar katastrophale. Seinen Selbsterhaltungstrieb unterdrückend fragte McKie sich, ob er im Rahmen dieses Gerichts einen Sabotageversuch wagen durfte.

»Die Robolegium-Anklage erfordert eine gemeinschaftliche Verteidigung«, sagte McKie. »Ich gestehe Sabotage zum Nachteil von Ser Clinton Watt, erinnere jedoch an Paragraph 4, Absatz 91 des revidierten Verfassungszusatzes, laut dem der Sabotageminister ausdrücklich von der Sabotageimmunität ausgenommen wird. Diesen Anklagepunkt bestreite ich. Zum Zeitpunkt meiner Tat war ich Angehöriger des Sabotageministeriums, und es gehörte zu meinen Pflichten, die Fähigkeit und Qualifikation meines Vorgesetzten zu prüfen.«

»Mmm«, machte Dooley. Er sah, daß der Staatsanwalt erkannt hatte, wohin McKies Logik führte. Wenn McKie, als er das Gespräch mit dem Pan-Spechi geführt hatte, nicht mehr auf der Gehaltsliste des Ministeriums gewesen war, stand die Anklage auf tönernen Füßen.

»Möchte der Staatsanwalt Anklage wegen Verschwörung erheben?« fragte Dooley.

Zum ersten Mal, seit Oulson die Gerichtsarena betreten hatte, wirkte er aufgeregt. Er wandte sich mit seinem narbigen Gesicht dem medusenhäuptigen Watt zu und flüsterte mit dem Angeklagten. Oulsons Gesicht wurde immer finsterer, je länger er flüsterte.

»Wir erheben zur Zeit keine Anklage wegen Verschwörung«, sagte Vohnbrook. »Wir wären jedoch mit einer Abtrennung des Verfahrens einverstanden ...«

»Euer Ehren!« rief Oulson und sprang auf. »Die Verteidigung muß zum gegenwärtigen Zeitpunkt gegen eine Abtrennung des Verfahrens Einspruch erheben. Unsere Beweisführung ...«

»Das Gericht weist beide Parteien darauf hin, daß es jetzt nicht darum geht, die Beklagten zu überführen und den Staatsanwalt zu entlasten, bevor wir den Fall überhaupt beginnen. Sollte jedoch eine der Parteien die Absicht haben, das Gericht abzulehnen ...«

Vohnbrook verneigte sich mit selbstgefälliger Miene vor dem Richter und sagte: »Euer Ehren, wir beantragen die Entfernung des Namens McKie aus der Anklageschrift und bitten darum, ihn als Zeugen der Anklage bereitzuhalten.«

»Einspruch!« rief Oulson. »Die Anklage weiß genau, daß sie einen Kronzeugen nicht mit frei erfundenen ...«

»Einspruch abgelehnt!« sagte Dooley.

»Beanstandet!«

»Notiert!«

Dooley wartete, bis Oulson wieder auf seinem Stuhl saß. Ein Tag, an den man sich erinnern wird, dachte er. Die Saboteure haben sich selbst ausgetrickst! Doch dann bemerkte er das schlitzohrige Glitzern in McKies Blick und erkannte plötzlich, daß er dieses Manöver in voller Absicht eingeleitet hatte.

»Die Anklage möge ihren ersten Zeugen aufrufen«, sagte der Richter und drückte den Knopf, der dem Robohelfer befahl, McKie vom Tisch der Anklage in eine Verhörkabine zu bringen.

Das ausgehungerte Gesicht von Staatsanwalt Vohnbrook nahm einen fast vergnügten Ausdruck an. Er rieb eines seiner schweren Lider und sagte: »Rufen Sie Panthor Bolin auf!«

Der Achusische Kapitalist stand auf und trat in den Zeugenring. Der Sichtschirm des Robohelfers flammte auf und verkündete für das Protokoll: »Panthor Bolin von Achus IV, ausgewiesener Zeuge im Fall A011-5BD4gY74R6, vor dem Hohen Systemgericht ZRZ1. — Der Treueeid wurde geleistet; Panthor Bolin ist zur Aussage bereit.«

»Panthor Bolin, sind Sie der Leiter einer Organisation, die unter dem Namen Steuerfahnder bekannt ist?« fragte Vohnbrook.

»Ich ... äh ... j-ja«, stammelte Bolin. Er fuhr sich mit einem großen blauen Taschentuch über die Stirn und musterte McKie mit einem scharfen Blick.

Jetzt hat er kapiert, was ich tun muß, dachte McKie.

»Ich zeige Ihnen hier eine Aufzeichnung der Robolegium-Anklageschrift«, sagte Vohnbrook. »Gemäß der Bestätigung der Systempolizei handelt es sich um eine Unterredung, die Sie mit Jorj X. McKie geführt haben, wobei ...«

»Euer Ehren!« warf Oulson ein. »Beide Zeugen der angeblichen Unterredung sind hier anwesend. Es gibt also direktere Möglichkeiten, um in dieser Angelegenheit an wichtige Informationen zu gelangen. Außerdem erhebe ich, da in diesem Fall noch immer die Gefahr einer Verschwörungsanklage besteht, Protest dagegen, daß ein Mensch mit Hilfe einer Aufzeichnung gezwungen werden soll, gegen sich selbst auszusagen.«

»Ser McKie steht nicht mehr als Angeklagter vor Gericht, und Ser Oulson ist nicht mehr sein Verteidiger«, blökte Vohnbrook.

»Doch sein Einspruch hat etwas für sich«, sagte Dooley. Er sah zu McKies Kabine hinüber.

»Die Unterredung, die ich mit Ser Bolin geführt habe, enthält nichts Komprimittierendes«, sagte McKie. »Ich habe keine Bedenken, die Aufzeichnung hier vorzuführen.«

Bolins Gestalt straffte sich. Er schien etwas sagen zu wollen, doch dann setzte er sich wieder.

Jetzt weiß er es genau, dachte McKie.

»Dann werde ich erlauben, daß die Aufzeichnung bei der Urteilsfindung mit einbezogen wird«, sagte Dooley.

Clinton Watt, der am Verteidigertisch saß, verbarg sein Medusenhaupt in den Händen.

Vohnbrook sagte mit einem Totenkopfgrinsen: »Ser Bolin, ich spiele Ihnen die Aufzeichnung gleich vor. Doch sagen Sie uns bitte vorher, ob Ser McKie im Verlauf des Gesprächs irgendeiner Art Nötigung ausgesetzt war.«

»Einspruch!« brüllte Oulson und schoß in die Höhe. Sein

Gesicht war zu einer finsteren Maske geworden. »Zur Zeit der angeblichen Unterredung war Ser McKie nicht mehr Mitarbeiter des Sabotageministeriums.« Er sah Vohnbrook wütend an. »Die Verteidigung verbittet sich den offensichtlichen Versuch der Anklage, eine Verbindung zwischen Ser McKie und ...«

»Angebliche Unterredung!« fauchte Vohnbrook. »Ser McKie hat ihrer Vorführung selbst zugestimmt!«

Mit leiser Wut sagte Dooley: »Einspruch stattgegeben. Solange keine stichhaltigen Beweise einer Verschwörung vorgelegt werden, wird keine Äußerung, die Ser McKie als Agenten des Sabotageministeriums bezeichnen, mehr zugelassen.«

»Aber Euer Ehren!« protestierte Vohnbrook. »Ser McKies Handlungsweise läßt doch gar keine andere Interpretation zu!«

»Ich habe meine Entscheidung bekanntgegeben«, sagte Dooley. »Fahren Sie fort!«

McKie erhob sich in der Kabine und sagte: »Gestatten Euer Ehren, daß ich dem Hohen Gericht behilflich bin?«

Dooley lehnte sich mit einer Hand am Kinn zurück und dachte über seine Frage nach. Das allgemeine unbehagliche Gefühl, das dieser Fall in ihm erzeugte, wurde immer stärker, wenn er auch nicht konkret sagen konnte, woran es lag. Jede Handlung McKies schien ihm verdächtig. Dooley fiel ein, wie bekannt der Außerordentliche Saboteur war für seine schrägen Züge und schlitzohrigen Anschläge. Er hatte bisher noch jeden reingelegt, und das stank ihm gewaltig.

»Sie dürfen erklären, was Sie meinen«, sagte Dooley, »aber ich bin nicht bereit zuzulassen, daß Ihre Aussagen auch zu Protokoll genommen werden.«

»Der Codex des Sabotageministeriums würde die Angelegenheit von selbst erklären«, sagte McKie und erkannte, daß er damit alle Brücken hinter sich abbrach. »Mein Vorgehen bei der erfolgreichen Sabotage des seinerzeit amtierenden Ministers Watt ist aktenkundig.«

McKie deutete auf das Medusenhaupt Watts, das jetzt, wo er sich reckte und durch die Arena starrte, sichtbar wurde.

»Des seinerzeit amtierenden Ministers?« fragte der Richter.

»So muß man es sehen«, sagte McKie. »Laut Ministeriumscodex ist der Minister, wenn er erfolgreich sabotiert wurde ...«

»Euer Ehren!« rief Oulson aus. »Wir laufen Gefahr, daß hier wichtige Geheimnisse offenbart werden! Soweit ich weiß, wird dieser Prozeß öffentlich ausgestrahlt!«

»Als zukünftiger Sabotageminister werde ich entscheiden, wann die Sicherheitsvorschriften verletzt werden und wann nicht!« fauchte McKie.

Watt vergrub den Kopf wieder in den Händen und stöhnte.

Oulson stotterte aufgeregt.

Dooley starrte McKie schockiert an.

Vohnbrook brach den Bann schließlich, indem er sagte: »Euer Ehren, dieser Mann ist noch nicht vereidigt worden. Ich schlage vor, wir entschuldigen Ser Bolin eine Weile und lassen Ser McKie seine Erklärung unter Eid wiederholen.«

Dooley holte tief Luft und sagte: »Hat die Verteidigung im Augenblick noch Fragen an Ser Bolin?«

»Im Augenblick nicht«, murmelte Oulson. »Ich nehme an, er wird noch einmal aufgerufen?«

»Das wird er«, sagte Dooley. Er wandte sich zu McKie um. »Treten Sie in den Zeugenring, Ser McKie.«

Bolin trat wie ein Schlafwandler aus dem Zeugenring und kehrte an den Tisch der Anklage zurück. Die Facettenaugen des Pan-Spechi glitzerten auf ungewöhnliche Art, und er bewegte sich in der Art eines Menschen, der niedergeschlagen wirkt.

McKie trat in den Ring, legte den Eid ab und wandte sich Vohnbrook zu. Sein Gesicht strahlte Ernst und Entschlossenheit aus, wie er es sich vorgenommen hatte.

»Sie haben sich als zukünftigen Sabotageminister bezeichnet, Ser McKie«, sagte Vohnbrook. »Würden Sie das bitte erklären?«

Ehe McKie antworten konnte, hob Watt den Kopf und knurrte: »Sie sind ein Verräter, McKie!«

Dooley packte den Griff seines Schwertes, um seine Unabhängigkeit zu demonstrieren und donnerte: »Ich dulde keine derartigen Ausbrüche vor meinem Gericht!«

Oulson legte eine Hand auf Watts Schulter. Beide starrten McKie düster an. Die Tentakel auf Watts Kopf zuckten erregt und nahmen alle Farben des Spektrums an.

»Ich weise den Zeugen darauf hin«, sagte Dooley, »daß seine Äußerungen vielleicht eine Verschwörung aufdecken. Alles, was er sagt, kann gegen ihn verwendet werden.«

»Es gibt keine Verschwörung, Euer Ehren«, sagte McKie. Er wandte sich zwar zu Vohnbrook um, schien jedoch in Wirklichkeit die Worte an Watt zu richten. »Seit Jahrhunderten ist die Funktion des Sabotageministeriums immer bekannter geworden, doch bestimmte Aspekte, etwa die der Wachablösung, wenn man es so ausdrücken will, sind streng geheim geblieben. Es ist eine Faustregel, daß derjenige, der es fertigbringt, sich persönlich vor Sabotageakten zu bewahren, am besten dazu geeignet ist, das Ministerium zu leiten. Sobald jedoch ein erfolgreicher Sabotageakt an ihm verübt worden ist, muß der Minister zurücktreten und dem Präsidenten und dem Kabinett seinen Posten zur Neubesetzung übergeben.«

»Er ist damit draußen?« fragte Dooley.

»Nicht unbedingt«, sagte McKie. »Doch wenn der Sabotageakt clever war und ausreichende Wirkung zeigt, wird er durch den erfolgreichen Saboteur ersetzt. Dann ist er wirklich aus dem Geschäft.«

»Dann obliegt es jetzt beim Präsidenten und dem Kabinett, sich zwischen Ihnen und Ser Watt zu entscheiden — wollen Sie das damit sagen?«

»Zwischen mir und Watt?« fragte McKie. »Nein. Ich bin der zukünftige Minister, weil mir ein erfolgreicher Sabotageakt gegen Ser Watt gelungen ist. Und weil ich nebenbei auch noch der dienstälteste Außerordentliche Saboteur bin.«

»Aber angeblich hat man Sie doch gefeuert«, warf Vohnbrook ein.

»Das war nur eine Formalität«, sagte McKie. »Es ist so Sitte, den erfolgreichen Saboteur erst einmal zu feuern. Das macht ihn erst wählbar, wenn er darauf aus ist, Minister zu werden. Ich habe allerdings momentan keine solchen Ambitionen.«

Watt sprang auf und starrte McKie an.

McKie schob einen Finger hinter seinen Kragen, als ihm die körperliche Gefahr, der er sich gegenübersah, bewußt wurde. Ein Blick auf den Pan-Spechi bestätigte diesen Eindruck. Bolin hielt sich offenbar nur mit größter Mühe zurück.

»Das ist ja alles sehr interessant«, höhnte Vohnbrook. »Aber welchen Einfluß sollte das schon auf den gegenwärtigen Prozeß haben? Die Anklage lautet auf ungesetzliche Sabotage gegen die Steuerfahnder, die Ser Bolin vertritt. Wenn Ser McKie ...«

»Wenn der ehrenwerte Staatsanwalt gestattet«, sagte McKie, »ich glaube, ich kann seine Befürchtungen zerstreuen ...«

»Es stinkt förmlich nach einer Verschwörung!« rief Vohnbrook aus. »Was ist mit ...«

Ein lautes Trommeln unterbrach ihn, als Richter Dooley sein Schwert hob. Als wieder Ruhe eingekehrt war, ließ der Richter das Schwert sinken und legte es fest vor sich auf den Tisch.

Dooley brauchte einen Augenblick, um sich zu beruhigen. Er spürte, auf welch schmalem politischen Grat er wandelte, und er dankte seinem Glücksstern, daß er sich die Möglichkeit offengehalten hatte, das gegenwärtige Verfahren als Prozeß oder als Hearing zu deklarieren.

»Wir fahren jetzt in aller Ordnung fort«, sagte er. »Dazu sind Gerichte nämlich unter anderem da.« Er holte tief Luft. »Zum Glück sind hier diverse Personen anwesend, deren Bemühen um Recht und Ordnung außer Frage steht. Ich würde meinen, daß dazu auch Staatsanwalt Ser Vohnbrook zählt; ebenso der ehrenwerte Anwalt der Verteidigung, Ser Oulson, sowie Ser Bolin, dessen Rasse als vernünftig und human bekannt ist. Und die ehrenwerten Repräsentanten des Sabotageministeriums, deren Tätigkeit hie und da vielleicht mal Verärgerung hervorrufen, die aber ansonsten, wie jedem von uns bekannt ist, ausschließlich das Prinzip verfolgen, uns zu stärken und unsere inneren Kräfte zu festigen.«

Der Mann hat den Beruf verfehlt, dachte McKie. Mit solchen Sprüchen wäre er in der Legislative besser aufgehoben.

Vohnbrook ließ sich verlegen auf seinen Stuhl sinken.

»Wenn ich mich nicht irre«, sagte der Richter, »hat Ser McKie von zwei Sabotageakten gesprochen.« Dooley sah auf McKie hinunter. »Ser McKie?«

»So könnte es aussehen, Euer Ehren«, sagte McKie in der Hoffnung, die gegenwärtige Stimmung des Richters erkannt zu haben. »Doch wahrscheinlich sieht sich dieses Gericht der einzigartigen Situation gegenüber, über diese Frage zu entscheiden. Die zitierte Sabotagehandlung, Euer Ehren, wurde nämlich von einem Pan-Spechi-Agenten des Ministeriums eingeleitet. Doch nun scheint es so, als wolle sich ein Hortgefährte des Agenten das Verdienst zugutehalten, die Sache ...«

»Wagen Sie etwa die Unterstellung, daß ich nicht der Halter meines Gruppen-Egos bin?« fragte Bolin.

Ohne genau zu wissen, wo sie war und was, war McKie sich instinktiv der Tatsache bewußt, daß der Pan-Spechi eine Waffe auf ihn gerichtet hielt. In ihrer Kultur gab es genügend Hinweise darauf, daß sie über eine Waffe zur Verteidigung des Egos verfügten.

»Ich habe nichts dergleichen unterstellt«, sagte McKie so hastig und mit soviel Überzeugungskraft, wie er in seine Stimme legen konnte. »Aber Sie können die terranisch-menschliche Kultur nicht so falsch interpretiert haben, daß Sie nicht wissen, was Ihnen jetzt bevorsteht.«

Von irgendeinem Instinkt gewarnt, verfolgten der Richter und die anderen schweigend diese Auseinandersetzung.

Bolin schien mit jeder Körperzelle zu zittern. »Ich bin in Bedrängnis«, murmelte er.

»Gäbe es eine Möglichkeit, diese Bedrängnis zu vermeiden, hätte ich sie ergriffen«, sagte McKie. »Sehen Sie eine andere Möglichkeit?«

Immer noch bebend, sagte Bolin: »Ich muß tun, was ich tun muß.«

Dooley sagte mit leiser Stimme: »Ser McKie, was geht hier vor?«

»Zwei Kulturen unternehmen wenigstens den Versuch, einander zu verstehen«, sagte McKie. »Seit Jahrhunderten haben wir scheinbar voller Verständnis zusammengelebt. Aber der Schein kann manchmal auch trügen.«

Oulson wollte aufstehen, doch Watt riß ihn zurück.

McKie bemerkte, daß sein Ex-Chef die Gefahr erkannt hatte. Ein Punkt zu Watts Gunsten.

»Sie verstehen, Ser Bolin«, sagte McKie und musterte den

Pan-Spechi sorgfältig, »daß die Dinge offen zur Sprache kommen und sorgfältig diskutiert werden müssen, bevor vor diesem Gericht eine Entscheidung fallen kann. Das ist eine der Gesetzesregeln, denen auch Sie sich unterworfen haben. Ich bin geneigt, Ihr Streben nach dem Ministeramt zu unterstützen, doch meine Entscheidung hängt vom Ergebnis dieser Anhörung ab.«

»Welche Dinge müssen hier diskutiert werden?« fragte Dooley. »Und mit welchem Recht nennen Sie diese Verhandlung eine Anhörung, Ser McKie?«

»Es war nur so dahingesagt«, sagte McKie. Seine Aufmerksamkeit galt weiterhin Bolin, und er fragte sich, welch entsetzliche Waffe die Pan-Spechi wohl zur Verteidigung ihres Egos einsetzten. »Was sagen Sie, Ser Bolin?«

»Sie beschützen die Unverletzlichkeit Ihres Daheims«, sagte Bolin. »Wollen Sie mir das gleiche Recht verwehren?«

»Die Unverletzlichkeit«, sagte McKie. »Aber nicht die Heimlichkeit.«

Dooley sah von McKie zu Bolin, bermerkte die angespannt lauernde Haltung des Pan-Spechi und bemerkte, daß er eine Hand in der Jackentasche verborgen hielt. Dem Richter drängte sich der Verdacht auf, daß der Pan-Spechi eine Waffe hatte, die er gegen jemanden einsetzen konnte, der an diesem Verfahren beteiligt war. Bolin sah zwar so aus, als würde er es tun, doch Dooley zögerte, die Wachen zu rufen, als ihm einfiel, was er über die Pan-Spechi wußte. Er wollte keine Krise herbeiführen. Die Pan-Spechi galten als anerkannte Mitglieder der menschlichen Rasse und als gute Freunde — aber auch als schreckliche Feinde. Es gab ständig Andeutungen über ihre geheimen Kräfte, ihre eifersüchtige Ego-Haltung, und die Wildheit, mit der sie die Geheimnisse ihrer Horte verteidigten.

Bolins Zittern ließ langsam nach. »Sprechen Sie aus, was Sie aussprechen müssen«, knurrte er.

McKie stieß ein stummes Gebet aus und hoffte, daß der Pan-Spechi seine Reflexe beherrschte. Dann wandte er sich den Kameras an der gegenüberliegenden Wand zu, die die Gerichtsverhandlung überallhin ins Universum übertrugen.

»Ein Pan-Spechi, der den Namen Napoleon Bildoon annahm, war einer der führenden Agenten des Sabotageministeriums«, sagte McKie. »Agent Bildoon verschwand zu dem Zeitpunkt von der Bildfläche, als Panthor Bolin die Leitung der Steuerfahnder übernahm. Es ist zu befürchten, daß die Organisation der Steuerfahnder eine raffiniert ausgeklügelte Sabotageaktion darstellt, die sich gegen das Sabotageministerium selbst richtet, und es erhebt sich die Frage: hat Bildoon sie selbst aufgebaut?«

»Es gibt keine Person namens Bildoon!« schrie Bolin.

»Ser McKie«, sagte Richter Dooley, »würde es Ihnen etwas ausmachen, diese Eröffnungen in meinem Amtszimmer fortzusetzen?« Er sah den Saboteur an und gab sich Mühe gleichzeitig freundlich und ernst zu wirken.

»Euer Ehren«, sagte McKie, »dürfen wir, aus Respekt einem menschlichen Wesen gegenüber, Ser Bolin diese Entscheidung überlassen?«

Bolin richtete seine Facettenaugen auf den Richtertisch und sagte leise: »Wenn es dem Hohen Gericht gefällt, wäre es am besten, es öffentlich zu tun.« Er zog die Hand aus der Tasche. Sie war leer. Er beugte sich über den Tisch und packte die Vorderkante mit beiden Händen. »Bitte, fahren Sie fort, Ser!«

McKie schluckte, überwältigt vor Bewunderung für den Pan-Spechi. »Es wird mir ein außerordentliches Vergnügen sein, unter Ihnen zu dienen, Ser Bolin«, sagte er.

»Tun Sie, was Sie tun müssen!« knurrte Bolin.

McKie sah das Erstaunen auf den Gesichtern Watts und der Anwälte und den fragenden Blick des Richters. »In der Sprache der Pan-Spechi gibt es zwar niemanden namens Bildoon«, sagte er, »aber eine Person dieses Namens hat als Gruppengefährte Ser Bolins existiert. Ich gehe davon aus, daß Ihnen die Ähnlichkeit der Namen aufgefallen ist.«

»Äh, ja«, sagte Dooley.

»Ich fürchte, in den Augen der Pan-Spechi bin ich so etwas wie ein Spanner oder ein Voyeur, oder wie man es auch nennen will«, sagte McKie. »Doch es geschah alles nur, weil ich jene Art von Sabotageakt entdeckt zu haben glaubte, auf die ich schon hinwies. Die Steuerfahnder wußten einfach zuviel über die Interna des Sabotageministeriums.«

»Ich ... ah ... ich weiß nicht, ob ich Sie verstehe«, sagte Dooley.

»Was mich betrifft, so ist das bestgehütetste Geheimnis des Universums — die zyklische Geschlechtsveränderung der Pan-Spechi-Existenz und ihr Identitätswechsel — kein Geheimnis mehr«, sagte McKie. Er schluckte, als Bolins Finger, die die Kante des Anklägertisches umklammerten, weiß wurden.

»Ist es für die Verhandlung von Wichtigkeit?« fragte der Richter.

»Und wie, Euer Ehren«, sagte McKie. »Die Pan-Spechi verfügen nämlich über eine einzigartige Drüse, die Denkweise, Vorherrschaft und die Beziehung zwischen Vernunft und Instinkt regelt. Die fünf Gruppengefährten sind in Wirklichkeit eine einzige Person. Darauf möchte ich aus Gründen rechtlicher Notwendigkeit hinweisen.«

»Rechtlicher Notwendigkeit?« fragte Dooley. Er sah den offensichtlich geschafften Bolin an und musterte dann McKie.

»Wenn die Drüse funktioniert, wird das Gruppen-Ego jenes Pan-Spechi vorherrschend, in dem sie arbeitet. Aber sie arbeitet nur eine begrenzte, festgelegte Zeit lang; etwa fünfundzwanzig bis dreißig Jahre.« McKie sah Bolin an. Der Pan-Spechi zitterte jetzt wieder. »Bitte, verstehen Sie, Ser Bolin«, sagte er, »daß ich dies nur aus Gründen der Notwendigkeit tue, nicht aus Sabotagegründen.«

Bolin hob das Gesicht, um McKie anzusehen. Die Züge des Pan-Spechi erschienen ihm schmerzverzerrt. »Machen Sie schon weiter, Mensch!« krächzte er.

»Ja«, sagte McKie und wandte sich wieder dem verwirrt schauenden Richter zu. »Die Ego-Übertragung, Euer Ehren, umfaßt bei den Pan-Spechi auch die Aufgabe dessen, was wir vielleicht als Grunderfahrung bezeichnen können. Diese Übertragung bewirkt, wenn der Halter des Egos stirbt, egal, wie weit er auch vom Hort entfernt ist, daß der älteste Hort-Drilling stimuliert wird. Das Einzel-Ego hinterläßt dem Gefährten nach Möglichkeit auch ein verbales Vermächtnis — was meist der Fall ist. Besonders diesmal.«

Dooley lehnte sich zurück. Allmählich verstand er, welche rechtliche Frage McKies Zusammenfassung berührte.

»Der Sabotageakt, der einen Pan-Spechi für den Posten des Sabotageministers wählbar machen könnte, ist durch einen ... ah ... Zellgefährten Ser Bolins inszeniert worden — ist das richtig?« fragte Dooley.

McKie wischte über die Augenbrauen. »Genau, Euer Ehren.«

»Doch dieser Zellgefährte ist nicht mehr der Halter des Gruppen-Egos, wenn ich das richtig verstehe.«

»So könnte man es ausdrücken, Euer Ehren.«

»Der ... ah ... vorherige Ego-Halter, dieser ... ah ... Bildoon, ist für den Posten nicht mehr wählbar?«

»Bildoon, oder das, was einst Bildoon war, ist jetzt ein Geschöpf, das nur noch auf der Basis von Instinkten lebt, Euer Ehren«, sagte McKie. »Es wird für eine gewisse Zeit fähig sein, als Hüter des Horts zu fungieren, doch irgendwann wird es einer anderen Bestimmung zugeführt, die ich lieber nicht erläutern möchte.«

»Ach so.« Dooley schaute zum Wetterschutz der Gerichtsarena hinauf. Er verstand allmählich, was McKie riskiert hatte. »Und Sie unterstützen Ser Bolins Anspruch auf das Ministeramt?«

»Wenn Präsident Hindley und das Kabinett der Empfehlung des dienstältesten Ministeriumsagenten folgen, und das haben sie früher immer getan, wird Ser Bolin der neue Minister sein«, sagte McKie. »Meine Stimme hat er.«

»Warum?« fragte Dooley.

»Weil die Pan-Spechi wegen ihres werdenden Ichs den Gefühlen anderer gegenüber eine viel solidarischere Haltung entwickeln als alle anderen anerkannten humanoiden Rassen«, sagte McKie. »Es zeigt sich in einem Verantwortungsgefühl für alles, was lebt, ohne daß sie dabei rührselig werden. Wo es sich als erforderlich erweist, Stärke zu demonstrieren, opponieren sie auch. Ihr Leben im Hort bietet dafür mehrere klare Beispiele, die ich allerdings nicht beschreiben möchte.«

»Ich verstehe«, sagte Dooley, obwohl er sich eingestehen mußte, daß dies nicht der Fall war. McKies Hinweise auf unaussprechliche Praktiken beunruhigten ihn. »Aber Sie sind der Meinung, daß die Sabotageakten Bildoon-Bolins ihn qualifizieren, vorausgesetzt, das Gericht faßt den Beschluß, sie als eine Person anzuerkennen?«

»Wir sind nicht die gleiche Person!« schrie Bolin. »Wie können Sie es wagen! Dieser schlurfende, klammernde ...«

»Nur immer sachte!« sagte McKie. »Ser Bolin, ich bin sicher, Sie werden die Notwendigkeit dieser rechtlichen Fiktion einsehen.«

»Rechtliche Fiktion«, sagte Bolin, als klammere er sich an die Worte. Seine Facettenaugen starrten McKie durch die Gerichtsarena an. »Vielen Dank für Ihre verbalen Nettigkeiten, McKie.«

»Sie haben meine Frage nicht beantwortet, Ser McKie«, sagte Dooley und ignorierte das Zwiegespräch mit Bolin.

»Ser Watt durch die Sabotage des gesamten Ministeriums zu sabotieren, zeugt von einer Finesse und geistigen Überlegenheit, die nie zuvor bei solchen Bemühungen angewandt wurde«, sagte McKie. »Dadurch wird das gesamte Ministerium gestärkt.«

McKie sah Watt an. Das Tentakelgewirr auf dem Kopf des amtierenden Ministers hatte mit seinem Zucken aufgehört. Watt musterte Bolin mit einem prüfenden Blick. Als er sich der Stille in der Gerichtsarena bewußt wurde, sah er McKie an.

»Sind Sie nicht meiner Meinung, Ser Watt?« fragte McKie.

»O doch. So ziemlich«, sagte Watt.

Die Ehrlichkeit in Watts Stimme erstaunte den Richter. Zum ersten Mal fragte er sich, mit welcher Hingabe diese Männer ihren Aufgaben nachgingen.

»Das Sabotageministerium ist eine sehr empfindliche Institution«, sagte McKie. »Entsagung gehört zu den Hauptattributen, die ein guter Saboteur mitbringen muß, um seinen Pflichten genüge zu tun. Ich möchte, daß Sie verstehen, was unser Pan-Spechi-Freund heute getan hat. Angenommen, Euer Ehren, ich hätte die intimsten Augenblicke zwischen Ihnen und Ihrer Gattin ausspioniert und sie vor Gericht in aller Öffentlichkeit zur Sprache gebracht. Nehmen wir weiter an, Sie hätten die schärfsten moralischen Vorbehalte bezüglich der Diskussion solcher Dinge in der Öffentlichkeit. Angenommen, ich hätte diese Enthüllungen in der vulgärsten Sprache vorgenommen. Und angenommen, Sie seien traditionell mit einer tödlichen Waffe ausgerüstet gewesen, die für Leute bestimmt ist, die gegen Ihren Codex ...«

»Schmutz!« knirschte Bolin.

»Eben«, sagte McKie. »Schmutz. Glauben Sie, Euer Ehren, Sie hätten ruhig bleiben können, ohne mich zu töten?«

»Gütiger Himmel!« sagte Dooley.

»Ser Bolin«, sagte McKie, »ich spreche Ihnen und Ihrem ganzen Volk meine demütigste Entschuldigung aus.«

»Ich hatte gehofft, dieses Schrecknis unter Ausschluß der Öffentlichkeit im Zimmer des Richters hinter mich bringen zu können«, sagte Bolin. »Aber nachdem Sie schon in der Öffentlichkeit damit angefangen hatten ...«

»Es ging nicht anders«, sagte McKie. »Hätten wir unter Ausschluß der Öffentlichkeit weitergemacht, wäre man mißtrauisch geworden, wenn ein Pan-Spechi die Leitung ...«

»Man?«

»Die Nicht-Pan-Spechi«, sagte McKie. »Es hätte eine Barriere zwischen unseren Völkern gegeben. Doch so sind wir gestärkt worden. Die in der Verfassung festgeschriebenen Vorsichtsmaßnahmen, die den Leuten eine langsam arbeitende Regierung garantieren, sind wieder einmal bestätigt worden. Wir haben der Öffentlichkeit Einblick in die Arbeitsweise des Sabotageministeriums gewährt und bewiesen, wie wertvoll der Charakter des neuen Ministers ist.«

»Meine Entscheidung ist noch nicht gefallen«, sagte Dooley.

»Aber, aber, Euer Ehren«, sagte McKie.

»Bei allem Respekt, den ich vor Ihnen als Außerordentlichem Saboteur habe, Ser McKie«, sagte Dooley, »pflege ich meine Entscheidungen aufgrund der Eindrücke zu fällen, die ich persönlich gewonnen habe.« Er sah Bolin an. »Ser Bolin, würden Sie einem Gerichtsagenten gestatten, genügend Beweise beizubringen, die es mir erlauben, einen Urteilsspruch zu fällen, ohne daß ich befürchten muß, meiner eigenen Rasse Schaden zuzufügen?«

»Wir sind alle Menschen«, knurrte Bolin.

»Aber die terranischen Menschen halten das Gleichgewicht der Kräfte aufrecht«, sagte Dooley. »Ich bin verpflichtet, dem Gesetz Genüge zu tun, das stimmt, aber meine terranischen Mitmenschen verlassen sich auch auf mich. Ich muß also ...«

»Sie wollen, daß Ihre eigenen Agenten feststellen, ob Ser McKie die Wahrheit über uns erzählt hat?«

»Äh ... ja«, sagte Dooley.

Bolin schaute McKie an. »Ser McKie, ich bin derjenige, der sich bei Ihnen entschuldigen muß. Mir war nicht bewußt, wie sehr Ihr Volk vom Fremdenhaß durchdrungen ist.«

»Weil Sie außerhalb Ihrer natürlichen Bescheidenheit keine solche Angst haben«, sagte McKie. »Ich nehme an, Sie kennen dieses Phänomen nur aus der Literatur.«

»Aber alle Fremden sind potentielle Teilhaber der Identität«, sagte Bolin. »Wie schön.«

»Wenn Sie mit Ihrer kleinen Plauderei fertig sind«, sagte Dooley, »würde es Ihnen dann etwas ausmachen, meine Frage zu beantworten, Ser Bolin? Ich glaube, wir befinden uns hier immer noch vor einem Gerichtshof.«

»Sagen Sie mal, Euer Ehren«, sagte Bolin, »würden Sie mir auch erlauben, den zärtlichsten Intimitäten zwischen Ihnen und Ihrer Gattin beizuwohnen?«

Dooleys Gesicht verfinsterte sich, doch dann sah er plötzlich in allen Details das Ausmaß der Analogie von McKies Erklärung, und nun war er an der Reihe, die Gelegenheit beim Schopfe zu ergreifen. »Wenn es nötig wäre, um das Verständnis zu fördern«, sagte er heiser, »dann ja.«

»Ich glaube, Sie würden es wirklich tun«, murmelte Bolin. Er holte tief Luft. »Nach allem, was ich heute durchgemacht habe, kann ich dieses Opfer wahrscheinlich auch noch bringen. Ich werde Ihren Ermittlern das erbetene Privileg gewähren, aber ich gebe ihnen den Rat, diskret vorzugehen.«

»Es wird Sie für die Prüfung stärken, denen Sie als Sabotageminister ausgesetzt sein werden«, sagte McKie. »Vergessen Sie nie, daß der Minister keinerlei Immunität gegenüber Sabotageakten genießt.«

»Aber seine Befehle«, sagte Bolin, »müssen in Ausübung

seiner verfassungsmäßigen Pflichten von allen Agenten befolgt werden.«

McKie nickte. Und in Bolins glitzernden Facettenaugen sah er schon jetzt, daß ihn die vertracktesten Schnüffelaufgaben mit endlosen, detaillierten Berichten an das Ministerium erwarteten — zumindest so lange, bis die Neugier dieses Burschen befriedigt und sein Bedürfnis nach Rache gestillt war.

Aber die anderen in der Gerichtsarena, die McKies Einsicht nicht hatten, stellten sich nur diese Frage: Was hat er wirklich damit gemeint?


*Aus dem Amerikanischen übersetzt von Ronald M. Hahn*

# AUF DEM WÜSTEN-PLANETEN

Sie sind auf dem Planeten Arrakis angekommen. Sie werden sich nun auf einen Rundgang epischer Dimensionen begeben. Nur selten macht ein Besucher des Wüstenplaneten seinen Weg ohne einen Imperiums-Führer. Hier ist ein Auszug aus einem solchen — vollständig illustriert.

Ihr Arrakis-Rundgang sollte diesen Ausblick über die Dünen zum Großen Palast von Arrakeen (Hintergrund) einschließen. Aus der Ferne sind die Abmessungen dieses Gebäudes irreführend, besonders dann, wenn sie von Staub eingehüllt werden, den der Wind aus der Wüste heranträgt. Als das größte je von Menschenhand errichtete Gebäude könnte der Große Palast über zehn der bevölkerungsreichsten Städte des Imperiums unter seinem Dach beherbergen, ein Umstand, der noch offensichtlicher wird, wenn man erfährt, daß die Zahl der Bediensteten der Atreides (einschließlich ihrer Familien), die in einem weiträumigen Palast-Anbau (Vordergrund) leben, etwa fünfunddreißig Millionen beträgt.

*(Folgende Seiten)* Wenn Sie die große Empfangshalle im Palast von Arrakeen betreten, seien Sie darauf gefaßt, daß Sie sich vor der Unermeßlichkeit, die Sie nie zuvor geschaut haben, wie ein Zwerg fühlen werden. Ein Standbild der Heiligen Alia Atreides (Vordergrund), das den Titel »Die Trösterin im Schmerz« trägt, ragt zwar zweiundzwanzig Meter hoch auf, gehört jedoch zu den kleinsten Denkmälern in der Halle. Würde man zweihundert solcher Statuen vor den Eingangssäulen (Hintergrund) aufeinanderstellen, würden sie immer noch nicht die Höhe des Hauptbogens am Eingang erreichen, der sich fast tausend Meter unter den ersten Balken befindet, die das niedrigere Dach tragen.

Wenn Sie als ›aufrichtiger Pilger‹ anerkannt und numeriert worden sind, werden Sie die letzten tausend Meter des Weges zum Tempel Alias auf den Knien zurücklegen. Diese tausend Meter fallen leicht innerhalb der schwungvollen Kurven ab (Hintergrund) und lenken den Blick auf die überweltlichen Symbole, die diesen Tempel St.-Alia-von-den-Messern widmen. Das berühmte »Sonnen-Fenster« (linke Tempelseite) enthält jeden Sonnenkalender, der aus der Geschichte der Menschheit bekannt ist, und zwar jeder in einer durchscheinenden Vitrine. Ihre leuchtenden Farben werden von den Strahlen der Sonne des Wüstenplaneten erhellt, die man durch komplizierte Prismensysteme ins Innere leitet.

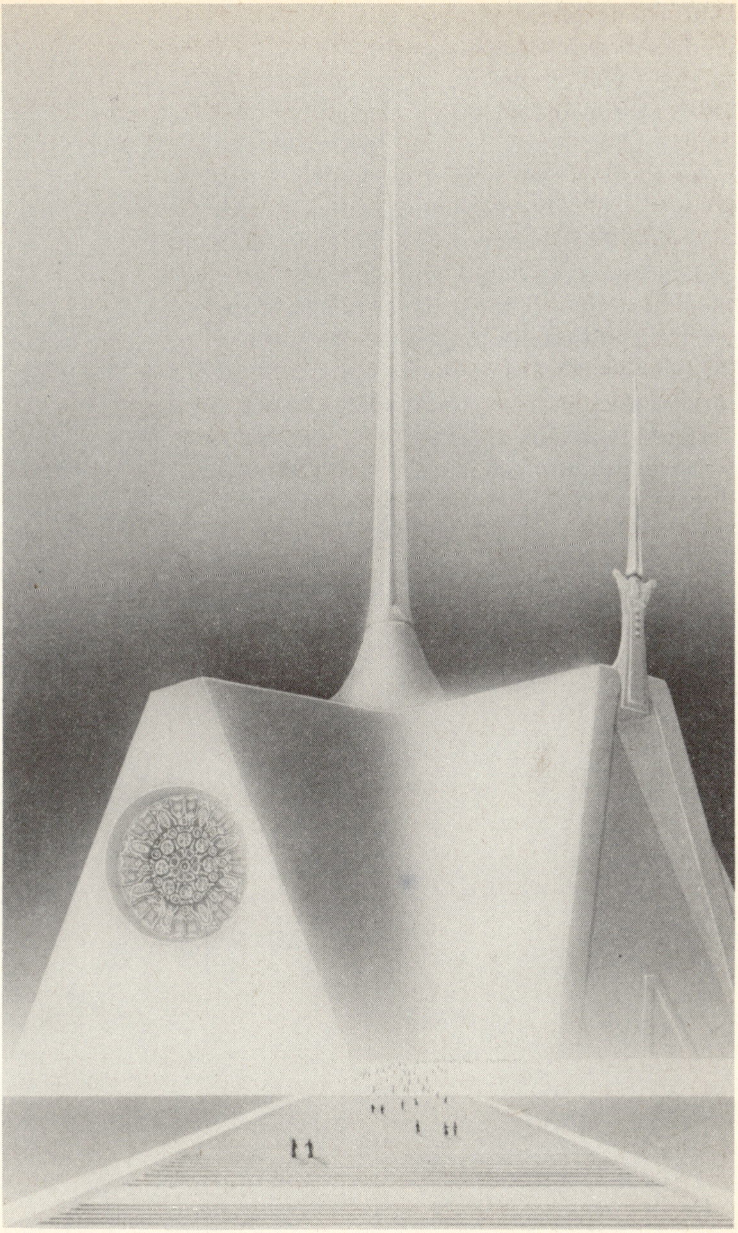

Auf jeder Pilgerfahrt werden einhundert Personen durch das Los ausgewählt, den dreitägigen Aufstieg durch die Geheimgänge des Großen Palastes zu machen, um von halber Höhe einen Blick auf Muad'Dibs persönlichen Ornithopter werfen zu dürfen. Er ruht auf seiner privaten Landeplattform vor einer Palast-Innenwand. Eine kleine Fensterreihe der Familienunterkünfte der Atreides glitzert (links) in der hohen Mauer. Ein Bediensteter hat gerade die Routineinspektion des Thopters vorgenommen und kehrt mit dem traditionellen Fremenausruf »Sein Wasser ist sicher!«, den man vom Beobachtungshaltepunkt aus deutlich vernehmen kann, in den Palast zurück.

Dieses ixianische Heizgerät, das wie eine Riesenperle in einem Zierständer ruht, begrüßt Sie in einem kleineren Gang des Großen Palastes. Der von einem Ring gehaltene Zopf des Bediensteten, der das Gerät bedient, identifiziert ihn als Stadtfremen. Während Ihres Rundgangs auf Arrakis werden Sie viele solche ixianische Artefakte sehen; manche sind mit seltenen Edelsteinen verziert, und alle sind von begnadeten Künstlern, von denen manche Jahre mit der Fertigstellung einer einzigen dekorativen Linie verbracht haben, in kostbare Metalle eingelegt worden. Die Liebe zum Detail kann man an diesem Raumheizer studieren. In jeder Windung der Einfassung wurden zwanzig wertvolle Metalle verarbeitet.

*(Folgende Seiten)* Nur selten wird der wandernde Pilger in einem Privatkorridor des Großen Palastes der Ehrwürdigen Mutter Gaius Helen Mohiam begegnen. Die berühmte Bene Gesserit legte hier huldvoll eine Pause ein, um im Licht eines Leuchtglobus aufgezeichnet zu werden. Beachten Sie ihre Eheringe, die ihren ewigen Bund mit der Schwesternschaft symbolisieren. Der Leuchtglobus ist von altertümlicher Gestaltung und stammt möglicherweise aus jener Caladan-Periode, die dem Auszug der Artreides voranging. Die angebrochene Stelle an der linken Unterseite könnte auf eine rauhe Behandlung während des Harkonnen-Angriffs hindeuten. Viele Artefakte aus diesen schlimmen Zeiten blieben erhalten und wurden auf persönlichen Befehl Muad'Dibs restauriert.

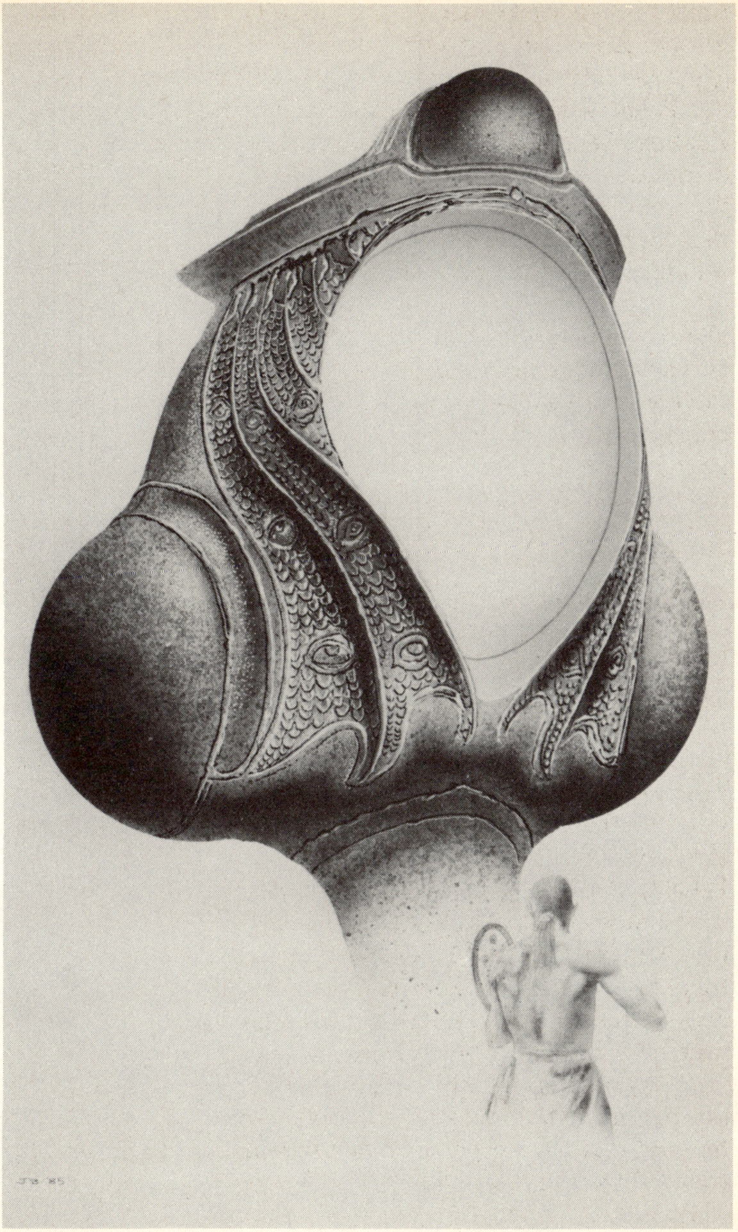

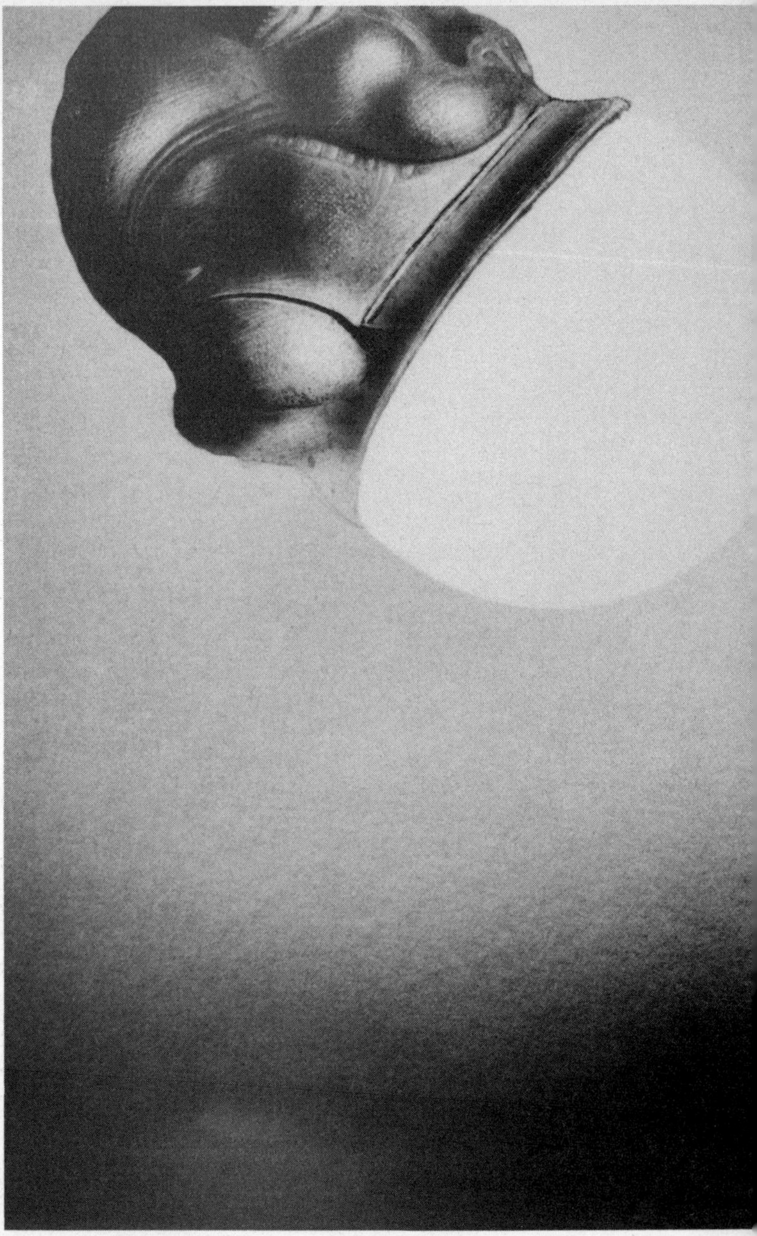

Dieses authentische Porträt der Prinzessin Irulan, Muad'Dibs jungfräulicher Gefährtin, sollte sich bei Ihrem Arrakis-Rundgang in die Erinnerung einprägen. Der Pilger sollte sich falscher Abbilder bewußt sein. Sie werden von Händlern bedrängt werden, die solche Fälschungen feilbieten. Irulan autorisierte lediglich dieses offizielle Porträt zum Verkauf an Pilger.

JB '85

Das Gesicht Duncan Idahos, des Ghola-Kriegers, Lehrers, Freundes und Beraters von Muad'Dib, blickt Sie von seinem offiziellen Porträt aus an. Es wird Pilgern auf dem Rundgang nur in Palastgeschäften verkauft. Alle Einnahmen dienen zur Unterstützung pensionierter Fremen und tragen zur Erziehung fremenitischer Waisen bei.

J.B. '85

# STRENG NACH VORSCHRIFT

*Sie werden Ihre Arbeit ernstnehmen. Unzählige ungeborene Generationen der Menschheit hängen von denen ab, die die Kommunikationsleitungen durch den Negativ-Raum offenhalten. Wenn das Winkel-Sendenetz versagt, wird auch die Menschheit versagen.*

»Du und die Haigh Company«
(Mitarbeiter-Handbuch)

Er war zu alt für derlei Arbeit, auch wenn er Ivar Norris Gump hieß und der anerkannt beste Troubleshooter* in der neunhundertjährigen Unternehmensgeschichte war. Hätte ihn nicht sein alter Freund Poss Washington um Hilfe gebeten, hätte er eine freundliche Absage mit dem Signum »Ing« unterzeichnet. Ein Troubleshooter in Halbpension hatte das Recht, gefährliche Aufträge abzulehnen.

Jetzt, nach drei Stunden Dienst in einem voll ausgerüsteten Vakuum-Anzug in der leeren Dunkelheit der Skoarnoff-Röhre, schmerzte Ings Körper vor Müdigkeit. Sie beeinträchtigte seine geistige Klarheit und seine Überlebensfähigkeit, das wußte er.

Sie werden Ihre Arbeit jederzeit ernstnehmen, dachte er. Axiom: Ein Troubleshooter sorgt dafür, daß er nicht in Schwierigkeiten gerät.

Ing schüttelte angesichts der gebildeten Unwissenheit des Handbuches den Kopf, holte tief Luft und unternahm den Versuch, sich zu entspannen. Eigentlich hätte er zur Zeit daheim auf dem Mars sein, sich routinemäßig um das Phobos-Relais kümmern und gelegentlich einen Vortrag vor neuen Troubleshootern halten sollen.

Der Teufel soll Poss holen, dachte er.

Doch das große Problem lag sicher hier, in der Röhre — und sechs gute Männer waren gestorben, um es zu lösen. Sechs Männer, bei deren Ausbildung er dabeigewesen war — und das war einer der Gründe, weswegen er gekommen war. Sie waren alle im gleichen Traum gefangen.

Rings um ihn war die luftlose, röhrenartige Höhle von zwölf Kilometern Länge und zwei Kilometern Durchmesser. Es war

---

* »Trouble« = Ärger, Schwierigkeiten; »shoot« = schießen, abschießen; also einer der ranmuß, wenn es Schwierigkeiten gibt, der ausbügeln muß, wenn etwas schiefgelaufen ist. — *Anm. d. Hrsg.*

ein lichtloses Loch, gebohrt durch das Lavagestein unter dem Mare Nectaris des Mondes. Hier war das Zuhause des ›Strahls‹ — des wunderschönen, tödlichen, lebensbedrohenden Strahls, einer gezähmten Gewalt, die urplötzlich störrisch geworden war.

Ing dachte an all das Leben, das durch diese Röhre gegangen war. Vor etwa neunhundert Jahren hatte man den Sämling-Vertrag ratifiziert. Die Haigh Company hatte zusätzlich zu ihren Kommunikationsaufgaben im Sonnensystem das Versenden kleiner Behälter übernommen, deren Größe streng von der Masse begrenzt wurde, die ein Winkeltrans-Impuls befördern konnte. Jeder Behälter enthielt zwanzig weibliche Kaninchen. Im Uterus jedes Kaninchens schlummerten mit fast stillgelegtem Metabolismus, zweihundert menschliche und Rinderembryonen, alle heimischen Sämlinge, die man braucht, um eine neue menschliche Ökologie in Gang zu bringen. Mit den Kaninchen beförderte man Pflanzensamen, Insekteneier und Konstruktionsbänder für Maschinen und Geräte.

Die Behälter waren so konstruiert, daß sie sich auf planetaren Oberflächen entfalteten, um einen abgeschirmten Lebensbereich zu errichten. Dort sollten die Embryonen von Maschinen in aufblasbare Schwangerschaftsbehälter gebracht, und von Mechanismen gehegt und gepflegt werden, bis die menschliche Saat für sich selbst sorgen konnte.

Jeder Behälter war mit Winkeltrans-Impulsen auf Trans-Lichtgeschwindigkeit beschleunigt worden — die Medien sprachen vom ›Anschieben einer Gartenschaukel‹. Der Lebensmechanismus wurde von Signalen kontrolliert, die durch den ›Strahl‹ geschickt wurden. Seine winzigen Impulse gingen ›um die Ecke‹ und legten in Millisekunden Entfernungen zurück, für deren Überbrückung Materie Jahrzehnte benötigte.

Ing warf einen Blick auf den Ministrahl hinauf, der hinter dem Quarzfenster seines Anzuges eingeschlossen war. Er empfand Hoffnung und Frustration zugleich. Wäre man in der Lage gewesen, den kleinen Strahl in den Behältern unterzubringen, hätte sich der große daran orientieren können. Doch unter dem harten Bombardement im All hielten die Strahlenanoden nur etwa einen Monat. Dann waren sie auf die Strahlenreflexe an den Reflektorplatten der Behälter und programmierte Schätzungen angewiesen. Und irgendwann funktionierten dann auch die programmierten Schätzungen nicht mehr.

Und jetzt, wo das erste kompakte Sämling-Schiff im Begriff war, auf Theta Apus IV zu landen, und das Interesse der Menschheit einen Höhepunkt erreicht hatte — erwies sich der Strahl-Kontakt als unzuverlässig. Je weiter draußen der Behälter war, desto schlechter war der Kontakt.

Ing spürte, wie er auf die zerbrechliche Fracht dort draußen zugezogen wurde. Seine Instinkte waren auf die Behälter gerichtet, die im Limbus enden würden, wenn er den Strahl nicht wieder unter Kontrolle brachte. Die Embryonen würden unweigerlich sterben, und mit ihnen der Traum.

Ein Großteil der Menschheit befürchtete, daß die Behälter außerirdischem Leben in die Hände gefallen sein könnten — daß irgend jemand dort draußen sie übernommen hatte. Hie und da hatte man bereits mit Panik reagiert, und es waren Stimmen laut geworden, die behaupteten, die Sämling-Behälter könnten genug menschliche Geheimnisse verraten, um die ganze Rasse verletzlich zu machen.

Für Ing und seine sechs Vorgänger erschien der Brennpunkt des Problems offensichtlich. Er lag hier und in der anomalen, neu abgeleiteten Mathematik, die erklären sollte, wie der Strahl möglicherweise von den Behältern abgeleitet wurde. Was man dagegen tun konnte, war ebenso offensichtlich. Doch sechs Männer waren gestorben, als sie einem offen erkennbaren Kurs gefolgt waren. Sie waren hier gestorben — in der absoluten Dunkelheit.

Manchmal half es, wenn man sich die Vorschriften ins Gedächtnis zurückrief.

Oft wußte man nicht, wohinter man herjagte — einem Fetzen verirrter Strahlung beispielsweise, oder kosmischer Strahlung, die einen Schwachpunkt der Energieabschirmung durchdrungen hatte, einem durch ein Mondbeben hervorgerufenen Staubleck, einer Wärmestrahlung, einem heißen Fleck, der aus der Tiefe gekommen war. Der große Strahl hielt nicht viele Störungen aus. Wenn im falschen Moment ein winziges Staubpartikel in seinen Weg geriet oder auch nur ein Photon seine Bahn kreuzte, konnte er durchdrehen. Er wand sich wie eine Riesenschlange und riß ganze Abschnitte aus der Röhrenwandung. Strahl-Reflexe tanzten dann über den Mondhimmel, und menschliche Beobachter kriegten das Frösteln.

Ein Troubleshooter, der sich dann in der Röhre am falschen Ort befand, war dem Tode geweiht.

Ing zog die Hände in den faßförmigen Oberteil seines Anzugs und justierte den kleinen Strahlensucher, jene Einheit, die ihn auf einer kurzen Strecke des Winkelraumes mit der Strahlenkontrolle verband. Er prüfte die Instrumente und las seine Position von der modulierten Berührungswelle durch die Sohlen seines Schutzanzugs ab.

Er fragte sich, was seine Tochter Lisa jetzt wohl machte. Vielleicht bereitete sie die Jungs, seine Engel, gerade für die Fahrt auf der Rillenbahn zur Schule vor. Ing kam sich plötzlich alt vor, als er daran dachte, daß einer seiner Enkel schon das Polytechnikum auf dem Mars besuchte, weil er in die Fußstapfen seines berühmten Großvaters treten und für die Haigh Company arbeiten wollte.

Der Vakuum-Anzug war heiß und roch nach Ings Dreistundentour. Er bemerkte an einer Skala, daß das Temperaturausgleichssystem noch gut eine Stunde hatte, bevor es im Rotbereich war.

Es sind bestimmt die ›Staubsauger‹, sagte Ing sich. Es müssen diese Reinigungsgeräte sein, die die Röhre staubfrei halten. Es liegt an der altervertrauten Boshaftigkeit unbeseelter Gegenstände.

Was sagte das Handbuch dazu? *Gelegentlich zahlt es sich aus, zuerst auf die Charakteristika verwendeter Gerätschaften zu achten, die vielleicht dergestalt sind, daß ein grundlegend pragmatisches Herangehen die größte Erfolgschance bietet. Oft kann man Störungen oder Funktionsprobleme beseitigen, indem man geradewegs und auf unkomplizierte Weise auf sie zugeht und subtilere Aspekte bewußt ignoriert.*

Er schob die Hände wieder in die Anzugarme, schirmte den Partikelzähler mit der gepanzerten Hand ab, klappte den Dekkel auf und warf einen Blick auf die Leuchtskala. Sofort knisterte eine aufgebrachte Stimme im Kopfhörer:

»Licht aus! Wir beamen!«*

Ing ließ den Deckel reflexartig zuschnappen und sagte: »Ich bin im Gegenschatten. Kann den Strahl nicht sehen.« Dann: »Warum hat mir keiner gesagt, daß gestrahlt wird?« Eine andere Stimme brummte im Kopfhörer: »Ing, hier ist Poss. Ich beobachte deine Position auf dem Sono. Ich hab ihnen gesagt, sie sollen weitermachen, ohne dich zu stören.«

»Warum, zum Henker, beobachtest du einen Troubleshooter?« fragte Ing.

»Geht schon in Ordnung, Ing.«

Ing kicherte. Dann sagte er: »Was macht ihr? Einen Testlauf?«

»Ja. Wir müssen einen Innenraum-Transport zum Titan raufbeamen. Dachte, wir könnten es von hier aus tun.«

»Hab ich den Strahl versaut?«

»Er sieht noch sauber aus.«

Innenraum-Transmission offen und zuverlässig, dachte Ing, aber der Weg zu den Sternen ist verschmutzt. Vielleicht hatten die Angsthasen doch recht. Vielleicht kam die Störung von außerhalb — durch eine außerirdische Intelligenz.

»Wir haben zwei Staubsauger bei der Transmission verloren«, sagte Washington. »Was von ihnen gesehen?«

»Null.«

Sie haben zwei Staubsauger während der Transmission verloren, dachte Ing. Allmählich wurde es zur Routine. Die flitzenden Reinigungsgeräte, die — vom Strahlenfeld unterstützt — längs des Strahls in der Röhre patrouillierten, das Vakuum sauber hielten und nach kleinsten Anzeichen von Störungen suchten, wurden im Normalfall per Hundert im Jahr ersetzt, doch diese Zahl nahm zu. Wenn der Strahl größer wurde, und mehr Energie für die Fernreichweite abließ, fiel es den Geräten immer schwerer, dem kontrollierten Winkeltrans-Hieb der Peitschenschnur auszuweichen. Kein Reinigerteil überstand die Strahlberührung. Sie waren energetisch auf den Strahl

---

* Materietransport über Transmitterstrahl — *Anm. d. Hrsg.*

ausgerichtet und so programmiert, daß sie sich sofort auflösten und ihre Masse in der Transmission absorbiert wurde.

»Es sind diese verdammten Staubsauger«, sagte Ing.

»Auf die schiebt ihr's doch immer«, sagte Washington.

Ing bewegte sich nach rechts. Irgendwo vor ihm wölbte sich der Glassitboden schrittweise nach oben, wurde zur Wand und dann zur Decke. Doch die gegenüberliegende Seite war stets zwei Kilometer entfernt, und die Mondgravitation, so schwach sie auch war, schrieb die Begrenzungen vor, wie weit man sie besteigen konnte. Hier war es anders als in dem kleinen Phobos-Strahl, wo man von außen ein Manganfeld geringer Stärke einsetzen und rund um die Röhre marschieren konnte.

Dann fragte er sich, ob er darauf bestehen sollte, auf einem Staubsauger zu reiten — wie es die sechs anderen getan hatten.

Seine schlurfenden, vorsichtigen Schritte brachten ihn aus dem Anoden-Gegenschatten hinaus. Er drehte sich um und sah einen Strich aus glühendem Purpur, der sich von ihm zur zwölf Kilometer entfernten Kathode erstreckte. Er wußte, daß das purpurne Leuchten gar nicht vorhanden war, daß das, was er erblickte, eine optische Täuschung war, die auf der Oberfläche seiner Helmscheibe erzeugt wurde: eine Reaktion auf die Präsenz des Strahls, nur für ihn zur Schau gestellt.

Washingtons Stimme sagte im Kopfhörer: »Sono hat dich in Zone Gelb. Sachte, Ing!«

Ing änderte den Kurs nach rechts, musterte den Strahl.

Lücken in der purpurnen Linie enthüllten den Raum zwischen ihm und der züngelnden Energie des die Randzonen absuchenden Roboter-Staubsaugers, der auf den Sinus-Linien des Strahlenfeldes hing und Luftsprünge machte, wie ein Tümmler auf einer Bugwelle.

»Transport ist unten«, sagte Washington. »Wir steigen in einen vollen Schubtest ein. Zehnminutenprogramm.«

Ing nickte und stellte sich Washington vor, wie er in der gepanzerten Blase des Kontrollraums saß, ein Riese mit brütenden Gesichtszügen und wachsamen, glitzernden Augen. Der alte Poss wollte nicht glauben, daß es an den Reinigern lag, soviel stand fest. Lag es an ihnen, mußte jemand den Flug auf der Wildgans wagen. Es würde weitere Tote geben ... weitere Flüge ... bis man die neue Theorie ausprobierte. Für den, der jetzt mit einem anomalen Loch in der Winkeltrans-Mathematik ankam, würden böse Zeiten anbrechen. Doch genau das hatte jemand an einem Transzeit-Computer auf der Erde getan ... und wenn er recht hatte — mußten die Reiniger das Problem sein.

Ing musterte die Schattenbrüche im Strahl — robotische Torpedos, sensorgesteuert, um winzigste Stäubchen einzusammeln. Einer der Schatten reichte plötzlich in zwei Richtungen hinaus, fort von ihm, bis der gesamte Strahl verdeckt war. Ein Staubsauger näherte sich ihm. Ing wartete auf ihn, damit er die Marke identifizieren konnte, die ihn als Autorisierten Eindringling auswies. Das Reinigungsgerät konnte sie auf die gleiche Weise sehen, wie er den Strahl sah.

Der Strahl war wieder da.

»Staubsauger war gerade über dir«, sagte Washington. »Warst ganz schön nah dran.«

Ing hörte die Sorge in der Stimme seines Freundes und sagte: »Ich bin sicher, solange ich hier stehenbleibe.«

Dann versuchte er sich auszumalen, wie der Reiniger sich über ihm hob und am Strahl entlang zu seiner Station zurückkehrte.

»Ich hab dich jetzt vor dem Strahl«, sagte Washington. »Laut deiner Schattenbreite näherst du dich Zone Rot. Übertreib's nicht, Ing! Ich bin nicht scharf darauf, noch einen gebratenen Troubleshooter da rausholen zu müssen.«

»Ich möcht dir auch keine Mehrarbeit aufhalsen«, versicherte Ing.

»Sorg dafür, daß du ordentlich Abstand hast!«

»Ich behalt die Strahlendicke auf dem Helm-Fadenkreuz im Auge, Poss; also beruhig dich!«

Ing machte noch zwei Schritte, sah am Strahl entlang und suchte die Anfänge der kontrollierten Peitschenschnur, die die Testbotschaft in den Winkelraum schleudern würde. Die gefesselte Energie des purpurnen Seils neigte sich jetzt dem Mittelpunkt des anderen Röhrenendes entgegen. Stellenweise war sie nur als sanftes, äußeres Flackern vor dem Fadenkreuz seiner Helmscheibe sichtbar.

Er machte vier Schritte zurück. Der Hieb war eine riskante Sache, wenn man so nahe war — und wenn irgendeine Störstrahlung den Strahl berührte ...

Ing bückte sich, peilte am Strahl entlang und wartete auf den Hieb. Erfahrene Troubleshooter konnten an der Art des Strahlpeitschens mehr erkennen, als ganze Instrumentenbänke in Erfahrung brachten. Erzeugte er einen doppelten Bogen? Auf fehlerhaften Feldbrennpunkt achten. Waberte er auf und nieder? Wahrscheinlich eine Verstellung der vertikalen Halterung. Teilte er sich oder verlief er in zwei Bahnen? Ein Synchronisationsproblem.

Aber hier drin mußte man hart am Ball bleiben und wachsam sein. Hier befand man sich hart am Rande des Abgrundes zwischen der Erkenntnis und dem *Gute Nacht!* für immer.

In dieser Nähe erwiesen einem die Reiniger zwar mehr Aufmerksamkeit, doch er gab sich und seinen Status als AE sichtbar zu erkennen und erlaubte ihnen, seine Position auszumachen, um ihrer Tätigkeit weiter nachzugehen.

Ings trainierter Blick erschien die Tätigkeit der Reiniger intensiver und schneller als üblich. Es entsprach allen vorherigen Berichten — es sei denn, ein Peripherie-Riß hatte verirrte Fremdpartikel eingelassen, oder winzige Teilchen der Röhrenwände hatten sich durch das Pulsieren eigenständigen lunaren Innenlebens gelöst.

Dann fragte sich Ing, ob die Möglichkeit bestand, daß man ein Loch in der vierfach gesicherten Schloßkontrolle des Röhreneinstiegs übersehen hatte. Aber man hatte schon beim ersten Anzeichen des Problems daran herumgeschnüffelt. Es war unwahrscheinlich, daß den Inspektoren ein Loch entgangen war. Nein — es war hier drin. Die Aktivität der Reiniger nahm wirklich zu, ihr Tempo stieg definitiv an.

»Programmbedingungen?« fragte Ing.

»Transmission noch immer Whorf-positiv, aber wir haben noch keine Winkelraum-Öffnung gefunden.«

»Zeit?«

»Acht Minuten bis zum Programmbruch.«

»Reiniger-Aktivität zunehmend«, sagte Ing. »Was sagt der Schmutzzähler?«

Eine Pause, dann: »Normal.«

Ing schüttelte den Kopf. Der Monitor, der fortwährend die aufgesaugte Schmutzmenge maß, hätte angesichts der zunehmenden Aktivität keine Normalität anzeigen dürfen.

»Was sagt der Mare Nubium-Transmitter?« fragte Ing.

»Immer noch zu, und voll mit Inspektionsausrüstung. Laut letztem Bericht nichts Erwähnenswertes.«

»Imbrium?«

»Inspektionsteams sind draußen. Man rechnet damit, um 9.00 Uhr wieder in der Testphase zu sein. Du hast doch wohl nicht vor, uns anzuweisen, wegen einer Komplett-Reinigung zu schließen?«

»Noch nicht.«

»Wir müssen auch ans Budget denken, Ing. Vergiß das nicht!«

Hah! dachte Ing. Es sieht Poss aber gar nicht ähnlich, in einem Notfall wie diesem ans Budget zu denken. Will er mir etwas mitteilen?

Was sagte das Handbuch? *Gute Troubleshooter sind kostenbewußt und sich darüber im klaren, daß Leerlaufzeiten und Geräteaustausch Faktoren sind, die die Haigh Company ernstlich bekümmern.*

Dann fragte er sich, ob er den Befehl geben sollte, die Röhre zu einer gründlichen Inspektion zu öffnen. Doch die Imbrium- und Nubium-Röhren hatten nichts preisgegeben, und Entgiftungszeit war wirklich kostenintensiv. Außerdem waren die anderen Röhren älter — Nubium war als erste gebaut worden. Sie waren kleiner als Nectaris, hatten einfachere Schlösser. Doch ihre Strahlen kamen nicht besser durch als die der Nectaris-Röhre, trotz ihrer riesigen Ausmaße und umfassenderen Sicherheitseinrichtungen.

»Fertigmachen!« sagte Washington. »Wir ziehen jetzt das Programm durch.«

In der abrupten Stille sah Ing, wie sich der Strahl kräuselte. Die Peitschenschnur kräuselte sich wie eine purpurne Welle durch die zwölf Kilometer lange Röhre und brachte sie in zwei Tausendsteln einer Sekunde hinter sich. Sie war so schnell, daß man den visuellen Effekt erst sah, nachdem er vorbei war.

Ing stand auf und analysierte, was er gesehen hatte. Der Strahl war ihm sauber und absolut rein erschienen — ein perfekter Hieb ... abgesehen von einem kleinen Aufflackern am anderen Ende — und einem weiteren ungefähr in der Mitte. Ein winziges Lodern. Das Erinnerungsbild war nadelförmig ... spitz.

»Wie sah er aus?« fragte Washington.

»Sauber«, sagte Ing. »Sind wir durchgekommen?«

»Wir prüfen noch«, sagte Washington. Dann: »Begrenzte Berührung. Sehr trübe. Etwa dreißig Prozent ... Gerade genug, um uns zu sagen, daß der Behälter noch da und sein Inhalt lebendig ist.«

»Ist er im Orbit?«

»Scheint so. Bin mir nicht sicher.«

»Gib mir die Reiniger-Zahlen«, sagte Ing.

Eine Pause, dann: »Verflucht! Es sind schon wieder zwei weniger!«

»Genau zwei?«

»Ja. Warum?«

»Weiß noch nicht. Zeigen die Instrumente Strahldeflektionen des Treffens zweier Reiniger? Wie ist die Energiesumme?«

»Jeder glaubt, diese Staubsauger wären daran schuld«, murmelte Washington. »Ich sag dir, es kann nicht sein. Sie sind voll auf den Strahl abgestimmt. Sie fügen ihm höchstens Energie zu, wenn sie auftreffen. Sie sind kein Abfall!«

»Aber frißt der Strahl sie wirklich ganz auf?« fragte Ing. »Du hast den Anomalie-Bericht gesehen.«

»Ach, Ing, laß uns nicht wieder damit anfangen!« Washingtons Stimme klang erschöpft und irritiert.

Die Sturheit der Reaktion Washingtons verwirrte Ing. Es klang so gar nicht nach ihm. »Sicher«, sagte Ing, »aber was ist, wenn sie irgendwohin verschwinden, wo wir nichts sehen können?«

»Hör doch auf damit, Ing! Du bist so schlimm wie die anderen. Wenn es einen Ort gibt, wohin sie nicht gelangen, dann ist es der Winkelraum! Es gibt im ganzen Universum nicht genug Energie, Staubsauger um die Ecke zu schicken.«

»Es sei denn, das Loch in unserer Theorie existiert wirklich«, sagte Ing. Und er dachte: Poss will mir irgend etwas sagen. Aber was? Warum kann er nicht deutlich werden und es aussprechen? Er wartete ab und dachte über etwas nach, das am Rande seines Bewußtseins nistete — eine Vorstellung ... Was war es? Irgendeine halbvergessene Assoziation ...

»Hier ist der Strahlbericht«, sagte Washington. »Deflektion deutet nur auf einen hin, doch die Energiesumme hat sich verdoppelt. Eine Zahl gleicht die andere aus. Das kommt vor.«

Ing musterte die purpurne Linie und nickte. Der Strahl hatte fast die Farbe des Kopftuches, das seine Frau während ihrer Hochzeitsreise getragen hatte. Jennie war eine gute Frau gewesen. Sie hatte Lisa in den Mars-Camps und den Blasenzelten aufgezogen und zu ihrem Mann gehalten, bis die eingedoste Luft und das harte Leben sie ihm genommen hatten.

Der Strahl lag jetzt still da und gab nur ein schwaches Glühen von sich. Das Reinigertempo war gering. Das Testprogramm würde noch ein paar Minuten laufen, doch Ing bezweifelte, daß es einen erneuten Winkelraum-Hieb hervorbringen würde. Nach einer Weile bekam man einen Instinkt für den Transmissionspuls. Man spürte es, wenn der Strahl sein winziges Signalfenster durch die Lichtjahre öffnete.

»Ich habe die beiden Reiniger verschwinden sehen«, sagte Ing. »Sie sahen nicht so aus, als würden sie auseinandergerissen oder sowas — sie erloschen einfach.«

»Konsumierte Energie«, sagte Washington.

»Vielleicht.«

Ing dachte für einen Moment nach. In ihm wuchs ein Gedanke. Er kannte eine Möglichkeit, ihn zu testen. Die Frage war nur: Würde Poss dabei mitmachen? Bei seiner gegenwärtigen Stimmung war es schwer zu sagen. Ing wunderte sich über seinen Freund. Die Finsternis und seine isolierte Stellung im Innern der Röhre verliehen den Stimmen von draußen eine körperlose Qualität.

»Tu mir 'n Gefallen, Poss«, sagte Ing. »Gib mir mal einen geraden Hieb! Nichts Spezielles, bloß einen Demonstrationshieb! Ich möchte ein klares Kräuseln am Strahl entlang. Ziel nicht in den Winkelraum, laß ihn bloß mal los!«

»Du hast sie wohl nicht alle! Der kleinste Hieb kann den

Winkelraum erreichen. Dann bist du nur noch ein Staubpartikel, das ihm im Wege hängt.«

»Wir würden die Röhrenseite aufreißen, ich weiß. Aber der Strahl ist sauber, Poss. Ich kann's sehen. Ich will nur ein kleines Kräuseln.«

»Warum?«

Kann ich's ihm sagen? fragte sich Ing.

Er entschied sich, nur die Hälfte der Wahrheit zu erzählen und sagte: »Ich möchte während des Programms das Reinigertempo prüfen. Gib mir einen Trümmermonitor und einen Kreuzzähler für jeden Beobachtungsposten. Sie sollen sich auf die Reiniger einpeilen, nicht auf den Strahl.«

»Warum?«

»Du siehst doch selbst, daß die Aktivität der Reiniger nicht mit dem Strahlzustand übereinstimmt«, sagte Ing. »Da stimmt irgend etwas nicht. Entweder haben sich Programmierfehler akkumuliert, oder ... Ich weiß auch nicht. Aber ich möchte ein paar Fakten, damit ich weitermachen kann — eine persönliche Zählung während des Hiebs.«

»Es ergibt keine anderen Daten, wenn man einen Testlauf macht, den man auch im Labor wiederholen könnte.«

»Dies ist kein Labor.«

Washington schluckte es, dann: »Wo würdest du während des Hiebs sein?«

Er tut's, dachte Ing. Er sagte: »Ich bleibe hier, am Anodenende. Der Hieb kann hier nicht zu breit schwingen.«

»Und wenn wir die Röhre beschädigen?«

Ing erinnerte sich zögernd daran, daß dort draußen ein Freund war, der Pflichten hatte. Er hatte zwar keine Ahnung, wer ihr Gespräch mithörte, aber ... aber der Test war für die Idee, die an Ings Bewußtsein knabberte, lebenswichtig.

»Nun drück mal sämtliche Hühneraugen zu, Poss«, sagte Ing.

»Na schön«, sagte Washington. »Aber die richtigen laß ich dabei besser auf.«

»Wartet, bis ich in Stellung gegangen bin«, sagte Ing. »Einen geraden Hieb.«

Er arbeitete sich den Röhrenabhang hinauf, verließ Zone

Gelb, ging in Grau, und dann in Weiß. Hier wandte er sich um und visierte den Strahl an. Er war eine dünne Purpurschnur, die sich links und rechts von ihm erstreckte — kürzer auf der Linken, der Anode entgegen. Die lange Strecke, die rechts von ihm auf die etwa zwölf Kilometer entfernte Kathode zulief, war ein dünnes, buntes Flackern, das nur vom flackernden Vorbeiziehen der Staubsauger unterbrochen wurde.

»Ich bin bereit«, sagte Ing.

Er justierte die Anzughalter der Röhrenwandung, zog die Arme in das faßförmige Oberteil hinein und startete den Sichtzähler, der die Staubsaugerbewegungen aufzeichnete. Jetzt kam der schwierige Teil — warten und aufpassen. Er empfand ein plötzliches Gefühl der Isolation und fragte sich, ob er das Richtige getan hatte. Das was er jetzt tat, erinnerte ihn an das Verbrennen von Brücken.

Was sagte das Handbuch? *Es ist sinnlos, komplizierte Forschungsarbeit auf einen speziellen Faktor zu konzentrieren, wenn der Faktor nicht feststellbar ist.*

Wenn er nicht feststellbar ist, kann man ihn auch nicht studieren, dachte Ing.

»Du wirst deine Arbeit ernstnehmen«, murmelte er. Dann lächelte er und dachte an die tragikomischen Gesichter und den ernsthaften Aufsichtsratsvorsitzenden, der hinter den Handbuchsätzen stand. Nichts wurde dem Zufall überlassen — keine Aufgabe, kein Punkt persönlicher Ordnung, keine körperliche Übung. Ing hielt sich für einen Handbuch-Experten. Er besaß eine außerordentliche Sammlung von Handbüchern, die von der fernsten Vergangenheit bis in die Gegenwart reichten. In Augenblicken der Langeweile heiterte er sich damit auf, indem er sie zitierte.

»Programm läuft«, sagte Washington. »Es wäre mir lieber, wenn ich wüßte, was du damit herausfinden willst.«

»Zitat«, sagte Ing. *»Der objektive Arbeiter erstellt eine so große Datensammlung wie möglich und analysiert sie in ihrer Gesamtheit in bezug auf ausgewählte Faktoren, deren Bezüge zu einem formulierten Phänomen erforscht werden müssen.«*

»Was, zum Teufel, soll das heißen?« fragte Washington.

»Ich will verdammt sein, wenn ich's weiß«, sagte Ing, »aber

es kommt direkt aus dem Haigh-Handbuch.« Er räusperte sich. »Wie steht's um das Reinigertempo von eurer Station aus?«

»Ist 'n bißchen höher.«

»Gib mir 'n Countdown auf den Hieb.«

»Noch kein Anzeichen. Da ist … Moment mal! Da geht was vor sich — fünfundzwanzig … zwanzig Sekunden.«

Ing fing mit angehaltenem Atem an zu zählen.

Null.

Ein winziges Flämmchen erschien fern zu seiner Rechten und fegte mit zunehmender Helligkeit an ihm vorbei. Es war ein verwischter Fleck, der ein glimmendes Nachbild zurückließ. Sensoren in den Anzugsohlen meldeten das Herabsinken von Trümmern.

»Heiliger Bimbam!« murmelte Washington.

»Wie viele haben wir verloren?« fragte Ing. Er wußte, daß es schlimm sein würde — schlimmer als er erwartet hatte.

Es gab eine lange Pause, dann sagte Washington schockiert: »Einhundertachtzehn Staubsauger weniger. Das ist doch unmöglich!«

»Yeah«, sagte Ing. »Sie haben sich über den ganzen Boden verstreut. Strahl abschalten, bevor der Staub auf ihn zutreibt.«

Der Strahl verschwand von Ings Helmscheibenbaken.

»Hast du damit gerechnet, Ing?«

»So ungefähr.«

»Warum hast du mich nicht gewarnt?«

»Dann hättest du mir den Hieb nicht gegeben.«

»Hör mal, wie, zum Teufel, wollen wir das mit den hundertachtzehn Staubsaugern erklären? Die Buchhalter werden sich wie die Geier auf mich …«

»Vergiß die Buchhaltung«, sagte Ing. »Du bist Strahleningenieur; mach die Augen auf. Der Strahl hat die Reiniger absorbiert. Sie wurden zerschnitten und über den Boden verstreut.«

»Aber die …«

»Die Reiniger sind so gestaltet, daß sie auf die Bedürfnisse des Strahls reagieren«, sagte Ing. »Wenn sich der Strahl bewegt, bewegen sie sich auch. Wenn der Trümmerzähler ansteigt, arbeiten sie schneller. Wenn einer von ihnen zu schnell arbeitet und nicht schnell genug aus dem Weg geht, wird er absorbiert — er wird vom Strahl zu Energie verarbeitet. Doch ein falscher Hieb wirft hundertachtzehn aus dem Gleichgewicht. Die Reiniger sind nicht gefressen worden; sie wurden über den Boden verstreut.«

Während Washington dies verdaute, herrschte Stille.

»Hat der Hieb den Winkelraum berührt?« fragte Ing.

»Ich überprüfe es gerade«, sagte Washington. Dann: »Nein ... Warte mal ... da ist ein ganzes Winkelraum-Gekräusel ... Berührungen, sehr niedrige Energie ... Eine Reihe, die etwa eine achtzig Millionstel Sekunde andauert. Ich hab die Zähler auf die letzte Dezimalstelle stellen lassen, sonst hätten wir's nie bemerkt.«

»Also haben wir keine Berührung gehabt«, sagte Ing.

»Praktisch nicht.« Dann: »Könnte jemand bei der Reinigerprogrammierung Scheiße gebaut haben?«

»Hundertachtzehnmal?«

»Yeah. Ich verstehe, was du meinst. Tja, was sollen wir sagen, wenn jemand kommt und eine Inspektion vornimmt?«

»Wir zitieren die Vorschriften. *Jedes Problem sollte in zwei Stadien angegangen werden: Erstens, lokalisiere die Gebiete, die hauptsächlich zur Fehlfunktion beitragen; zweitens, leite korrigierende Schritte ein, die geeignet sind, positiv identifizierte Risiken zu reduzieren.* Wir sagen ihnen, Poss, daß wir Risiken positiv identifiziert haben.«

Ing trat über die Schleusenschwelle in den Salon der Abteilungsleiter und sah, daß Washington bereits an dem Ecktisch saß, den die Konvention dem diensthabenden Senior-Strahleningenieur und Transmissionsüberwacher zubilligte.

Es war zu spät für ein Mittagessen und zu früh für die Kaffeepause der zweiten Schicht. Der Salon war fast leer. Drei Junior-Abteilungsleiter an einem Tisch auf der anderen Seite des Raums amüsierten sich über einen Witz, verhielten sich aber in Washingtons Anwesenheit leise. Ein Sicherheitsoffizier saß vor einem Teeglas am Gang zum Küchenband links von ihm. Seine Schultern wiesen eine Spur Feuchtigkeit von einem Schweißabsauger auf und zeigten an, daß er erst kürzlich von der Oberfläche gekommen war. Ing fiel auf, daß die Sicherheitsabteilung einen Haufen Leute in der Station unterhielt ... und einer von ihnen schien sich stets in Washingtons Nähe aufzuhalten.

Die Fernsehwand im Hintergrund übertrug gerade eine irdische Nachrichtensendung: Es gab Anzeichen politischer Unruhen wegen des Strahlversagens. Man verlangte Erklärungen wegen des ausgegebenen Geldes. Washington wurde mit dem Satz zitiert, daß man kurz vor der Lösung stehe.

Ing bewegte sich auf die Ecke zu und umging ein paar leere Tische.

Vor Washington stand ein Kaffeebecher. Dampf stieg in die Höhe. Ing musterte den Mann. Possible Washington (seine Junior-Ingenieure nannten ihn Impossible) war ein einsneunzig großer, energiegeladener Mann mit breiten Schultern, empfindsamen Händen, einem scharfgeschnittenen, maurisch-semitischen Gesicht mit Cafe-au-lait-Haut, erstaunlich blauen Augen und einem dunklen Mecki. (Der Senior-Mediziner der Firma bezeichnete ihn als »erstaunlichsten Wurf des genetischen Würfels«). Washingtons Größe sagte eine Menge über seine Fähigkeiten aus. Es kostete beträchtliche Anstrengung, seine Extrakilos auf den Mond zu heben. Und soviel mußte er auch an überzähligem Wert aufweisen.

Ing setzte sich vor Washington hin, machte das Kellnerauge auf dem Tisch auf sich aufmerksam und bestellte einen Marsflechtentee.

»Bist du gerade aus der Versammlung gekommen?« fragte Washington.

»Man hat mir gesagt, du wärst hier oben«, sagte Ing. »Du siehst müde aus. Hat die Erde dir wegen des Berichts Schwierigkeiten gemacht?«

»Solange, bis ich deinen Trick übernahm und die Vorschriften zitierte: *Jeder Test vor Ort soll den Laborbedingungen so ähnlich wie möglich sein.*«

»He, ein guter Spruch«, sagte Ing. »Warum hast du ihnen nicht gesagt, du wärst einer Ahnung gefolgt — der Ahnung, daß ich eine Ahnung hätte.«

Washington lächelte.

Ing holte tief Luft. Es war herrlich, zu sitzen. Ihm wurde klar, daß er ohne Pause zwei Schichten abgerissen hatte.

»Du siehst auch müde aus«, sagte Washington.

Ing nickte. Ja, er war müde. Er war zu alt, um zu sehr auf die Tube zu drücken. Ing machte sich, was ihn persönlich betraf, nur wenig Illusionen. Er war stets ein Knilch gewesen, ein bißchen auf der schwachen Seite — hager, mit einem wieselartigen Gesicht, das nur durch seine weit auseinanderstehenden grünen Augen und dem dichten, blonden Kurzhaar vor Häßlichkeit bewahrt wurde. Sein Haar wurde jetzt allmählich grau, doch das hinter der breiten Stirn liegende Hirn funktionierte immer noch zuverlässig.

Das Teeglas kam durch die Tischrille. Ing zog es zu sich heran und umfaßte seine Wärme mit den Händen. Er hatte damit gerechnet, daß Washington ihm den schlimmsten offiziellen Druck abnahm, doch jetzt, nachdem es geschehen war, fühlte er sich schuldig.

»Wie oft ich auch die Vorschriften zitiere«, sagte Washington, »ihnen gefällt diese Erklärung nicht.«

»Werden Köpfe rollen und so weiter?«

»Gelinde ausgedrückt.«

»Tja, wir haben eine Positionskarte, wo jeder einzelne Reiniger runterging«, sagte Ing. »Jedes Wrackteil ist eingesammelt worden. Die unbeschädigten Staubsauger sind akribisch durchgekämmt worden.«

»Wie lange wird's dauern, bis wir wieder eine saubere Röhre haben?« fragte Washington.

»Etwa acht Stunden.«

Ing bewegte die Schultern gegen den Stuhl. Seine Hüftmuskeln schmerzten noch immer von der langen Tätigkeit in der Skoarnoff-Röhre, und er hatte Rückenschmerzen.

»Dann ist es an der Zeit, Fraktur zu reden«, sagte Washington.

Ing hatte diesen Augenblick befürchtet. Er wußte, welchen Standpunkt Washington einnehmen würde.

Der Sicherheitsoffizier am anderen Ende des Raums schaute auf. Sein Blick traf den Ings, dann schaute er wieder weg. Hört er uns zu? fragte sich Ing.

»Du denkst das, was die anderen gedacht haben«, sagte Washington. »Daß die Staubsauger um die Ecke in den Winkelraum geschoben wurden.«

»Es gibt eine Möglichkeit, es rauszufinden«, sagte Ing.

Auf diese Bemerkung hin hob sich das Kinn des Sicherheitsoffiziers leicht an. Er hörte also doch zu!

»Aber du wirst diesen Selbstmordflug nicht machen«, sagte Washington.

»Gehen die anderen Strahlen zu den Saatschiffen durch?« fragte Ing.

»Du weißt, daß es nicht so ist!«

Auf der anderen Seite des Raums stellten die Junior-Abteilungsleiter ihre Unterhaltung ein und lugten zum Ecktisch hinüber. Der Sicherheitsoffizier drehte seinen Stuhl, um die Junioren und den Ecktisch im Auge zu behalten.

Ing nahm einen Schluck Tee und sagte: »Der verdammte Tee ist immer zu bitter. Außer auf dem Mars weiß offenbar kein Mensch, wie man ihn richtig zubereitet.« Er schob das Glas beiseite. »Kommen Sie zur Haigh Company und retten Sie das Universum für die Menschheit.«

»Na schön, Ing«, sagte Washington. »Wir kennen uns jetzt schon ziemlich lange, und da kann ich offen sein. Was verheimlichst du mir?«

Ing seufzte.

»Ich glaube, ich bin es dir schuldig«, sagte er. »Tja, ich schätze, es fängt mit der Tatsache an, daß jeder Transmitter ein einzigartiges Ding ist. Du weißt es ebenso wie ich. Wir kartografieren das, was er tut, und operieren nach Vorhersage-Statistiken. Wir kitzeln seine Öhrchen, wie man so schön sagt. Doch laß uns jetzt mal was aus den Vorschriften erwägen. Eine Röhre ist schließlich nur eine große Felsenhöhle, eine kontrollierte Umgebung für den Strahl, damit er seine Arbeit tun kann. Die Vorschriften sagen: *Bei Winkelraum-Transmissionen ist jeder Ort im Universum gleich um die Ecke.* Es ist eine verflucht ungenaue Art, etwas zu beschreiben, das wir nicht richtig verstehen. Es klingt so, als wüßten wir, wovon wir reden.«

»Du sagst, wir verschieben Materie um die Ecke«, sagte Washington, »aber du hast mir nicht erzählt, was du ...«

»Ich weiß«, sagte Ing. »Wir plazieren eine Energiemodulation dorthin, wo sie von den Saatschiff-Instrumenten gesehen werden kann. Das ist ein Energietransfer, Poss. Und man kann Energie gegen Materie austauschen.«

»Du verdrehst Definitionen. Wir bringen ein hochgradig instabiles, hochgradig transistorisiertes Reflektionsphänomen so in Position, daß Zeit-Raum-Begrenzungen sich verändern. Auch das steht im Handbuch. Aber du hast mir immer noch nicht gesagt ...«

»Poss, ich lasse eine Mannschaft einen Reiniger für mich vorbereiten. Wir haben das Destruktionsmuster analysiert — das ist es, was ich vom letzten Test-Hieb wollte —, und ich glaube, wir können mich an Bord einer dieser Wildgänse in den Winkelraum schicken.«

»Du Narr! Noch bin ich hier der Boss, und ich sage, du wirst nicht ...«

»Nun mach aber mal halblang, Poss! Du hast nicht mal ...«

»Angenommen, du wirst um diese blöde Ecke geschickt — wie, glaubst du, kommst du wieder zurück? Und wozu soll es überhaupt nützlich sein? Was kannst du denn tun, wenn du ...«

»Ich kann hingehen und mich umsehen, Poss. Und der Reiniger, den wir frisieren, wird mehr den Charakter eines Rettungsbootes haben. Ich kann auf TA-IV runtergehen, den Behälter vielleicht mitnehmen und unseren Saaten eine größere Chance geben. Und wenn wir erfahren, auf welche Weise ich dort lande, können wir es wieder tun, und ...«

»Welch ein Schwachsinn!«

»Schau mal!« sagte Ing. »Was riskieren wir denn? Doch nur einen alten Knaben, dessen beste Zeit längst vorbei ist.«

Ing musterte das wütende Leuchten in Washingtons Blick, und ihm fiel etwas Komisches über sich selbst ein. Er wollte diesen Durchbruch wagen, wollte dem Embryonen-Behälter eine Chance geben. Er war berauscht von dem gleichen Traum, der den Saatvertrag ermöglicht hatte. Und er sah, daß die anderen Troubleshooter, die sechs, die vor ihm hier gewesen waren, sich in dem gleichen Netz gefangen haben mußten. Sie hatten alle erkannt, wo das Problem lag. Einer von ihnen würde durchgehen. In den Behältern waren Werkzeuge; ein weiterer Strahl konnte auf die andere Seite gerichtet werden. Es gab eine Chance zur Rückkehr ... anschließend ...

»Ich habe mich überreden lassen, dich herzuholen«, brummte Washington, »unter der Voraussetzung, daß du die Lage peilst und sie bestätigst oder das, was die anderen gesehen haben, verwirfst — aber ich habe nicht gewollt, daß man dich ...«

»Ich möchte es aber tun, Poss«, sagte Ing. Jetzt sah er, was seinem Freund zu schaffen machte. Der Mann hatte sechs Troubleshooter in den Tod geschickt — oder sie in einer Welt verschwinden lassen, die unaufspürbar war — und das war noch schlimmer. Er fühlte sich schuldig.

»Und ich geb dir keine Genehmigung«, sagte Poss.

Der Sicherheitsoffizier erhob sich von seinem Tisch, durchquerte den Raum und blieb vor Washington stehen. »Mr. Washington«, sagte er, »ich habe zugehört. Mir scheint, Sie haben nicht das Recht, Mr. Gump zurückzuhalten, wenn er ...«

Washington sprang mit seinen einsneunzig auf und packte den Sicherheitsmenschen an den Jackettaufschlägen. »Man hat Sie also angewiesen, sich einzumischen, wenn ich Anstalten mache, es ihm auszureden!« Er schüttelte den Mann mit fast komischer Sanftheit. »Wenn Sie nach dem nächsten Shuttlestart noch auf meiner Station sind, werde ich persönlich dafür sorgen, daß Sie einen Unfall erleiden!« Er ließ den Mann los.

Der Sicherheitsoffizier erbleichte zwar, gab jedoch keinen Boden preis. »Ein Anruf von mir, dann ist dies Ihre Station gewesen.«

»Poss«, sagte Ing. »Du kommst gegen das Rathaus nicht an. Und wenn du's versuchst, werfen sie dich raus. Dann würde ich hier mit dem zweitbesten Mann arbeiten müssen. Ich brauche dich als Strahl-Jockey, wenn ich auf der Wildgans reite.«

Washington funkelte ihn an. »Ing, es wird nicht klappen!«

Ing musterte seinen Freund. Er sah den Druck, der auf ihm lastete, und verstand, welche Manöver die Erde eingeleitet hatte, um ihn zu bewegen, seinen Freund Ivar Norris Gump um Hilfe zu bitten. All das sagte etwas über die verzweifelte

Lage der Erde aus. Das geheime Vorgehen, die Sicherheitsüberwachung, die Anspielungen in den Nachrichtensendungen — Ing spürte ein bißchen von dem Druck, den die Dinge erzeugten, in sich selbst. Er wußte, wenn Washington seine Schuldgefühle überwinden konnte, würde er das Bedürfnis der Menschheit teilen, den herumtreibenden Behältern zu helfen.

»Wie viele auch verletzt oder getötet werden«, sagte Ing, »wir müssen den Embryonen in den Behältern eine Chance geben. Du weißt, daß ich recht habe — hier geht's um die Hauptchance. Und wir brauchen dich, Poss. Ich möchte, daß jeder mitmacht, den ich kriegen kann. Und was auch passiert, ich weiß, daß du dein Bestes für mich getan hast ...«

Washington holte zweimal kurz Luft. Seine Schultern sackten ein. »Und was ich auch sage ...«

»Was du auch sagst.«

»Du gehst?«

»Ich gehe dahin, wo die Wildgänse hingehen.«

»Und wer schaut der Familie anschließend in die Augen?«

»Ein Freund, Poss. Ein Freund geht zur Familie und sorgt dafür, daß der Schlag so wenig schmerzhaft wie möglich ausfällt.«

»Wenn Sie mich bitte entschuldigen wollen?« sagte der Sicherheitsoffizier.

Sie ignorierten den Mann, der an seinen Tisch zurückkehrte.

Washington erlaubte sich ein tiefes, seufzendes Luftholen. Ein Teil seines Feuers kehrte in seinen Blick zurück. »Na gut«, grollte er. »Aber ich werde bei jedem Schritt des Weges dabei sein. Und ich sage dir jetzt, daß du kein grünes Licht kriegst, bevor nicht alles zu meiner Zufriedenheit frisiert ist.«

»Natürlich, Poss. Deswegen kann ich mir auch nicht erlauben, daß du ausklinkst oder ausgebootet wirst.«

Ings linker Knöchel juckte.

Es war zum Verrücktwerden. Seine Hand konnte innerhalb der Haut seines Schutzanzuges nur den Schenkel erreichen. Der Knöchel und sein Jucken konnten nicht aus dem Gebiet der Sohlenkontaktkontrollen gehoben werden.

Der Anzug selbst lag im Ölbad eines Schocktanks. Rund um den Schocktank war etwas, das einem Standardreiniger zwar in der Form, aber nicht in der Größe glich. Er war mindestens doppelt so lang wie ein Staubsauger, und wuchtiger. Die Dicke erlaubte Phasenhüllen — eine Idee Washingtons. Sie war aus der Analyse der Trümmer erwachsen, die der letzte Hieb zurückgelassen hatte.

Das matte Zischen der Sauerstoff-Generatoren erreichte Ing durch die Anzugsensoren. Seine Helmscheibe war durch einen Satz Bildschirme ersetzt worden, die mit Außenempfängern verbunden waren. Der größte Schirm, oben in der Mitte, übertrug das Bild eines Scanners auf dem Bauch. Er zeigte ein Seil aus fluoreszierendem Purpur, das von Schwärze umgeben war.

Der Strahl.

Er durchmaß volle fünf Zentimeter und war länger als jeder, den Ing je gesehen hatte. Die Nähe der potentiellen Gewalt erfüllte ihn mit anerzogener Furcht. Er hatte zu viele Strahlen in zu vielen Röhren gemolken und war sich der Gefahr auch nur eines geringfügigen Anwachsens bewußt, um sicheren Abstand zu halten.

Dies hier war ein Monsterstrahl. All seine Ausbildung und Erfahrung schrien angesichts dieser Größe auf.

Ing fiel die Analyse ein, die die ihn umgebende Reinigerattrappe hervorgebracht hatte.

Neunundachtzig der Staubsauger, die man vom Röhrenboden geborgen hatte, hatten Primärschäden an der Saugmündung aufgewiesen. Sie waren, ungeachtet der örtlichen Partikelzählung, auf den Strahl justiert gewesen. Doch die allerwichtigste Entdeckung war die, daß die Reiniger durch den Strahl gefallen waren, ohne in zwei Hälften geschnitten zu werden. Sie waren an einem Stück durch die Klinge des Purpurmessers geglitten, ohne durchtrennt zu werden. Es hatte keine Strahl-Unterbrechung gegeben. Die Erklärung mußte sich auf die topologische Anomalie beziehen — Winkelraum. Ein Teil des Strahls und/oder die Reiniger waren im Winkelraum verschwunden.

Jetzt, wo der Winkelraum-Impuls mit der Energiephasen-

Justierung übereinstimmte, die die Reiniger davon abhielten, den Strahl abzulenken, setzte er sein Leben aufs Spiel. Der Außen-Carrier, Ings Staubsaugerattrappe, war auf den Strahl abgestimmt. Er würde draufgehen. Die nächste Innenhülle war um 180 Grad verschoben. Und so weiter, über zehn Hüllen hinweg.

Ing lag im Mittelpunkt, hatte Hände und Füße auf den Kontrollen eines Anzugs, der im Grunde ein Mini-Rettungsboot war.

Als der Augenblick der letzten Verbindung näherrückte, spürte Ing ein prickelndes Gefühl im Magen. Und der Knöchel juckte fortwährend weiter. Aber jetzt gab es keine Möglichkeit mehr, einen Rückzieher zu machen und sich auf sich selbst zu besinnen. Er war ein Troubleshooter, der beste der Haigh Company. Es gab keinen Zweifel, daß die Firma und die einsam dahintreibenden Embryonen ihn nie zuvor dringender gebraucht hatten.

»Lagebericht, Ing.«

Die Stimme, die neben Ings Gesichtsmaske aus dem Lautsprecher kam, gehörte Washington. Und sie drückte unmißverständlich Furcht aus.

»Alle Systeme klar«, sagte Ing.

»Programm tritt in die zweite Phase ein«, sagte Washington. »Kannst du irgendwelche anderen Staubsauger erkennen?«

»Bisher vierzig Kontakte«, sagte Ing. »Alle normal.« Er hielt die Luft an, als sein Reiniger einem kurzen Hieb auswich.

»Alles klar mit dir?«

»Sicher«, sagte Ing.

Aber der Flug war auch weiterhin eine harte Sache. Jedesmal, wenn der Strahl peitschte, wich sein Staubsauger aus. Es gab keine Möglichkeit, die Richtung vorherzusehen. Ing konnte nur auf seinen Anzug und den Ölbad-Schocktank vertrauen, daß sie ihn davor bewahrten, gegen eine Seite des Behälters zu knallen.

»Wir empfangen eine anormale Anzahl von Durchgängen«, sagte Washington.

Das erforderte keinen Kommentar, also schwieg Ing still. Er blickte auf den Empfänger über dem Lautsprecher. Ein Quarzfenster zeigte ihm den winzigen Strahl, der ihn mit Washington in Kontakt hielt. Er war weniger als einen Zentimeter lang und glühte hellrot durch das Inspektionsfenster. Auch er knisterte und sprang. Der kleine Strahl konnte zwar mehr Störungen aushalten als der große, aber er war einwandfrei in Unordnung.

Ings Aufmerksamkeit richtete sich auf den großen Strahl, dann warf er wieder einen Blick auf den kleinen. Der Unterschied betrug einen Grad. Oft erschien es Ing so, als müßten die Strahlen seine Umgebung erhellen, und dann fiel ihm ein, daß die Parallelquanten nicht so viel ablenken konnten.

»Empfange Peitschzahl«, sagte Washington. »Ing! Zustand kritisch! Bereithalten!«

Ing konzentrierte sich nun ganz auf den großen Strahl. Sein Magen war ein harter Knoten. Er fragte sich, wie sich die anderen Troubleshooter in diesem Moment gefühlt hatten. Genauso — keine Frage. Doch sie waren ohne den Schutz geflogen, den er hatte. Sie hatten seinen Weg gepflastert, waren gestorben, um ihm wertvolle Informationen zu geben.

Das Abbild des Strahls war so nah und scharf begrenzt, daß Ing wußte, er würde keine Peitschenwarnung kriegen — nur einen plötzlichen Größen- oder Positionswechsel.

Sein Herz hüpfte, als der Strahl auf dem Schirm flackerte. Der Reiniger rollte seitwärts, als er auswich, und ließ den Strahl vorbei, doch dann gab es einen ominösen Hopser. Der Schirm wurde kurz schwarz, doch das purpurne Seil schwang in sein Blickfeld zurück, als die Sensoren des Reinigers sich wieder fingen und ihn zurück in Position brachten.

Ing überprüfte seine Instrumente. Dieser Hopser — was war das gewesen?

»Ing!« Washingtons Stimme kam laut und drängend aus dem Lautsprecher.

»Wie steht's?«

»Wir haben einen anderen Staubsauger auf der Gravspur«, sagte Washington. »Er ist in deinem Schatten. Bleib dran!«

Es folgte ein Stimmengemurmel — hastige, unverständliche Worte, dann: »Der Strahl hat dich berührt, Ing. Du hast einen Phasenbogen zwischen zwei Hüllen auf der dem Strahl gegenüberliegenden Seite abgekriegt. Ein anderer Staubsauger hat sich mit einem seiner Sensoren auf diesen Bogen fixiert. Seine restlichen Sensoren sind immer noch auf dem Strahl. Er fährt parallel zu dir, in deinem Schatten. Wir holen dich da raus.«

Trotz seiner trockenen Kehle versuchte Ing zu schlucken. Er kannte die Gefahr, man brauchte sie ihm nicht zu erklären. Es war ein Lichtbogen in der Röhre entstanden. Sein Staubsauger befand sich zwischen ihm und dem Strahl, doch der andere war irgendwo hinter ihm. Wenn sie einem Hieb ausweichen mußten, würde es den anderen verwirren, weil seine Sensorenkontakte jetzt geteilt waren. Er würde zeitlich verzögern. Die beiden Geräte würden kollidieren und Licht in die Röhre entlassen. Der große Strahl würde durchdrehen. Die Schutzhüllen würden von allen Seiten getroffen werden.

Washington arbeitete daran, ihn herauszuholen, doch das würde dauern. Man konnte nicht so einfach aus einem Primärprogramm aussteigen. Es erzeugte seine eigenen Hieb-Konditionen. Würde man den Strahl dämpfen, würden die restlichen Staubsauger auf den Bogen zujagen. Es würde ein Blutbad in der Röhre geben.

»Startphase aus«, sagte Washington. »Schätzungsweise drei Minuten, um die zweite Phase zu kontrollieren. Wir werden nur ...«

»Hieb!«

Das Wort klingelte in Ings Ohren, und schon spürte er, wie sich sein Gerät anhob, um ein Ausweichmanöver durchzuführen. Er hatte gerade noch Zeit, um zu überlegen, ob die Warnung von einem der Ingenieure am Monitorschirm gekommen war, dann ertönte ein gewaltiger Gong.

Ein überraschtes »Was, zum Teufel ...!« donnerte aus dem Lautsprecher und wurde sofort von einem grellen Zischen überlagert, das nach einer Milliarde Schlangen klang.

Ing spürte, daß sich sein Staubsauger immer noch hob, ihn gegen das Netzwerk drückte, sein Gesicht hart gegen die Schutzmaske preßte. Er konnte auf dem Schirm nichts vom großen Strahl ausmachen. Das kleine Fenster, das die Linie seines eigenen hätte anzeigen sollen, enthüllte einen wellenförmigen, knisternden roten Wurm.

Abrupt drehte sich Ings Welt auf links.

Es war, als würde er in einem Ein-Molekül-Wirrwarr flachgedrückt und in die Unendlichkeit gesogen. Er sah um sich das Draußen eines von innen gesehenen Universums mit grellweißen Lichtbalken, die von einem Ende zum anderen zuckten. Er machte sich klar, daß er nicht mit den Augen sah, sondern ein Gefühl in sich aufnahm, das von allen Sinnesorganen zugleich gebildet wurde. Jenseits dieses Inneren Blicks war das Chaos; undefinierter Wahnsinn.

Der Strahl hat mich erwischt, dachte er. Ich sterbe.

Einer der Lichtbalken löste sich in eine endliche Reihe rotierender Gegenstände auf — über ihm, unter ihm, rundherum ... über ihm, unter ihm, rundherum ... Die Bewegung war hypnotisch. Mit einem Gefühl der Verwunderung erkannte Ing, daß der Gegenstand sein eigener Anzug war — und ein paar Bruchstücke seiner Schutzhüllen. Der winzige Strahl seines persönlichen Transmitters war geöffnet worden und spuckte purpurne Scherben aus.

Mit dieser Erkenntnis kam ein Gefühl des Zusammengedrücktseins. Ing fühlte sich in die Schwärze hinabgestoßen, die an ihm zupfte, zerrte, riß. Es war, als würde er über Stromschnellen geschleudert. Er spürte, wie der Netzharnisch in seine Haut biß.

Abrupt zeigten die Helmscheiben-Schirme diamantblitzende Helligkeit vor samtenem Schwarz — dann farbige Lichtflekke: strahlendes Blau, Rot, Grün, Gold. Wieder drehte sich grellweißes Licht in sein Blickfeld, von peitschenden Purpurbändern umgeben. Die Bänder waren Lichterscheinungen, wie sie nur durch den Transmitterstrahl hervorgerufen werden konnten. Winkelraum-Reflexe?

Ings Körper schmerzte. Sein Geist war wie von Nebel umgeben. Jeder Gedanke arbeitete gegen eine tödliche Langsamkeit an.

Juwelenglanz — Lichtflecke.

Erneut — ein strahlendes Weiß.

Purpurne Bänder.

Der Lautsprecher knisterte in statischen Störungen. Durch das Fenster sah er den winzigen Strahl zuckend hüpfen. Es schien ihm wichtig, etwas dagegen zu tun. Ing schob eine Hand in einen der Anzugarme und traf auf ein zerbrochenes Stück Schutzhülle, das nahe vorbeitrieb.

Die Vorstellung des Treibens schien ihm lebenswichtig, doch er konnte nicht sagen, warum.

Vorsichtig stupste er das Hüllenstück an, bis es eine grobe Abschirmung über dem Empfängerstrahl bildete.

Sofort drang eine dünne Stimme an seine Ohren: »Ing! Melde dich, Ing! Kannst du mich hören?« Dann, weiter entfernt: »Ihr da hinten! Scheißt auf die Schlösser! Anzüge an und rein! Er muß da unten ...«

»Poss?« sagte Ing.

»Ing! Bist du's, Ing?«

»Yeah, Poss. Ich bin ... Ich scheine noch in einem Stück zu sein.«

»Bist du irgendwo auf dem Boden? Wir kommen jetzt rein. Halt aus!«

»Ich weiß nicht, wo ich bin, aber ich sehe Lichterscheinungen, die vom Strahl herrühren müssen.«

»Beweg dich nach Möglichkeit nicht! Die Röhre ist nur noch ein Wrack. Ich hab mich über die Imbrium-Röhre schalten lassen, um mit dir zu reden. Bleib bloß ruhig! Wir sind gleich bei dir.«

»Poss, ich glaube nicht, daß ich in der Röhre bin.«

Ing hatte plötzlich das Gefühl, daß seine Gedanken sich wieder ordneten, systematisch vorgingen.

Etwas an diesem diamanthellen Glanz erkannte er als Sterne. Das sah er jetzt. Manches davon waren ... Trümmer, Bruchstücke von Staubsaugern, gezackte Materie. Irgendwo zu seinen Füßen war ein Licht, aber die dortigen Sensoren schienen kaputt zu sein, oder irgend etwas bedeckte sie.

Trümmer.

Peitschende Purpurbänder.

Das strahlende Weiß drehte sich wieder in sein Blickfeld. Ing stoppte seine Rotation mit einem kurzen Druck der Fingerdüse. Er sah das Ding jetzt deutlich — und erkannte es: es waren der kugelförmige Rumpf und die Sensorröhren eines Sämling-Kompaktbehälters.

Ihm wurde allmählich klar, daß die selbstgebastelte Abschirmung seines kleinen Strahls eine Macke hatte. Statische Geräusche erfüllten den Lautsprecher. Ing schob das kleine Hüllenstück erneut davor.

»Glaubst du wirklich, daß du nicht mehr in der Röhre bist?« fragte Washington. »Ing, melde dich! Was ist passiert?«

»Etwa hundert Meter vor mir befindet sich ein SC-Behälter«, sagte Ing. »Er wird von Staubsauger-Trümmern umkreist. Und hier sind Strahlreflexe, Winkelraum-Bänder, überall am ganzen Himmel. Ich glaube ... ich bin durchgekommen.«

»Das ist kaum möglich. Ich empfange dich zu gut. Was ist mit den Winkelraum-Bändern?«

»Deswegen empfängst du mich«, sagte Ing. »Du hast ein paar Strahlfetzen hier durchgeschickt. Hier ist überall Licht; irgendwo unter mir ist eine Sonne. Du kommst zwar zu mir durch, aber die Behälter sind von den Trümmern fast ganz eingehüllt. Die Reflexion und der Strahlspritzer müssen hier gewaltig sein. Ich gehe jetzt rein und mache den Weg frei für den Strahl-Kontakt.«

»Weißt du genau, daß du ...« Zischen, Knistern.

Das kleine Hüllenstück war wieder abgerutscht.

Ing schob es wieder in Position, indem er mit den Gurtdüsen manövrierte.

»Ich bin in Ordnung, Poss.«

Die Drehung brachte das Wichtigste ins Blickfeld — eine große goldene Kugel, die sofort matter wurde, als Ings Scannerfilter sich darauf einrichteten. Zu seiner Rechten, hinter der Sonne, stand ein gewaltiger blauer Ball, über den vereinzelte Wolkenbänke dahintrieben. Ing starrte, gebannt von seiner Schönheit.

Ein jungfräulicher Planet.

Die Überprüfung der Beiboot-Instrumente, die in seinen Anzug installiert waren, zeigte ihm, was der SC-Behälter enthüllt hatte, bevor der Kontakt abgebrochen war — Theta Apus IV war beinahe mit der Erde identisch, wenn man von den größeren Meeren und kleineren Landmassen absah.

Ing holte tief Luft und roch die eingedoste Luft seines Anzuges.

An die Arbeit, dachte er.

Seine Anzugdüsen brachten ihn nahe an die Trümmer heran. Dann fing er an, sie beiseite zu schieben. Näher und näher kam er an den Behälter heran. Er verlor sein Strahlenschild, ignorierte es, und regulierte die Empfangslautstärke, um die Störgeräusche zu reduzieren.

Dann trieb er neben dem Behälter.

Mit einer gepanzerten Hand schirmte er seinen Strahl ab.

»Poss? Melde dich, Poss.«

»Bist du wirklich da, Ing?«

»Versucht Strahl-Kontakt mit dem Behälter, Poss!«

»Dann müssen wir den Kontakt mit dir abbrechen.«

»Dann macht es!«

Ing wartete.

Die Lichterscheinungen nahmen zu — gewaltige Schleifenbänder zeigten sich überall um ihn herum am Himmel.

Also so sieht es am Empfangsende aus, dachte Ing. Er schaute zum Fenster hoch, das seinen eigenen Strahl enthüllte — sauber und scharf unter dem Schatten seiner erhobenen Hand. Die gepanzerten Finger waren schwarze Umrisse vor dem Hintergrund der blauen Welt. Dann rechnete er nach, wie lange sein eigener Strahl ohne Anoden- und Kathodenaustausch reichen würde. Hartes Bombardement, heißer, dünner Strahl — seine Lebensdauer betrug nur einen Bruchteil dessen, was der große Strahl zu erwarten hatte.

Muß eine Möglichkeit finden, den Strahl zu frisieren, wenn wir erst mal unten sind, dachte er.

»Ing? Bist du da?«

Ing hörte die Aufregung in Washingtons Stimme.

»Du bist durchgekommen, Poss, was, altes Haus?«

»Laut und deutlich. Jetzt hör mal zu! Wenn du dich an die Schwanzkrümmung des Behälters anklinken kannst, können wir dich mit ihm zusammen runterbringen. Er kann problemlos seine zweifache Masse beim Landeanflug tragen.«

Ing nickte. Der Ritt auf dem weichen, sicheren Ballon, zu dem der Behälter plötzlich werden würde, bot viel attraktivere Aussichten als ein Hinuntermanövrieren des Anzuges und dessen Landung im Wasser — von einer Landung auf festem Boden ganz zu schweigen.

»Wir arbeiten daran, einen Wiedereintritt auf einer größeren Landmasse hinzukriegen«, sagte Washington. »Sag uns Bescheid, wenn du dich am Behälter festgemacht hast!«

Ing manövrierte sich dicht heran, legte eine Panzerhand auf die Behälteroberfläche und verspürte ein eigenartiges Gefühl des Einsseins mit dem Metall und dem Leben, das neunhundert Jahre in der Leere verbracht hatte.

Opa Ing wird sich schon um euch kümmern, dachte er.

Während er daran arbeitete, sich fest an die Schwanzkrümmung des Behälters zu kleben, rief Ing sich das Chaos in Erinnerung zurück, das er bei seinem wilden Ritt durch den Winkelraum erblickt hatte. Er schüttelte sich.

»Ing, wenn du kannst, hätten wir gern einen detaillierten Bericht«, sagte Washington. »Wir wollen einen Mann zu jedem Behälter schicken, der Schwierigkeiten macht.«

»Wißt ihr schon, wie ihr uns zurückholen könnt?« fragte Ing.

»Die Erde sagt, sie hätte eine Antwort, wenn ihr genug Masse an eurem Ende sammeln könnt, um einen Vollstrahl zu verankern.«

Ing dachte erneut an seinen Ritt durch das Chaos. Er war sich nicht sicher, ob er dergleichen noch einmal erleben wollte. Doch das Problem konnte man immer noch lösen, wenn es an der Zeit war. Sicher stand auch dazu etwas im Handbuch.

Dann lächelte er, weil er instinktiv den Grund für alle Handbücher der Geschichte erfaßte. Wenn es gegen das Chaos ging, mußte der Mensch ein präzises und ordentliches Handlungsprogramm haben, ein System, in dessen Rahmen er seine eigene Existenz fühlen konnte.

Unter mir ist eine Wasserwelt, dachte er. Ich muß irgendeine Möglichkeit finden, für diese Kinder Papier herzustellen, bevor sie aus ihren Wannen kommen. Ich werde ihnen eine Menge beibringen müssen.

Eine Wasserwelt.

Ihm fiel ein Satz aus einer Schwimmanleitung, einem der ältesten Handbücher seiner Sammlung, ein: *Atmen ist nur angeraten, wenn man den Kopf über Wasser hat.*

Diese Vorschrift darf ich nicht vergessen, dachte er. Die Kleinen werden eine sichere und wohlgeordnete Welt brauchen.

*Originaltitel »By the Book«*

*(erstmals erschienen in »Analog«)*
*Aus dem Amerikanischen übersetzt*
*von Ronald M. Hahn*

# SAATGUT

Als die Sonne den Rand des Purpurmeeres berührte und wie ein gewaltiger roter Ball dort hing — sie war viel größer als die Sonne der Mutter Erde, an die er sich mit nostalgischen Gefühlen erinnerte — führte Kroudar seine Fischer in den Hafen zurück.

Kroudar war ein untersetzter Mann, doch er erweckte den Eindruck einer gewissen Schwere, auch wenn er unter seinem aus Schiffsleinen bestehenden Gewand ebenso hager war wie die anderen, und nur aus Knochen und sehnigen Muskeln bestand. Es lag an der Krankheit dieses Planeten, hatten die Ärzte ihm erklärt. Sie nannten es die ›Last des Leibes‹ und schoben es der subtilen Andersartigkeit der lokalen Chemie, der Gravitation und der Tagesperioden in die Schuhe — sogar dem Nichtvorhandensein eines Gezeiten erzeugenden Mondes.

Kroudars blondes Haar, die einzige Äußerlichkeit, die ihn ansehnlich machte, war ungeschnitten und wurde von einem Stirnband aus rotem Leinen zurückgehalten. Darunter lagen eine breite, niedrige Stirn, tief eingesunkene, große Augen von ausgewaschenem Blau, eine knorrige, breite, flache, eingedrückte Nase, dicke Lippen über großen und unregelmäßig verteilten gelben Zähnen und ein bulliges Kinn über einem kurzen, stämmigen Hals.

Kroudar teilte seine Aufmerksamkeit auf die Segel und die Küste und steuerte die Ruderpinne mit dem nackten Fuß.

Sie waren den ganzen Tag in der Küstenströmung gewesen und hatten die Netze nach den garnelenähnlichen Trodi ausgeworfen, die für die Kolonie die Hauptnahrungsquelle an verzehrbaren Proteinen bildeten. Es waren neun Boote, und die Männer, die sich darin befanden, waren müde und schweigsam vor Hunger. Sie hielten die Augen geschlossen oder starrten ins Nichts.

Die abendliche Brise kräuselte das Hafenbecken und bewegte das schweißverklebte Blondhaar an Kroudars Hals. Sie wölbte die Schiffsleinen-Segel und gab den schwerbeladenen

Booten den letzten nötigen Schwung, um sie an den Strand zu tragen.

Dann bewegten sich die Männer. Segel sanken knirschend und klatschend. Jede Arbeit wurde mit sparsamen Bewegungen und der wohlabgewogenen Langsamkeit der Erschöpfung verrichtet.

Die Trodi waren in der Strömung draußen sehr zahlreich gewesen, und Kroudar hatte seine Leute bis an die Grenzen der Belastbarkeit angetrieben. Es hatte nicht viel Druck erfordert. Sie alle kannten das Bedürfnis. Die Schwärme und Sammelplätze der nützlichen Geschöpfe dieses Planeten waren noch nicht mit nennenswert verläßlicher Präzision registriert. Das einheimische Leben wies in scheinbarer Regelmäßigkeit seltsame Lücken und Brüche auf. Die Trodi konnten in jedem Moment an irgendeinen unbekannten Ort verschwinden — man wußte es, weil es schon öfter passiert war.

Die Kolonie hatte Hunger gelitten, und die Kinder hatten nach Nahrung geschrien, die rationiert werden mußte. Die Männer sprachen nur noch selten darüber, aber ihre Bewegungen zeigten, daß sie sich der Sache noch immer bewußt waren.

Es ist jetzt über drei Jahre her, dachte Kroudar, als er einen tropfenden Trodi-Beutel schulterte und seine müden Beine am Strand hinauf durch den Sand bewegte und hinauf zu den Hütten und Ställen des Lagers schritt, wo das Meeresgetier zur Weiterverarbeitung getrocknet wurde. Es war über drei Jahre her, seit ihr Schiff aus dem Weltraum gekommen war.

Man hatte das Kolonistenschiff als multiples Werkzeug konstruiert und mit ausgewähltem menschlichen Saatgut, irdischen Tieren und Grundnotwendigkeiten gefüllt. Dann hatte man es ausgeschickt, um Menschen an diesem fernen Ort anzusiedeln. Es war gebaut worden, um nur einmal zu landen, dann sollte es ausgeschlachtet und in nützliche Dinge zerlegt werden.

Irgendwie hatte es mit den Grundnotwendigkeiten nicht ganz hingehauen, und so waren die Kolonisten gezwungen gewesen, ihre eigenen Werkzeuge zu improvisieren. Sie hatten sich hier noch nicht wirklich heimisch gemacht, wurde Kroudar klar. Über drei Jahre — und drei Jahre hier waren fünf auf

Mutter Erde —, und sie lebten noch immer am Rande des Todes. Sie waren hier gefangen. Ja, so war es. Das Schiff konnte nicht mehr zusammengesetzt werden. Selbst wenn man dieses Wunder vollbracht hätte — es gab keinen Treibstoff.

Die Kolonie war hier.

Und jedes Mitglied kannte die raubtierhafte Wahrheit ihrer mißlichen Lage: das Überleben war nicht garantiert. Man ahnte es instinktiv. Es war auch Kroudars unbelesenem Geist bekannt. Er wußte es besonders wegen einer Tatsache, die er beobachtet hatte, aber nicht erklären konnte.

Noch keiner von ihnen hatte bisher einen Namen für diesen Planeten akzeptiert. Er hieß »hier« oder »diese Welt«.

Aber es gab auch noch bösere Ausdrücke.

Kroudar ließ seinen Trodi-Beutel auf die Veranda der Hütte fallen und wischte sich den Schweiß von der Stirn. Seine Arm- und Beingelenke schmerzten. Sein Rücken tat weh. Er spürte die Krankheit dieser Welt in den Eingeweiden. Erneut wischte er sich den Schweiß ab und zog das rote Band herunter, das er trug, um die Stirn vor der brutalen Sonne zu schützen. Blondes Haar fiel herunter, und er schleuderte es über die Schulter zurück.

Es würde bald dunkel werden.

Er sah, daß das rote Band schmutzig war. Er würde es wieder — behutsam — waschen müssen. Kroudar kam der Fetzen aus Stoff nicht ganz geheuer vor: Er war auf Mutter Erde gewachsen und gewebt worden, und er würde seine Tage auf dieser Welt beenden.

So wie er und die anderen.

Er starrte den Fetzen einen Moment lang an, bevor er ihn sorgfältig in die Tasche steckte.

Überall um ihn herum verrichteten die Fischer das altvertraute Ritual. Braune, tropfende Säcke, aus groben einheimischen Wurzeln gewebt, wurden auf die Veranden der Hütten geworfen. Einige der Männer lehnten sich aufrecht gegen die Verandageländer, manche streckten sich einfach im Sand aus.

Kroudar hob den Blick. Die Feuer hinter dem über ihnen aufragenden Steilufer sandten rauchende Spiralen in den sich verdunkelnden Himmel. Kroudar war plötzlich hungrig. Er dachte an die Technikerin Honida, die dort oben in der Nähe des Langhauses aus Schiffsmetall am Kochfeuer saß — und an ihre Zwillingssöhne, die in einer Woche zwei Jahre alt wurden.

Wenn er an Honida dachte, rührte sich etwas in ihm. Sie hatte ihn gewählt. Obwohl ihr jemand aus den Klassen der Wissenschaftler oder Techniker zugestanden hätte, war Honida in die Arbeiterklasse herabgestiegen, um sich jenen zu nehmen, den man ›den häßlichen Alten‹ nannte. Er war nicht alt, sagte sich Kroudar, aber er kannte den Ursprung dieses Namens. Diese Welt hatte an ihm mit sichtbarer Beweiskraft mehr Veränderungen hervorgerufen als an jedem anderen.

Kroudar machte sich keine Illusionen, weswegen man ihn in die Emigration geschickt hatte. Es lag an seinen Muskeln und seiner minimalen Schulbildung. Den Grund verkörperte das Etikett, das im Schiffsmanifest niedergeschrieben war: Arbeiter. Die Planer daheim auf Mutter Erde hatten erkannt, daß es bestimmte Aufgaben gab, die weniger Denkvermögen als menschliche Muskeln erforderten. Die Kroudars, die hier gelandet waren, waren zwar nicht zahlreich, aber sie kannten einander — und sie erkannten einander an dem, was sie waren.

Man hatte in den höheren Kreisen sogar davon gesprochen, Honida zu verbieten, ihn zu ihrem Gefährten zu machen. Kroudar wußte davon. Es machte ihm nicht besonders viel aus. Es hatte ihn nicht einmal gestört, daß die Abstimmung der Biologen — sie hatten seine Häßlichkeit in allen Einzelheiten diskutiert, wie es hieß — Honidas Wahl eher aus philosophischen denn als physischen Gründen gutgeheißen hatte.

Kroudar wußte, daß er häßlich war.

Er wußte ebenso, daß sein momentaner Hunger ein gutes Zeichen war. Ein starkes Verlangen, seine Familie zu sehen, erwuchs in ihm und ließ allmählich seine Muskeln entflammen, den Aufstieg vom Ufer her in Angriff zu nehmen. Besonders wollte er seine Zwillinge sehen, von denen der eine blond war wie er selbst, und der andere so dunkel wie Honida. Die anderen Frauen, die das Glück gehabt hatten, Kinder zu bekommen, sahen auf seine Zwillinge herunter, als wären sie verkrüppelt und kränklich. Kroudar wußte davon. Die Frauen stritten sich um die Ernährung und rannten fast täglich zu den Medizinern. Doch solange Honida sich keine Sorgen machte, blieb auch Kroudar gelassen. Honida war immerhin Technikerin und arbeitete in den Hydroponikgärten.

Kroudars nackte Füße bewegten sich fast lautlos durch den Sand. Erneut schaute er zur Steilküste hinauf. An ihrem Rand wuchsen verstreut einheimische Bäume. Ihre dicken Stämme preßten sich knorrig und verdreht an den Boden, Stützen der knolligen gelbgrünen Äste, die in der Hitze des Tages giftige Milch absonderten. Ein paar überlebende Erdfalken hockten schweigend und aufmerksam in den Bäumen.

Die Vögel verliehen Kroudar ein eigentümliches Vertrauen in seine privaten Entscheidungen. Wonach halten die Falken Ausschau? fragte er sich. Es war eine Frage, die nicht einmal die fähigsten Denker der Kolonie beantworten konnten. Man hatte Suchcopter hinter den Falken hergeschickt. Die Vögel flogen in der Nacht aufs Meer hinaus, ruhten sich auf öden Inseln aus und kehrten im Morgengrauen zurück. Die Kolonie-Vorschriften hatten sich unwillig gezeigt, die wertvollen Boote zu riskieren, um sie zu suchen, und so war das Rätsel der Falken ungelöst geblieben.

Es war ein doppeltes Rätsel, da die anderen Vögel eingegangen oder zu irgendeinem unbekannten Ort geflogen waren. Die Tauben, die Wachteln — die Jagd- und Singvögel — alle waren sie verschwunden. Und die importierten Hühner waren ausgestorben, ihre Eier blieben unfruchtbar. Für Kroudar war dies ein Kommentar dieser Welt, eine Warnung an das Leben, das von Mutter Erde kam.

Ein paar magere Rinder hatten überlebt. Mehrere Kälber waren hier geboren worden. Doch sie bewegten sich auf wackligen Beinen über die Weiden. Der Blick in ihre Augen war wie der Blick in eine offene Wunde. Auch ein paar Schweine lebten noch, doch sie waren so verhärmt und kränklich wie die Rinder. Die wilden Tiere waren alle verschwunden oder gestorben.

Nur die Falken nicht.

Wie komisch, denn die Leute, die planten und sich tiefschürfende Gedanken machten, hatten große Hoffnungen gerade auf diese Welt gesetzt. Die Forschungsberichte waren aufregend gewesen. Dies war ein Planet ohne einheimische Landtiere. Ein Planet, dessen einheimische Flora der von Mutter Erde nicht unähnlich war. Das Meeresgetier war nach den anspruchsvollen Standards der Evolution primitiv.

Ohne in der Lage zu sein, es in den wunderschön polierten Phrasen auszudrücken, die die anderen so bewunderten, wußte Kroudar, wo der Fehler lag. Manchmal mußte man einem Problem eben mit dem Körper statt mit dem Geist zu Leibe rücken.

Er musterte die zerlumpte Kleidung seiner Männer. Es waren seine Männer. Er war der Anführer der Fischer, der Mann, der die Trodi gefunden und die schwerfälligen, häßlichen Boote erdacht hatte, die man trotz der Begrenztheit des einheimischen Holzes zu bauen in der Lage war. Die Kolonie lebte noch, weil er mit Booten und Netzen umzugehen verstand.

Doch es würde weitere Lücken bei der Trodi-Jagd geben. Kroudar spürte diese Gewißheit trotz seiner Erschöpfung. Und dann würde man unpopuläre und gefährliche Maßnahmen einleiten müssen, die sämtlich notwendig waren, weil das Denken versagt hatte. Der Lachs, den sie — laut Plan — eingeführt hatten, war in der Weite des Ozeans verschwunden. Die Plattfische in den Kolonieteichen litten an einer mysteriösen Auszehrung. Die Insekten waren fortgeflogen und hatten sich nie wieder sehen lassen.

Hier gibt es doch Nahrung, erklärten die Biologen. Warum also sterben sie?

Der Mais entwickelte seltsame unergiebige Kolben. Weizen wuchs nur an vereinzelten Flecken. Es gab keine vertrauten Wachstumsmuster oder Elektrolyse. Die Kolonie lebte am dünnen Rand der Existenz, am Leben erhalten von den Proteinen vorbehandelter Trodi und den Vitaminen von Gemüsen, die hydroponisch wuchsen, nachdem man das Wasser angepaßt hatte. Der Ausfall eines einzigen Systems in dieser Kette konnte zur Katastrophe führen.

Die gewaltige rote Sonne zeigte jetzt nur noch einen kleinen Bogen über dem Meereshorizont, und Kroudars Männer rührten sich wieder. Sie erhoben sich aus dem Sand und entfernten sich von den Plätzen, an denen sie gelehnt hatten.

»Alles in Ordnung«, sagte Kroudar. »Laßt uns das Essen noch rein und in die Regale bringen!«

»Warum?« fragte jemand in der Dunkelheit. »Glaubst du, die Falken werden es fressen?«

Jeder wußte, daß die Falken die Trodi nicht fressen würden. Kroudar erkannte den Einwand: Hier sprach der müde Geist. Die Garnelentiere ernährten nur Menschen — nach sorgfältiger Behandlung, um gefährliche Reizmittel zu entfernen. Ein Falke hob vielleicht einen wedelbeinigen Trodi auf, aber er würde ihn nach dem ersten Bissen fallen lassen.

Was aßen die wartenden Vögel?

Die Falken wußten etwas über diese Welt, von dem die Menschen nichts wußten. Die Vögel wußten es instinktiv, so wie Kroudar das Wissen suchte.

Die Dunkelheit fiel hernieder, und mit lautem Geflatter flogen die Falken auf das Meer zu. Einer von Kroudars Männern zündete eine Fackel an, und nachdem sie ausgeruht hatten, waren sie jetzt ängstlich darauf bedacht, die Steilküste zu erklettern und sich zu ihren Familien zu gesellen. Doch die Fischer taten die Arbeit, die noch getan werden mußte. Die Boote wurden auf Rollen an Land gezogen. Die Trodi wurden in dünnen Schichten in den Regalen der Lagerhütten ausgelegt. Man hängte die Netze zum Trocknen auf Gestelle.

Während sie ihre Arbeit verrichteten, dachte Kroudar über die Wissenschaftler dort oben in ihren glänzenden Labors nach. Zwar war auch ihm die Ehrfurcht des Arbeiters vor dem Wissen und die Unterwürfigkeit vor Titeln und Dingen zueigen, die über ihm standen, aber er wußte auch mit der sicheren Gewißheit des einfachen Mannes, wann die höheren Dinge versagt hatten.

Kroudar wurde zwar nicht zu den auf höchster Ebene ablaufenden Kolonie-Versammlungen geladen, aber er kannte die physische Substanz der dort diskutierten Ideen. Sein Wissen über das Versagen und die drohende Katastrophe bestand nicht aus wohlformulierten Worten. Sein Wissen wies auch nicht die Bildung auf, mit der er vor diese Männer hätte treten müssen. Aber sein Wissen hatte seine eigene Eleganz. Er bezog sich auf das uralte Wissen, das die Andersartigkeit dieser Welt mit einbezog. Kroudar hatte die Trodi entdeckt. Kroudar hatte die Fang- und Zubereitungsmethoden organisiert. Er kannte keine kultivierten Signale, um sie zu erklären, aber er wußte genau, was er sich zutrauen konnte und was er war.

Er war der erste Seebauer hier.

Ohne Energie mit reden zu verschwenden, hatten Kroudars Männer die Arbeit beendet. Sie wandten sich von den Hütten ab und schleppten sich den Klippenpfad hinauf. Ihr Kurs wurde hie und da von Männern mit flammenden Fackeln markiert. Mattorangefarbene Lichter, schwere Schatten. Sie gingen langsam den Weg aufwärts in eine schwarze Welt, und das stimmte Kroudar froh.

Verweilend, bis der letzte Mann den Aufstieg begonnen hatte, prüfte er die Türen der Hütten, dann folgte er ihnen und beeilte sich, um sie einzuholen. Der Mann, der auf dem Pfad direkt vor ihm war, trug eine in Trodi-Öl getränkte Fackel aus einheimischem Holz. Sie flackerte, qualmte und gab giftige Dämpfe ab. Das Licht enthüllte einen Höhlenbewohner, einen Menschen, der in geflicktes Schiffsleinen gekleidet war. Sein Körper war zu dünn, seine Muskeln zeugten von totaler Erschöpfung.

Kroudar seufzte.

Er wußte, daß es hier nicht wie auf Mutter Erde war. Auf der Erde warteten die Frauen am Strand auf ihre Männer, wenn sie vom Meer zurückkehrten. Kinder spielten mit den Kieseln. Eifrige Hände halfen dort bei der Arbeit, breiteten die Netze aus, trugen den Fang an Land, zogen die Boote an Land.

Aber nicht hier.

Und die hiesigen Gefahren waren nicht die Gefahren der Heimat. Kroudars Boote verließen nie die Sichtweite der Klippen. Auf jedem Boot befand sich stets ein Techniker, der mit der Küste in Funkkontakt blieb. Vor der letzten Umkreisung hatte das Kolonistenschiff den Himmel mit Instrumenten versehen — mit Wächtern gegen Überraschungen des Wetters. Die in harter Arbeit erbaute Fischereiflotte erhielt stets detaillierte Sturmwarnungen. Kein Seeungeheuer war je in diesem Ozean gesichtet worden.

Dieser Welt ermangelte es zwar an der grausamen Wildheit und Vielfalt der Meere, die Kroudar gekannt hatte, aber sie war dennoch tödlich. Er wußte es.

Die Frauen sollten uns am Strand erwarten, dachte er.

Doch der Koloniebefehl sagte, daß die Frauen — und sogar einige Kinder — für zu viele andere Aufgaben gebraucht wurden. Individuelle Pflanzen von zu Hause bedurften persönlicher Aufmerksamkeit und Pflege. Einzelne Weizenhalme wurden mit zärtlicher Sorgfalt aufgezogen. Jeder Orchideenbaum hatte seine eigene Pflegerin, seine Hüter-Dryade.

Oben auf den Klippen bot sich den Fischern der Anblick der Langhäuser, Hütten aus Schiffsmetall, benannt nach einem fernen Ort und einer fernen Zeit der Menschheitsgeschichte. Verstreute elektrische Lichter umringten das Dorf. Viele der ungepflasterten Straßen blieben jedoch unbeleuchtet. Man hörte mechanische Klänge und murmelnde Stimmen.

Die Männer trennten sich nun, um sich um ihre eigenen Dinge zu kümmern. Sie waren jetzt keine Gruppe mehr. Kroudar trottete über die Straße auf die offenen Kochfeuer des Zentralplatzes zu. Die offenen Feuer waren nötig, um die kostbaren Energien der Kolonie zu bewahren. Manche sahen in diesen Flammen das Eingeständnis der Niederlage. Kroudar sah in ihnen einen Sieg. Es war einheimisches Holz, das dort brannte.

Vor den Hügeln hinter dem Dorf, wußte er, standen die Ruinen der Windmaschinen, die sie gebaut hatten. Der Sturm, der die Zerstörung hervorgerufen hatte, hatte sie mit seinem Kommen zwar nicht überrascht, doch sie hatten sich über seine Stärke gewundert.

Für Kroudar hatten die Denker daraufhin allmählich an Größe verloren. Als die einheimische Chemie und das Wasserleben die Fluß-Turbinen ruiniert hatten, waren die Männer des Wissens noch mehr zusammengeschrumpft. Da hatte Kroudar angefangen, auf eigene Faust nach einheimischer Nahrung zu suchen.

Und jetzt, hatte er gehört, bedrohte die einheimische Flora

die Kühlsysteme ihrer Atomgeneratoren und widersetzten sich der Strahlung auf eine Weise, wie es kein Leben tun sollte. Einige von den Technikern entwarfen schon Dampfmaschinen aus Material, das für derlei Zwecke nicht vorgesehen war. Bald würden sie einheimisches Material haben — und zwar solches, das den Ätzungen und dem Rost dieser Welt widerstand.

Vielleicht hatten sie Erfolg — vorausgesetzt, die schleppende Krankheit schwächte sie nicht weiter.

Falls sie überlebten.

Honida erwartete ihn an der Tür ihrer Unterkunft. Ihr dunkles Haar war geflochten und in Ringen um die Stirn gewunden. Ihre braunen Augen hießen ihn willkommen. Feuerlicht vom Platz warf einen vertrauten Schatten über ihre Olivenhaut. Die hohen Wangenknochen ihrer indianischen Abstammung, die vollen Lippen und die stolz geschwungene Nase — ihr Anblick erfüllte ihn mit Erregung.

Kroudar fragte sich, ob die Planer auch von dem gewußt hatten, das in ihm diese Wärme erzeugte — ihre Kraft und Fruchtbarkeit. Sie hatte ihn gewählt, und jetzt trug sie weitere seiner Kinder — wieder Zwillinge.

»Ahhh, mein Fischer kehrt zurück«, sagte sie lächelnd und umarmte ihn auf der Schwelle, damit jeder es sehen konnte.

Dann gingen sie hinein und schlossen die Tür. Sie hielt ihn mit noch mehr Leidenschaft und sah in sein Gesicht, das sich in ihren Augen spiegelte und dabei etwas von seiner Häßlichkeit verlor.

»Honida«, sagte er, unfähig, andere Worte zu finden.

Dann fragte er nach den Jungen.

»Sie schlafen«, sagte sie und führte ihn zu dem primitiven Tischbock, den er für ihre Küche gebaut hatte.

Er nickte. Später würde er hineingehen und seine Söhne ansehen. Es störte ihn nicht, daß sie so viel schliefen. Er konnte die Gründe dafür irgendwie in sich selbst fühlen.

Honida hatte heiße Trodi-Suppe für ihn auf den Tisch gestellt. Sie war mit hydroponischen Tomaten und Erbsen gestreckt und enthielt weitere Dinge, von denen er wußte, daß sie sie an Land geerntet hatte, ohne daß die Wissenschaftler davon wußten.

Was immer sie ihm auch vorsetzte, Kroudar aß es. An diesem Abend gab es Brot mit seltsam würzigem Geschmack, das ihm vorzüglich schmeckte. Im Licht der einzigen Lampe, die ihnen für diesen Raum zustand, starrte er das Stück Brot an. Es war beinahe purpurfarben — wie das Meer. Er kaute und schluckte.

Honida, die ihm gegenüber saß und ebenfalls aß, musterte ihn aufmerksam und fragte: »Schmeckt dir das Brot?«

»Es schmeckt mir.«

»Ich habe es ja auch selbst gebacken, in den Kohlen«, sagte sie.

Er nickte und nahm noch eine Scheibe.

Honida füllte seine Suppenschale neu.

Sie waren privilegiert, machte Kroudar sich bewußt, weil sie ihre Mahlzeiten im Privaten einnehmen konnten. Viele der anderen hatten für kommunales Kochen und Essen optiert — selbst die Techniker und hohen Tiere, die mehr Freiheit der Wahl hatten. Honida hatte jedoch etwas an dieser Welt gesehen, das Privatheit und private Methoden verlangte.

Kroudar, dessen Hunger gestillt war, sah sie über den Tisch hinweg an. Er verehrte sie mit einer Hingabe, die viel tiefer ging, als die Erregung ihres Fleisches. Er konnte nicht sagen, was es war, aber er wußte es. Wenn es hier eine Zukunft für sie gab, war sie in Honida und den Dingen, die er vielleicht mit seinem eigenen Fleisch formen und bauen konnte.

Unter dem Druck seines Blicks stand Honida auf, kam um den Tisch und fing an, seine Rückenmuskeln zu massieren — jene Muskeln, die er beim Einholen der Netze angestrengt hatte.

»Du bist müde«, sagte sie. »Hattet ihr heute einen schweren Tag?«

»Es war harte Arbeit«, sagte Kroudar.

Er liebte ihre Art zu sprechen. Sie hatte viele, viele Worte zur Verfügung. Er hatte sie einige davon während der Kolonistenversammlung und der Zeit ihres Ersuchens in der Partnerwahl benutzen hören. Sie hatte Worte für Dinge, die er nicht kannte, aber sie wußte ebenso, wann sie mit dem Körper sprechen mußte, statt mit dem Mund.

Kroudar verspürte eine solche Liebe für sie, daß er sich fragte, ob sie durch ihre Finger in ihren Körper eindrang.

»Die Boote waren voll«, sagte er.

»Man hat mir heute erzählt, daß wir am Strand bald neue Hütten brauchen werden«, sagte sie. »Doch man macht sich Sorgen, zu viele Leute für den Aufbau der Hütten abzuziehen.«

»Noch zehn Hütten«, sagte er.

Sie würde es weitergeben, das wußte er. Irgendwie würde man es hinkriegen. Die anderen Techniker hörten auf Honida. Viele der Wissenschaftler verachteten sie; man konnte es am Unterton ihrer Stimmen hören. Vielleicht lag es daran, daß sie Kroudar zu ihrem Gefährten erwählt hatte. Doch die Techniker hörten auf sie. Die Hütten würden gebaut werden.

Und man würde sie füllen, bevor die Trodi-Schwärme verschwanden.

Dann erkannte Kroudar, daß er wußte, wann die Jagd zu Ende gehen würde — nicht als Datum, sondern als beinahe körperliche Sache, die er fassen und berühren konnte. Er sehnte sich nach Worten, mit denen er es Honida hätte erklären können.

Sie beendete ihre Massage, setzte sich neben ihn und lehnte den dunklen Kopf gegen seine Brust. »Wenn du nicht zu müde bist«, sagte sie, »würde ich dir sehr gern noch etwas zeigen.«

Mit einem Gefühl der Überraschung erkannte Kroudar in Honida eine unausgesprochene Erregung. Hatte es etwas mit den hydroponischen Gärten zu tun, in denen sie arbeitete? Dieser Gedanke führte ihn sofort zu dem Ort, an dem die Wissenschaftler ihre Hoffnungen festmachten, wo sie die großen Pflanzen auswählten, die herrlichen, gierig verschlingenden, mit der Vielfalt der Mutter Erde. Hatten sie endlich etwas Wichtiges fertiggebracht? Gab es jetzt endlich einen klaren Weg, um diese Welt urbar zu machen?

In diesem Moment war Kroudar ein Primitiver, der sich mit seinen Göttern versöhnen wollte. Er stellte fest, daß er voller bäuerlicher Hoffnungen für das Land war. Selbst ein Seebauer kannte den Wert des Landes.

Doch er und Honida hatten Verpflichtungen. Er nickte fragend in Richtung auf das Schlafzimmer der Zwillinge.

»Ich habe ...« Sie deutete auf die Zelle der Nachbarn. »Sie können uns hören.«

Also hatte sie etwas vor. Kroudar stand auf und reichte ihr die Hand. »Zeig's mir!«

Sie gingen in die Nacht hinaus. Die Siedlung war jetzt stiller geworden; man konnte das ferne Rauschen des Flusses hören. Einen Moment lang glaubte er eine Grille zu hören, doch die Vernunft sagte ihm, daß es nur das Metall einer Hütte sein konnte, das sich in der Nacht abkühlte. Er sehnte sich wortlos nach einem Mond.

Honida hatte eine der aufladbaren elektrischen Fackeln jener Art mitgebracht, die die Techniker erhielten, wenn es zu nächtlichen Notfällen kam. Als Kroudar die Fackel sah, spürte er die Wichtigkeit der mysteriösen Sache, die sie ihm zeigen wollte. Honida hatten den Sparinstinkt eines Bauern. Sie würde eine solche Fackel nicht vergeuden.

Statt ihn auf die grünen Lichter und Glasdächer der hydroponischen Gärten zuzuführen, leitete sie ihre Schritte in die Gegenrichtung, auf die tiefe Felsenschlucht zu, wo der Fluß sich in den Hafen ergoß.

Es waren keine Wachen auf dem Fußweg, nur dann und wann eine Steinmarkierung und groteske einheimische Gewächse. Rasch und schweigend führte sie ihn zur Schlucht und auf den engen Pfad, der, wie er wußte, zu einem Vorsprung führte, der sich in die feuchte Luft des sprühenden Flußgewässers beugte.

Kroudar stellte fest, daß er vor Aufregung zitterte, als er Honidas schattenhafter Gestalt und dem glühwürmchenhaften Huschen ihres Lichts folgte. Es war kalt auf dem Vorsprung, und die fremdartigen Umrisse der einheimischen Bäume, die das Licht der Fackel enthüllte, erfüllten ihn mit Unruhe.

Was hatte Honida entdeckt — oder erschaffen?

Hier tropfte Kondenswasser von den Pflanzen. Der Lärm des Flusses war gewaltig. Sie atmeten morastige Luft, die naßkalt und mit bizarren Düften erfüllt war.

Honida blieb stehen, und Kroudar hielt den Atem an. Er lauschte. Da war nur der Fluß.

Einen Moment lang war ihm gar nicht klar, daß Honida das orangefarbene Licht der Fackel auf ihre Entdeckung richtete. Es sah aus wie eine einheimische Pflanze — ein dicker Stamm kroch niedrig auf das Land zu, knorrig und verdreht, mit gelbgrünen Auswüchsen und längsseits komischen Zwischenräumen.

Allmählich begriff er. Er erkannte einen dunkleren Ton in dem Grün, erkannte die Art, wie die Blätter mit dem Stengel verbunden waren. Es war eine Ansammlung braungelber, seidiger Büschel, darunter kleine knollenartige Vorwölbungen.

»Mais«, flüsterte er.

Mit leiser Stimme, ihr Vokabular an das Kroudars anpassend, erklärte Honida, was sie getan hatte. Er sah es in ihren Worten. Er verstand, warum sie es heimlich getan hatte, ohne das Wissen der Forscher. Er nahm ihr das Licht aus der Hand, kniete sich hin und starrte mit verzückter Aufmerksamkeit. Dies bedeutete für die Dinge, die die Wissenschaftler für schön hielten, den Tod. Es beendete ihren Plan für diese Welt.

Kroudar sah in den Pflanzen plötzlich seine eigenen Nachkommen. Sie würden vielleicht überdimensionale Köpfe haben, haarlos sein und breite, dicklippige Münder entwickeln. Ihre Haut würde vielleicht purpurn sein. Sie würden von untersetzter Statur sein — er wußte es.

Honida hatte dafür gesorgt — direkt hier, auf dem vom Fluß getränkten Vorsprung. Statt die Saat der größten, geradesten Stengel zu sammeln, die mit den längsten und perfektesten Kolben — jene, die denen von Mutter Erde am ähnlichsten sahen —, hatte sie ihren Mais fast bis zur Vernichtung getestet. Sie hatte die kränklichen, dürren Gewächse genommen — die, die kaum fähig waren, Saat zu erzeugen. Sie hatte nur die Pflanzen ausgewählt, denen diese Welt den deutlichsten Stempel aufgedrückt hatte. Aus ihnen hatte sie schließlich eine Art entwickelt, die so hier lebte, wie die einheimischen Pflanzen auch.

Dies war einheimischer Mais.

Sie brach einen Kolben ab und schälte ihn.

Es waren Lücken in den Fruchtreihen, und — als sie ein Maiskorn zerdrückte — der Saft floß purpurn. Er erkannte den Duft des Brotes.

Hier war das, was die Wissenschaftler niemals eingestehen würden. Sie wollten aus dieser Welt eine zweite Mutter Erde machen. Aber das war sie nicht, und sie würde es auch nie sein. Die Falken, nahm Kroudar an, waren die ersten Tiere gewesen, die es erkannt hatten.

Die Behauptung, die Honida hier aufstellte, war, daß sie und Kroudar nur ein kurzes Leben haben würden. Nach dem Standard der Mutter Erde würden ihre Kinder kränklich sein. Doch ihre Nachfahren würden sich auf eine Weise verändern, die die Hoffnungen jener Lügen strafte, die die Auswanderung geplant hatten. Die Wissenschaftler würden nicht damit einverstanden sein und alles versuchen, um es zu verhindern.

Der knorrige Maisstengel sagte, daß die Wissenschaftler den kürzeren ziehen würden.

Kroudar kniete lange Zeit da und blickte in die Zukunft, bis die Fackel herunterbrannte und ihre Kraft verlor. Dann erhob er sich und geleitete sie den Weg aus der Felsenschlucht zurück.

Als sie oben waren und die Lichter der sterbenden Zivilisation vor sich auf der Ebene sahen, hielt er an und sagte: »Die Trodi-Jagd wird enden — bald. Ich werde ein Boot nehmen — und ein paar Freunde. Wir werden dorthin gehen, wo die Falken hinfliegen.«

Es war eine der längsten Reden, die er je gehalten hatte.

Sie nahm ihm die Fackel aus der Hand, löschte sie und schmiegte sich an ihn.

»Was, glaubst du, haben die Falken gefunden?«

»Den Samen«, sagte er. Er schüttelte den Kopf. Er konnte es nicht erklären, aber die Sache war ihm völlig klar. Alles hier gab giftige Dämpfe ab, oder Säfte, in denen lediglich ihre eigene Saat lebensfähig war ... Warum sollten die Trodi oder die anderen Meerestiere anders sein? Und mit den Falken als Beweis mußte diese Saat viel weniger giftig für die Eindringlinge von Mutter Erde sein.

»Die Boote sind langsam«, sagte sie.

Er stimmte ihr wortlos zu. Ein Sturm konnte sie weit draußen erwischen, so daß sie nicht mehr in die Sicherheit zurückkehren konnten. Es würde gefährlich werden. Doch in ihrer Stimme hörte er auch, daß sie nicht die Absicht hatte, ihn davon abzuhalten oder ihm abzuraten.

»Ich nehme gute Männer mit«, sagte er.

»Wie lange wirst du fort sein?« fragte Honida.

Er dachte einen Augenblick lang darüber nach. Die Rhythmen dieser Welt wurden ihm allmählich vertraut. Sein Geist formte die Reise, die Tage, die sie draußen sein würden, die nächtliche Suche über Gewässern, über die, wie sie wußten, die Falken auf ihren niedrigen, suchenden Flügen hinwegglitten — und dann die Rückreise.

»Acht Tage«, sagte er.

»Ihr werdet die besten Netze brauchen«, sagte sie. »Ich werde dafür sorgen, daß sie hergestellt werden. Vielleicht kommen auch ein paar Techniker mit. Ich kenne ein paar, die mit dir gehen würden.«

»Acht Tage«, sagte er und meinte damit, sie solle starke Männer aussuchen.

»Ja«, sagte sie. »Acht Tage. Und wenn ihr zurückkommt, werde ich am Strand auf dich warten.«

Darauf nahm er ihre Hand und führte sie über die Ebene zurück. Und während sie so gingen, sagte er: »Wir müssen dieser Welt einen Namen geben.«

»Wenn du zurückkommst«, sagte sie.

*Originaltitel: »Seed Stock«*

*(erstmals erschienen in »Analog«)*
*Aus dem Amerikanischen übersetzt von*
*Ronald M. Hahn*

# KOMM ZU MIR, MEIN MÖRDER!

Als der Körper starb, erwachte der Tegas/Bacit. Für das Tegas-Element hatte die Bewußtlosigkeit wie üblich nur einen flackernden Augenblick lang gedauert. Er kam wieder zu sich, und der Bacit, seine Negativ-Identität, sang: »... nicht William Bailey. Ich bin nicht William Bailey. Ich bin nicht William Bailey ...«

Es war ein schmerzhafter, monotoner, schismatischer, wichtiger Refrain. Der Tegas mußte seine Identität von einem sterbenden Körper trennen. Hinter dem Bacit-Gesang ertastete er den Chor zahlreicher anderer Stimmen.

Sein Bewußtsein trennte sich ab wie eine einreißende Naht und löste den erzwungenen Kontakt, mit dem er seinen Wirt beherrschte. Er empfand das Gefühl zerreißenden Gewebes; dann war er frei, aber noch immer in dem sterbenden Nervensystem gefangen, da es keinen anderen Ort für ihn gab. Doch jetzt war er fähig, den Identitätssprung vorzunehmen.

Bacit und Tegas funktionierten jetzt wie eine Einheit, die er in jedem Augenblick bewußt erlebte. Er erforschte seine Umgebung: zwanzig Meter ... zwanzig Meter ...

Er spürte eine flackernde, vage Emotion. Noch ein Angestellter. Der Mensch verließ die Zone seiner Reichweite. Kalt-kalt-kalt.

Sonst nichts.

Welch ein Witz, dachte er. Was spielte ihm das Schicksal doch für einen Streich. Ein Tegas — auf diese Weise gefangen! Es war unglaublich. Wirklich unglaublich! Und ungerecht! Hatte er die Körper, derer er sich bedient hatte, nicht stets mit größter Rücksicht behandelt? Hatte er aus Mördern nicht Menschen gemacht, die dem Dasein aufgeschlossen gegenüberstanden? Der Streich, den das Schicksal ihm spielte, war grausam, der Tegas war viel sanftmütiger.

Die Negativ-Identität des Bacit strahlte Entsetzen, Schuld und Verwirrung aus. Er hatte zu lange im Körper William Baileys gelebt. Viel zu lange. Er hatte dort gelebt, wo die Menschen lebten, war einer von ihnen gewesen. Er hatte den Körper zu sehr geliebt. Er hätte dann und wann stehenbleiben und sich umsehen sollen. Die große Neugier des Tegas, die die Zurückhaltung des Bacit ausglich und ihn hatte beschützen sollen, hatte versagt.

Versagt ... Versagt ...

Im Innern des sterbenden Nervensystems jagten verzweifelte Botschaften hin und her. Der Geist war wie ein Strudel, ein Aufflackern des Seins. Gedanken sprühten wie Funken von einem Schleifstein.

»Es ist entschieden«, übermittelte der Tegas in einem Versuch, sein Negativ-Ich zu beruhigen. Die kommunikative Berührung resultierte in einem ausgeprägten Gefühl von Scham und Trauer.

Der Bacit wechselte von Entsetzen zu fünfgradigem Unbehagen über, was fast ebenso schlimm wie das Entsetzen war. All die verlorenen Erfahrungen. Verloren ... Verloren ...

»Ich habe nicht geahnt, daß das Euthanasiezentrum so einfach und schnell vorgeht«, übermittelte der Tegas. »Doch nun ist es geschehen. Was können wir tun?«

Ihm fiel der Vid-Anruf ein, den er sich gestattet hatte, um sich über die Arbeitszeit des Zentrums und die Vorgehensweise zu erkundigen. Ein glatter, grauhaariger, Kundenberater-Typ war auf dem Bildschirm erschienen.

»Wir sind schnell, sauber, ordentlich, hygienisch und ehrerbietig«, hatte der Mann gesagt.

»Schnell?«

»Wer ist schon auf einen langsamen Tod aus?«

Momentan wünschte sich der Tegas nichts anderes als einen langsamen Tod. Hätte er seine Prüfung doch nur ausgedehnt. Er hatte damit gerechnet, daß es hier vor Emotionen förmlich kochen würde. Aber hier herrschte der gefühlsmäßige Tod — die Grabesstille. Die Ironie seines Schicksals traf auf inneres Schweigen.

Das Bacit brachte ihrem Doppel-Ich drängend die Entfernung in Erinnerung — die Zwanzig-Meter-Grenze, die es dem Tegas ermöglichte, sie auf einen neuen Wirt zu übertragen.

Aber er hatte nicht wissen können, daß an diesem Ort das emotionelle Vakuum herrschte: erst als das Tegas-Element eingetreten war und den Ort sondiert hatte, war es ihnen aufgegangen. Und die Kammer, in der er sich jetzt aufhielt, war weit über zwanzig Meter von der Straße entfernt.

In diesem Moment wurde der Tegas von anklagendem Entsetzen überschwemmt. Dieser Tod gleicht einem Mord überhaupt nicht!

Und doch hatte er es sich so vorgestellt. Der Mord war es gewesen, der den Tegas/Bacit für Jahrhunderte erhalten hatte. Hohe emotionelle Anteilnahme — das war das wenigste, was man von einem Mörder erwarten konnte. Man konnte Mörder nahe heranlocken … nahe … sehr nahe, viel näher als zwanzig Meter. Es war leicht gewesen, die Menschengeschöpfe zu diesem Gewaltakt zu verleiten und ideale Bedingungen für den Identitätssprung zu schaffen. Der Tegas benötigte tiefgründige Emotionen in seinem zukünftigen Wirt. Ohne sie konnte er sich nicht vollkommen auf ihn konzentrieren. Ein Teil seines zentralen Bewußtseins tendierte stets zur Flucht. Das konnte sich als fatal erweisen — als so fatal, wie die Falle, in der er sich hier wiedergefunden hatte.

Mord.

Das rasche Ausfließen des Lebens aus dem abgelegten Wirt, die emotionale Konzentration auf den neuen — und bevor er es auch nur ahnte, war der Mörder der Gefangene des Tegas; ein Gefangener im eigenen Körper. Sein gefangener Geist stieß einen stummen Schrei aus und trat in zunehmender Panik die Flucht nach innen an, bis es verschlungen wurde.

Und der Tegas konnte das Leben erneut genießen.

Doch die Welt hatte sich in den letzten hundert Jahren der William-Bailey-Episode verändert. Man hatte den Mord durch die neuen Vorhersagetechniken und Computer im Datenzentrum praktisch eliminiert. Die androidischen Gesetzniks waren überall. Sie sahen Gewaltakts voraus und verhinderten sie. Diese Entwicklung nahm immer mehr zu, und der Tegas machte sich klar, daß er sich viel früher auf sie hätte einstellen müssen. Doch das Leben war so angenehm, wenn es einem endlos erschien. Für den Tegas, der in seinen Wirten durchs

Universum gewandert war, war diese Illusion zur Wirklichkeit geworden.

Es sei denn, sie endete hier.

Daß ihm die Entscheidung aufgezwungen worden war, änderte nichts daran. Trotz seiner jugendlichen Erscheinung hatte der Wirtskörper Baileys allmählich versagt. Zwar konnte der Tegas seinen Wirt den normalen Lebenszeitraum hinaus erhalten, aber wenn das Geschöpf zerfiel, konnte der völlige Zusammenbruch abrupt sein.

Ich hätte jemanden angreifen sollen, dachte er, und zwar unter Umständen, unter denen er mich hätte töten müssen. Aber das wäre nicht so einfach gewesen. Die gefühllosen Gesetzniks hätten sich sofort auf ihn gestürzt und seinen Tod verhinder. Dann wäre er vielleicht in einem verkrüppelten, dahinsiechenden Wirt gelandet, umgeben von androidischer Leere — oder noch schlimmer, von Menschen, die der verfluchte ›Dritte Weg‹ oder das ›Achtfache Karma‹ mehr oder weniger gefühllos gemacht hatte.

Und die Schnüffler waren ihm auf der Spur. Er wußte es. Er hatte genügend Anzeichen gesehen und die Schnüffler gewittert. Er hatte zu lange als William Bailey gelebt. Diejenigen, die vom Argwohn lebten, wurden allmählich mißtrauisch. Er konnte ihnen nicht erlauben, seinen Wirt genauer zu untersuchen. Er wußte, was sie auf seine Spur gebracht hatte: das diabolische ›totale Motivationsprofil‹. Technisch gesehen war der Tegas in William Baileys Körper ein mehr als tausendfacher Mörder. Er hatte nicht etwa wahllos getötet; einmal pro Menschenleben reichte aus. Mord konnte einem die Freude am Leben nehmen.

Doch er erkannte, daß solche Gedanken jetzt müßig waren. Er war ihnen schließlich doch in die Falle getappt. Wenn er daran dachte, handelte er sich vom Bacit nur Vorwürfe ein. Und während er von einem Gedanken zum nächsten sprang, näherte sich William Baileys Körper mehr und mehr der Auflösung. Nun wurde er nur noch von einem schwachen Lebensfunken zusammengehalten, doch auch dieser basierte nur auf den verzweifelten Anstrengungen des Tegas. Ein menschlicher Arzt hätte Bailey ganz sicher für tot erklärt. Er atmete nicht mehr. Nun flimmerte sein Herz und hörte auf zu schlagen.

Dem Tegas blieben noch fünf Minuten. Er mußte in diesen fünf Minuten einen neuen Wirt finden oder mit Bailey sterben.

»Mord-Mord-Mord«, drang der Bacit auf ihn ein. »Du hast gesagt, Euthanasie wäre Mord!«

Der Tegas empfand baileyhafte Scham. Er fluchte innerlich. Der Bacit, der im allgemeinen eine nützliche Ergänzung seines Ichs darstellte, geistige Vereinsamung verhinderte, ihm Gesellschaft leistete und zur Vorsicht mahnte, wurde nun zu einer irritierenden Belastung für ihn. Seine drängenden Einwände behinderten sein Denken.

Jetzt erkannte der Tegas, daß er nie über die Grundlagen seines Handelns nachgedacht hatte.

Was war der Bacit?

Er hatte sich nie nach seiner eigenen Art gesehnt, denn er hatte den Bacit. Was aber war er? Warum ließ er ihn beispielsweise nur Männer übernehmen? Weibliche Intuition wäre ihm vielleicht in dieser Notlage eine Hilfe gewesen. Warum mußte er die Geschlechter nicht tauschen?

Der Bacit schrie in seinem Innern: »Ist jetzt die Zeit zum Philosophieren?«

Das war zuviel.

»Schweig!« befahl der Tegas.

Sofort ergriff ihn das Gefühl der Einsamkeit. Er kämpfte dagegen an, sondierte die Umgebung. In dieser Lage war ihm jeder Wirtskörper recht — sogar ein primitives Tier, obwohl er es seit Äonen nicht mehr riskiert hatte. Gewiß gab es an diesem entsetzlichen Ort noch irgendeine andere Art emotionellen Aufruhrs. Irgendwo ... Irgend etwas ...

Ihm fiel eine längst zurückliegende Episode ein. Er hatte sich von einem Menschen umbringen lassen, der sich als absolut gefühlloser Charakter entpuppt hatte. Er hatte es gerade noch geschafft, auf einen Augenzeugen des Verbrechens überzuwechseln. Die Situation war so ähnlich gewesen wie diese. Aber wo gab es hier einen Zeugen seines Todes? Wo gab es einen möglichen Wirt?

Er suchte erfolglos.

Im Nervensystem William Baileys lösten sich allmählich die Synapsen. Der Tegas zog sich in die langlebigsten Zentren zurück und suchte mit zunehmender Panik einen Ausweg.

Eine brodelnde Emotionsmasse tauchte am Horizont seines Bewußtseins auf. Furcht, Selbstmitleid, Rache, Verärgerung: eine herrliche Aussicht — wie ein Rettungsdampfer, der sich einem ertrinkenden Seemann näherte.

»Ich bin nicht William Bailey«, machte er sich klar und drückte sich ab. Er sprang auf das brodelnde Wirrwarr sich widersprechender Gefühle zu, auf ein emotionales Leuchtfeuer ...

Dann kam der übliche Berührungsschock, als er sich auf die Identitätszentren des neuen Wirtes stürzte. Er fegte durch das fremde Wahrnehmungszentrum, machte es zu seinem eigenen, entdeckte seine persönlichen Bewegungen und fühlte etwas Kaltes an seinem Handgelenk. Es war noch nicht gänzlich sein Handgelenk, aber er beherrschte die Augen bereits hinreichend, um sie auf die Quelle der Empfindung zu richten.

Ein flacher, grauer Metallgegenstand schob sich in sein Gesichtsfeld. Er wurde gegen sein Handgelenk gepreßt. Gleichzeitig überschwemmte ein Gefühl der Fassungslosigkeit das Bewußtsein des Wirtes. Es war ein Seufzen — doch nicht eins der Ergebenheit, sondern eine Art negativer Verzückung. Der Tegas spürte das Versagen eines alten Herzens und schaute zu einem Angestellten auf: ein unvertrautes Gesicht mit eulenhaften Zügen und einer spitzen Nase.

Doch keinerlei Emotionen, keine Stelle, an die er sich klammern konnte, um erneut zu wechseln.

Er befand sich in einem Raum, der ebenso aussah wie der, in dem ihn das System überrumpelt hatte. Die Ziffern an der Wand sagten ihm, daß acht Minuten vergangen waren, seit Baileys Handgelenk vom Tod berührt worden war.

»Bitte, seien Sie so freundlich und gehen Sie durch die Tür hinter Ihnen«, sagte der eulengesichtige Angestellte. »Ich hoffe, daß Sie es schaffen. Ich mußte während meiner Schicht schon drei von euch da rüberschleppen; ich bin ganz schön müde. Versuchen wir's mal?«

Müde? Ja — der Angestellte strahlte nur emotionelle Müdigkeit aus. An ihm war nichts, woran ein Tegas hätte Halt finden können.

Der neue Wirt reagierte auf das Drängen des Angestellten. Er stemmte sich aus dem Sessel hoch und schlurfte auf eine ovale Tür zu. Der Angestellte schob ihn vorwärts und legte dabei einen Arm um die alten Schultern.

Der Tegas bewegte sich im Innern seines neuen Wirts, festigte die neutralen Verbindungen und übernahm ein Bewußtsein, das keinen Widerstand mehr leistete. Es war kein Bewußtsein, das er frei gewählt hatte — es war geschlagen, völlig fertig und wirkte irgendwie sonderbar. Der Tegas entdeckte einen ihm unbekannten Gegenstand, der am Rückgrat seines Wirtes befestigt war. Es war eine Art Kapsel — ein Neuralsender/Empfänger. Er strahlte Befehle aus, die Gehorsam verlangten und wirkte gefühlsdämpfend.

Der Tegas blockierte ihn schleunigst; er war entsetzt, weil er ahnte, was dies für ihn bedeutete.

Er kannte jetzt die Wirtsidentität: James Daggett; das war sein Name. Alter: einundsiebzig. Sein Körper: eine jämmerliche, abgenutzte Ruine. Er war schwächer und debiler, als es William Bailey mit seinen zweihundertsechsunddreißig Jahren gewesen war. Der vogelhafte Geist des Wirtes unterwarf sich dem Tegas ebenso wie dem Tod und strahlte seltsame, mystische Gedanken aus. Er war konfus, und voller Vermutungen und verschwommener Eindrücke.

Der Tegas war für ihn »ein Engel, der mich führt«.

Der Tegas spürte die letzten Verwehungen William Baileys, und so vermied er es, sich mit dem Wirt eng zu verbinden. Der Name und das Zentrum der Selbsterkenntnis genügten.

Dann erkannte er mit einem Gefühl der Niederlage, daß der alte Körper auf eine harte Oberfläche geschnallt wurde. Die Zimmerdecke verschwamm in einem strukturlosen Grau. Der abgestumpfte Geruchssinn sog eine kühle, antiseptische Brise ein.

»Schlaf gut, mein Alter!«

Nicht schon wieder! dachte der Tegas.

Niederlage ... Niederlage ...

Ein Teil seiner fatalistischen Stimmung wurde von der James Daggett-Persönlichtkeit erzeugt. Der Tegas nutzte den Augenblick, um die Erinnerungen seines Wirtes zu durchsuchen und stieß auf den Zeitpunkt, an dem man ihm den Neuralsender ins Rückgrat gepflanzt hatte.

Niederlage-Gehorsam-Niederlage ...

Es war bei einem Eingriff geschehen.

Er stellte die Blockierung wieder her und suchte draußen nach einem anderen Wirt. Forschend durchsuchte er die Tegas-Erinnerungen. Irgendwo mußte es einen Hinweis, eine Vorstellung, einen Gedanken geben — irgendeinen Ausweg. Er vermißte den Beitrag des Bacit; Teile seiner Erinnerungen wirkten wie abgeschnitten. Die geistige Verbindung zum sterbenden James Daggett klebte wie Schlamm an seinen Gedanken.

Der uralte und sterbende James Daggett war erfüllt von mystischer Verwirrung, bis der Tegas ihn verschlang. Die geistige Verbindung war schlecht. Der Wirt mußte sich wehren, das verstärkte seinen Zugriff. Statt dessen rannte er gegen die stürzenden Mauern sich langsam auflösender fremder Erinnerungen. Verbindungen lösten sich. Er fühlte, wie sich die Peripherie seines Bewußtseins verengte.

Dann schwamm etwas auf ihn zu — Ärger und Verachtung der Art, die sich regelmäßig gegen Dummheit richtet. Der Tegas wartete ab und fragte sich, ob auch dies vielleicht ein Klient des Zentrums war.

Der ärgerlichen Identität folgte eine andere. In ihr dominierte die Angst. Der Tegas duckte sich geistig zum Sprung und konzentrierte sich gierig auf das Bewußtsein. Ein Wesen, das voll von Ärger war — und ein anderes voller Angst — das war etwas, woran er sich klammern konnte.

Stimmen drangen vom Korridor vor der Nische zu ihm herein — die eine polternd und aggressiv, die andere (verzögert) ängstlich.

»... doch angeordnet, mich sofort zu verständigen ... und zwar sofort, wenn ... Bailey! William Bailey! ... habe es gesehen ... auf Ihrem Schreibtisch ...«

Die ängstliche Stimme: »... viel zu tun ... Sie wissen ja

nicht, wie ... Personalmangel ... zehn pro Stunde ... schon in dieser Schicht ...«

Die Stimmen entfernten sich, doch ihre Gefühlsaura blieb noch immer in der Reichweite des Tegas.

»Tot!« Dem Donnerhall der wütenden Stimme folgte eine geistige Überlagerung, die den Tegas wie eine Sturmwoge überrollte.

Dem Zorn der einen Stimme folgte sofort ein Moment tiefster Angst. Das war der andere: plötzliches Zurückschrecken.

Der Tegas sprang. Er löste sich im gleichen Augenblick von James Daggett, als sein Leben erlosch. Es war wie das Überwechseln von einem sinkenden Schiff in eine sturmgepeitschte Nußschale. Augenblicklich fühlte er sich im Netzwerk des Raum-Zeit-Gefüges seines neuen Wirtes gestrandet. Dann wurde ihm klar, daß der Ängstliche einen Schwall verächtlichen Hasses zurückhielt, daß sich sein Ich in eine Festung zurückgezogen hatte, die in langen Jahren heimlicher Auflehnung gegen die Autorität entstanden war. Der plötzliche Berührungsschock durch den Tegas führte dazu, daß sich das Wirtsbewußtsein sofort in die Festung zurückzog.

Nun wußte der Tegas, daß ihn ein Kampf wie nie zuvor erwartete. Seiner Erkenntnis folgte ein verschwommener Blick durch die Wirtsaugen. Er sah in ein finsteres, mißtrauisches Gesicht, das ihn über einen angeschnallten Körper hinweg musterte. Die todesstarren Züge der Leiche erschütterten ihn: William Bailey! Beinahe hätte er die Schlacht auf der Stelle verloren.

Der Wirt erlangte wieder die Kontrolle über seine Wangenmuskeln und verzog sie. Seine Augen bewegten sich unabhängig voneinander: eins sah nach oben, das andere nach unten. Der Tegas schaltete auf Direktwahrnehmung um — er sah mit den Fingerspitzen (ein blasses Leuchten) und hörte mit den Lippen (das Kitzeln eines Tons). Haut erbebte, rötete sich. Er taumelte und hörte eine Stimme rufen: »Wer bist du? Was tust du mit mir?«

Es war die Stimme des Wirtes, die nach dem Sprachzentrum griff. Zwar konnte der Tegas durch einen schnellen Angriff auf die Sprechmuskeln sein Wort verwischen, doch nicht mehr ihre Verständlichkeit verhindern. Sein Auge übertrug die verwaschene Aufnahme seines düsteren Gegenübers. Der andere zog sich überrascht zurück und musterte ihn eingehend.

Er gehörte zu den Mißtrauischen, den Verhaßten, den Herrschenden. Der Tegas hatte jetzt keine Zeit, sich um ihn zu kümmern. Er kämpfte ums Überleben. Mit jedem Trick, den er gelernt hatte — mit Schmeichelei, mystischen Vorspiegelungen, religiösen Wahnvorstellungen, mit Liebe, Haß und Wortgeklingel. Die Menschen waren ein Produkt ihrer Sprache und konnten mit Worten überrumpelt werden. Wie eine Schlange schnellte er durch das Nervensystem.

Der Name! Er mußte den Namen erfahren!

»Carmi ... Carmichael!«

Damit hatte er den halben Namen und einen Fuß in der Tür. Lautlos brüllend jagte er durch die Gehirnwindungen und wiederholte den Namen.

»Ich bin Carmichael! Ich bin Carmichael!«

»Nein!«

»Doch! Ich bin Carmichael!«

»Bist du nicht! Bist du nicht!«

»Ich bin Carmichael!«

Der Wirt gab in seiner Verwirrung Boden preis. »Wer bist du? Du kannst nicht ich sein. Ich bin ... Joe — Joe Carmichael!«

Der Tegas frohlockte! Jetzt hatte er den vollständigen Namen. »Ich bin Joe Carmichael!«

Das Bewußtsein des Wirtes zog sich weiter zurück, eilte panisch und verschreckt hin und her. Augenrollen, zitternde Beine, schlaff umherwirbelnde Arme, Zähneknirschen. Tränen, die über seine Wangen liefen.

Der Tegas brüllte ihm zu: »Ich bin Joe Carmichael!«

»Nein ... nein ... nein ...« Es war ein ersterbender innerer Schrei, der immer leiser wurde ... leiser ... und verstummte.

Schweigen.

*Ich bin Joe Carmichael,* dachte der Tegas.

Es war ein Joe Carmichael-Gedanke, der schwache Tegas-Flexionen und eine Bacit-Versicherung enthielt: »Beinahe wäre es schiefgegangen.«

Der Tegas erkannte, daß er flach auf dem Boden lag. Er sah

die finsteren Gesichtszüge, die die Erinnerungen seines Wirtes identifizierten: »Chadrick Vicentelli, der Hohe Kommissar für Verbrechensverhütung.«

»Mr. Carmichael«, sagte Vicentelli, »ich habe nach Hilfe geschickt. Bleiben Sie ganz ruhig liegen! Bewegen Sie sich jetzt auf keinen Fall!«

Welch hartes, unbewegtes Gesicht, dachte der Tegas. Vicentellis Züge erinnerten ihn an ein Noh-Maskengesicht. Und erst seine Stimme: gefühllos, kalt, mißtrauisch. Einen solchen Vorfall konnte kein Computer voraussagen ... Oder doch? Wie dem auch sein mochte — ein mißtrauischer Mensch hatte zuviel gesehen. Es mußte etwas geschehen — sofort. Schon konnte er auf dem Gang das Geräusch sich nähernder Schritte hören.

»Keine Ahnung, was mit mir los ist«, sagte der Tegas und brachte es mit Hilfe der Erinnerung an die Bailey-Episode fertig, Carmichaels Stimme richtig klingen zu lassen. »Mir ist schwindlig ... die ganze Welt wurde rot um mich ...«

»Jetzt sehen Sie aus, als wären Sie wieder auf Zack«, sagte Vicentelli.

Ein Tegas-Schauer durchfuhr den Carmichael-Körper. Er musterte die ihn mißtrauisch abschätzenden Augen. Er hatte es hier mit jemandem zu tun, den man als Tegas mied. Herrscher verfügen über eine gewaltige Widerstandskraft. Aus diesem Grund herrschten sie auch. Herrscher hatten schon mehr als einen Tegas verschlungen — aufgelöst, ins Nichts geschleudert. Schon in grauer Vorzeit, nach einigen Fehlern, hatten die Tegas gelernt, solche Persönlichkeiten zu meiden. Dem Tegas fiel ein, daß es auch in der Frühzeit dieser Welt Kämpfe gegeben hatte. Sie hatten die Gerüchte erzeugt, aber auch die Bräuche, Mythen und Urängste. Alle Primitiven kannten das Gebot: Gib nie deinen wahren Namen preis!

Und hier war ein Führer, der gefährlich zuviel gesehen und gehört hatte. Sein Mißtrauen war geweckt. Ein scharfer Verstand wägte nun Daten ab, die ihm nie hätten zugänglich sein dürfen.

Zwei Gesetzniks in roten Jacken, die mit ihrer gesichtslosen Leere wie gehorsame Hunde wirkten, fegten die Vorhänge beiseite und blieben, Vicentellis Befehle erwartend, stehen. Es war kaum zu glauben, doch selbst Androiden erkannten sofort, wer von zwei potentiellen Anwesenden der Herrscher war. Und an ihn wandten sie sich dann.

Der Tegas dachte an die Steuerkapsel an James Daggetts Rückgrat. Eine neue Art von Furcht ließ ihn erbeben. Der Mund seines Wirtes war aufgrund einer rein carmichaelhaften Emotion trocken.

»Dies ist Joseph Carmichael«, sagte Vicentelli und deutete auf ihn. »Ich möchte, daß ihr ihn wegen einer vollständigen Untersuchung und zur Anfertigung eines Motivationsprofils ins UZ bringt. Wir sehen uns dort wieder. Verständigen Sie die entsprechenden Kader!«

Die Gesetzniks halfen dem Tegas auf die neuen Beine.

UZ — Untersuchungszentrum, dachte er.

»Warum bringen Sie mich ins UZ?« fragte er. »Ich sollte lieber ins Krankenhaus, um ...«

»Wir verfügen auch dort über alle nötigen medizinischen Einrichtungen«, sagte Vicentelli. Er klang drohend.

Medizinische Einrichtungen — wofür?

»Aber warum ...«

»Seien Sie ruhig und gehorchen Sie!« sagte Vicentelli. Er warf einen Blick auf William Baileys Leiche, dann sah er Carmichael an. Sein Blick sprach von einem wohlbegründeten Verdacht. Die Hälfte wußte er, der Rest war Vermutung.

Als der Tegas noch einmal auf William Bailey hinabsah, griffen Erinnerungen nach ihm, die sein neues Bewußtsein erschütterten. Bailey war ein wunderbarer Wirt gewesen, eine Hülle, die seine Zuneigung verdiente. Doch seine nostalgischen Gefühle verflogen. Er sah Vicentelli noch einmal an und produzierte ein leeres, verwirrtes Glotzen. Seine Reaktion war keine gänzliche Finte. Er hatte Carmichael in der Gegenwart des verdächtigen William Bailey übernommen — wenn Bailey auch nur eine Leiche war, bestärkte dies bloß den Verdacht. Vicentelli hatte vermutet, daß in William Bailey etwas Unbekanntes lebte. Jetzt mußte er davon ausgehen, daß es in Carmichael nistete.

»Wir interessieren uns für Sie«, sagte Vicentelli. »Und zwar sehr. Viel mehr als vor Ihrem kürzlichen ... ah ... Anfall.« Er nickte den Androiden zu.

*Anfall!* dachte der Tegas.

Feste, beharrliche Hände wirbelten ihn durch den Nischenvorhang in den Korridor hinaus und am antiseptischen Weiß des Umkleideraums der Angestellten vorbei zur Hintertür und auf die Straße.

Der Tag, dem er erst vor kurzem als William Bailey entsagt hatte, sah durch die Carmichael-Augen seltsam verändert aus. Natürlich waren Bailey und er nicht gleich groß — der Unterschied betrug etwa drei Zentimeter zu Carmichaels Ungunsten, doch seine visuellen Reaktionen mußten nun mit perspektivischen Gewohnheiten brechen, die Baileys Größe über zweihundert Jahre ihren Stempel aufgedrückt hatten. Doch das war noch nicht alles, was sich verändert hatte. Er spürte, daß er den Tag durch viele Augen sah — durch viel mehr als die beiden seines Wirtes.

Die Empfindung des multi-okularen Sehens verwirrte ihn, aber er hatte keine Zeit, sich darum zu kümmern, da die Gesetzniks ihn in die Glasblase eines Luftwagens stießen. Zischend schloß sich die Tür. Sie klatschte dumpf gegen den Wulst der Dichtung. Dann war er allein, sah durch die blaugrauen Filterscheiben hinaus und lehnte sich in die Kunststoffpolster.

Der Luftwagen erhob sich aus der Plastonschlucht und fegte über das Tafelbergdach des Euthanasiezentrums auf die fernen, von Menschenhand erschaffenen UZ-Türme zu. Der Tegas hatte den Zentralkomplex der Regierung stets gemieden. Auch jetzt hatte er keinen sehnlicheren Wunsch, als es auch weiterhin zu meiden.

Ihn überkam die Ahnung, daß sein Universum in Scherben zerfallen war. Er war hier gefangen — und zwar nicht nur in diesem Luftwagen, der zur Plastonzitadelle des UZ unterwegs war, sondern auch im Ökosystem des Planeten. Es war ein Gefühl, das er bisher nie empfunden hatte — nicht einmal an dem Äonen entfernten Tag seiner Ankunft auf dieser Welt. Er war in einem speziell angepaßten Wirtskörper hier gelandet, den er bis an die Grenzen seiner Fähigkeiten beansprucht hatte.

Das Leben der Tegas bestand in dem Ziel, stets nach neuen Welten und Wirten zu suchen. Es war die zweite Natur eines Tegas, stets den richtigen Planeten und die richtige Lebensform zu finden. Stets entwickelte die richtige Spezies den Sternflug, der dem Tegas neue Reisen, Forschungsmöglichkeiten und Erfahrungen ermöglichte. Auf diese Weise gab es für ihn keine Langeweile. Auch die Bewohner dieses Planeten bereiteten sich auf den Sprung zu den Sternen vor — und bald würden sie soweit sein.

Doch der Tegas erkannte anhand der neuen und fremdartigen Furcht, die ihn beschlich, daß er vielleicht nicht mehr da sein würde, den Vorteil des Sternensprungs zu nutzen. Als ihn diese Erkenntnis überkam, fühlte er sich erschöpft und kraftlos, wie ein Instrument, das man vom Stromkreis trennte.

Was habe ich falsch gemacht? fragte er sich. Habe ich den falschen Planeten gewählt?

Seine Bacit-Hälfte, die in der Regel sofort auf eine inwendige Suche reagierte, schob eine grauflächige Zukunftsprojektion über ihr gemeinsames Bewußtsein.

Dies verärgerte den Tegas, weil die Zukunft immer eine Unbekannte war. Vorsichtig erforschte er das Ich seines Wirtes, um herauszufinden, welcher Teil ihm in der kommenden Kraftprobe von Nutzen sein könnte. Es war ein guter Wirt — er war gesund und stark, und mit einer Muskulatur und einem Nervensysten ausgestattet, das sich bestens dazu eignete, von einem Tegas verstärkt und intensiviert zu werden. Ein solcher Wirt konnte ihm bestens dienlich sein, vielleicht sogar länger als William Bailey. Der Tegas tat nun das, was er in der ihm zur Verfügung stehenden Zeit tun konnte. Er entfernte Hemmschwellen, um ein schnelleres und glatteres Funktionieren des Hirns zu gewährleisten, und nahm eine Herz- und Gefäßstärkung vor. Die Arbeit erfüllte ihn mit einem gewissen Stolz; er hatte seine Wirte nie mißbraucht, solange er lebensfähig blieb.

Die natürliche Widerstandsfähigkeit des Tegas, die ihn am Leben und neugierig erhielt, setzte sich erneut durch. Was auch geschah, es würde etwas Neues sein. Er verankerte sich in seinem Wirt, stattete die Carmichael-Erinnerung mit Tegas-

Reaktionen aus und bereitete sich darauf vor, sich seiner unmittelbaren Zukunft zu stellen.

Ihm kam ein Gedanke:

In der verzwickten Unfaßlichkeit seiner Vergangenheit existierten nichtmenschliche Erfahrungen. Wie exakt war das ›Totale Persönlichkeitsprofil‹? Konnte es Nichtmenschliches entdecken? Konnte es mit Hilfe einer Art Schablone die Persönlichkeit William Baileys vollständig ausloten? Oder die Persönlichkeit irgendeines anderen, der in ihrer Datenbank gespeichert war?

Auf dem Boden seines Bewußtseins spürte er die leisen Bewegungen zahlloser Persönlichkeiten. Er hatte das Gefühl, eine Korngarbe zu sein, die aus vielen gefangenen Halmen zusammengebunden war.

Die unter dem Luftwagen dahingleitende Stadtlandschaft wurde zu etwas, das er eher ertastete als sah. Allmählich zerrte leise Furcht an ihm. Mit welchen psychometrischen Werkzeugen würde man ihn verhören? Wie konkret würden sie sein? Wie ausgeklügelt? Ihre Sonden durften in ihm nichts finden außer Joe Carmichael — auch wenn er viel mehr war. Er spürte, daß die Strömung des Jetzt seine Existenz auf die Gefahr zutrieb.

Gefahr-Gefahr-Gefahr! Als Tegas begriff er sie schon rein geistig. Als Joe Carmichael reagierte er körperlich auf sie.

Er schwitzte stark.

Der Luftwagen ging jetzt tiefer. Er musterte die Hinterköpfe der Androiden, die durch die Glaswand der Steuerkabine sichtbar waren. Sie waren nicht mehr als gefühllose Plasmaklumpen und boten für ihn keine Hilfe. Der Wagen verließ das Tageslicht, vibrierte kurz in einem Identifikationsfeld und glitt durch eine kalt beleuchtete Röhre in das gelbe Leuchten eines gigantischen Plaston-Parkplatzes hinunter. Er sah sandfarbene Wände, eine ebensolche Decke und hatte das Gefühl, in einem riesenhaften Gewölbe zu sein, das von summender Aktivität erfüllt war. All dies erinnerte den Tegas an eine Bienenkultur, mit der er erst einst zusammengetroffen war. Diese Erinnerung gehörte nicht zu seinen besseren; er fröstelte.

Der Luftwagen fand seine Parknische und hielt. Dann glitten zischend die Türen auf. Die Androiden flankierten die Öffnung. Einer von ihnen bedeutete ihm mit einer Geste, er solle aussteigen.

Der Tegas schluckte mit der trockenen Carmichael-Kehle, stieg aus, und sah sich das ständige Kommen und Gehen anderer Androiden an. Er konnte in der unmittelbaren Umgebung weder Menschen sehen, noch sonstige Lebewesen ausmachen. Er fühlte sich schrecklich einsam.

Wortlos nahmen die Androiden seine Arme und zogen ihn über den leeren Platz zu einem Ringlift. Das Feld ergriff sie und jagte sie an verschwimmenden Wänden und aufflackernden Gangmündungen vorbei nach oben. Dann neigte sich die Liftachse, so daß sie in einem Winkel von fünfundvierzig Grad, das Gesicht nach unten, im Griff des Feldes hingen. Die Androiden neben ihm wirkten wie zwei durch die Luft schwimmende Fische. Der Lift schwenkte in die Vertikale zurück und spuckte sie inmitten eines Saales aus, der einem Amphitheater glich. Der Lift wurde unter seinen Füßen zu einem Stück Boden.

Der Tegas blickte hoch und in die Runde. Er sah einen weiten Raum, ein gewaltiges Oberlicht und Menschen-Menschen-Menschen: endlose Sitzreihen in zahllosen Etagen; überall, wohin er auch sah.

Er tastete nach Emotionen und stieß auf eine entsetzliche Ausstrahlung. Es war der eisige Geisteshauch der psychischen Arroganz. Die Menschen, die ihn musterten, waren ausnahmslos Führer; sie kannten keine Religion außer der des eigenen Ichs. Hier gab es kein nervöses Husten und ungeduldiges Herumrutschen.

Sie waren ein Eisberg erwartungsvollen Schweigens.

Noch nie, nicht einmal in einem Alptraum, hatte er sich einen Ort wie diesen vorgestellt. Und dennoch erkannte er ihn augenblicklich. Wenn ein Tegas endet, dachte er, dann an einem Ort wie diesem. Sämtliche Erfahrungen, die er gemacht hatte, würden hier verlorengehen. Schon jetzt ertönte ein klagender Chor.

Aus einer Öffnung links von ihm kam jemand durch das Amphitheater auf ihn zu: Vicentelli.

Der Tegas musterte den Mann, der auf ihn zukam und registrierte harte Augen und schmale Lippen in einem steinernen Gesicht — eine ausdruckslose Maske, die nichts anderes als Arbeit-Arbeit-Arbeit kannte. Das Gesicht kannte keine Freuden. Es war das Gesicht eines Beobachters, der auch nicht vor Gewalt zurückschreckte. Der Körper dieses Menschen war ein Ding zum Zweck, der keine Weichheit kannte.

Neben dem Tegas erhob sich eine Wanne aus dem Boden. In ihr war eine Flüssigkeit von der Farbe polierten Stahls. Androidenhände packten ihn, als er überrascht zurückschreckte.

Vicentelli blieb vor ihm stehen, warf einen Blick auf die sie umgebenden Gesichterreihen und musterte dann sein Opfer.

»Vielleicht können Sie uns die Mühe eines umfassenden Verhörs ersparen«, sagte er.

Der Tegas sprüte das Zittern seines Körpers und schüttelte den Kopf.

Vicentelli nickte.

Mit unpersönlicher Flinkheit zogen die Androiden den Wirt aus und hoben ihn in die Wanne. Die Flüssigkeit fühlte sich warm und prickelnd an. Man legte ihm ein Geschirr an, das seine Arme festband und den Kopf über den Flüssigkeitspegel hielt. Dann senkte sich eine Art Helm über seinen Kopf. Der Tag wurde zu einem schmalen Spalt aus blauem Licht, und benommen fragte er sich, wie spät es war. Beim Betreten des Euthanasiezentrums war es noch sehr früh gewesen; jetzt war es sehr spät. Doch er wußte, daß es kaum Mittag sein konnte.

Erneut sondierte er die emotionelle Aura. Und schreckte vor ihr zurück.

Dort, wo er einzelne Individuen ausmachen konnte, wurde er an ein Wetterleuchten am fernen Horizont erinnert. Die emotionellen Feuer waren zwar dünn, doch voller Energie.

Ein Raum voller Herrscher. Der Tegas konnte sich keinen entsetzlicheren Ort vorstellen.

Vor dem Lichtspalt bewegte sich etwas: Vicentelli.

»Wer sind Sie?« fragte Vicentelli.

*Ich bin Joe Carmichael,* dachte er. *Ich darf nur Joe Carmichael sein.*

Doch Carmichaels Emotionen drohten ihn zu überwältigen. Wut und Unterwürfigkeit fegten gleichzeitig durch die Gehirnwindungen. Der Wirtskörper zuckte. Seine Beine machten angedeutete Fluchtbewegungen.

Vicentelli drehte sich um und sagte zu den Zuschauern: »Das Problem Joe Carmichael besteht in einem Vorfall, den Sie auf Ihren Rekordern sehen können. Ich möchte darauf hinweisen, daß dieser Vorfall nicht vorausgesagt wurde. Er lag außerhalb unserer Extrapolationen. Deswegen müssen wir davon ausgehen, daß die Ursache mit Joseph Carmichael nichts zu tun hat. Während der Untersuchung wird jeder Anwesende das fertige Profil studieren. Ich möchte, daß jeder von Ihnen seine Reaktionen und Vorschläge aufzeichnet. Wir müßten dabei auf Anhaltspunkte jener Unbekannten stoßen, die wir in William Bailey — und davor in Almiro Hsing — beobachtet haben. Konzentrieren Sie sich!«

*Götter der Ewigkeit!* dachte der Tegas. *Sie haben mich von Bailey zu Hsing zurückverfolgt!*

Diese Veränderung in der menschlichen Gesellschaft ging viel weiter zurück, als er vermutet hatte. Wie weit?

»Bedenken Sie bitte«, sagte Vicentelli, »daß Bailey sich in unmittelbarer Nähe aufhielt, als Hsing vom Friedensturm in Kanton fiel und starb. Achten Sie besonders auf das Material, das auf eine frühere Verbindung zwischen Hsing und Bailey hinweist! Es ist möglich, daß Bailey sich auf Hsings Einladung hin dort aufhielt. Dies könnte wichtig sein.«

Der Tegas unternahm den Versuch, sein Bewußtsein zurückzuziehen und seine Emotionen einzukapseln. Die Führer der Menschheit hatten in ihrer Verfolgung einen Seitenweg beschritten, mit dem er nicht gerechnet hatte. Jetzt stand er im Regen.

Er wußte auch, warum: Er hatte die Menschenmassen als Tarnung benutzt, hatte sich im täglichen Einerlei verborgen und gelebt wie die anderen. Doch nie hatte er seinen Körper mehr geliebt als jetzt, wo er wußte, daß er ihn vielleicht für immer verlieren würde. Er liebte sein Fleisch so, wie ein Mensch vielleicht ein Haus liebte. Sein komplexer Leib war wie ein atmendes und empfindendes Haus.

Er fühlte sich jetzt mit dem Körper tiefer verbunden als je zuvor. Er wußte in diesem Moment genau, wie ein Mensch sich in dieser Umgebung fühlen würde. Die Zeit war nie der Feind des Tegas gewesen. Sie war der Feind des Menschen. Und er war jetzt ein Mensch, der seinen Körper auf die richtigen Reaktionen vorbereitete.

Kontrolle — das war es, worum es dieser Gesellschaft ging. Die totale Kontrolle.

Vicentellis Gesicht tauchte vor dem Lichtspalt auf.

»Der Einfachheit halber«, sagte er, »werde ich dich weiterhin Carmichael nennen.«

Seine Worte machten dem Tegas klar, daß er mit dem Rükken zur Wand stand — und Vicentelli wußte es.

»Versuche nicht, dich umzubringen«, sagte Vicentelli. »Der Mechanismus, der dich umgibt, kann dich auch dann noch am Leben erhalten, wenn du es am allerwenigsten wünschst.«

Abrupt verstand der Tegas, daß das Carmichael-Ich nun panische Angst zeigen mußte. In dieser Situation war die abwartende, distanzierte Wachsamkeit eines Tegas fehl am Platz.

Er zeigte panische Angst.

Der Wirtskörper bäumte sich in der Flüssigkeit auf und zerrte an den Fesseln. Die Flüssigkeit war schwer und ölig und umgab ihn wie ein elastisches Kleidungsstück. Sie erschwerte seine Bewegungen und zwang ihn zu einem hilflosen, trägen Schweben.

»Jetzt«, sagte Vicentelli.

Dann kam ein lautes Klicken.

Licht blendete die Carmichael-Augen. Innerhalb des Lichts entstanden farbige, epileptische Rhythmen, die sein Bewußtsein packten und den Tegas wie in einem Käfig herumschleuderten.

Aus dem sein Universum verschlingenden Nichts kamen Fragen. Er wußte zwar, daß es sich um gesprochene Fragen handelte, doch er *sah* sie: Wörter, die in einer Strömung auf ihn zuwirbelten.

»Wer bist du?«

»Was bist du?«

»Wir wissen, daß du da bist. Warum gibst du nicht zu, was du bist? Wir kennen dich.«

Die Ausstrahlung der ihn umgebenden Zuschauer dröhnte

vibrierend auf ihn ein: »Wir kennen dich — kennen dich — kennen dich ...«

Der Tegas spürte, wie die Worte gegen ihn prallten und ihn benommen machten.

*Ein Tegas kann nicht hypnotisiert werden,* sagte er sich. Doch er spürte, wie sein Ich langsam in Fetzen ging. Irgend etwas riß von ihm ab. Carmichael! Er verlor die Kontrolle über den Wirt! Sein Leib wurde zu einem geistlosen Etwas. Das Gefühl des Reißens verstärkte sich.

Plötzlich fühlte er, daß sich in seinem Innern etwas regte und erwachte. Er nahm wahr, wie das Ich seines Wirts erwachte, doch er konnte nichts dagegen tun.

Gedanken tasteten sich durch tanzende, glitzernde Neuronenpfade. »Wer ... Was ist ... Wo sind ...«

Panisch hämmerte der Tegas auf die Fragen ein: »Ich bin Joe Carmichael ... Ich bin Joe Carmichael ... Ich bin Joe Carmichael!«

Er erlangte wieder Kontrolle über die Stimme, murmelte in einem dumpfem Rhythmus vor sich hin und gab damit die einzige Antwort auf alle Fragen. Allmählich verfiel der Wirt in Schweigen und wurde vom Tegas eingehüllt.

Das gefühllose, kalte Verhör wurde fortgesetzt.

Zucken-Beben-Frage.

Dem Tegas wurde bewußt, daß er das Gefühl für sich und Carmichael verlor. Seine Bacit-Hälfte, von der unerwarteten Gerissenheit des Angriffs von Entsetzen geschüttelt, hielt sich wie ein hilfloses Knäuel im Netz der gemeinsamen Identität fest.

Wirtsstimmen erwachten in seinem Geist: »Du kannst nicht ... Du darfst nicht ... Ich bin Joe Carmichael ... Sie sollen aufhören ... Warum können wir nicht ...«

*»Ihr bringt mich um!«* schrie er.

Die Zuschauer auf den Rängen vereinigten sich zu einer Aura kalter Genugtuung.

»Sie sind Ungeheuer!« dachte Carmichael.

Es war ein reiner Carmichael-Gedanke, unbeeinflußt vom Tegas-Bewußtsein, eine gewöhnliche, menschliche Äußerung, die aus der Tiefe hervorkam.

»Hörst du mich, Tegas?« fragte Carmichael. »Es sind Ungeheuer!«

Der Tegas kauerte sich zusammen. Er wußte nicht, wie er auf diese Worte reagieren sollte. Es war noch nie vorgekommen, daß sich ein Wirt nach der Unterwerfung gemeldet hatte. Er versuchte, den Sitz der Stimme aufzuspüren, doch umsonst.

»Sieh dir an, wie sie auf uns herabglotzen — wie ein Rudel Ghoule!« dachte Carmichael.

Dem Tegas war klar, daß er etwas unternehmen mußte, doch schon begann das Verhör von neuem. Diesmal schärfer und eindringlicher: Zucken-Beben-Frage.

»Woher kommst du? Woher kommst du? Woher kommst du?«

Carmichael-Empörung breitete sich in ihm aus.

Immer noch strahlten die Zuschauer kalte Amüsiertheit aus.

»Laß uns sterben und einen von ihnen übernehmen!« drängte Carmichael.

»Wer spricht da?« fragte der Bacit. »Wie bist du entkommen? Wo bist du?«

»Gott! Wie kalt sie sind!« Ein Bailey-Gedanke.

»Woher kommst du?« fragte der Bacit, der nach dem Wirtsbewußtsein suchte. »Du bist hier, aber wir können dich nicht finden!«

»Ich komme von Zimbue«, antwortete Carmichael.

»Du kannst nicht von Zimbue kommen«, entgegnete der Tegas. »Ich komme von Zimbue!«

»Aber Zimbue ist nirgendwo«, sagte der Bacit stur.

Und währenddessen — Zucken-Beben-Frage — lähmte Vicentellis Verhör seine Verbindungen weiter.

Der Tegas fühlte sich von außen und innen attackiert. Wie konnte Carmichael von Zimbue reden?

»Woher also kommst du?« fragte Carmichael.

Wie kann er davon wissen? fragte sich der Tegas. Von woher stammten sämtliche Tegas? Die Antwort war eine Ur-Erinnerung in den tiefsten Abgründen seiner Erfahrungen: Im gleichen Augenblick, in dem die Zeit begonnen hatte, waren die Tegas in die Schwärze vorgedrungen, die kein Stern — nicht einmal ein Staubkorn — verunziert hatte. Sie waren dagewesen, bevor Geist und Sinne existiert hatten. Wie konnte Carmichaels Ego weiterexistieren und solche Fragen stellen?

»Warum sollte ich sie nicht stellen?« fragte Carmichael. »Ich frage nur das, was Vicentelli fragt!«

Doch wo hatte sich das Ich seines Wirtskörpers versteckt? Wo war es existent geworden, um zu sprechen?

Der Bacit-Hälfte reichte es nun. »Bring ihn zum Schweigen!« befahl sie. »Bring ihn zum Schweigen! Wir sind Joe Carmichael! Du bist Joe Carmichael! Ich bin Joe Carmichael!«

»Keine Panik«, besänftigte Carmichael. »Du bist der Tegas/Bacit; ihr seid ein Lebewesen. Ich bin Joe Carmichael.«

Und in der Außenwelt brüllte Vicentelli: »Wer bist du? Ich befehle dir, mir zu sagen, wer du bist! Du mußt mir gehorchen! Bist du William Bailey?«

Schweigen — innen und außen.

Während des Schweigens untersuchte der Tegas den mißhandelten Leib und erkannte teilweise den Charakter von Vicentellis Angriff. Die den Wirtskörper umgebende Flüssigkeit war ein Anästhetikum. Der Körper wurde seiner Empfindungen beraubt, bis nur noch die zentralen Nervenverbindungen funktionierten. Und außerdem: der betäubte Leib war mit einem Kontrollgerät versehen worden. Eine pulsierende Kapsel saß am Carmichael-Rückgrat — signalisierend, befehlend, steuernd.

»Die Kapsel ist angebracht«, sagte Vicentelli. »Ich werde ihn jetzt in die untere Kammer bringen lassen, wo das Verhör fortgesetzt wird. Wir haben ihn völlig unter Kontrolle.«

Die Bacit-Hälfte suchte nach den Nervenverbindungen der Kontrollkapsel und unternahm einen Blockierungsversuch, doch er hatte nur teilweise Erfolg. Das anästhesierte Fleisch behinderte seine Sondierungsversuche. Der Tegas, der wie eine erschreckte Spinne im Bewußtsein des Wirtes hockte, beobachtete die leicht pulsierenden Neuralströme und suchte nach einer Lösung. Sollte er zuschlagen, wieder die totale Kontrolle an sich reißen? Was konnte er angreifen? Vicentellis Verhör hatte die einzelnen Identitäten so durcheinandergebracht, daß eine Trennung vielleicht gar nicht mehr möglich war.

Die Kontrollkapsel pulsierte.

Carmichaels Körper gehorchte ihrem Befehl. Die Fesseln wurden gelöst. Der Tegas erhob sich auf gefühllose Beine. Als seine Brust die Flüssigkeit verließ, kehrte Gefühl in sie zurück. Man nahm ihm den Helm vom Kopf.

»Wie Sie sehen«, sagte Vicentelli zu den Zuschauern, die ihn beobachteten, »gehorcht er perfekt.«

Innen fragte Carmichael: »Tegas, kannst du ertasten, was sie von dieser Sache halten? Vielleicht findest du einen Anhaltspunkt in ihren Emotionen.«

»Tu es!« befahl der Bacit.

Der Tegas ertastete die Umgebung, verspürte ihre Langeweile, leichten Argwohn und katzenhafte Selbstsicherheit. Ja, man hatte die Maus in den Krallen. Sie konnte nicht mehr entkommen.

Androidenhände halfen dem Tegas aus dem Tank, stellten ihn auf den Boden und stützten ihn.

»Perfekte Kontrolle«, sagte Vicentelli.

Wie die Kontrollkapsel es befahl, starrten die Carmichael-Augen leer geradeaus.

Der Tegas sandte einen fragenden Strahl durch seine inneren Kanäle und traf auf den Bacit und Carmichael, aber auch auf Fragmente unzähliger anderer.

»Wie kannst du hier sein, Joe Carmichael?« fragte er.

Der Wirtskörper reagierte auf einen Kapselbefehl und ging durch den Saal.

»Warum fliehst du nicht? Warum bekämpfst du mich nicht?« fragte der Tegas.

»Dazu besteht kein Grund«, erwiderte Carmichael. »Wir sind aufeinander angewiesen.«

»Warum hast du keine Angst?«

»Ich hatte ... habe ... ich hoffe, ich habe keine mehr.«

»Woher weißt du von den Tegas?«

»Warum sollte ich nichts von ihnen wissen? Du bist ich, und ich bin du.«

Der Tegas spürte einen Schock und erkannte, daß sich auch der Bacit unbehaglich fühlte: Wenn seine Erinnerungen stimmten, hatte es eine solche innere Begegnung noch nie gegeben. Wirte wehrten sich und wurden überwältigt — oder der Tegas endete. Der besiegte Wirt ging ... wohin? Der Bacit strahlte ängstliche Unsicherheit aus, schien nicht mehr weiterzuwissen.

Dieses verdammte Verhör!

Der Wirtskörper ging, von der Kontrollkapsel gesteuert, durch eine Tür in einen blauen Korridor. Jetzt, wo die Betäubung abnahm, bemerkte der Tegas/Carmichael/Bacit, daß Vicentelli ihm folgte — aber auch die Schritte der Gesetzniks.

»Was willst du, Joe Carmichael?« fragte der Tegas.

»Ich möchte an euch teilhaben.«

»Warum?«

»Ihr ... seid mehr als das, was ich war. Ihr könnt mir ... ein längeres Leben geben ... Ihr seid neugierig, interessant. Die Hälfte der armen Teufel, die zu uns ins Euthanasiezentrum kamen, waren halb verrückt vor Langeweile, und ich war selbst auch nicht mehr weit von diesem Stadium entfernt. Jetzt ... ist das Leben wieder interessant geworden.«

»Wie können wir zusammen leben — hier drin?«

»Wir tun es doch schon.«

»Aber ich bin ein Tegas! Ich muß hier herrschen!«

»Dann herrsche.«

Und der Tegas stellte fest, daß er beinahe wieder ungehinderten Zugang zum Nervensystem des Wirtes hatte. Doch das rebellische Carmichael-Ego war noch da. Der Bacit unternahm nichts dagegen. Er schien sich irgendwohin zurückgezogen zu haben. Carmichael war da — ein huschendes, quecksilbriges Ding. Da! Nein! Dort! Nein ... nein ... dort nicht. Auch nicht hier.

»Der Wirt muß sich bedingungslos unterwerfen«, befahl der Tegas.

»Ich ergebe mich«, stimmte Carmichael zu.

»Wo bist du?«

»Wir sind alle beisammen. Du beherrschst den Körper, nicht wahr?«

Der Tegas mußte zugeben, daß dem so war.

»Was willst du, Joe Carmichael?« fragte er erneut.

»Ich habe es dir gesagt.«

»Hast du nicht.«

»Ich möchte ... beobachten ... teilhaben ...«

»Warum sollte ich es dir erlauben?«

Vicentelli und die Kontrollkapsel hatten den Wirtskörper inzwischen zu einem Liftschacht gebracht. Das Kraftfeld packte den Carmichael-Körper und ließ ihn nach unten sinken ... tiefer ... immer tiefer.

»Vielleicht kannst du es gar nicht verhindern, wenn ich bleibe und beobachte«, erwiderte Joe Carmichael.

»Ich habe dich schon einmal überwunden«, konterte der Tegas. »Ich kann es auch noch einmal tun.«

»Was ist, wenn sie das Verhör fortsetzen?« fragte Carmichael.

»Was willst du damit sagen?«

»Er will sagen«, meldete sich der Bacit, »daß der echte Joe Carmichael die richtigen Antworten geben kann, die man für einen Profilvergleich braucht.«

Das Kraftfeld spuckte ihn in einem langgestreckten eisigweißen Laborraum aus. Seine unbeweglichen Augen nahmen metallene Umrisse und schimmernde, glitzernde Instrumente wahr.

Der Tegas blieb in kapselinduzierter Paralyse stehen. Zwar hätte er ihren Einfluß unterdrücken können, doch er wagte es nicht. Kein Mensch hätte sich diesem neuralen Angriff widersetzen können. Die kleinste Fingerbewegung hätte ihn entlarvt.

In der gemeinsamen Arena ihres Bewußtseins sagte Carmichael: »Na schön, jetzt laß mich mal ans Ruder! Sieh zu, aber misch dich auf keinen Fall ein!«

Der Tegas zögerte.

»Tu es!« befahl der Bacit.

Der Tegas zog sich zurück. Er fand sich in der Leere wieder, in einem Nirgendwo des Geistes, an einem unsichtbaren Ort, an dem es kein Sinne gab, keine Sinne geben konnte ... Er fürchtete sich davor, aber er fühlte sich geschützt — und verborgen.

Carmichael schickte ihm einen freundlichen, zuversichtlichen Impuls. Der Tegas empfand eine Art Dankbarkeit, denn zum ersten Mal brachte ihm ein anderes Wesen Freundschaft entgegen. Doch warum sollte ihm das Carmichael-Ego freundlich gesinnt sein? Zweifel türmten sich in ihm auf. Warum?

Es gab keine Antwort darauf, es sei denn, man konnte die vage Arglosigkeit des Bacit für eine Antwort halten. Der Tegas stellte fest, daß er fast keine Vorbehalte gegen die momentane Situation hatte. Dies erstaunte ihn. Er erkannte, daß er eine neue Erfahrung machte, der alle Gefahren des Neuen anhafteten.

*Die Zeit ist der Feind des Körpers,* fiel ihm ein. *Mein Feind ist sie nicht.*

Aus den Außenregionen, die Carmichael beherrschte, nahm er Überlegungen und Absichten wahr. Vicentelli setzte seinen Angriff mit induzierten Farben, Formen sowie Hitze und Licht fort. Worte fegten über den Himmel des Tegas-Bewußtseins: »Wer bist du? Antworte! Ich weiß, daß du da bist! Antworte! Wer bist du?«

Joe Carmichael murmelte einen lahmen Protest: »Warum quälen Sie mich so? Was ... was tun Sie mit mir?«

Zucken-Beben-Frage: »HÖR MIT DEM VERSTECKSPIEL AUF!«

Carmichaels Antwort, halb benommen: »Was ... tun ... Sie?«

Schweigen hüllte den Körper ein.

Der Tegas nahm allmählich leise Gesprächsfetzen wahr; »Ich sage Ihnen, sein Profil entspricht exakt der Carmichael-Identität.«

»Aber ich habe die Veränderung gesehen ...«

» ... vielleicht eine chemische Vergiftung ... Euthanasiezentrum ... Aufnahme von Picrotoxin ... Zufall ...«

Der Tegas tastete sich vorsichtig durch die neuralen Kanäle und suchte in seiner Umgebung nach der emotionellen Aura. Er fand nur Vicentelli und zwei Androiden. Die Androiden: kalte, gefühllose Hüllen. Vicentelli: ein flammender Ball frustrierten Zorns.

Stimmen regneten von den Bildschirmen an der Labordecke:

»Machen Sie der Sache ein Ende!«

»Liquidieren Sie ihn und hören Sie auf!«
»Es ist bloß Zeitverschwendung!«
»Sie irren sich, Vic!«
»Hören Sie auf, unsere Zeit zu verschwenden!«
Sie ordneten den Tod des Carmichael-Körpers an, erkannte der Tegas. Er stellte sich die Arena vor — und zahllose nach unten gerichtete Daumen: Tod. Damals waren die Zeiten besser gewesen — kurzlebige Wirte, leichtes Überwechseln. Doch jetzt: Konnte er es wagen, sich mit Vicentelli anzulegen? Es war fast sicher, daß er dabei unterliegen würde; der Tegas machte sich nichts vor. Die harte Schale eines Führer-Egos konnte jedem Angriff widerstehen.
Ein scharfes »Knack!« hallte durch das Labor. Die Schirme erloschen.
Was jetzt? fragte sich der Tegas.
»Wenn Baileys Tod es nicht eliminiert hat«, murmelte Vicentelli, »warum sollte Carmichaels Tod etwas anderes ergeben? Was kann es stoppen? Das Ding hat Hsing überlebt, und Gott weiß, wie viele vor ihm.«
Der Tegas spürte, wie der Bacit seine unsichtbare Membran spannte.
»Wenn ich recht habe«, murmelte Vicentelli, »lebt das Ding ewig in anderen Wirtskörpern weiter. Es lebt — genießt das Dasein ... Doch wenn das Leben nun ... unerfreulich wäre?«
»Man hat den Tod dieses Menschen befohlen«, sagte einer der Androiden. »Wünschen Sie, daß wir gehen?«
»Ja, geht!« sagte Vicentelli.
Die kalte Ausstrahlung der Androiden zog sich zurück und löste sich auf.
Dem Tegas wurde klar, daß die anderen Führer, die ihnen über den Schirm zugesehen hatten, davon überzeugt waren, daß Vicentelli sich irrte. Dennoch hatten sie Carmichaels Tod befohlen. Natürlich mußte man die Androiden fortschicken — sie durften am Tod eines Menschen keinen Anteil haben.
Der Tegas spürte, wie Carmichael sich wand und fragte: »Was tun wir jetzt?«
Der Bacit probierte einen Muskel im linken Arm des Wirtes

aus, den Carmichael noch nie zuvor wahrgenommen hatte. Sein Arm wölbte und entspannte sich wieder.

»Ein Beweis unserer Existenz bedeutet totale Vernichtung«, warnte der Tegas. Sein Instinkt wehrte sich dagegen, sich preiszugeben. »Wir müssen uns absolut an die Umgebung anpassen. Wir dürfen uns nie vom Hintergrund abheben!«

»Er hat uns doch längst entdeckt!« Ein reiner Carmichael-Gedanke. »Was sollen wir jetzt tun?«

Ein Gefühl von Nässe ging von der Kontrollkapsel am Rückgrat des Wirts aus.

»Na gut«, sagte Vicentelli. »Sie glauben mir nicht. Aber jetzt sind wir allein.« Er schaute in die Carmichael-Augen. »Und ich kann tun, was ich will. Was ist, wenn ich dein Leben unerfreulich mache?«

Das Nässegefühl erreichte das Gehirn.

Abrupte Dunkelheit!

Der Tegas zuckte nach oben, wehrte sich gegen die geistige Schockwelle und gewann einen Teil seiner Sinne zurück. Carmichaels Nervensystem zitterte, bebte und filterte Geräusche heraus; andere leitete er als dumpfes Brüllen weiter. Der Tegas fühlte sich durch kratzende Berührungen irritiert — ein ruckartiges Zerren, das ihn schwanken ließ.

Vicentelli, der genau vor ihm stand, tat irgend etwas an einem glitzernden Kontrollpult.

Das Schwanken ging weiter und verstärkte sich: Schaukeln, Taumeln, Gleiten ... und Schmerz.

Der Tegas spürte, wie stark er mit Carmichael verstrickt war. Leere Flecken waren Carmichael ... Nebelhaftes Grau ... und straff gespannte Fäden, die die Knoten der Ego-Substanz verbanden. Da! Da! Und da! Stücke Carmichaels, doch alle schwiegen.

Der Bacit stieß leicht sein Bewußtsein an, seine inneren Berührungen waren wie feine Nadelstiche. Ein Gedanke wehte flüsternd heran: »Wir müssen hier raus. Gefangen. Wir müssen hier raus. Gefangen-Gefangen.«

Er formte Wortbegriffe in Tausenden von Sprachen gleichzeitig.

Was tat Vicentelli da?

Der Tegas spürte einen Impuls der Kontrollkapsel. Ein Bein zuckte. Er legte eine Reflexblockierung auf die Nervenregion, um die Kontrolle zu behalten. Ein Auge öffnete sich und rollte. Der Tegas kämpfte um die Kontrolle über das Sehzentrum, sah direkt über sich ein multifacettiertes Ding aus Kristallen und Drähten, eine verwischte, grüne Bewegung. Alles richtete sich auf die Kontrollkapsel. Er hatte den Eindruck, als sei der Wirtskörper von zu enger Haut umschlossen.

Vicentelli glitt in sein Blickfeld.

»Wollen wir doch mal sehen, wie lange du dich verstecken kannst«, sagte er. »Wir nennen es Folterhaut.« Er bewegte etwas am Kontrollpult.

Der Tegas spürte seinen Körper wieder. Er bewegte das linke Bein. Der Schmerz erreichte sein Knie.

Er rang nach Luft. Der Schmerz durchbohrte Rücken und Brust.

»Sehr gut«, sagte Vicentelli. »Es liegt an deinen Bewegungen, verstehst du? Wenn du dich nicht bewegst, spürst du auch keinen Schmerz. Bewegst du dich — Schmerz.«

Der Tegas gestattete seinem Wirt einen tiefen, zitternden Atemzug. Messerklingen durchschnitten seine Lungen und sein Rückgrat.

»Das Atmen, Handbewegungen, jeder Schritt — alles erzeugt Schmerzen«, sagte Vicentelli. »Das Schöne daran ist, daß man keinen körperlichen Schaden erleidet. Aber wenn du nicht aufgibst, wirst du bald um eine Verletzung betteln.«

»Sie sind ein Tier!« stieß der Tegas hervor. Die Agonie fraß an seinen Lippen, Wangen und Schläfen.

»Gib auf!« sagte Vicentelli.

»Sie Tier«, flüsterte der Tegas. Er spürte, wie seine Bacit-Hälfte die Schmerzen mit einer Nervenblockierung bekämpfte, und machte den Versuch, einen flachen Atemzug zu tun. Ein schwaches Zerren machte sich bemerkbar, doch er täuschte starke Schmerzen vor und schloß die Augen. An seinen Brauen kroch Hitze entlang. Ein rasch errichteter Block dämmte sie ein.

»Du bist selbst schuld«, sagte Vicentelli. »Was bist du?«

»Sie sind wahnsinnig«, flüsterte der Tegas. Er wartete ab und spürte, wie die Schmerzblockierung arretierte.

Blitzende Pfeile zuckten in Vicentellis Augen. »Fühlst du den Schmerz wirklich?« fragte er. Er bewegte einen Hebel am Kontrollpult.

Ein plötzlicher Impuls, der von der Kapsel ausging, warf den Wirtskörper zu Boden.

Mit Hilfe des Bacit wand er sich in angemessenem Schmerz, und ließ ihn langsam wieder vergehen.

»Du fühlst ihn«, sagte Vicentelli. »Gut.« Er beugte sich über ihn, riß sein Opfer hoch und stellte es auf die Beine.

Der Bacit hatte das Schmerzempfinden zwar jetzt völlig unter Kontrolle, aber er täuschte weiterhin die erwarteten Reaktionen vor. Carmichaels Gesicht wurde zu einer Grimasse verzerrt. Er wehrte sich gegen die Bewegung und blieb wie erstarrt stehen.

»Ich habe alle Zeit der Welt«, sagte Vicentelli. »Mehr Ausdauer als ich kannst du nicht haben. Ergib dich! Vielleicht finde ich sogar eine Verwendung für dich. Ich weiß, daß du da bist, irgendwo in diesem Körper. Es wird dir inzwischen selbst klar geworden sein. Du kannst offen mit mir reden. Was bist du? Welchen Nutzen kannst du mir bringen?«

Mit starren Lippen, als erzeuge jede Bewegung große Schmerzen, sagte der Tegas: »Wenn ich das wäre, was Sie glauben, was hätte ich dann schon von Ihnen zu befürchten?«

»Sehr gut!« rief Vicentelli. »Wir machen Fortschritte. Was du von mir zu befürchten hättest? — Ha! Was hätte ich von dir zu befürchten?«

»Sie Irrer«, flüsterte der Tegas.

»Na schön«, sagte Vicentelli. »Hör zu, ob es Wahnsinn ist: Dein Profil sagt mir, daß ich dich nur fürchten muß, wenn du stirbst. Deswegen werde ich dich nicht töten. Du wirst dir vielleicht den Tod wünschen, aber ich werde nicht zulassen, daß du stirbst. Ich kann deinen Körper so lange am Leben erhalten, wie ich will. Es wird kein schönes Leben sein, aber immerhin ein Leben ... Ich kann dich zum Atmen zwingen. Ich kann dein Herz schlagen lassen. Soll ich es dir beweisen?«

Wieder ertönten die inneren Stimmen, und der Tegas

kämpfte sie nieder. »Wir können nicht entkommen. Wir sind gefangen. Gefangen!«

Der Bacit strahlte zögernde Ungewißheit aus.

Ein Bailey-Gedanke! »Es ist ein Alptraum! Es kann nichts anderes sein!«

Der Tegas, verwundert: Ein Bailey-Gedanke!

Bacit-Ermahnungen verbreiteten: »Seid still! Wir müssen zusammenarbeiten. Ruhe ... Ruhe ... Ruhe ...«

Der Tegas fühlte sich auf Wogen sanfter Gelassenheit davongetragen ... und wurde von einem gedanklichen Schrei des Bacit aufgeschreckt: »NICHT DU!«

Vicentelli begab sich wieder an das Kontrollpult.

Der Tegas stieß einen gedämpften Schrei aus, als seine Arme hochgerissen wurden.

Vicentelli nahm eine weitere Schaltung vor. Der Tegas klappte wie ein Taschenmesser zusammen und zuckte sofort wieder hoch.

Weinerliche Laute, die der Bacit förderte, entrangen sich seiner Kehle.

»Was bist du?« fragte Vicentelli mit sanfter Stimme.

Der Tegas spürte, wie der Bacit hastig nach nervlichen Verbindungen suchte. Er blockierte sie und suchte weiter. Der Wirtskörper troff vor Nässe.

»Na schön«, sagte Vicentelli. »Dann machen wir es eben auf die ganz harte Tour.«

Die Beine des Wirtes liefen jetzt auf der Stelle. Der Tegas schaute geradeaus, seine Augen waren in simulierter Qual glasig.

»Es hört auf, wenn du meine Fragen beantwortest«, sagte Vicentelli. »Was bist du? — Links-zwo-drei-vier. — Wer bist du? — Links-zwo-drei-vier ...«

Der Körper zappelte, wie die Kapsel es befahl.

Erneut spürte der Tegas, wie Tausende von längst vergessenen Sprachen in seinem Innern erwachten. Es war ein Babel von Stimmen. Ihm wurde klar, daß er so etwas wie ein Museum aus Wesenheiten und Lebensenergie war.

»Ich frage mich, wie lange du das aushältst«, sagte Vicentelli.

»Ich bin Joe Carmichael«, keuchte er.

Vicentelli kam näher und studierte die Symptome seiner Qual. »Links-zwo-drei-vier ...«

Das Stimmengewirr blieb. Der Tegas machte sich klar, daß er ein Energiestrom war. Energie ... Energie ... Energie. Energie war das einzig Solide im gesamten Universum. Er war die Weisheit, die in einem Bett von Sprachen dahinfloß. Doch die Weisheit war eine Strafe für den Weisen, sie spuckte jenen ins Gesicht, die kamen, um ihr den Tribut zu erweisen. Weisheit war etwas für Kopisten und Schreiber.

Also Macht, dachte er.

Doch die Macht zerfiel, wenn man sie ausübte.

Wie einfach es wäre, ihn jetzt anzugreifen, dachte der Tegas. Wir sind allein. Niemand beobachtet uns. Ich könnte ihn auf der Stelle niederschlagen.

Doch die äonenalten Gewohnheiten hinderten ihn, zu handeln. Er hatte unweigerlich einiges von den Wünschen, Hoffnungen und Ängsten — besonders den Ängsten — seiner unzähligen Wirte verinnerlicht. Und jetzt zerrten ihre Symbole an ihm.

Ein reiner Bailey-Gedanke: »Wir können nicht ewig so weitermachen!«

Der Tegas nahm Baileys Anwesenheit ebenso wahr wie die Carmichaels und die merkwürdige Verknüpfung ihrer Geister. Es war eine nie zuvor erlebte Verständigung mit den Gefangenen.

»Ein kräftiger Schlag«, drängte Carmichael.

»Links-zwo-drei-vier«, sagte Vicentelli und musterte sein Opfer aus nächster Nähe.

Abrupt stellte der Tegas fest, wie er nach innen blickte. Er befand sich an der äußersten Grenze seines Ichs und sah seine Denkgewohnheiten in jeder Handlung, die er je erwogen hatte. Die Gedanken nahmen Form an und wurden zu einem Aufflammen von Energie, etwas Solidem. Der flammende Augenblick machte ihn zu reinem Willen. Sämtliche Gewalttäter, die er überwältigt hatte, erwachten in ihm und drängten hinaus. Und er war die Erfahrung — auf überwältigende Weise eins mit der Kraft. Nichts begrenzte ihn, es gab keine Symbole.

Vicentelli lag bewußtlos am Boden.

Der Tegas starrte seine rechte Hand an. Sie hatte rein von selbst gehandelt. Ihre Bewegung war im Augenblick erfolgt, hatte Vicentelli blitzschnell mit ausgestreckten Fingern an einem Nervenpunkt am Hals getroffen.

Habe ich ihn getötet? fragte er sich.

Vicentelli regte sich stöhnend.

Der Schlag war durch die Tegas-Kontrolle, die zwar lähmen aber nicht töten konnte, abgemildert worden.

Der Tegas beugte sich über Vicentelli, um ihn zu untersuchen. Als er sich bewegte, spürte er, daß die Folterhaut nachgab. Er warf einen Blick auf das grüne Gerät an der Decke und erkannte, daß sein Kraftfeld nur begrenzte Reichweite hatte.

Vicentelli stöhnte erneut. Er bewegte sich.

Der Tegas drückte auf den Nervenstrang an seinem Hals. Vicentelli erschlaffte von neuem.

Reine Tegas-Gedanken entstanden in Carmichael. Er erkannte, daß er über ein Jahrhundert in einer rückschrittlichen Zivilisation verbracht hatte. Sie hatte zwar etwas Neues entwickelt — die beinahe absolute Geisteskontrolle —, doch sie verhielt sich nach einem alten Muster. Die Ägypter hatten es ausprobiert, und viele vor und einige nach ihnen. Der Tegas nannte dieses Phänomen die Menschmaschine. Sie wurde mit Schmerzen und Nahrung gesteuert — und mit Freuden und Ritualen.

Die Kontrollkapsel irritierte seine Sinne. Er spürte den unterdrückten Handlungsbefehl durch die Bacit-Abschirmung wie ein fernes Echo: Links-zwo-drei-vier ... Der Befehlsimpuls hatte eine Nebenwirkung, die für ihn tödlich sein konnte.

Er fühlte, wie seine Sinne abstumpften, und dachte an eine Welt, in der es keine intensiven Gefühle mehr gab — keine emotionellen Leuchtfeuer, die er mit einem Identitätssprung anpeilen konnte.

Der Carmichael-Körper schauderte in einer Tegas-Regung. Der Bacit rührte sich und riet zur Eile.

Er tastete seinen Rücken ab und fand die Kontrollkapsel: ein flaches, abgerundetes Ding. Es war kalt und vibrierte leicht. Er versuchte, einen Finger darunterzuschieben und spürte, wie der Körper sich widersetzte. Trennte man das Ding vom Körper, trat der Tod ein. Das teuflische Ding war mit dem Rückenmark verbunden. Er untersuchte die internen Verbindungen und stellte fest, daß man das Ding mit genügend Zeit und entsprechender Ausrüstung entfernen konnte.

Aber er hatte keine Zeit.

Vicentellis Lippen zuckten — wie die eines Säuglings, der nach der Brust sucht.

Der Tegas konzentrierte sich auf Vicentelli. Ein Herrscher. Jeder Tegas mied solche Leute. Leute wie er konnten sich gegen die geistige Invasion wehren. Sie hatten ein starkes Ego.

Aber vielleicht hatten die Vicentellis den Schlüssel zu ihrer eigenen Vernichtung geschaffen. Was auch passierte, der Tegas wußte, daß er nie wieder in der Masse untertauchen konnte. Die neue Menschmaschine hatte keinen Platz mehr für einen freien Geist. In der Ära des Neuen mußte er etwas Neues wagen.

Der Tegas packte die an seinem Rücken befestigte Kontrollkapsel und schob drei Finger unter ihren Rand. Dann, als der Bacit ihn vor dem Schmerz bewahrte, riß er sie ab.

Seine untere Hälfte wurde schlagartig gefühllos. Er brach über Vicentelli zusammen und musterte die Kapsel, um sie zu untersuchen. Ihre Entfernung bedeutete den Tod für den Carmichael-Körper, doch in ihrem gemeinsamen Bewußtsein lehnte sich nichts dagegen auf. Ihre einzige Regung bestand in tiefem Interesse für die Kapsel.

Es war ein einfaches, aber tödliches Ding — dessen Funktionsweise offensichtlich war. Die Innenseite wies Nadeln mit Widerhaken auf. Er löste hastig ein paar Gewebefetzen von den Nadeln. Sein Wirtsköper lag im Sterben. Blut und Rückenmarksflüssigkeit sickerte aus der Wunde. Er hob sich auf einen Ellbogen, rollte Vicentelli zur Seite und schob ihm Jackett und Hemd hoch. Ein Stück fleischliche Geographie, eine Hügelkette von Wirbeln lag vor ihm.

Der Tegas kannte sie schon aufgrund der inneren Untersuchung der Kapsel. Er suchte die geeignete Stelle und setzte die Kapsel an.

Vicentelli schrie auf.

Er zuckte, kroch über den Boden, sprang auf.

Links-zwo-drei-vier ...

Seine Beine stampften in einem schrecklichen Rhythmus auf und nieder. Fürchterliche Schreie drangen aus seiner Kehle. Er verdrehte die Augen.

Der Carmichael-Körper sank am Boden zusammen, und der Tegas wartete auf den Tod seines Wirts. Es war schade um ihn — sein Körper war ziemlich vielversprechend gewesen —, aber er hatte seine Entscheidung getroffen. Es gab jetzt kein Zurück mehr.

Der Tod kam — wie immer —, als hätte man etwas abgeschaltet. Nach einem kurzen Augenblick völliger Leere stürzte er sich schon auf den emotionellen Aufschrei, der Vicentelli war. Der Tegas löste sich von dem Toten und wechselte zum Lebenden, erfüllt vom stets neuen Gefühl der Erstentdekkung. Es war ein seltsames Gefühl, das niemandem im Universum etwas sagte — außer ihm.

Er war der Schmerz.

Aber es war ein Schmerz, den er kannte; den er analysiert und verstanden hatte und isolieren konnte. Vicentellis Identität bestand ausschließlich aus Schmerz. Doch eingekapselt konnte der Tegas ihn überwältigen und Stück für Stück verschlingen. Jetzt war ihm der Körper des neuen Wirts dankbar. Mit dem Tegas kam die Erlösung vom Schmerz.

Allmählich stellte er sein Marschieren ein.

Der Tegas blockierte die Kapselimpulse, ordnete Vicentellis Kleider, um das Instrument zu verbergen, und hielt inne, um sich klarzumachen, wie leicht diese Eroberung verlaufen war. Er hatte einen gefährlichen Weg einschlagen müssen, gewiß; ein Tegas mußte Risiken eingehen — die Zeit der Anpassung war vorbei.

Mit einem plötzlichen Panikgefühl meldete sich William Bailey in seinem Bewußtsein: »Wir haben es geschafft!«

Momentan hing die Existenz des Tegas vom Körper des Wesens ab, das er gerade überwältigt hatte. Die Einwirkung der anderen versetzte ihn in Panik, so daß er sich in dem gerade eroberten Wirt verlor. So wie er andere Wesen bewohnt hatte, wurde er jetzt von ihnen bewohnt.

Selbst der neue Wirt — stumm, eingefangen — wurde zu einem Teil des veränderten Universums; zu einem Teil, das ihn auf ganz andere Weise bedrohte: wie ein gewaltiger Rachen. Er stellte fest, daß er den Kontakt mit seinem Intellekt verloren hatte. Er berührte lediglich seine Nervenenden. Er konnte den Körper nicht finden, um sich darin heimisch zu machen.

Bacit-Signale umtanzen ihn: Ein gehetztes, suchendes Klammern. Der Körper — der Körper — der Körper ...

Er erkannte, daß er stets zu rücksichtsvoll mit seinen Hüllen umgegangen war. Natürliche Bedürfnisse hatten ihn eingelullt. Er hatte alle Fragen über den Organismus beiseitegeschoben, hatte in seiner Hülle dahingelebt und alles Unangenehme dem Bacit überlassen.

Eine Weisheit hatte ihn beruhigt: Der Bacit weiß Bescheid.

Doch der Bacit hatte sich gelöst, und er selbst hatte die Herrschaft über den Körper verloren. Der Körper hielt ihn in einer Umklammerung fest, die ihn zu ersticken drohte.

Ein Körper kann mich nicht ersticken, dachte er. Er kann es nicht. Ich liebe Körper.

Liebe — das war ein Angriffspunkt, die Keimzelle einer Berührung. Der Körper erinnerte sich daran, daß er seine Schmerzen gelindert hatte. Erinnerungen an andere Körper tauchten auf. Assoziationsfäden bauten sich auf. Er dachte an alle Körper, die er auf dieser Welt geliebt: an die Geschöpfe mit den großen Augen, flach anliegenden Ohren, kurzen Haaren, schönen Mündern und Wangen. Der Tegas achtete auf den Mund. Er verriet unendlich viel über das ihn umgebende Fleisch.

Vicentellis Eigenbild tauchte in seinem Bewußtsein auf, schwebend, wie ein Geist in einem Spiegel. Der Tegas dachte über ihn nach. Der steingemeißelte Mund wies keine Spur von Freude auf — das war es, was mit Vicentelli nicht stimmte.

Jetzt wird er sie kennenlernen müssen, dachte der Tegas.

Dann spürte er seine Füße und den Kontakt mit dem Boden, und auch der Bacit war wieder da. Er hatte nun eine Stimme, die das Gehörzentrum von innen berührte. Es war die Stimme William Baileys und zahlloser anderer.

»Kampfspuren beseitigen, bevor die Androiden zurückkommen«, sagte die Stimme.

Er gehorchte und sah auf die leere Hülle hinunter, die Joe Carmichael gewesen war. Doch Joe Carmichael war jetzt bei ihm — in dem neuen Körper, in Vicentellis Fleisch, das noch immer schwach unter den Impulsen zuckte, die die Kapsel an der Wirbelsäule abgab.

»Wir müssen die Kapsel so bald wie möglich entfernen«, sagte die Bacit-Stimme. »Du weißt, wie es geht.«

Der Tegas staunte über den Vicentelli-Klang, den er in der Stimme erkannte. Schlagartig erspähte er durch Vicentelli die finstere Seite seines Charakters und erkannte einen Aspekt des Bacit, von dem er nie etwas geahnt hatte. Ihm wurde bewußt, daß er ein Netz von Persönlichkeiten war, die ihre Gefangenschaft genossen, weil sie in ihr stark waren und sich gar keine andere Existenz wünschten.

Sie machten den Tegas aus; sie lenkten ihn mit ihren Denkmethoden und formten Handlungen aus unzähligen Leben. Allein auf dieser Welt hatte der Bacit über vierzig Jahrhunderte lang fremde Erfahrungen in sich aufgenommen. Und vor dieser Welt hatte es unzählige andere gegeben.

Sprache und Denken.

Die Sprache war das Werkzeug des intelligenten Wesens — und doch war das Wesen ein Werkzeug der Sprache, so wie der Tegas das Werkzeug des Bacit war. Als er dieser neuen Erkenntnis eine besondere Bedeutung abzugewinnen versuchte, erntete er nur den Spott des Bacit. Nach Inhalten zu forschen, hieße nach Grenzen zu suchen, wo keine Grenzen existierten. Der Inhalt war Logik und Zuordnung, ein Wortfilter, mit dem man Erfahrungen bewerten konnte. Für sich allein war der Inhalt nichts und mußte auf ewig unbefriedigend bleiben.

Es ging um Erfahrung, um das Handeln. Die aktive Teilhabe am unendlichen Kreislauf des Lebens, das eine endlose Abfolge von Bildern mit sich brachte.

Es gibt viel zu tun, dachte der Tegas.

An seinem Rückgrat vibrierte die Kontrollkapsel.

Die Kapsel, ja — und vieles andere.

Sie haben die Seele angezapft, dachte er. Sie haben die Seele mechanisiert und sind auf ewig verdammt. Für eine Weile werde ich mich mit ihnen zusammentun.

Er schob die Hand in die Strahlenschranke, um die Androiden zu rufen, die den abgelegten Wirtskörper wegräumen sollten, der einst Carmichael gewesen war.

Am anderen Ende des Labors glitt eine Tür auf. Drei Androiden kamen herein und marschierten im Gänsemarsch auf ihn zu. Er sah sie jetzt als erheiterndes, sechsarmiges Wesen, dessen Glieder sich in starrem Gleichschritt bewegten.

Der Vicentelli-Mund formte ein ungewohntes Lächeln.

Er befahl den Androiden knapp, das Labor zu säubern. Dann beschäftigte sich der Tegas heimlich mit der Erforschung seines neuen Wirts. Die Aufgabe stellte sich angesichts seiner neuen Erkenntnisse als erstaunlich leicht heraus. Der Wirt kooperierte. Er untersuchte Vicentelli behutsam. Er hatte einen starken, schönen, gesunden Körper. Er erforschte ihn wie ein unbekanntes Land und schwamm auf fremde Küsten seines Geistes zu, die lockend Neues verhießen.

Das Verhalten eines neuen Wirts mußte erlernt werden. Es war nicht gut, die Tegas-Andersartigkeit zu betonen. Natürlich würde es Veränderungen geben — aber behutsame, keine dramatischen, sofort wirkenden.

Und während er Vicentelli erforschte, dachte er daran, wieviel Verwirrung er in seiner neuen Rolle stiften konnte. Es gab so viele Möglichkeiten, die Menschmaschine zu sabotieren, den Individualismus wiederzubeleben und Spaß am Leben zu haben.

Irgendwann fragte er sich, was aus dem Bailey- und dem Carmichael-Ich geworden war. Nur der Bacit teilte noch den Wirt mit ihm — und er übermittelte ihm etwas, das sich wie ein Kichern anfühlte.


*Aus dem Amerikanischen übersetzt*
*von Ronald M. Hahn*

# TRANSIT FÜR EINEN FLÜGEL

Hätte irgendeine kosmische Kristallkugel Margarete Hatchell prophezeit, sie würde den Versuch unternehmen, einen Konzertflügel auf das Kolonistenschiff zu schmuggeln, wäre sie außer sich gewesen. An diesem heißen Sommernachmittag hielt sie sich in ihrer Küche auf und kämpfte um jedes Gramm, um das erlaubte Familiengepäck nicht zu überschreiten — und der Flügel wog über eine halbe Tonne.

Vor ihrer Heirat mit Walter Hatchell hatte sie als Diät-Schwester gearbeitet, was sie für die Kolonistengruppe, deren Ziel der Planet C war, relativ wichtig machte. Doch Walter gehörte als Chefökologe zu den wichtigsten Rädchen des Unternehmens. Sein Spezialgebiet war Bionomie, jene Wissenschaft, die für das Gleichgewicht der Gewächse fremder Welten zuständig war, um den Menschen ein Überleben zu ermöglichen.

Walter war so sehr in seine Arbeit in White Sands eingebunden, daß er im letzten Monat der Vorbereitungsperiode nicht dazu gekommen war, sein Heim in Seattle zu besuchen. Margaret war mit zwei Kindern und sämtlichen Problemen allein. Ihr Hauptproblem war ihr Sohn — ein blindes, musikalisches Wunderkind, das zu Depressionen neigte.

Margaret warf einen Blick auf die Küchenuhr: fünfzehn Uhr dreißig — Zeit, das Abendessen vorzubereiten. Sie schob den Mikrofilm-Wagen aus der Küche durch den Korridor ins Musikzimmer. Dort angekommen, kam sie sich fast wie ein zögernder Besucher vor. Sie scheute sich irgendwie, ihren Lieblingssessel, den Konzertflügel ihres Sohnes oder den Teppich, den die Nachmittagssonne mit goldenen Strahlen überschüttete, genauer anzusehen.

Sie verspürte ein Gefühl der Unwirklichkeit, etwa vergleichbar mit dem, das sie empfunden hatte, als die Kolonisationsbehörde ihnen mitgeteilt hatte, daß sie in die Gruppe aufgenommen worden waren.

»Wir werden Pioniere auf dem Planeten C sein«, flüsterte sie, aber das machte es auch nicht realer. Sie fragte sich, ob die dreihundertacht anderen Kolonisten, die zu der jungfräulichen Welt reisen würden, ähnlich empfanden.

Ein paar Tage nach der Auswahl hatte man alle zu einem Einführungsseminar nach White Sands berufen, und ein junger Astronom hatte einen Vortrag gehalten.

»Ihre Sonne wird der Stern Giansar sein«, hatte er mit hallender Stimme in dem großen Hörsaal gesagt und ihnen auf der Karte den Stern gezeigt. »Er befindet sich im Schwanz des Sternbilds Drachen. Der Sub-Makro-Antrieb wird sechzehn Jahre brauchen, um die Entfernung zu überbrücken. Sie wissen natürlich schon, daß Sie diese Zeit im Kühlschlaf verbringen werden, der Ihnen wie nur eine Nacht vorkommen wird. Giansar ist etwas rötlicher und kälter als unsere Sonne, doch der C kreist näher um das Zentralgestirn als die Erde, deswegen ist das Durchschnittsklima wärmer als hier.«

Margaret hatte versucht, den Worten des Astronomen ebenso aufmerksam zu folgen wie den übrigen Einführungsvorträgen, doch sie hatte nur die wichtigsten Punkte behalten: orangefarbenes Licht, wärmeres Klima, geringere Feuchtigkeit. Das erlaubte Gepäck betrug fünfundsiebzig Pfund für Erwachsene und vierzig für jedes Kind unter vierzehn Jahren ...

Jetzt, wo sie im Musikzimmer stand, hatte Margaret das Gefühl, als habe ein anderer den Vorträgen zugehört. Ich müßte aufgeregt und fröhlich sein, dachte sie. Warum bin ich so niedergeschlagen?

Trotz ihrer fünfunddreißig Jahre sah Margaret Hatchell mit ihrer guten Figur und ihrem graziösen Gang wie Mitte zwanzig aus. Ihr braunes Haar hatte einen rötlichen Schimmer. Ihre dunklen Augen, ihr voller Mund und ihr kräftiges Kinn ließen auf ein verborgenes Feuer schließen.

Sie fuhr mit der Hand über die geschwungene Kante des Flügels und ertastete die Scharte, die er während ihres Umzuges von Denver nach Seattle abbekommen hatte. Wann war das gewesen? fragte sie sich. Vor acht Jahren? Ja ... Es war ein Jahr nach dem Tod von Großvater Maurice ... Nach seinem letzten Konzert auf eben diesem Flügel.

Durch die offenen Fenster hörte sie ihre neunjährige Tochter Rita, die einen Vortrag über die fremdartigen Insekten hielt, die sie auf C vorfinden würden. Ihr Publikum bestand aus Spielkameraden, die vom Ruhm ihrer Freundin schwer beeindruckt waren. Rita nannte den neuen Kolonialplaneten »Ritelle«; sie hatte den Namen auch bei der Kolonisationsbehörde eingereicht.

Margaret dachte: Wenn sie Ritas Namen übernehmen ... Die Vorstellung, man könne einen ganzen Planeten nach ihrer Tochter benennen, ließ Margaret träumen. Sie stand schweigend in den goldenen Schatten des Musikzimmers und legte eine Hand auf den Flügel, der einst Walters Vater, dem berühmten Maurice Hatchell, gehört hatte — dem berühmten Konzertpianisten. Zum ersten Mal erkannte sie, was die Journalisten ihr an diesem Morgen beizubringen versucht hatten — daß sie und ihre Familie und alle anderen Kolonisten ›Auserwählte‹ und aus diesem Grund für jeden auf der Erde von größtem Interesse waren.

Sie bemerkte das Fledermaus-Radarauge mit dem Schulterträger auf dem Flügel. Das bedeutete, daß David sich irgendwo im Haus aufhielt. Er verwendete das Gerät nie in der vertrauten Umgebung, da ihm hier die Erinnerungen die verlorene Sehkraft ersetzten. Als Margaret das Radarauge sah, schob sie den Mikrofilmwagen in eine Ecke, damit David nicht darüber stolperte, wenn er zum Üben ins Musikzimmer kam. Sie lauschte, um zu hören, ob er oben in seinem Zimmer das neue, leichte Elektropiano ausprobierte, das er mit auf die Reise nehmen würde. Sie vernahm keinen Ton in der nachmittäglichen Stille, aber er konnte das Piano auf Kopfhörer geschaltet haben.

Als sie an David dachte, fiel ihr sein Wutausbruch ein, der die Aufzeichnung für die Nachrichten am Vormittag beendet hatte. Der Chef-Reporter — wie heißt er doch gleich? Bonaudi? — hatte gefragt, was sie mit dem großen Konzertflügel anfangen wollten. In Gedanken hörte sie immer noch die schrecklichen Dissonanzen, als David mit der Faust auf die Tasten geschlagen hatte. Dann war er aufgesprungen und aus dem Zimmer gestürzt — eine kleine dunkle Gestalt, von ohnmächtiger Wut erfüllt.

Zwölf ist ein solch empfindliches Alter, dachte sie.

Margaret kam zu dem Schluß, daß Davids Traurigkeit auch die ihre war. Es liegt an der Trennung von Gegenständen, die man liebt ... an dem sicheren Wissen, sie nie wiederzusehen ... Daran, daß wir jetzt nur noch Mikrofilme und leichte Ersatzgegenstände haben werden. Ein Gefühl schrecklicher Sehnsucht packte sie. Nie wieder werden wir die behagliche Bequemlichkeit der Dinge spüren, die die Familientradition ausmachen: den Ohrensessel, den wir gekauft haben, als wir unser erstes Haus einrichteten, die Nähmaschine, die Urgroßmama Chrisman aus Ohio mitgebracht hat, das übergroße Doppelbett, das extra angefertigt wurde, damit Walter die Beine ausstrecken kann ...

Abrupt wandte sie sich von dem Flügel ab und ging in die Küche zurück. Es war ein weißer, gefliester Raum mit schwarzen Behältern, in der alle möglichen Packabfälle verstreut waren. Margaret schob ihre Rezeptesammlung auf die Ablage neben der Spüle und achtete sorgfältig darauf, daß das gelbe Papier, das die Stelle markierte, an der sie die Mikrofilmaufnahmen unterbrochen hatte, an seinem Platz blieb. In der Spüle stand immer noch das Teeservice ihrer Mutter, das für die Reise verpackt werden sollte. Mitsamt der Spezialverpackung wogen die Tassen und Untertassen dreieinhalb Pfund. Margaret spülte sie und befestigte sie in der Aufhängung des Leichtkartons.

Der Wandbildschirm neben ihr zeigte das Gesicht der Telefonistin. »Mrs. Hatchell?«

Margaret zog die triefenden Hände aus dem Wasser und betätigte mit dem Ellbogen einen Schalter. »Ja?«

»Sie wollten mit Walter Hatchell in White Sands sprechen. Er ist noch immer nicht erreichbar. Soll ich es in zwanzig Minuten noch mal versuchen?«

»Tun Sie das!«

Das Gesicht verblaßte. Margaret schaltete ab und spülte weiter. Das Kamerateam hatte sie am Morgen mehrmals beim Spülen aufgenommen. Sie fragte sich, wie sie und die ihren im Film wirken würden. Der Reporter hatte Rita als »zukünftige Entomologin« und David als »blindes Wunderkind am Flügel«

bezeichnet — als »eins der Opfer des Drum-Virus, der von dem unbewohnbaren Planeten A-4 eingeschleppt wurde«.

Rita kam aus dem Garten herein. Sie war neun, ziemlich schlaksig, und blickte mit ihren großen, blauen Augen in die Welt, als warte sie nur darauf, sie als ihre Privatgeheimnisse zu lösen.

»Ich hab einen wahnsinnigen Hunger«, verkündete sie. »Wann essen wir?«

»Wenn es fertig ist«, antwortete Margaret und stellte zu ihrem Unbehagen fest, daß Ritas Haar Teile eines Spinnennetzes aufwies. Außerdem hatte sie einen Schmutzfleck auf der linken Wange.

Warum muß sich ein kleines Mädchen ausgerechnet für Insekten interessieren? fragte sie sich. Das ist doch nicht normal. Sie fragte: »Wie kommt das Spinnennetz in dein Haar?«

»Au weia.« Rita strich sich über den Kopf und wischte das Gewebe ab.

»Wie?« wiederholte Margaret.

»Mutter! Wenn man Wissen über die Welt der Insekten sammeln will, ist sowas unvermeidlich! Ich bin nur bestürzt, weil ich das Netz zerrissen habe.«

»Ich bin nur bestürzt, weil du so schmutzig bist. Geh rauf und wasch dich, damit man dich vorzeigen kann, wenn wir mit Vater sprechen!«

Rita wandte sich um.

»Und wiege dich. Morgen muß ich das wöchentliche Familiengewicht durchgeben.«

Rita huschte hinaus. Margaret glaubte sie deutlich »Eltern!« murmeln zu hören, dann verhallten die Geräusche ihrer Schritte auf der Treppe. Im zweiten Stock fiel eine Tür ins Schloß. Dann rannte Rita die Treppe wieder herunter und stürmte in die Küche. »Mutter, du ...«

»In der Zeit hast du dich unmöglich waschen können«, sagte Margaret, ohne sich umzudrehen.

»Es ist ... David«, sagte Rita. »Er sieht so komisch aus, und er sagt, er will kein Abendessen.«

Margaret drehte sich um und versuchte, ihre aufkommende Furcht zu verbergen. Sie wußte aus Erfahrung, daß Rita im

Grunde alles als komisch bezeichnete. »Was meinst du mit komisch, Liebling?«

»Er ist so blaß. Er sieht so aus, als hätte er kein Blut im Körper.«

Aus irgendeinem Grund erinnerte sich Margaret bei diesen Worten an den dreijährigen David, der still in einem Krankenhausbett lag. In seiner Nase hatte ein Schlauch gesteckt, und er war so bleich wie der Tod gewesen.

Sie trocknete die Hände an einem Geschirrtuch ab. »Komm, wir sehen mal nach! Vielleicht ist er nur müde.«

David lag ausgestreckt auf seinem Bett und hatte einen Arm über das Gesicht gelegt. Die Vorhänge waren zugezogen, das Zimmer lag im Halbdunkel. Als Margarets Augen sich an das Dämmerlicht angepaßt hatten, fragte sie sich, ob Blinde die Dunkelheit nur deswegen vorzogen, weil sie ihnen vor den Sehenden einen Vorteil verschaffte. Sie trat an das Bett heran. Der Junge war klein und dunkelhaarig — wie sein Vater. Das spitze Kinn und die eindrucksvolle Mundpartie hatte er von Großvater geerbt. Im Moment wirkte er mager und hilflos ... Rita hatte recht: Er war schrecklich blaß.

Margaret spielte die perfekte Krankenschwester, hob Davids Arm hoch und fühlte den Puls.

»Ist dir nicht gut, Davey?« fragte sie.

»Nenn mich doch nicht so. Ich bin doch kein Baby mehr.« Sein schmales Gesicht wirkte störrisch.

Sie machte einen hastigen, kurzen Atemzug. »Tut mir leid, ich hab's vergessen. Rita sagt, du möchtest kein Abendessen.«

Rita kam aus dem Gang herein. »Er sieht wirklich beunruhigend aus, Mutter.«

»Muß sie mir dauernd auf den Wecker gehen?« fragte David.

»Ich glaube, ich habe es unten klingeln hören«, sagte Margaret. »Siehst du bitte mal nach, Rita?«

»Sei nicht so beleidigend offensichtlich, Mutter! Wenn du nicht willst, daß ich hierbleibe, brauchst du es nur zu sagen.« Sie wandte sich um und ging zögernd hinaus.

»Tut es dir irgendwo weh, David?«

»Ich bin nur müde«, murmelte er. »Warum kannst du mich nicht allein lassen?«

Margaret musterte ihn eindringlich. Es war wirklich verblüffend, wie ähnlich er seinem Großvater war. Wenn er sich an den Flügel setzte, war die Ähnlichkeit geradezu unheimlich ... Der Junge hat die gleiche Ausstrahlung — und er hatte dasselbe musikalische Genie, das Hatchell zu einem Namen gemacht hatte, der Konzertsäle füllte. Und sie dachte: Vielleicht kann er sich deswegen so schwer von dem Steinway trennen, weil er seinem Großvater gehört hat. Der Flügel ist ein Symbol seines ererbten Talents.

Sie tätschelte die Hand ihres Sohnes und setzte sich neben ihn auf das Bett. »Beunruhigt dich etwas, David?«

Seine Gesichtszüge verzerrten sich, und er wandte sich von ihr ab. »Geh doch endlich!« murmelte er. »Laß mich allein!«

Margaret seufzte hilflos und wünschte sich verzweifelt, Walter wäre nicht so sehr an seine Arbeit gebunden. In diesem Moment sehnte sie sich sehr nach der Unterstützung durch ihren Mann. Erneut entfuhr ihr ein Seufzer. Sie wußte, was sie tun mußte. Die Vorschriften für die Kolonisten waren eindeutig: Jegliche Symptome — auch eingebildete — waren sofort einem Arzt zu melden. Sie gab Davids Hand einen letzten Klaps und ging nach unten, um Dr. Mowery anzurufen, der für die Kolonisten in der Gegend von Seattle zuständig war. Er versprach, in etwa einer Stunde da zu sein.

Als Margaret das Gespräch beendete, kam Rita zu ihr und fragte: »Wird David sterben?«

Die gesamte Anspannung des Tages brach aus ihr heraus, als sie antwortete: »Benimm dich nicht so ekelhaft närrisch!«

Sofort tat es ihr leid. Sie hielt inne, nahm Rita in die Arme und entschuldigte sich.

»Schon gut, Mutter. Ich weiß ja, daß dir so viel im Kopf rumgeht.«

Margaret kehrte zerknirscht in die Küche zurück und bereitete das Lieblingsessen ihrer Tochter zu: ein Thunfischsandwich mit Schokoladenmilch.

Ich bin zu nervös, dachte sie. David ist doch gar nicht wirklich krank. Es liegt an der verdammten Hitze, die seit ein paar Tagen herrscht — und der Aufregung vor der Reise.

Sie brachte dem Jungen ein Brötchen und einen Milchshake,

doch er weigerte sich immer noch, etwas zu essen. Und er wirkte tief niedergeschlagen. Ihr fiel die Geschichte eines Mannes ein, der gestorben war, weil er keinen Lebensmut mehr gehabt hatte, und der Gedanke ließ sich nicht mehr abschütteln.

Sie ging wieder in die Küche und arbeitete weiter, bis das Gespräch mit Walter kam. Die Gesichtszüge und die tiefe Stimme ihres Mannes schenkten ihr die Gelassenheit, nach der sie sich den ganzen Tag gesehnt hatte.

»Du fehlst mir sehr, Liebling«, sagte sie.

»Es dauert nicht mehr lange«, sagte er lächelnd und beugte sich zur Seite, so daß die unpersönliche Wand einer Sprechzelle hinter ihm sichtbar wurde. Er sah müde aus. »Wie geht's der Familie?«

Sie erzählte ihm von David und sah, wie Besorgtheit in seine Augen trat. »Ist der Arzt schon da?«

»Er hat sich verspätet. Er hätte um sechs hier sein sollen, und jetzt ist es halb sieben.«

»Wahrscheinlich hat er viel zu tun. Es klingt nicht so, als wäre er wirklich krank. Wahrscheinlich liegt es an der bevorstehenden Reise. Ruf mich an, wenn der Arzt ihn gesehen hat!«

»Mach ich. Ich glaube, er ist nur traurig, weil er den Flügel deines Vaters hierlassen muß.«

»David weiß doch selbst, daß wir am liebsten alles mitnehmen würden.« Ein Lächeln erhellte seine Züge. »Herr im Himmel, stell dir bloß vor, wir würden dieses Ding mit an Bord bringen! Dr. Charlesworthy würde ausflippen!«

Sie lächelte. »Warum schlägst du's ihm nicht vor?«

»Willst du, daß ich mit ihm aneinandergerate?«

»Wie geht's sonst, Liebling?« fragte sie.

Er wurde ernst und seufzte. »Ich mußte heute mit der Witwe des armen Smythe sprechen. Sie kam zu uns heraus, um seine Sachen zu holen. Es war eine ziemlich traurige Geschichte. Der Alte befürchtete, sie wolle trotzdem mitkommen ... aber nein.« Er schüttelte den Kopf.

»Habt ihr schon einen Ersatz?«

»Ja. Ein junger Bursche aus dem Libanon. Heißt Teryk. Seine Frau ist lieb und nett.« Walter warf einen Blick in die Küche.

»Es sieht so aus, als brächtest du alles in Ordnung. Weißt du schon, was du mitnimmst?«

»Teilweise. Ich wünschte, ich könnte mich so leicht entscheiden wie du. Ich habe mich für Mutters Porzellanservice und das Silberbesteck entschieden — für Rita, wenn sie heiratet. Und für den Utrillo, den dein Vater in Lissabon gekauft hat. An Schmuck nehme ich nur zwei Pfund mit — an was ich eben besonders hänge. Über die Kosmetik mache ich mir keine Gedanken mehr, seit du gesagt hast, wir könnten sowas selbst herstellen, wenn wir ...«

Rita kam in die Küche gerannt und schob Margaret zur Seite. »Hallo, Vater!«

»Hallo, meine Kleine. Was hast du gemacht?«

»Ich habe meine Insektensammlung katalogisiert. Wenn ich fertig bin, wird Mutter mir helfen, die Exemplare hinter Glas zu fotografieren. Sie sind so schwer!«

»Wie hast du es geschafft, sie so nahe an deine Wanzen ranzukriegen?«

»Vater! Es sind keine Wanzen; es sind entomologische Musterexemplare.«

»Für deine Mutter sind es Wanzen, Schatz. Und jetzt ...«

»Vater! Da ist noch etwas. Ich habe Raul — das ist der neue, der einen Block weiter wohnt — heute von den falkenartigen Insekten auf Ritelle erzählt, die ...«

»Es sind keine Insekten, Schatz, sondern angepaßte Amphibien.«

Sie runzelte die Stirn. »Aber Spencers Bericht sagt ausdrücklich, sie seien chitinös, und ...«

»O je! Du hättest den Bericht lesen sollen, den ich dir vorigen Monat gezeigt habe, als ich zu Hause war. Diese Wesen haben einen auf Kupfer basierenden Metabolismus, und sie sind eng mit einer gewöhnlichen Fischart des Planeten verwandt.«

»Oh! Glaubst du, ich sollte mal einen Ausflug in die Meeresbiologie machen?«

»Eins nach dem anderen, Liebling. Und jetzt ...«

»Steht das Abflugdatum schon fest, Vater? Ich kann es kaum erwarten, dort an die Arbeit zu gehen.«

»Es steht noch nicht fest. Wir können es aber täglich erfahren. Laß mich jetzt mit deiner Mutter sprechen!«

Rita zog sich zurück.

Walter lächelte seine Frau an. »Was haben wir da aufgezogen?«

»Das wüßte ich auch gern.«

»Weißt du ... Mach dir wegen David keine Sorgen. Es ist neun Jahre her, seit er sich von dem Virus erholt hat. Alle Tests zeigen, daß er völlig gesund ist.«

Margaret dachte: Ja ... er ist geheilt. Bis auf die Kleinigkeit, daß er nicht sehen kann. Sie rang sich ein Lächeln ab. »Ich weiß, daß du wahrscheinlich recht hast. Es wird sich als irgendeine Kleinigkeit herausstellen, und wir werden darüber lachen, wenn ...« Es klingelte an der Tür. »Das wird der Arzt sein.«

»Ruf mich an, wenn du mehr weißt!« sagte Walter.

Margaret hörte, wie Rita zur Tür rannte.

»Ich schalte ab, Liebling.« Sie warf ihm eine Kußhand zu. »Ich liebe dich.«

Walter machte mit zwei Fingern das Siegeszeichen und winkte. »Ich dich auch. Halt die Ohren steif!«

Sie unterbrachen die Verbindung.

Dr. Mowery war ein grauhaariger Mann mit steinernem Gesicht, der fortwährend nickte und wissend vor sich hinmurmelte. Er hielt eine graue Instrumententasche in der Hand, strich Rita über den Kopf und begrüßte Margaret mit einem kräftigen Händedruck. Dann bestand er darauf, mit David alleingelassen zu werden.

»Mütter stören bei Untersuchungen nur«, sagte er und zwinkerte, um seinen Worten die Schärfe zu nehmen.

Margaret schickte Rita auf ihr Zimmer und wartete auf dem Korridor. Zwischen dem Korridorende und der Tür zu Davids Zimmer wies die Tapete hundertsechs Blumen auf. Als sie anfangen wollte, die Geländerstäbe zu zählen, verließ der Arzt Davids Zimmer. Er zog die Tür leise hinter sich ins Schloß und nickte.

Sie wartete.

»Mmmmmm-mmmmm«, machte Dr. Mowery. Er räusperte sich.

»Ist es etwas Ernstes?« fragte Margaret.

»Keine Ahnung.« Er ging auf die Treppe zu. »Seit wann ist der Junge so ... schlapp und störrisch?«

Margaret versuchte, den Kloß in ihrer Kehle hinunterzuschlucken. »Er ist verändert, seit das Elektroklavier geliefert wurde, das er statt des Steinway seines Großvaters mitnehmen soll. Meinen Sie das?«

»Verändert hat er sich?«

»Er ist aufsässig und aufbrausend — und möchte alleingelassen werden.«

»Ich nehme an, es besteht keine Aussicht, den Flügel mitzunehmen?«

»Um Gottes willen! Er wiegt bestimmt tausend Pfund. Das elektronische Instrument wiegt nur einundzwanzig.« Sie räusperte sich. »Ist es die Sorge um den Flügel, Doktor?«

»Schon möglich.« Dr. Mowery nickte und betrat die erste Treppenstufe. »Es scheint nichts Organisches zu sein, was meine Instrumente entdecken können. Ich werde dafür sorgen, daß Dr. Lindquist und ein paar andere heute abend vorbeikommen. Lindquist ist unser Chefpsychiater. Vielleicht sorgen Sie dafür, daß der Junge bis dahin etwas ißt.«

Margaret trat neben ihn. »Ich bin Krankenschwester«, sagte sie. »Sie können es mir sagen, wenn es etwas Ernsthaftes ist ...«

Er nahm die Tasche in die rechte Hand und tätschelte ihren Arm. »Sie brauchen sich nicht zu beunruhigen, meine Liebe. Die Kolonisten freuen sich, daß sie ein musikalisches Genie in ihren Reihen haben. Wir werden nicht zulassen, daß ihm etwas zustößt.«

Dr. Lindquist hatte das runde Gesicht und den zynischen Blick eines gefallenen Engels. Seine Stimme schlug in Wellen aus ihm hervor, die jeden Zuhörer unter sich begruben. Der Psychiater und seine Kollegen hielten sich beinahe bis zweiundzwanzig Uhr bei David auf, dann entließ Dr. Lindquist sein Team und kam ins Musikzimmer, wo Margaret wartete. Er setzte sich auf den Klavierschemel und legte die Hände in den Schoß.

Margaret saß im Ohrensessel — jenem Möbelstück, das sie

von allen am meisten vermissen würde. Der langjährige Gebrauch hatte ihn mit Konturen versehen, die sich ihrem Körper anpaßten, und die rauhe Polsterung vermittelte ihr ein angenehmes Gefühl von Vertrautheit.

Von draußen drang das Schrillen der Grillen zu ihnen herein.

»Es steht einwandfrei fest, daß er auf den Flügel fixiert ist«, sagte Lindquist. Er klopfte mit den Handflächen auf seine Knie. »Haben Sie je daran gedacht, den Jungen hierzulassen?«

»Ich bitte Sie!«

»Es war nur 'ne Frage.«

»Steht es so schlimm um Davey? Ich meine ... immerhin werden wir doch alle bestimmte Dinge vermissen.« Ihre Hände fuhren über die Sessellehne. »Gütiger Gott, wir ...«

»Ich bin zwar nicht sonderlich musikalisch« sagte Lindquist, »aber ich weiß aus den Kritiken, daß Ihr Junge durchaus schon konzertreif ist ... daß man ihn mit Absicht zurückhält, um ihn nicht noch größerer Verwirrung auszusetzen ... weil sie ja doch irgendwann die Erde verlassen.« Der Psychiater zupfte an seiner Unterlippe. »Ihnen ist doch klar, daß Ihr Junge in seinem Großvater einen Abgott sieht, dem er nacheifern möchte?«

»Er hat sich all seine alten Platten immer wieder angehört«, sagte Margaret. »Er war zwar erst vier Jahre alt, als Großvater starb, aber David erinnert sich an alles, was sie zusammen getan haben. Es war ...« Sie zuckte die Achseln.

»David identifiziert sein ererbtes Talent mit dem geerbten Flügel«, sagte Lindquist. »Er ...«

»Aber ein Klavier kann man doch ersetzen. Könnte nicht einer der Kolonie-Tischler ein Duplikat anf ...«

»Aber nein«, sagte Lindquist. »Ein Duplikat wäre nicht das Klavier Maurice Hatchells. Ihr Junge ist sich nämlich übermäßig bewußt, daß er sein Talent von seinem Großvater geerbt hat — ebenso wie den Flügel. Er hat beides miteinander verknüpft. Er glaubt, daß er sein Talent verliert, wenn er den Flügel verliert. Damit stehen wir vor einem ernsthafteren Problem, als Sie sich vorstellen.«

Sie schüttelte den Kopf. »Aber Kinder kommen über sowas doch leicht ...«

»Er ist kein Kind, Mrs. Hatchell. Aber vielleicht sollte ich sagen, er ist *nicht nur* ein Kind. Er ist ein höchst empfindsames Lebewesen, das wir einen Genius nennen. Er befindet sich in einem heiklen Stadium und könnte leicht aus dem Gleichgewicht geraten.«

Sie spürte, wie ihr Mund trocken wurde. »Was wollen Sie damit sagen?«

»Ich möchte Sie nicht grundlos beunruhigen, Mrs. Hatchell. Aber die Wahrheit ist — und darin sind wir uns einig —, daß Ihr Junge, nimmt man ihm seine musikalische Ausdrucksmöglichkeiten ... sterben könnte.«

Sie erbleichte. »Nein! Er ...«

»Solche Dinge kommen vor, Mrs. Hatchell. Natürlich könnten wir eine Therapie vornehmen, aber ich weiß nicht, ob dafür die Zeit ausreicht. Wir müssen stündlich damit rechnen, daß der Starttermin festgelegt wird ... und eine Therapie könnte Jahre in Anspruch nehmen.«

»Aber David ist doch ...«

»David ist frühreif und überempfindlich«, sagte Lindquist. »Er hat mehr in seine Musik investiert, als gesund ist. Das ist sicher teilweise auf seine Blindheit zurückzuführen, doch über allem wird er von dem äußerst starken Bedürfnis getrieben, sich musikalisch auszudrücken. In einem Genie wie David ist dies mit den elementaren Trieben vergleichbar.«

»Wir können nicht ohne ihn gehen. Sie verstehen es nicht. Unsere Familiengemeinschaft ist so eng, daß wir ...«

»Dann sollten Sie vielleicht zurücktreten und einer anderen Familie Ihren Platz ...«

»Das würde Walter umbringen — meinen Mann«, sagte sie. »Er hat für diese Chance *gelebt!*« Sie schüttelte den Kopf. »Außerdem weiß ich nicht, ob wir jetzt noch aussteigen könnten. Walters Assistent, Dr. Smythe, ist vorige Woche bei einem Helikopterabsturz bei Phoenix ums Leben gekommen. Zwar hat man einen Ersatzmann für ihn gefunden, aber Walters Bedeutung für den Erfolg der Kolonie ist dadurch eher noch wichtiger geworden.«

Lindquist nickte. »Ich habe von Smythes tragischem Tod gehört, aber ich habe nicht an die Folgen gedacht ...«

»Ich bin für die Kolonie nicht wichtig«, sagte Margaret. »Und die Kinder auch nicht. Aber die Ökologen ... Der Erfolg des gesamten Unternehmens hängt von ihnen ab. Ohne Walter ...«

»Dann müssen wir das Problem anders lösen«, sagte Lindquist. Er stand auf. »Wir kommen morgen zurück, um nach David zu sehen, Mrs. Hatchell. Dr. Mowery hat ihm ein paar Aminotabletten und ein Beruhigungsmittel gegeben. Er müßte die Nacht durchschlafen. Wenn es irgendwelche Komplikationen geben sollten — die ich nicht erwarte —, erreichen Sie mich unter dieser Nummer.« Er zog eine Karte aus seiner Brieftasche und gab sie ihr. »Diese Gewichtsbeschränkung ist zu schade ... Ich bin sicher, alle Probleme wären gelöst, wenn er dieses Monstrum mitnehmen könnte.« Lindquist klopfte auf das Instrument. »Bis dann ... Gute Nacht.«

Als Lindquist gegangen war, blieb Margaret an der Tür stehen und preßte die Stirn gegen das kühle Holz. »Nein«, flüsterte sie. »Nein ... nein ... nein!« Dann kehrte sie ins Wohnzimmer zurück und meldete ein Gespräch mit Walter an. Es war zweiundzwanzig Uhr zwanzig, und das Gespräch kam sofort, was bewies, daß er darauf gewartet hatte. Margaret bemerkte tiefe Falten der Besorgnis auf der Stirn ihres Mannes. Sie war sofort versucht, sie glattzustreichen.

»Was ist, Margaret? Ist mit David alles in Ordnung?«

»Liebling, es ist ...« Sie schluckte. »Es liegt am Flügel. Am Steinway deines Vaters.«

»Am *Flügel?*«

»Die Ärzte waren den ganzen Abend hier und haben David untersucht. Der Psychiater sagt, wenn David den Flügel verliert, verliert er vielleicht seine Musik, seine ... Und wenn er sie verliert, könnte er sterben.«

Walters Augen verengten sich. »Wegen des Flügels? Aber es wird doch eine Möglichkeit geben ...«

Sie wiederholte Lindquists Worte.

»Der Junge ist wie Vater«, sagte Walter. »Er hat die ganze Philharmonie in Aufruhr gebracht, weil sein Schemel zwei Zentimeter zu niedrig war. Großer Gott! Ich ... Was sollen wir nach Lindquists Meinung tun?«

»Er sagt, wenn wir den Flügel mitnehmen könnten, wäre das Problem gelöst.«

»Das Riesending? Es wiegt doch mindestens tausend Pfund! Das ist dreimal mehr, als die ganze Familie an Privatgepäck mitnehmen kann!«

»Ich weiß. Ich bin mit meinem Latein ebenfalls am Ende. Ständig überlegt man, was man mitnehmen soll, und jetzt ... David.«

»Mitnehmen!« rief Walter. »Herrjeh! Vor lauter Sorge um David hätte ich fast vergessen, daß heute der Starttermin festgelegt wurde.« Er warf einen Blick auf seine Armbanduhr. »Wir starten in vierzehn Tagen und sechs Stunden. Der Alte hat gesagt ...«

»In vierzehn Tagen!«

»Ja. Aber ihr habt nur noch acht Tage. Dann werden sich alle Kolonisten versammeln. Eine Mannschaft wird jede Familie aufsuchen, um das Gepäck abzuholen, und ...«

»Walter! Ich weiß noch nicht einmal, was ...« Sie hielt inne. »Ich habe damit gerechnet, daß wir mindestens noch einen Monat haben. Du hast selbst gesagt, daß wir ...«

»Ich weiß. Aber die Treibstoffproduktion ist außerplanmäßig fertig geworden, und die langfristige Wettervorhersage ist günstig. Außerdem gehört es zur Psychologie: Man hält diesen plötzlichen Schock für vorteilhaft.«

»Aber was machen wir mit David?« Sie biß sich auf die Unterlippe.

»Ist er wach?«

»Ich glaube nicht. Er hat ein Beruhigungsmittel bekommen.«

Walter runzelte die Stirn. »Ich möchte morgen als erstes mit David sprechen. Ich habe ihn in letzter Zeit wegen der ganzen Arbeit vernachlässigt, aber ...«

»Er hat Verständnis dafür, Walter.«

»Das weiß ich ja, aber ich möchte ihn trotzdem sehen. Ich hätte gern die Zeit, bei euch zu sein, aber hier geht es im Moment wirklich drüber und drunter.« Er schüttelte den Kopf. »Ich kann mir einfach nicht vorstellen, daß die Diagnose stimmen kann. So ein Wirbel, um ... um einen Flügel!«

»Walter ... du bist nicht von Gegenständen abhängig. Bei

dir sind es Menschen und Ideen.« Sie senkte den Kopf und kämpfte mit den Tränen. »Aber manche Menschen lieben eben unbelebte Gegenstände, die ihnen Sicherheit und Geborgenheit bedeuten.« Sie schluckte.

Er schüttelte den Kopf. »Ich glaube, ich verstehe es nicht. Aber wir werden eine Lösung finden, verlaß dich darauf.«

Margaret zwang sich zu einem Lächeln. »Ich weiß, du wirst es schaffen, Schatz.«

»Jetzt, wo der Starttermin feststeht, denkt er vielleicht an ganz andere Dinge«, sagte Walter.

»Vielleicht hast du recht.«

Er schaute auf die Uhr. »Ich muß jetzt aufhören. Ich muß mich noch um ein paar Experimente kümmern.« Er zwinkerte ihr zu. »Ihr fehlt mir sehr.«

»Du uns auch«, flüsterte sie.

Am nächsten Morgen erhielt sie einen Anruf von Prester Charlesworthy, dem Direktor der Kolonie. Sein Gesicht erschien auf dem Bildschirm, als Margaret gerade Ritas Frühstücksgeschirr spülte. David lag noch im Bett. Margaret hatten den Kindern den Starttermin noch nicht mitgeteilt.

Charlesworthy war ein Mann mit hageren Gesichtszügen und nervösen Gesten. Er wirkte ziemlich gutmütig — bis man den instensiven Blick seiner blaßblauen Augen bemerkte.

»Entschuldigen Sie die Störung, Mrs. Hatchell«, sagte er.

Sie zwang sich, gelassen zu bleiben. »Sie stören nicht. Ich habe auf einen Anruf von Walter gewartet und glaubte schon, das sei er.«

»Ich habe gerade mit Walter gesprochen. Er hat mir von David erzählt. Dr. Lindquist hat gerade seinen Bericht vorgelegt.«

Nach einer schlaflosen Nacht, in der sie ständig auf Zehenspitzen nach David gesehen hatte, war Margaret beinahe mit den Nerven am Ende, und so war es auch kaum verwunderlich, daß sie unkontrolliert die wüstesten Ideen aussprach, die ihr durch den Kopf schossen. »Sie wollen uns aus der Gruppe ausschließen!« stieß sie hervor. »Sie holen sich einen anderen Ökologen, der ...«

»Aber nein, Mrs. Hatchell!« Dr. Charlesworthy holte tief Luft.

»Ich weiß, daß es Ihnen komisch vorkommt, daß ich Sie einfach so anrufe, aber unsere kleine Gruppe wird beinahe zehn Jahre lang, bis das nächste Schiff kommt, auf einem fremden Planeten auf sich selbst angewiesen sein. Wir müssen in jeder Hinsicht alle Probleme gemeinsam lösen. Ich möchte Ihnen wirklich helfen.«

»Verzeihen Sie. Ich habe vergangene Nacht nicht viel geschlafen.«

»Aber das verstehe ich doch. Glauben Sie mir, ich würde nichts lieber tun, als Walter zu Ihnen nach Hause schicken.« Charlesworthy zuckte die Achseln. »Aber das geht leider nicht. Nach Smythes Tod hat Walter eine gewaltige Verantwortung zu tragen. Ohne ihn müßten wir das Unternehmen wahrscheinlich abbrechen.«

Margaret fuhr sich mit der Zunge über die Lippen und fragte geradeheraus: »Dr. Charlesworthy, gibt es irgendeine Möglichkeit ... daß wir den Flügel mitnehmen?«

»Mrs. Hatchell!« Charlesworthy zuckte vom Bildschirm zurück. »Er wiegt mindestens eine halbe Tonne!«

Sie seufzte. »Ich habe heute morgen als erstes die Spedition angerufen, die das Instrument hergebracht hat. Sie haben in ihren Unterlagen nachgesehen. Es wiegt eintausendvierhundertacht Pfund.«

»Das geht auf gar keinen Fall! Wir müssen wichtiges technisches Gerät zurücklassen, das wir bitter nötig hätten und nicht mal die Hälfte davon wiegt!«

»Ich bin verzweifelt. Ich denke nur noch daran, daß Dr. Lindquist sagte, David könnte sterben, wenn ...«

»Deswegen rufe ich an«, sagte Charlesworthy. »Ich möchte Ihnen sagen, was wir unternommen haben. Wir haben Hector Torres heute morgen zur Firma Steinway geschickt. Hector gehört zu unseren Kolonieschreinern. Die Leute von Steinway haben sich großzügigerweise bereit erklärt, ihm ihre geheimen Baupläne zu zeigen, damit er ein exaktes Duplikat des Flügels herstellen kann. Philip Jackson, einer unserer Metallurgen, wird Hector aus dem gleichen Grund heute nachmittag folgen. Ich bin sicher, wenn Sie David das erzählen, wird er seine Ängste vergessen ...«

Margaret blinzelte ihre Tränen zurück. »Dr. Charlesworthy ... Ich weiß nicht, wie ich Ihnen danken soll.«

»Danken Sie mir überhaupt nicht, meine Liebe. Wir sind ein Team. Wir halten zusammen.« Er nickte. »Nun zu etwas anderem. Sie können mir einen Gefallen tun.«

»Gewiß.«

»Wenn's geht, versuchen Sie Walter in der kommenden Woche nicht zu sehr zu beschäftigen. Er hat eine Mutation entdeckt, die es uns vielleicht ermöglicht, irdische Pflanzen mit denen zu kreuzen, die auf Planet C wachsen. Er führt in dieser Woche eine letzte Testreihe mit Bodenproben von C durch. Es geht um entscheidende Tests, Mrs. Hatchell. Sie könnten die Übergangsperiode um Jahre verkürzen.«

»Natürlich«, sagte sie. »Tut mir leid, daß ich ...«

»Es braucht Ihnen nicht leid zu tun. Machen Sie sich keine Sorgen! Der Junge ist erst zwölf. Die Zeit heilt alle Wunden.«

»Ich bin sicher, daß alles gut ausgehen wird.«

»Ausgezeichnet«, sagte Charlesworthy. »Das ist die richtige Einstellung. Rufen Sie mich an, wenn Sie Hilfe brauchen — am Tag oder in der Nacht. Wir sind ein Team. Wir müssen alle am gleichen Strang ziehen.«

Sie beendeten das Gespräch. Margaret stand vor dem Bildschirm und starrte ihn an.

Rita sagte vom Küchentisch her: »Was hat er vom Starttermin gesagt?«

»Er steht fest, Schatz.« Margaret wandte sich um. »In acht Tagen werden wir bei Daddy in White Sands sein.«

*»Hurrraaa!«* Rita sprang auf und wirbelte die Frühstücksteller durcheinander. »Es geht los! *Es geht los!*«

*»Rita!«*

Aber Rita jagte bereits aus der Küche und aus dem Haus. Im Korridor rief sie: »Noch acht Tage!«

Margaret eilte zur Küchentür. *»Rita!«*

Ihre Tochter kam zurückgelaufen. »Ich will es den anderen sagen!«

»Beruhige dich, aber sofort! Du machst soviel Lärm, daß du ...«

»Ich hab sie schon gehört.« David stand am oberen Treppenabsatz und kam langsam herunter, indem er dem Geländer folgte. Sein Gesicht war kreidebleich, und seine Schritte waren ungewöhnlich zögerlich.

Margaret holte tief Luft und erzählte ihm von Dr. Charlesworthys Plan, den Flügel zu kopieren.

David blieb zwei Stufen über ihr stehen und neigte den Kopf. Als sie fertig war, sagte er: »Es ist nicht dasselbe.« Er ging an ihr vorbei ins Musikzimmer. Seine Haltung zeugte von unendlichem Fatalismus.

Margaret kehrte in die Küche zurück. Etwas glühte in ihr. Als sie Ritas Schritte hinter sich hörte, fragte sie, ohne sich umzudrehen: »Rita, um wieviel kannst du dein Gepäck erleichtern?«

»Mutter!«

»Wir nehmen den Flügel mit!« sagte Margaret entschlossen.

Rita trat neben sie. »Aber die ganze Familie darf doch nur zweihundertdreißig Pfund mitnehmen. Wir kriegen doch unmöglich ...«

»Wir sind dreihundertacht in der Gruppe«, sagte Margaret. »Jeder Erwachsene kann fünfundsiebzig Pfund mitnehmen, und jedes Kind unter vierzehn vierzig.« Sie entdeckte ihren Küchennotizblock und kritzelte Zahlenkolonnen. »Wenn jeder vier Pfund und zwölf Unzen opfert, können wir den Flügel mitnehmen!« Und bevor sie ihren Entschluß bereuen konnte, wirbelte sie herum, packte den Karton mit dem Tee-Service ihder Mutter und stellte ihn dorthin, wo die Dinge lagen, die sie nicht mitnahm. »So. Ein Geschenk für die Leute, die unser Haus gekauft haben. Das waren dreieinhalb Pfund!«

Dann fing sie an zu weinen.

Rita sagte leise: »Ich lasse meine Insekten hier.« Dann vergrub sie den Kopf im Kleid ihrer Mutter und fing ebenfalls an zu schluchzen.

»Warum weint ihr denn?« fragte David von der Tür aus. Er hatte sich das Fledermaus-Radarauge auf den Rücken geschnallt, und er sah jämmerlich aus.

Margaret wischte ihre Tränen ab. »Davey ... David, wir werden versuchen, den Flügel mitzunehmen.«

Er hob den Kopf. Seine Züge entspannten sich für einen Augenblick, doch dann kehrte seine Traurigkeit wieder zurück. »Na klar. Sie werden einfach Vaters Saatgut und ein paar Werkzeuge und wissenschaftliche Instrumente wegwerfen, um meinen ...«

»Es gibtg noch eine andere Möglichkeit«, sagte Margaret.

»Welche?« Seine Stimme kämpfte gegen eine Hoffnung an, die vielleicht nicht zum Tragen kam.

Margaret erklärte ihren Plan.

»Betteln gehen« fragte er. »Sollen wir fremde Leute bitten, ihre ...«

»David, wir werden eine öde, fremde Welt kolonisieren, die all die Bequemlichkeiten und Errungenschaften, die für uns die Zivilisation bedeuten, nicht hat! Ein echter Flügel von der Erde und der ... der Mann, der darauf spielen kann, wäre eine große Hilfe. Es würde unsere Moral stärken und das Heimweh vertreiben, das uns gewiß zu schaffen machen wird.«

Seine Augen schienen sie lange Sekunden anzustarren, ehe er sagte: »Es wäre eine schreckliche Verantwortung für mich.«

Sie spürte, wie der Stolz ihres Sohnes auf sie übergriff, und sagte: »Ich bin froh, daß du es so siehst.«

Die kleine Broschüre mit den Anweisungen und Tips, die man beim ersten Treffen in White Sands verteilt hatte, enthielt auch die Namen und Adressen aller Kolonisten. Margaret fing ganz oben auf der Liste an und ließ sich mit Selma Atkins aus Little Rock verbinden, der Gattin des leitenden Zoologen der Expedition. Sie war ein kleines, dunkelhaariges Energiebündel von großem Temperament und stellte sich als geborene Verschwörerin heraus. Bevor Margaret das Problem ganz erklärt hatte, war Mrs. Atkins schon die Vorsitzende eines Komitees und diktierte die Namen von eventuellen weiteren Mitgliedern. Dann sagte sie: »Vorausgesetzt, wir kriegen genügend Gewichtsspenden zusammen — wie kriegen wir das Ding an Bord?«

Margaret schaute verwirrt auf. »Wir sagen einfach, wie die Dinge liegen und übergeben den Flügel den Leuten, die auch das sonstige Gepäck an Bord bringen.«

»Damit wäre Charlesworthy niemals einverstanden, Schätzchen. Schon jetzt wachsen ihm graue Haare, weil er nicht alles mitnehmen kann, was er will. Er wird einen Blick auf die tausendvierhundertacht Pfund Klavier werfen und sagen: ›Das reicht genau für einen Ersatzreaktor!‹ Mein Mann sagt, daß er sogar Löcher in die Kisten bohren ließ, um Gewicht einzusparen!«

»Aber wie könnte man einen Flügel an Bord schmuggeln?«

Selma schnippte mit den Fingern. »Ich weiß es! Ozzy Lucan!«

»Lucan?«

»Der Proviantmeister. Der kräftige Bursche mit dem roten Haar. Bei einem der Treffen sprach er darüber — wie man beim Verpacken Gewicht spart und die Spezialbehälter nutzt.«

»O ja«, sagte Margaret. »Was ist mit ihm?«

»Er ist mit der ältesten Tochter meiner Kusine Betty verheiratet. Üben wir doch mal ein bißchen familiären Druck aus. Ich kümmere mich darum.«

»Wird er nicht sofort zu Charlesworthy gehen?«

»Hah!« lachte Selma auf. »Da kennen Sie aber Bettys Zweig unserer Familie schlecht!«

Dr. Lindquist kam später mit zwei Assistenten vorbei. Nachdem sie eine Stunde mit David verbracht hatten, kamen sie in die Küche herunter, wo Margaret und Rita die letzten Rezepte auf Mikrofilm bannten. David folgte ihnen und blieb in der Tür stehen.

»Der Junge ist offenbar zäher, als ich dachte«, sagte Dr. Lindquist. »Es hat ihm doch wohl keiner falsche Hoffnungen gemacht? Ich hoffe, Sie täuschen ihm nichts vor, bloß damit er sich besser fühlt?«

David runzelte die Stirn.

Margaret sagte: »Dr. Charlesworthy hat sich geweigert, den Flügel mitzunehmen, als ich ihn darum bat. Aber er hat zwei Experten zur Firma Steinway geschickt, die später eine genaue Kopie anfertigen sollen.«

Lindquist wandte sich zu David um. »Und du bist damit einverstanden, David?«

David zögerte. Dann sagte er: »Ich sehe ein, daß es Probleme mit dem Gewicht gibt.«

»Nun, ich nehme an, daß du erwachsen wirst«, sagte Lindquist.

Nachdem die Psychiater gegangen waren, drehte Rita sich zu Margaret um und rief: »Mutter! Du hast sie belogen!«

»Nein, das hat sie nicht getan«, widersprach David. »Sie hat die Wahrheit gesagt.«

»Aber nicht die ganze«, sagte Margaret.

»Das ist doch dasselbe«, sagte Rita.

»Ach, hör doch auf!« versetzte Margaret unwirsch. Dann: »David, weißt du genau, daß du deine Braille-Bücher nicht mitnehmen willst?«

»Ja. Es sind sechzehn Pfund. Wir haben eine Braille-Schreibmaschine, und wenn Rita mir vorliest, kann ich sie neu schreiben.«

Um fünfzehn Uhr hatten sie die zögernde Einwilligung von Oswald Lucan, den Flügel an Bord zu schmuggeln, falls sie es schafften sein Gewicht aufs Gramm genau einzusparen. Als letztes hatte er gesagt: »Laßt bloß den Alten keinen Wind davon kriegen! Er kocht jetzt schon, weil wir so viele Ausrüstungsgegenstände zurücklassen müssen.«

Um neunzehn Uhr dreißig rechnete Margaret die ersten Gewichtsspenden zusammen: Einundsechzig Spender hatten insgesamt zweihundertsieben Pfund und sieben Unzen zusammengebracht. Pro Person zu wenig, dachte sie. Aber ich kann niemandem einen Vorwurf machen. Wir hängen alle an unseren Sachen. Es ist schwer, sich von all den kleinen Dingen zu trennen, die uns mit der Vergangenheit und der Erde verbinden. Aber es muß mehr werden. Sie dachte darüber nach, was sie selbst noch entbehren konnte und verfiel in Verzweiflung, als ihr klar wurde, wie wenige Pfunde Gepäck sie nur noch frei hatte.

Am dritten Tag um zehn Uhr vormittags hatten sie fünfhundertvierundfünfzig Pfund und acht Unzen von einhundertsechzig Kolonisten gesammelt. Es hatte auch zwanzig wütende Ablehnungen gegeben. Die Angst, einer der zwanzig könne das Komplott verraten, nagte allmählich an Margarets Nerven.

Auch Davids Stimmung verdüsterte sich wieder. Er saß auf dem Klavierschemel, Margaret hinter ihm in ihrem Lieblingssessel. Davids Hand glitt mutlos über die Tasten des Instruments, das Maurice Hatchell zu fröhlichem Leben erweckt hatte.

»Wir kriegen nicht mal vier Pfund pro Person, nicht wahr?« fragte David.

Margaret rieb sich die Wange. »Ja.«

Der Flügel erzeugte einen leisen Akkord. »Wir schaffen es nicht«, sagte David. Ein Melodiengeplätscher erfüllte den Raum. »Ich weiß gar nicht, ob wir das Recht haben, diese Leute überhaupt darum zu bitten. Sie geben schon so viel auf, und wir ...«

»Pssst, Davey!«

Er ignorierte seinen Babynamen und spielte eine leichte Passage von Debussy.

Margaret hielt die Hände vors Gesicht und weinte leise vor Erschöpfung und Frustration. Doch die Tränen, die Davids Finger auf dem Klavier erzeugten, gingen tiefer.

Dann stand er auf, ging langsam aus dem Zimmer und erklomm die Treppe. Sie hörte, wie er leise seine Zimmertür schloß. Daß er überhaupt nicht zornig war, schnitt wie ein Messer in ihre Seele.

Das Läuten des Bildschirms riß Margaret aus ihrer Träumerei. Sie nahm den Anruf im Korridor entgegen. Selma Atkins' Gesicht erschien auf dem Schirm. Ihre Augen waren geweitet.

»Ozzy hat mich gerade angerufen«, stieß sie hervor. »Jemand hat Charlesworthy heute morgen reinen Wein eingeschenkt.«

Margaret hielt die Hand vor den Mund.

»Weiß Ihr Mann von dem, was wir tun?« fragte Selma.

»Nein.« Margaret schüttelte den Kopf. »Ich wollte es ihm eigentlich sagen, doch dann hatte ich Angst vor seiner Reaktion. Er und Charlesworthy sind nämlich sehr gute Freunde.«

»Soll das heißen, er hätte Sie verraten?«

»O nein, aber er ...«

»Jedenfalls wissen jetzt alle Bescheid. Ozzy sagt, die Hölle wäre los. Er hat Walter angebrüllt und mit den Fäusten auf den Tisch gehauen ...«

»Charlesworthy?«

»Wer sonst? Ich wollte Sie nur warnen. Er ...«

»Was sollen wir jetzt tun?« fragte Margaret.

»Wir gehen in Deckung, Schätzchen. Wir ziehen uns zurück und formieren uns neu. Rufen Sie mich an, wenn Sie mit ihm gesprochen haben! Vielleicht können wir uns einen neuen Plan ausdenken.«

»Über die Hälfte der Kolonisten hat gespendet«, sagte Margaret. »Das bedeutet, daß mehr als die Hälfte auf unserer Seite sind, falls ...«

»Momentan ist die Kolonie eine Diktatur, keine Demokratie«, sagte Selma. »Aber ich werde darüber nachdenken. Auf Wiedersehen!«

David kam, als sie die Verbindung unterbrach.

»Ich habe zugehört«, sagte er. »Damit sind wir erledigt, oder?«

Bevor sie antworten konnte, läutete es erneut. Sie legte den Schalter um. Walters Gesicht erschien auf dem Bildschirm. Er sah sehr hager aus, und seine Falten waren noch ausgeprägter.

»Margaret«, sagte er, »ich bin im Büro von Dr. Charlesworthy.« Er holte tief Luft. »Warum bist du damit nicht zu mir gekommen? Ich hätte dir gleich sagen können, wie närrisch diese Sache ist!«

»Eben deswegen!«

»Einen Flügel aufs Schiff zu schmuggeln! Das ist das ...«

»Ich habe an Davey gedacht«, erwiderte sie schroffer, als sie es wollte.

»Herrgott, das weiß ich doch! Aber ...«

»Als die Ärzte sagten, er könne sterben, wenn er das Instrument nicht mehr hätte ...«

»Aber Margaret, das Ding wiegt tausend Pfund!«

»Tausendvierhundertundacht«, korrigierte sie ihn.

»Laß uns nicht streiten, Schatz«, sagte er. »Ich bewundere deinen Mut ... und ich liebe dich. Aber ich kann dir nicht erlauben, die Solidarität der Gruppe zu gefährden ...« Er schüttelte den Kopf. »Nicht mal für David.«

»Selbst wenn es deinen Sohn tötet?«

»Ich bin nicht darauf aus, meinen Sohn umzubringen. Ich

bin Ökologe, wie du weißt. Es ist meine Aufgabe, uns am Leben zu erhalten — als Gruppe und im Einzelfall! Und ich ...«

»Dad hat recht«, sagte David. Er stand jetzt neben Margaret.

»Ich wußte nicht, daß du da bist, mein Sohn«, sagte Walter.

»Ist schon gut, Vater.«

»Moment mal!« Charlesworthy tauchte an Walters Seite auf. »Ich möchte gern wissen, wieviel Gewicht man Ihnen gespendet hat«, sagte er.

»Warum?« fragte Margaret, »damit Sie ausrechnen können, welche wissenschaftlichen Spielzeuge wir statt dessen mitnehmen können?«

»Ich möchte nur wissen, wie nahe Sie dem Ziel Ihres kleinen Projekts gekommen sind.«

»Fünfhundertvierundfünfzig Pfund und acht Unzen«, sagte sie. »Das sind die Beiträge von hundertsechzig Personen!«

Charlesworthy schürzte die Lippen. »Das ist etwa ein Drittel dessen, was Sie brauchen. Bei diesem Durchschnittswert käme nicht genug zusammen. Hätten Sie irgendeine Erfolgsaussicht, würde ich meinen Segen geben, aber Sie sehen ja selbst, daß ...«

»Ich habe eine Idee«, sagte David.

Charlesworthy sah ihn an. »Du bist David?«

»Ja, Sir.«

»Wie sieht deine Idee aus?«

»Wieviel würden die Harfe und die Tastatur meines Flügels wiegen? Sie haben Leute in der Fabrik ...«

»Du meinst, du willst nur diese Teile des Flügels mitnehmen?«

»Ja. Es wäre zwar nicht dasselbe — aber es wäre besser. Es hätte Wurzeln auf beiden Welten: Ein Teil wäre von der Erde und eins vom Planeten C.«

»Ich will verdammt sein, wenn mir diese Idee nicht gefällt«, sagte Charlesworthy. Er wandte sich um. »Walter, ruf Phil Jackson bei Steinway an! Frag ihn, wieviel diese Teile wiegen.«

Walter verschwand, die anderen warteten. Dann kehrte er zurück und sagte: »Etwa fünfhundertzweiundsechzig Pfund. Hector Torres habe ich auch gesprochen. Er sagt, er ist sicher, daß er den Rest des Klaviers genau nachbauen kann.«

Charlesworthy lächelte. »Dann hätten wir's ja! Ich kann nicht recht bei Trost sein ... Wir brauchen doch noch so viele andere Dinge. Aber vielleicht brauchen wir dieses auch — für die Moral.«

»Mit der richtigen Moral können wir alles herstellen, was wir brauchen«, sagte Walter.

Margaret fand ihren Notizblock und fing an zu rechnen. Dann blickte sie auf. »Ich lege gleich los und treibe die paar fehlenden Pfunde auf, die ...«

»Wie viele fehlen noch?« fragte Charlesworthy.

Margaret warf einen Blick auf den Block. »Sieben Pfund und acht Unzen.«

Charlesworthy holte tief Luft. »Solange ich meine geistige Gesundheit noch nicht zurückerlangt habe, möchte ich noch etwas tun: Mrs. Charlesworthy und ich werden sieben Pfund und acht Unzen für die kulturelle Zukunft unserer neuen Heimat beitragen.«

*Originaltitel: »Passage for Piano«*

*(erstmals erschienen in »Galaxy«)*
*Aus dem Amerikanischen übersetzt*
*von Ronald M. Hahn*

# DER TOD EINER STADT

Es ist eine schöne Stadt, dachte Bjska. Dem Blick keines Beobachters konnte ihre überwältigende Schönheit entgehen. Als Stadtarzt, den man gerufen hatte, um sie zu behandeln, fand Bjska ihre Schönheit herzzerreißend. Immer wieder mußte er feststellen, daß seine Gedanken zu den Individuen zurückkehrten, die diesen Ort Heimat nannten — zweihunderteinundvierzigtausend Menschen, die sich nun der Aussicht gegenübersahen, ein heimatloses Leben zu führen.

Bjska schaute von der bewaldeten, den Innenhafen schützenden Halbinsel über die offene Wasserfläche auf die Stadt. Das schwache Licht des Spätnachmittags warf einen rötlichen Schein über die Szenerie. Seine Augen suchten nach Makeln, doch aus dieser Entfernung konnte man nicht einmal die geschmackvoll angelegten Rasenflächen sehen.

Warum hat man mich erwählt? fragte er sich. Und dann: Hätten die verdammten Narren doch nur eine häßliche Stadt gebaut!

Sofort wies er den Gedanken wieder von sich. Es ergab nicht viel mehr Sinn, als die Frage, warum Mieri, die in der Nähe des Ornithopters stehende Internistin, eine dermaßen feminine Schönheit verkörperte. Solche Dinge kamen eben vor. Es war die Aufgabe eines Stadtarztes, unabwendbare Fakten zu erkennen und in den richtigen Zusammenhang zu bringen.

Bjska fuhr fort, die Stadt zu studieren. Er suchte begierig nach der objektiven/subjektiven Synthese, die sein Hiersein verlangte. Die Erbauer der Stadt hatten ihre Ideen mit solch tiefgreifendem emotionalen Sinn für Harmonie auf die vor den Bergen liegenden Hügel verpflanzt, daß keine optische Täuschung ihre Schöpfung ablehnen konnte. Vor einem Hintergrund aus schneebedeckten Bergen und Wäldern hatten die Erbauer mit Recht gesagt: »Die Vertikale bedroht den Menschen; sie setzt ihn einer Gefahr aus. Der Mensch kann sich in einer vertikalen Umgebung nicht entspannen und menschliche Ausgeglichenheit erlangen.«

Also hatten sie eine Stadt gebaut, deren Geradheit sie vielleicht der Verdammnis anheimfallen ließ. Hatten sie eventuell gar vermutet, was sie da geschaffen hatten? Bjska hielt es für unwahrscheinlich.

Wie können die Erbauer es übersehen haben? fragte er sich.

Schon als die Frage in seinem Geist auftauchte, unterdrückte er sie. Es diente keinem seiner Ziele, wenn er die Umstände beweinte, die besagten, daß er eine Entscheidung fällen mußte. Der Stadtarzt war im Namen der Spezies hier, er war ein Vertreter des menschlichen Ganzen. Er mußte für sie handeln.

Die Stadt täuschte das Abbild einer ehrfurchtgebietenden Beständigkeit vor, die es, wie Bjska sehr wohl wußte, nicht gab. Man konnte sie sogar ziemlich leicht zerstören. Er brauchte nur einen Befehl zu geben und seine Entscheidung offiziell besiegeln. Die Menschen würden zwar gegen ihr Schicksal wüten, doch gehorchen. Man würde Familien auseinanderreißen und sie verstreuen. Der Name dieses Ortes würde aus allen Unterlagen gelöscht werden — außer denen des Stadtarztes. Man würde die natürliche Landschaft wiederherstellen, ohne daß ein sichtbares Zeichen zurückblieb, daß hier einst eine Stadt gestanden hatte. Irgendwann würden sich nur noch die Städtebauer an diesen Ort erinnern — und zwar als Warnung.

Mieri räusperte sich hinter ihm. Bjska wurde klar, daß sie gleich etwas sagen würde. Sie war geduldig gewesen, aber jetzt war sie außerhalb der Grenzen der Geduld. Er widerstand dem Impuls, sich umzudrehen und seinen Blick von der Schönheit der Stadt auf die ihre übergehen zu lassen. Das war das Problem. Es ergab so wenig Veränderung, wenn man eine Schönheit gegen die andere austauschte.

Während Mieri nervös herumzappelte, trödelte er weiter. Gab es keine Alternative? Mieri hatte zwar ihr Plädoyer nicht gesprochen, doch Bjska hatte es in jedem ihrer Worte gehört. Dies war Mieris Stadt. Sie war hier geboren — hier war Schönheit in Schönheit geboren worden. Wo befand sich der medizinische Eingangshafen dieser Stadt?

Bjska gestattete seinem Frust, sich in einem tiefen Seufzer Luft zu machen.

Die Stadt spielte ihre horizontalen Linien mit einer Architektur über die Hügel, die sich nach außen öffnete, expandierte, und keinen Menschen innerhalb ihrer Grenzen zu einer eingezwängten Existenz verdammte. Die Wahl dessen, wo jedes Element stehen sollte, war mit dem meisterhaften Verstand der menschlichen Psyche getroffen worden. Wo Dinge wachsen sollten, die ohne menschliche Einmischung wuchsen, wuchsen sie. Wo Gebäude existierende Formen verstärkten, verstärkten sie sie ... genauestens! Man hatte jede Erwartung der menschlichen Sinne getroffen. Und es lag an diesem ausdrücklichen Eingehen auf die menschlichen Bedürfnisse, daß es nun zu wuchernden Mängeln gekommen war.

Bjska schüttelte traurig den Kopf. Wenn Konformismus die Definition künstlerischen Überlebens wäre ...

Wie er erwartet hatte, kam Mieri näher und sagte: »Manchmal, wenn ich sie von hier aus betrachte, glaube ich, daß meine Stadt zu schön ist. Die Worte ersterben mir auf den Lippen. Ich sehne mich nach Worten, um sie zu beschreiben, doch es gibt sie nicht.« Ihre Stimme klang in der stillen Abendluft musikalisch weich.

Bjska dachte: *Meine Stadt!* — Sie hatte es gesagt, ohne es zu bemerken. Ein Stadtarzt konnte keine Stadt haben.

Er sagte: »Viele haben es versucht und dabei versagt. Selbst Fotografen können die Wirklichkeit nicht einfangen. Ein überragender Holomaler könnte sie vielleicht einfangen, aber nur für einen vergänglichen Moment.«

»Ich wünschte, jeder Mensch im Universum könnte meine Stadt sehen«, sagte Mieri.

»Ich teile diesen Wunsch nicht«, sagte Bjska. Und er fragte sich, ob diese offene Stellungnahme ausreichte, um sie in das benötigte Bewußtseinsstadium hineinzutreiben. Sie wollte eine Stadtärztin sein? Sollte sie sich doch ebenso in die innere wie in die äußere Welt erstrecken.

Er spürte, daß sie seine Worte abwägte. Die Schönheit konnte im menschlichen Leben eine dermaßen belebende Rolle spielen, daß der Intellekt dazu neigte, seine entkräftenden Aspekte zu übersehen. Wenn man die Schönheit nicht ignorieren konnte, war das nicht indiskret? Die Schuld lag in der Angeberei. Es war etwas herausfordernd Unbescheidenes daran, wie diese Stadt die Hügel vergoldete und den hinter ihr liegenden Bergspitzen neue Dimensionen hinzufügte. Man sah die Stadt — und sah sie nicht.

Mieri hat es gewußt! sagte Bjska sich. Sie wußte es ebenso, wie sie wußte, daß er sie liebte. Warum nicht? Die meisten Männer, die sie kennenlernten, liebten und begehrten sie. Warum also hatte sie keine Liebhaber? Und warum gab es in ihrer Stadt keinen Zuzug? Hatte sie sich je diese beiden Fragen gestellt und sie zueinander in Beziehung gebracht? Das war die Art, auf die ein Stadtarzt vorgehen mußte. Die Spezies kannte die Quelle ihrer schöpferischen Energie. Das Zweite Gesetz machte die Quelle schmucklos.

Er sagte: »Mieri, warum verfügen Stadtärzte über eine so schreckliche Macht? Ich kann dafür sorgen, daß die Erinnerungen eines ganzen Volkes ausradiert werden. Ich kann sie selektiv auslöschen oder das Individuum dieser Behandlung unterziehen. Ich kann sogar den Tod hervorrufen. Du bist im Begriff, diese Kräfte zu erwerben. Warum haben wir sie?«

Sie sagte: »Um sicherzustellen, daß die Spezies der Unendlichkeit ins Auge sieht.«

Er schüttelte traurig den Kopf. Ein Gemeinplatz! Sie kam ihm mit einem Gemeinplatz, wo er nach einer persönlichen Erkenntnis verlangt hatte!

Das Bewußtsein, das aus Bjska einen Stadtarzt gemacht hatte, erfüllte ihn. Wissen aus seiner ältesten Vergangenheit sagte ihm, daß die Erbauer der Stadt zu erfolgreich gewesen waren. Man konnte es Glück oder Schicksal nennen. Es war vergleichbar mit dem genetischen Moment, der Mieris unwiderstehliche Schönheit hervorgerufen hatte — das rotgoldene Haar, die grünen Augen, die weiblichen Formen, die mit einer solchen Exaktheit bemessen waren, daß ein Mann vielleicht seine Sinne schwelgen ließ, doch nie seinen Körper investierte. Es gab einen kreativen Höhepunkt, der das Fleisch alarmierte. Bjska war sicher in seiner persönlichen, unerschütterlich rundgesichtigen Häßlichkeit, und er wußte es. Mieri mußte zu dieser inneren Wärme, die mit der chemischen Beharrlichkeit latenter Falten und des Alters sprach, finden.

Was würde Mieri tun, wenn ihre Stadt vorzeitig starb?

Wenn sie je Stadtärztin werden wollte, mußte sie die Lektion des Fleisches und des Geistes verstehen lernen.

Er sagte: »Kannst du dir vorstellen, daß es in der Welt irgendwo eine schönere Stadt gibt?«

Sie glaubte seine Stimme scherzen zu hören und fragte sich: Will er mich provozieren? Es war ein schockierender Gedanke, Stadtärzte rissen vielleicht einmal einen Witz, um ihre geistige Gesundheit im Gleichgewicht zu halten, aber zu einer Zeit wie dieser ... wo soviel auf dem Spiel stand ...

»Irgendwo muß es eine schönere Stadt geben«, sagte sie.

»Wo?«

Sie tat einen tiefen Atemzug, um ihre tiefgreifende Beunruhigung zu überspielen. »Willst du meine Stadt verhöhnen?« fragte sie. »Wie kannst du das tun? Es ist eine kranke Stadt, und du weißt es!« Sie spürte, wie ihre Lippen zitterten und ihre Augenwinkel feucht wurden. Sie empfand Angst und Scham. Sie liebte ihre Stadt, doch sie war krank. Die Ausbrüche von Vandalismus, der Mangel an Kreativität in ihr, der Auszug der besten Leute, die blinde Gewalt der Randelemente der Bürgerschaft, die in andere Umgebungen gezogen waren. Alles hatte man bis hierher zurückverfolgt. Die Krankheit hatte ihren Brennpunkt in ihrer Stadt. Und deswegen war der Stadtarzt gekommen. Sie hatte hart dafür gearbeitet, daß der Arzt Bjska hieß, ihr alter Lehrer, und dabei war mehr als die Ehre im Spiel gewesen, mit ihm zu arbeiten. Sie hatte ein persönliches Bedürfnis verspürt.

»Tut mir leid«, sagte Bjska. »Dies ist die Stadt, in der du geboren bist, und ich verstehe deine Besorgnis. Jetzt bin ich der Lehrer. Ich möchte meine geistigen Prozesse mit dir teilen. Was ist es, das wir bei der Diagnose am sorgfältigsten tun müssen?

Sie schaute über das Wasser auf die Stadt, spürte die Kühle der anbrechenden Nacht, sah die Lichter angehen, die Weichheit der niedrigen Gebäude und leuchtendes Grün, die Pastellfarben und die Harmonie. Ihre Sinne jedoch verlangten mehr als dies. Man diagnostizierte eine Stadt nicht einfach nach ihrem Erscheinungsbild. Warum hatte Bjska sie hierher gebracht? Der Zustand der Stadtbewohner stellte ein Hauptproblem dar. Vergängliche Individuen, stets Pächter auf dem Land, waren die einzelnen Wanderzellen. Nur die Spezies besaß Land, besaß Städte. Ein Stadtarzt wurde von der Spezies engagiert. Als Resultat diagnostizierte er die Spezies. Die Spezies informierte ihn über die Eigenheiten der Umgebung. Es war ein gewaltiger Schritt in Richtung auf die Unendlichkeit zu gewesen, als die Spezies erkannt hatte, daß die Umwelt möglicherweise zu ihrer Krankheit beitrug.

»Diagnostizierst du mich oder die Stadt?« fragte sie.

»Ich diagnostiziere meine privaten Reaktionen«, sagte er. »Ich stelle fest, daß ich deine Stadt mit einem fanatischen Beschützerinstinkt liebe, der mich zu gleicher Zeit abstößt und darauf besteht, daß ich ihr Narben zufüge. Nachdem ich diese Stadt gesehen habe, werde ich versuchen, Teile von ihr in jeder anderen Stadt wiederzufinden, aber ich werde nicht erfahren, was ich suche, weil ich diese Stadt noch nicht richtig erfahren habe. Jede andere Stadt wird sich etwas wünschen, doch ich werde nicht erfahren, was sie sich wünscht.«

Mieri fühlte sich plötzlich bedroht und fragte sich: Was will er damit sagen? In Bjskas Worten lag eine Drohung. Es war, als hätte er sich plötzlich in einen alten Lüstling verwandelt, der obszöne Dinge von ihr verlangte und sie beleidigte. Er war gefährlich! Ihre Stadt war zu gut für ihn! Er war ein vierschrötiger kleiner Mann, der ihre Stadt jedesmal beleidigte, wenn er sie betrat.

Im gleichen Moment, in dem diese Reaktionen durch ihren Geist pulsierten, spürte sie, wie ihre Ausbildung den dominanten Platz einnahm. Man hatte sie dazu erzogen, Stadtärztin zu werden. Die Spezies verließ sich auf sie. Menschen hatten ihr eine Matrix gegeben, mit der sie sie auf der Spur durch die Unendlichkeit halten sollte.

»Dies ist die schönste Stadt, die der Mensch je erdacht hat«, flüsterte sie, und sie spürte den Verrat in jedem Wort, das über ihre Lippen kam. Ob es noch schönere Orte in ihrer Welt gab? Und ob!

»Wenn es nur das wäre«, sagte Bjska. »Wenn es nur die Vorstellung der Schönheit als solcher wäre.«

Sie nickte, ihr Bewußtsein breitete sich aus. Das Zweite Gesetz schrieb Menschen vor, daß Absoluta tödlich waren. Sie stellten kein Potential bereit, keine Spannungsunterschiede, die die Spezies als Energiequellen verwenden konnte. Veränderung und Wachstum stellten für die lebenden Dinge Notwendigkeiten dar. Eine Spezies lebte. Menschen verhinderten Kriege, aber nicht absolut. Menschen definierten Verbrechen und Bestrafung, doch bloß im fließenden Kontext des Wechsels.

»Ich liebe diese Stadt«, sagte sie.

Jetzt nicht mehr ›meine‹, dachte Bjska. Gut. Er sagte: »Es ist in Ordnung, den Ort zu lieben, an dem man geboren wurde. Menschen sind so. Ich liebe einen kleinen Ort an einen schlammigen Fluß; er heißt Aaldorf. Manchmal, wenn die Filter nicht richtig funktionieren, riecht er nach Papierbrei und Halbverdautem. Der Fluß ist verschlammt, weil wir wegen der Bäume seine Wasserscheide roden. Das Einsammeln des Schlicks und das Zurückbringen auf die Hügelterrassen ist harte Arbeit und kostet eine Menge menschliche Energie, doch so etwas versorgt menschliche Wesen mit Orten, an denen sie sich in die Ordnung einfügen, die wir mit dem Rest der Welt teilen. Wir haben Eintrittspunkte. Wir haben Dinge, die wir verändern können. Irgendeines Tages werden wir sogar die Methoden ändern, mit denen wir die Schlick-Energie austauschen. Es gibt eine grundlegende Beziehung zwischen Änderung und Austausch, den wir zu schätzen und zu benutzen gelernt haben.«

Mieri war den Tränen nahe. Sie hatte fünfzehn Jahre mit nichts anderem verbracht, als ihren Beruf zu erlernen — und zu welchem Nutzen? Sie sagte: »Andere Städte sind von Schlimmerem geheilt worden.«

Bjska blickte nachdenklich auf die sich verdunkelnde Stadt. Die Sonne war hinter den Horizont gesunken, während er sich mit Mieri unterhalten hatte. Jetzt malte ihr Licht orangefarbene Streifen auf die Wolken im Westen. Es würde Morgen gutes Wetter geben, vorausgesetzt, der alte Seefahrerspruch stimmte. Die Stadt war zu einem Irrgarten aus Lichtern in einer Schale aus Finsternis geworden, und die schneebedeckten Gipfel im Hintergrund reflektierten den Sonnenuntergang. Selbst in diesem wechselhaften Augenblick blendete der Ort mit seiner Umgebung auf eine solche Weise, daß der Mensch jeder Störung widerstand, selbst mit seinen eigenen Worten. Die Stille erstickte ihn — die gefährliche Stille.

Mieri spürte, wie in ihrem Innern eine Spannung zerbrach; ein Produkt ihrer Erziehung, keins der Stadt. Die Stadt war ihr Fleisch gewesen, doch jetzt war sie es nicht mehr.

»Menschen sind stets rastlose Tiere gewesen«, sagte Bjska. »Aber auch das ist eine gute Sache. Wir wissen beide, was dort drüben nicht stimmt. Es gibt so etwas wie zuviel Bequemlichkeit, zuviel Schönheit. Das Leben erfordert einen fortwährenden Kampf. Das ist vielleicht das einzige Grundgesetz des lebendigen Universums.«

Erneut spürte sie die persönliche Bedrohung aus seinen Worten. Bjska war ein dunkler Schatten vor den Lichtern der Stadt geworden. *Zuviel Schönheit!* Das sprach von dem Kontext, in dem die Schönheit existierte, aus dem die Schönheit sich hervorhob. Es war nicht die Schönheit selbst, sondern der Mangel an Spannungen in ihrem Kontext. Sie sagte: »Mach mir keine falschen Hoffnungen.«

»Ich mache dir überhaupt keine Hoffnungen«, sagte er. »Das ist nicht die Funktion eines Stadtarztes. Wir sorgen nur dafür, daß die generativen Spannungen weitergehen. Wenn es Mauern gibt, reißen wir sie nieder. Doch Mauern kommen vor. Wenn wir den Versuch unternehmen, sie zu verhindern, kann das zu Absoluta führen. Wie lange braucht ein Außenstehender, deine Stadt lieben oder hassen zu lernen?«

Sie versuchte mit plötzlich trockener Kehle zu schlucken.

»Wie lange?« beharrte er.

Sie zwang sich zu einer Antwort. »Als ich den Haß erstmals sah, habe ich nach den Gründen gefragt, doch die Leute haben sie mir verwehrt.«

»Natürlich haben sie das getan!«

»Manchmal habe ich meinen eigenen Augen nicht getraut«, sagte sie. »Dann fiel mir auf, daß die Talentiertesten von uns wegzogen. Und stets hatten sie gute Gründe. Es war jedoch so auffällig, daß unser Ratsvorsitzender sagte, es sei ein Grund für eine Feier, als ich für mein Praktikum hierher zurückkehrte. Ich hatte nicht den Mut, ihm zu sagen, es sei nicht mein Wunsch gewesen — daß du mich geschickt hattest.«

»Wie haben sie reagiert, als du ihnen sagtest, ich würde kommen?«

Sie räusperte sich. »Du weißt wohl, daß ich einige Vorschläge gemacht hatte, die Regulierungen innerhalb der Stadt, Veränderungen in Fließmustern und so weiter betrafen.«

»Die man nicht ernstnahm«, warf er ein.

»Nein. Sie wundern sich über meine Unzufriedenheit.« Sie blickte zu den Lichtern hinüber. Es war jetzt ganz dunkel. Nachtvögel jagten über ihren Köpfen Insekten. »Der Haß geht jetzt schon seit vielen Jahren um. Ich weiß, daß du mich deswegen hierhergeschickt hast.«

»Wir brauchen alle Stadtärzte, die wir hervorbringen können«, sagte er. »Wir brauchen dich.«

Sie registrierte das »wir« in seiner Aussage mit zunehmendem Entsetzen. Da sprach die Spezies durch den Stadtarzt, in dessen Macht man hineingepfuscht hatte. Das Individuum konnte von diesem »wir« verwandelt oder zerbrochen werden.

»Die Ratsmitglieder wollten lediglich beruhigt werden«, protestierte sie, doch eine innere Stimme bat: Beruhige mich, beruhige mich! Sie wußte, daß Bjska die andere Stimme hörte.

»Wie naiv von ihnen«, sagte er, »von jemandem zu verlangen, er solle ihnen die Wahrheit als Unwahrheit verkaufen; daß man dem nicht glaubt, was die Sinne einem berichten.« Er sog tief die Luft ein. »Die Wahrheit ändert sich so rasch, daß es gefährlich ist, nur in eine Richtung zu schauen. Dies ist ein unendliches Universum.«

Mieri hörte, wie ihre Zähne klapperten, und sie versuchte, das Geräusch zu unterdrücken. Jetzt trieb die Angst sie, nicht die Kälte der plötzlich angebrochenen Nacht. Sie spürte, wie sie am ganzen Leibe zitterte. Etwas, das Bjska einst gesagt hatte, fiel ihr jetzt ein: Es erfordert schon eine gewisse Art von hemmungslosem Mut, Stadtarzt bloß werden zu wollen.

Habe ich diesen Mut? fragte sie sich. Menschheit, hilf mir! Werde ich jetzt versagen?

Bjska wandte den Kopf, um sie in der Dunkelheit anzusehen. Er entdeckte schwachen Brandgeruch. Irgend jemand aus der Stadt hatte am Strand ein verbotenes Feuer angezündet. Die Spannung des Protests ritt auf diesem Geruch, und er fragte sich, ob sie jene Art Hoffnung trug, die man in Leben umsetzen konnte. Mieri war jetzt in der Dunkelheit nicht mehr auszumachen. Die Nacht verhüllte ihre perfekte Schönheit und die Kleider, die wie eine Rüstung mit ihrem Fleisch harmonierten. Konnte sie, statt *warum*, etwa *wie* fragen? Würde sie die erforderliche Transition machen?

Er wartete, angespannt lauschend.

»Manche von ihnen werden immer hassen«, flüsterte sie.

Sie weiß es, dachte er und sagte: »Die Krankheit der Stadt reicht weit über ihre Grenzen hinaus.«

Mieri ballte bebend die Fäuste. »Der Arm kann nicht krank sein, ohne daß auch der Körper betroffen ist«, hatte Bjska einst gesagt. Und: »Ein einziger ungeliebter Mensch kann das Universum in Brand stecken.«

»Das Leben ist dazu da, Verzweigungen zu entwerfen«, sagte sie leise, mehr zu sich selbst. »Und alle Verzweigungen führen zu Widersprüchen. Eine Logik, die zu einem endlichen System paßt, paßt jedoch nicht unbedingt zu einem unendlichen.

Die Worte aus dem Credo der Stadtärzte ließ sie wieder an Gelassenheit gewinnen. Sie sagte: »Es wird mehr als ein paar Veränderungen erfordern.«

»Es ist wie ein Gegenfeuer, mit dem unsere Ahnen einen Steppenbrand bekämpften«, sagte er. »Man gibt ihnen einen schlimmen Fall von Unzufriedenheit. Keinen wie auch immer gearteten Trost, es sei denn, man liebt den Menschen in jedem einzelnen. Manche Widersprüche führen tatsächlich zur Häßlichkeit.«

Er hörte, wie sie sich in der Dunkelheit bewegte. Stoff zerriß. Und wieder. Er fragte sich: Welche von den unendlichen

Alternativen hat sie gewählt? Würde sie die spröde Rüstung ihrer Schönheit narben?

»Ich werde damit anfangen, die zufriedenere Hälfte der Stadtbevölkerung wiederzufinden«, sagte sie.

›Ich werde ...‹, dachte er. Auf diese Weise begann ein Stadtarzt jedesmal mit seiner Schöpfung.

»Es liegt kein Gewinn darin, ihre Erinnerungen zurechtzurücken«, sagte sie. »Sie sind wertvoller, so wie sie sind. Ihr gegenwärtiger Inhalt wird ein Maß ihrer zukünftigen Energien sein.«

Erneut hörte er das Geräusch zerreißender Kleider. Was tat sie da?

Sie sagte: »Natürlich werde ich während dieser Periode zu dir ziehen und wenigstens den Eindruck erwecken, als wäre ich deine Geliebte. Es wird ihnen nicht gefallen.«

Er spürte die Energie, die sie bereits gesammelt hatte, um persönliche Barrieren zu überwinden, und er zwang sich dazu, schweigend abzuwarten. Sie mußte diesen Sieg allein erringen, ihren eigenen Entschluß fassen.

»Wenn du mich liebst, wird es mehr als nur eine Vortäuschung sein«, sagte sie. »Wir haben keine Garantie, daß wir nur Schönheit erzeugen, aber wenn wir mit Liebe zeugen und unsere Schöpfung neues Leben hervorbringt, dann können wir lieben — und wir werden weiterleben.«

Er spürte die Wärme ihres Atems auf seinem Gesicht. Sie war nähergekommen, ohne daß er es gehört hatte! Er zwang sich dazu, sich nicht zu rühren.

»Wenn die Stadtmenschen hassen müssen, und einige von ihnen werden es immer wollen«, sagte sie, »dann ist es besser, wenn sie uns hassen, statt andere.«

Er spürte, wie sich ein nackter Arm um seinen Hals schlang; ihre Lippen fanden seine Wange. »Ich werde unsere Stadt retten«, sagte sie. »Und ich glaube nicht, daß du mich dafür hassen wirst.«

Bjska entspannte sich und umschlang ihren nackten Leib mit den Armen. Er sagte: »Wir fangen mit bedingungsloser Liebe füreinander an. Das ist ein sehr gutes Rezept, meine liebe Frau Doktor, solange es noch genügend Energie gibt, um die nächste Generation zu versorgen. Verdammt sei die Schönheit! Leben braucht Zugang!«


*Übersetzt von Ronald M. Hahn*

# FRÖSCHE UND FORSCHER

Eines Morgens, als zwei Frösche gerade die Elritzen in einer Hydroponikwanne zählten, kam ein junges Mädchen zum Wasser hinunter, um zu baden.

»Was ist das?« fragte der eine Frosch (er hieß Lavu) den anderen.

»Das ist ein weiblicher Mensch«, sagte Lapat, denn das war der Name des anderen Frosches.

»Was tut sie da?« fragte Lavu.

»Sie legt ihre Kleider ab«, sagte Lapat.

»Was sind Kleider?« fragte Lavu.

»Extrahäute, die die Menschen tragen, um sich vor den Blikken Fremder zu schützen«, sagte Lapat.

»Und warum legt sie ihre Extrahaut ab?« fragte Lavu.

»Sie möchte in ihrer Primärhaut baden«, sagte Lapat. »Schau mal, wie sie ihre Kleider neben der Wanne aufschichtet, und wie geziert sie ins Wasser steigt.«

»Sie ist komisch geformt«, sagte Lavu.

»Nicht für einen weiblichen Menschen«, sagte Lapat. »Die sehen alle so aus.«

»Was sind das für zwei Beulen da vorn?« fragte Lavu.

»Über diese Frage habe ich oft nachgedacht«, sagte Lapat. »Wie wir beide wissen, folgt die Funktion der Form, und umgekehrt. Ich habe männliche Menschen gesehen, die ihre Weibchen fest an sich preßten. Und ich habe die Beobachtung gemacht, daß die beiden Beulen dabei eine Art Schutzkissen sind.«

»Ist dir auch aufgefallen«, fragte Lavu, »daß da ein junger männlicher Mensch ist, der das Weibchen von der Kontrollstation aus heimlich beobachtet?«

»Das ist eine übliche Erscheinung«, sagte Lapat. »Das habe ich schon oft gesehen.«

»Aber kannst du sie erklären?« fragte Lavu.

»O ja. Das Weibchen sucht einen Gefährten; das ist der wirkliche Grund, aus dem es hierher kommt und seine Primärhaut zur Schau stellt. Das Männchen ist ein potentieller Gefährte, der das Weibchen von seinem Versteck aus beobachtet, weil es loskreischen müßte, würde er sich ihr zeigen, und das würde die Paarung verhindern.«

»Woher weißt du eigentlich so viele Dinge über die Menschen?« fragte Lavu.

»Weil ich mein Leben nach dem verehrungswürdigsten aller Menschen ausrichte: dem Forscher.«

»Was ist ein Forscher?« fragte Lavu.

»Ein Forscher ist jemand, der etwas beobachtet, ohne sich einzumischen. Allein durch Beobachtung werden dem Forscher alle Dinge klar. — Aber komm, jetzt laß uns Elritzen zählen!«

*Originaltitel: »Frogs and Scientists«*

*Übersetzt von Ronald M. Hahn*

## ÜBER DEN AUTOR

Der Journalist, Ökologe, Naturschützer und Bestseller-Autor Frank Herbert hat die Phantasie einer ganzen Generation gebannt. Romane wie DAS DOSADI-EXPERIMENT und DIE WEISSE POST haben den Einfluß der Wissenschaft auf die Gesellschaft ausgelotet. DAS GRÜNE GEHIRN und ATOM-U-BOOT S 1881 waren eine Einführung in Herberts Hauptthematik: wie die menschliche Gesellschaft auf Veränderungen oder Umweltbedrohungen reagiert. In seinem Roman DER WÜSTENPLANET, der mit dem Hugo Gernsbach Award und mit dem Nebula Award ausgezeichnet wurde, verbreiterte Herbert seine Themenpalette und schuf eine derart komplexe Landschaft, daß nicht einmal sechs Bände ausreichten, um ihre Fülle erschöpfend zu behandeln. Der WÜSTENPLANET-Zyklus faszinierte mehr Leser als jedes andere phantastische Werk der Gegenwart, und dies gilt auch für den letzten Band der Serie, DIE ORDENSBURG DES WÜSTENPLANETEN!

Zu Frank Herberts weiteren Werken gehören REVOLTE GEGEN DIE UNSTERBLICHEN, DIE LEUTE VON SANTAROGA, DER LETZTE CALEBAN, HELLSTRØMS BRUT, THRESHOLD, der vierbändige SCHIFF-Zyklus (der in Zusammenarbeit mit Bill Ransom entstand) und vier Kurzgeschichtensammlungen. Der fünfte WÜSTENPLANET-Roman, DIE KETZER DES WÜSTENPLANETEN, wurde 1984 veröffentlicht. WITHOUT ME, YOU'RE NOTHING, in Zusammenarbeit mit Max Barnard entstanden, drückt Herberts Gedanken über die potentiellen Gefahren aus, die aus der Benutzung von Computern durch die Regierungen erwächst.

Frank Herbert starb am 11. Februar 1986 an den unerwarteten Folgen einer vorsorglichen Krebsoperation.

## ÜBER DEN ILLUSTRATOR

Jim Burns über sich selbst

Ich soll meine eigene Biografie schreiben! Fortwährend bittet mich jemand, die unvorstellbar langweiligen Einzelheiten meines bisherigen Lebens zu Papier zu bringen! Ich kam am 10. April 1948 ganz unspektakulär im südwalisischen Cardiff zur Welt. Meinem undramatischen Eintritt ins Leben folgten diverse ebenso undramatische Jahre, bis ich 1966, im Alter von achtzehn, die Basseleg Grammar School verließ und als Pilotenanwärter zur Royal Air Force ging. Während der nächsten achtzehn Monate brachte ich es fertig, kolbenbetriebene De-Havilland Chipmunks und Düsenjäger allein zu fliegen, doch trotz all meiner Versuche, den Fluglehrern weiszumachen, ich sei die Reinkarnation Von Richthofens, konnte ich am Ende nicht mehr verheimlichen, welch lausiger Flieger ich war. Als ich vor die Wahl gestellt wurde, zum Bodenpersonal oder zum Teufel zu gehen, ging ich zum Teufel. Gott, hab ich mich elend gefühlt! Und dabei habe ich schon als kleines Bübchen nichts anderes gewollt, als in einem Flieg-Flieg über den Himmel zu düsen. Da hatte mir jemand das Spielzeug gegeben und dann wieder weggenommen — und zwar mit der hundertprozentigen Versicherung, daß ich es nie, nie zurückkriegen würde!

Doch ich glaube, ich habe nie eine weisere Entscheidung getroffen. Die Vorstellung, die ich im Hinterkopf hatte, als ich aus der RAF ausschied, war die, daß ich auf eine Kunstschule gehen und der zweiten großen Liebe meines Lebens folgen würde — dem Malen von Bildern. Schon in der Schule haben alle gesagt, ich hätte dies und nichts anderes tun sollen. Sie haben recht behalten.

Da ich noch den besten Teil des Jahres totschlagen mußte, bevor ich in die Richtung ging, um die ich mich auf der Grundlage diverser aus einem staubigen Ordner geretteter Krakeleien aus dem Zeichenunterricht und ein, zwei neueren Versuchen erfolgreich beworben hatte, machte ich ein paar Mäuse in einer amerikanischen Kaserne in Caerwont, Süd-Wales. Das war 1968. Der anspruchsvolle Job, den man mir anbot, war der eines »Inventory Clerk«: Ich mußte sämtliche Munitionskaliber finden und zählen, die sich in der Kaserne befanden. Nach ungefähr 30 000 Runden werden sogar 155-mm Howitzer-Granaten langweilig!

Dann, im September 1968 immatrikulierte ich mich für ein Jahr beim Newport College of Art in Süd-Wales und brachte den Einführungskurs hinter mich. Da ich ganz wild darauf war, das Land meiner Väter zugunsten großstädtischen Miefs zu verlassen, wechselte ich erfolgreich zur St. Martins School of Art nach London über und belegte dort ab 1969 einen dreijährigen Kurs im Fachbereich Grafik-Design.

Ich will nicht zu hart mit diesem Laden ins Gericht gehen, da ich eine herrliche Zeit dort verbracht und auch meine spätere Frau Sue kennenlernte. Sie war eine »ernsthafte« Malerin — arbeitete mit Leinwand, malte mit Ölfarben und all diesem mystischen Kram —, während ich ein ausgeflippter Möchtegern-Illustrator war, der mit den gleichen Buntstiften arbeitete, mit denen heute meine Kinder arbeiten.

Etwa im Mai oder Juni 1972 besuchte John Spencer von der Agentur Young Artists das College und sah sich die verschiedenen »Diplom Show«-Ausstellungen an. Ich wollte tot umfallen, wenn er mir nicht eine Chance geben würde, irgend etwas für ihn zu tun! Am College kriegte ich damals die miesesten Scheine, doch ich war einer von den Glückspilzen. Ich nahm John Spencers Angebot an, und ich glaube, ich habe in meinem ersten Monat mehr über die geschäftliche Seite des Illustrierens gelernt als in den vorhergehenden drei Jahren. Seitdem arbeite ich ständig mit der gleichen Agentur zusammen. Seit 1980 arbeite ich immer mehr für Kunden in den USA. Da ich ein ziemlich langsamer Arbeiter bin, paßt mir das ziemlich gut, da die Amerikaner grundsätzlich mehr zahlen als ihre britischen Konkurrenten. Ich habe periodisch in Gouache und Öl gemalt, und seit kurzem mit Acryl. Ich habe erst vor kurzer Zeit angefangen, in Schwarz und Weiß tätig zu werden. Tatsächlich ist dieses Buch mein erstes größeres Projekt in dieser Richtung.

Der größte Teil meiner Arbeit ist für den Buchumschlag-Markt bestimmt — »cover art«, wie man es in den Staaten nennt. Gelegentlich gibt es aber auch andere Sachen. Ich verbrachte 1980 zehn Wochen in Los Angeles, um an dem Film »Der Blade Runner« mitzuarbeiten. Die Ungeeignetheit von Ölgemälden beschleunigte meinen Wechsel zum Acryl. Ich habe auch verschiedene interessante Projekte mit Sir Clive Sinclair laufen, dem britischen Computer-Boffin, speziell geht's dabei um einige Designarbeiten an seinen verschiedenen Fahrzeug-Projekten. Momentan arbeite ich an einer Anthologie meiner gesammelten Anstrengungen, die bei Dragon's World publiziert werden soll.

Ich lebe momentan mit meiner Frau Sue und unseren drei Töchtern Elinor, Megan und Gwendolen im Südosten Londons, aber wir haben vor, uns »echt bald« in ländlichere Gefilde abzuseilen.

# ÜBER DIE ILLUSTRATIONEN

von Jim Burns

»Die Tuareg, die die Fürsten der Berber sind, waren unbeschreiblich arrogant ... Wenn sie geruhten, jemanden anzusehen, taten sie es mit einem Blick, in dem furchtlose Feindseligkeit und furchtlose Neugier sich die Waage zu halten schienen ... Da sie den Kopf in einen Turban hüllen, und die untere Hälfte ihres Gesichts verschleiern, sieht man nichts anderes als ihre Augen, die sowohl in ihrer Farbe als auch in der Stellung das bemerkenswerteste sind, das ich je sah.«

Ich fand dieses Zitat in TIMBUCTOO (Leland Hall, 1934) etwa zu der Zeit, als ich mir zugängliche Alternativen überlegte, um den illustrierten Teil des Projekts in Angriff zu nehmen, das Sie nun in Form dieses Buches in der Hand halten. In der Epik der pervertierten Theokratie, die DER WÜSTENPLANET darstellt, bin ich immer wieder auf Parallelen zwischen den nordafrikanischen Tuaregs und den fiktiven Fremen des Wüstenplaneten gestoßen. Natürlich ist dies keine neue Entdekkung. Wiederholte Allusionen durch Worte wie ›Djihad‹, ›Mahdi‹, ›Zensunni‹ etc. sind Hinweise genug für die möglichen Richtungen der nahen Zukunft und die Rolle, die die Jünger des Islam möglicherweise spielen werden. Die Gleichung zwischen Melange, den Fremen und einer universellen Abhängigkeit, und dem Öl, den ölreichen arabischen Ländern und der globalen Abhängigkeit davon, ist mir stets als ziemlich kluge Beobachtung aufgestoßen, besonders angesichts der Tatsache, daß DER WÜSTENPLANET ein gutes Dutzend Jahre vor dem Tag geschrieben wurde, an dem wir unsere Nasen in Bücher wie DAS SURVIVAL-HANDBUCH steckten.

Um die Sache noch weiter auf den Punkt zu bringen: Ich habe stets die Aussicht genossen, auf geradlinige, doch dramatische Weise ein Fremen-Porträt zu zeichnen. Die Möglichkeit ergab sich mit diesem Auftrag. Es war zwar nicht das, worum ich gebeten wurde, aber ich konnte nicht widerstehen, zumindest einen zögernden (später akzeptierten) Vorschlag zu machen. Der Titel suggeriert es so wie alles andere — das Zusammentreffen der Worte *Frank Herbert* und *Auge* erzeugte vor meinem geistigen Auge sofort das ›Blau in Blau‹ der Melange-Abhängigkeit. (Wußten Sie übrigens, daß die reichen Tuaregs ihre Schleier mit einer Indigofarbe färben, die in den Stoff hineingeschlagen wird, weil sie so wenig Wasser haben? Die Farbe überträgt sich ziemlich leicht auf die Haut und durchdringt sie, weswegen man die Tuaregs auch die ›homme bleu‹, die ›blauen Männer‹ nennt.)

Ungefähr zu dieser Zeit sah ich die Filmversion des WÜSTENPLANETEN, die Frank Herbert am Anfang dieses Buches diskutiert. Nun, für mich ist der Film zwar nicht gerade das Gelbe vom Ei, aber er hat mir gut gefallen. Wie viele Filme, hat er eine Menge, das für sich spricht, und ein paar Macken. Eine der größeren Macken waren die gründlich nicht-tuaregartigen Fremen! Es ist zwar nur meine private Interpretation, aber ich könnte mir vorstellen, daß Frank Herberts Fremen eher so aussehen, wie das in der Wüste aufgewachsene Wesen auf dem Buchumschlag, statt wie die mit Raumanzügen bekleideten Leinwand-Charaktere!

In den über zehn Jahren, in denen ich jetzt Science Fiction illustriere, muß ich Hunderte von SF-Romanen, Novellen, Kurzgeschichtensammlungen etc. gelesen haben. (Ich versuche stets die Sachen zu lesen, die ich illustriere — soviel, glaube ich, ist man dem jeweiligen Autor schuldig —, wenn man dem Umschlag und der Welt, die er umhüllt, einigermaßen gerecht werden will.) Darunter waren zwar nur wenige von Frank Herbert, doch ich muß zugeben, daß ich, was seine Kurzgeschichten angeht, einige Wissenslücken habe. So lernte ich also das gesamte Material in diesem Band kennen. Und es war keine Frage, daß jede Geschichte für mich eine neue Herausforderung darstellte, soweit es um ein passendes Bild ging. Jede Geschichte unterschied sich stark von der vorhergehenden, doch jede war eine Lesefreude. Ich glaube, daß am Ende doch genug Variation in den Bildern ist, um der Reichhaltigkeit der Herbertschen Phantasie ein wenig Gerechtigkeit widerfahren zu lassen, und ich bin glücklich, daß ich endlich einige SF-Wissenslücken schließen konnte.

Dann gibt es noch AUF DEM WÜSTENPLANETEN. Byron Preiss, der diese Sammlung zusammengestellt hat, schlug eine Zusammenarbeit zwischen mir und Frank Herbert vor, die in der Tradition von Hiroshinges 52 STATIONEN DES TOKAIDO stattfinden sollte, d.h. die Sicht eines Künstlers von den unterschiedlichen Orten. Mir fiel eine Kneipe in der Old Kent Road ein, die ›Verkehrte Welt‹ heißt: auf dem Kneipenschild sieht man das Bild eines großen Fisches, der an einem Flußufer steht und einen Stock in der Hand/Finne hält. Am Ende der Leine baumelt ein Angler, der gerade angebissen hat. Daran dachte ich, als ich versuchte, AUF DEM WÜSTENPLANETEN zu skizzieren. Diese Gelegenheit war eine Art Privileg, doch — o weh! So schwierig! Die Qual der Wahl! Ich hätte irgendeinen einzelnen Aspekt aus dem dichten Potpourri des Wüstenplaneten herausziehen und in einer kurzen Serie von Schwarzweiß-Illustrationen einem Strang der Story folgen müssen, und das, wo ich mich doch selbst als eine Art wandernder Künstler sah, der wie ein Irrer Skizzen zu einem Szenarium machte, das Frank Herbert erst noch schreiben würde!

Tja, ein Projekt wie dieses konnte Monate dauern. Schon die Nebenfiguren, die in den einzelnen Romanen des Zyklus angerissen werden, hatten einen eigenen breiten Hintergrund. Was war mit den Sardaukar und ihrem abscheulichen Heimatplaneten Salusa Secundus? Vielleicht sollten wir ein bißchen mehr über die Harkonnens und das Leben auf Giedi Primus erfahren? Die Bene Gesserit waren auch ein reichlich rätselhaftes Kränzchen. Also ermitteln wir doch mal ein bißchen in dieser Richtung und entschleiern noch ein paar ihrer Schachzüge und Intrigen. Keine Frage, daß allein noch ein halbes Dutzend Bücher darauf wartet, über Butlers Djihad geschrieben zu werden! Nein, für all das waren die Möglichkeiten zu groß.

Doch den Tleilaxu konnte ich nicht widerstehen. Hatte ich da nicht die verrückteste Kultur, die das Universum je gesehen hat? Rätselhafte Technokraten, die eine kaum tolerierbare Linie zum Butlerschen Glaubensbekenntnis zurücksteuerten? Ja, das machen wir jetzt mal, dachte ich — und dann lernte ich jemand kennen, der die gerade veröffentlichten KETZER DES WÜSTENPLANETEN gelesen hatte und mir klarmachte, daß all meine embryonischen Ideen ganz schön im dunkeln tappten und die Tleilaxu nicht im geringsten mit den Wesen vergleichbar waren, die ich hatte darstellen wollen!

So kam ich also auf das Thema, das ich dann bearbeitete. Ich wollte mich als Künstler in der Palastresidenz von Arrakeen betätigen, der gewaltigsten Gebäudeansammlung in der menschlichen Geschichte. Während ich dies schreibe, nähern sich die Bilder ihrer Vollendung, und ich beneide Frank Herbert nicht um eine Kleinigkeit des Jobs, etwas Neues um sie herumzuweben. Doch ich muß sagen, daß ich bei der Bearbeitung einzelner Skizzen und dem Lesen von Auszügen seiner WÜSTENPLANET-Bücher die Dimensionen dieser Bauwerke zu schätzen gelernt habe. — »Gebaut, um die Seele eines Pilgers zur Winzigkeit zu reduzieren!« — Im Endeffekt, sind sie aber, so groß sie auch sind, eben nur Gebäude. Frank Herberts WÜSTENPLANET jedoch ist ein Mythos und viel, viel größer. Ich warte auf den Tag, an dem ich mich erneut einer bisher unbeachteten Ecke seines großartigen Garns annehmen kann!

*Jim Burns*